JN006043

# 兎（うさぎ）は薄氷（はくひょう）に駆ける

A rabbit runs on thin ice

貴志祐介

Kishi Yusuke

毎日新聞出版

# 兎は薄氷に駆ける

A rabbit runs on thin ice

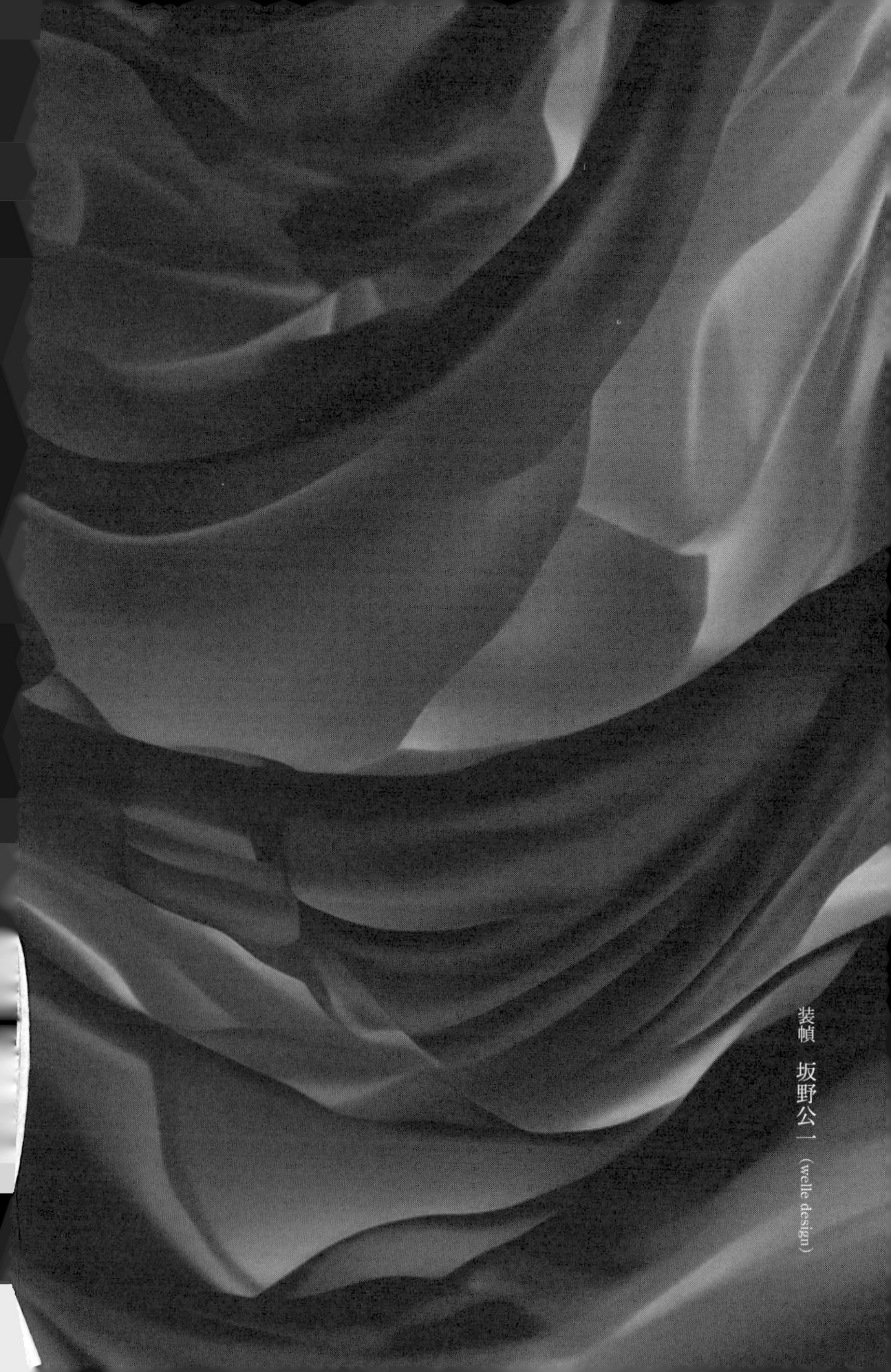

装幀　坂野公一（welle design）

千の敵を持つ王よ。
千の敵は、おまえとウサギ族をつかまえれば、必ず殺す。
だが、しかし、おまえと仲間たちは、穴掘りがたくみで、耳がきく。
早足で、すばやく敵から逃げられる。
策を練ってうまくたちまわれば、
おまえと一族はけっして滅びることはないだろう

——リチャード・アダムズ『ウォーターシップ・ダウンのウサギたち』

# 1

日高英之は、取調室の中をそっと見渡した。想像していた以上に狭苦しく、圧迫感がある。机を挟んで真正面に強面の取調官が座り、その横の机には、ノートパソコンに向かって記録を取っている補助者がいる。だが、任意の取り調べとあって、可視化のための録画装置はどこにもない。

つまり、この部屋は世間から隔絶された完全な密室であり、どんな目に遭わされたとしても証明するのは難しいのだ。まさか拷問されることはないだろうが、一瞬たりとも気が抜けない状況だった。

「日高さん。正直に話してもらえませんかね？　あの晩、本当は叔父さんの家に行ったんじゃないんですか？」

松根明というベテラン刑事が、ぐっと前に身を乗り出して色黒の顔を近づけた。Ｍの字型に後退した額には深い皺が刻まれ、大きな目は瞬きもせず英之を凝視している。

「ですから、行ってませんよ」

英之は、溜め息交じりに答えた。もういい加減にしてくれという気持ちを滲ませた口調も、『ですから』という接続詞も、相手を苛立たせることは充分わかっていた。

「あの日は、朝から、ずっと家にいました。雨が降ってたし」

松根は、意味ありげな表情で、補助者と目を見合わせた。村沢裕司（むらさわゆうじ）という二十代の刑事は、かすかにうなずく。

「豪雨の晩でしたよね？」

「そうですね」

「アパートから、一歩も出ていないと？」

「だから、さっきから、何度もそう言ってるじゃないですか？」

松根の表情が、ピクリと動いた。だが、怒りを爆発させることはなく、脂ぎった顔に笑みを浮かべる。

「はあ、そうですか。でも、それ、本当に、間違いありませんか？」

圧が強く、一瞬たじろがずにはいられない。

「……間違いありません」

「本当ですか？」

「だから、何度も」

「あのねえ、偽証罪って知ってます？　警察官に対し嘘（うそ）の供述をすると、罪に問われることがあるんですよ？」

松根は、英之の言葉を遮るように、しゃあしゃあと言った。

英之は絶句した。まさか、こんなに堂々と嘘をつかれるとは思わなかった。

偽証罪とは、法律により宣誓した証人が虚偽の陳述をしたときに三月以上十年以下の懲役に処すると、刑法百六十九条で定められている犯罪である。大事なことは、『法律により宣誓した証人』という部分で、要は裁判の証人ということだ。

つまり、相手が警察官でも、事情聴取で嘘をついたために偽証罪に問われることは、絶対にないのだ。

英之の絶句を見て怯(ひる)んだと思ったらしく、松根は、たたみかけてくる。

「今の供述は、聞かなかったことにしましょうか。いいですか？　もう一度、訊(き)きますよ？　あの晩、あなたは、叔父さんの家に行ったんじゃないんですか？」

口を開きかけた英之の表情を読んで、松根は手で制す。意外に小さかったが、節くれ立って頑丈そうな手である。

「質問を、変えましょうか。叔父さんの家の件は、とりあえず置いておきましょう。あの晩、あなたは外出していますね？」

「それは……」

英之は、口ごもる。

「外出していますね？」

ここで正面衝突するのは、早すぎるだろう。英之は、一歩後退して、体勢を立て直すことにした。

「外出っていうか、まあ、ちょっと外に出たかもしれませんけど……。でも、叔父の家には、絶対行ってませんよ！」

松根は、まあまあというように、また掌(てのひら)を上げる。

「外出はしたんですね。だったら、最初から、そう言ってほしかったですね」

「すみません。……ただ、質問が、叔父の家に行ったかどうかだったんで」

「これからは、正確な供述をお願いします」

松根は、物わかりがよさそうな顔でうなずいた。

「で？　どこへ行ったんですか？」

「それは……近くのコンビニへ」

「どこだったかな。いくつかあるんで」

「正確な供述をお願いしますと、言ったはずですよ」

松根は、再び大きな顔を近づける。

「え、でも……」

「日高さんが、コンビニに行ったことなら、わかってます。しかし、近くのコンビニですかね、あそこが？」

「え？　それって、あの」

「防犯カメラの映像に、日高さんが映ってましたよ。……S市の『ライトハウス』に」

松根は、腕組みをして、英之を見た。

「ああ……そうか」

「そうか、じゃねえ！」

松根は、突然大声を出して、机を叩いた。英之は、ぎょっとして硬直する。

「あそこからだと、あんたのアパートより、叔父さんの家の方が、ずっと近いよな？」

「まあ、そうかもしれませんけど」

心の準備はしていたはずだが、松根の口調が一変しただけで、胸がドキドキしていた。

「どうして、わざわざ、あんなに遠くにあるコンビニに行ったんだ？」

「別に、理由は」

「あんな嵐の晩に外出すんのは、億劫だよな。近くのコンビニで用が足りるんなら、ふつう、そうするんじゃねえのか？」

「それは……出かけたときは、雨もそれほどひどくなかったから」

「理由になってないな」

松根は、せせら笑う。

英之は、むっとしたように黙り込んだ。

「……あんた、あのコンビニへ、よく行くんだってな」

松根は、まるで助け船を出すように言う。

「まあ、ときどき」

「あそこの店員さん、けっこう可愛いよな」

英之は、ちらりと松根を見て、目を伏せた。

「恥ずかしがることはないだろう。若いんだから、可愛い店員さんに逢いに行ったって、別におかしいことじゃないだろう？」

「……そうですか？」

「俺が若い頃に、近所の喫茶店に、可愛い子がいたんだ。ひと目顔を見たくて、毎日通ってたもんだよ」

「俺も、そうです」

英之は、息を吐き出した。

「ほう？　やっぱり、そうだったのか」

「はい」

「だから、あんな遠くのコンビニに通い詰めてたわけだ？」

「ええ、まあ」

松根は、なぜか満足そうな顔になり、村沢刑事の方を見やった。

「で、それはそれとして、あの晩の話だ」

「え？」

「コンビニを出てから、叔父さんの家に行ったんだろう？」

「……行ってません」

英之は、表情を強張らせて、かぶりを振った。

「強情なやつだな。そろそろ素直になったらどうだ？」

「行ってないもんは、行ってないすから」

「ほう、そうか。そっちがそういう態度なら、こっちも腹をくくるしかなくなるな」

松根は、大きく伸びをして椅子にもたれ、腕時計を見やった。

「まだ夜は早い。徹底的にやるぞ」

英之は、上目遣いに松根を睨(にら)んだ。

「ちょっと、待ってください！　これって、任意の事情聴取なんでしょう？」

「まあ、そういうことだな」

「だったら、帰ってもいいわけですよね？」

松根は、鼻で嗤(わら)う。

「ああ。そうだ」

「だったら、帰らせてもらいます」

英之は、立ち上がった。

「おいおい、事情聴取を拒否するのか？」

松根は、脅すような声になった。

「後ろ暗いところがないやつは、進んで協力するもんだけどな」

「もう充分、協力しましたよ。でも、さっきから何度も同じことを訊くだけじゃないすか？　それに、かなり腹も減ってきたんで、今日は失礼します」

松根は、英之の前に立ちはだかった。

「どいてください」

松根は、微動だにしない。もしかしたら、こちらが押しのけようとするのを待っているのだろうか。指一本でも触れたら、とたんに公務執行妨害で逮捕するつもりなのかもしれない。

「帰りたいんで、そこを通してください」

英之は、できるだけ冷静な口調で言った。このまま押し問答が続くのかと覚悟したが、松根は、どうぞ通ってくださいと言うように身体を斜めにした。

身体が触れないように気をつけて、英之は松根の脇を擦り抜ける。

ドアノブに手をかけて、振り返った。

松根は、眉を上げる。

「それじゃ……」

英之は、そっとドアを開けて、廊下に出た。

後から、松根と村沢が付いてくる。

ゆっくりと廊下を歩き、警察署の玄関に向かった。心臓がバクバクしていたが、もう少しでここを出られると思ったとき、突然、背後から腕を押さえられた。

「日高英之。緊急逮捕する」

「え？　どうして？」

「ストーカー規制法違反だ」

松根は、腕時計を見て、時刻を確認した。

「ストーカー……？　そんな馬鹿な」

「ついさっき、認めたろうが？　コンビニで、伊東陽菜さんを待ち伏せし、つきまとい行為を行った容疑だ」

これには唖然とするしかなかった。

「待ってください！　俺は、あの娘の顔を見に行っただけです。あんただって若い頃は、同じことをしてたって……」

「残念だが、時代が違うんだな」

松根は、これ見よがしに手錠を出したものの、「まあ、こいつは勘弁してやろう」と言って引っ込める。

これは本当に逮捕なのだろうかと、英之は疑問に思う。

そもそも、緊急逮捕は、「死刑又は無期若しくは長期三年以上の懲役若しくは禁錮にあたる罪を犯したことを疑うに足りる充分な理由がある場合」のみできるのだ。ストーカー規制法の罰則は『一年以下の懲役又は百万円以下の罰金』にすぎないので、該当しない。

しかも、緊急逮捕後には裁判所に逮捕状を求めなくてはならないが、認められるはずがない。つまり、この逮捕は違法ということになるから、逮捕と偽って、本当は任意の取り調べのままなのかもしれない。こんなめちゃくちゃが、まかり通るのだろうか。

「さあ、さっきの続きをしようか」

英之は、取調室に戻されると、椅子に座らされた。

「俺、逮捕されたんすよね？　だったら、取り調べを録画してほしいんですけど」

英之がそう要求すると、松根は、顔をしかめた。

「録画だ？　おまえは、なんで、そんなことを知ってるんだ？」

「映画で見たんです」

「ふん、生齧(なまかじ)りの知識だな。取り調べの可視化ってのは、裁判員裁判対象事件に限るんだよ。つまり、殺人とか、放火、誘拐だな。残念だが、ストーカー規制法違反は含まれない」

くそ。英之は唇を噛(か)む。あきらかな別件逮捕だというのに、重大事件じゃないから録画する必要がないなんて、ふざけるな。

「さあ、もう一度訊こうか。あの晩のことだ。コンビニを出てから、おまえは、どこへ行ったんだ？」

「家に帰りました」

「嵐の中を、わざわざあんな遠くのコンビニまで行って、何もせずに帰ったってか？」

「本当なんです。信じてください」

英之は、殊勝な口調で言ったが、松根には通じないようだった。

「おまえは、コンビニを出て、左に向かって歩いて行った。アパートに帰るんなら、右に行くはずだ。駅は右だからな」

防犯カメラの映像をたてに追及される。

「……待ってください。逮捕容疑は、ストーカー規制法違反でしょう？　質問しているのは、その後のことじゃないですか？」

英之は、抗弁を試みる。

松根は、言葉を切って、まじまじと英之を見た。

「さっきから、おかしいと思ってたんだよ。おまえ、ああ言えばこう言うって予習をしてきてるんじゃねえのか？」

よけいなことは、言わない方がいいだろう。英之は無言で続きを待ち受けた。

「てことは、任意の事情聴取の段階から、逮捕されるのも予想してたわけだよな？」

松根は、ニヤリとする。

「シロのやつはな、自分が逮捕されるなんてことは、想像すらしねえんだよ。残念だったな。これで、いよいよ、おまえの心証は真っ黒になった」

「それは、何の容疑に対する心証ですか？」

松根の表情が、険しくなった。

「俺は、ストーカーなんかじゃありませんから。そのことについての質問ならば、いくらでもお話ししますけど」

「そのことだろうが」

松根は、唸り声を出した。

「事件前後の、おまえの行動、前足と後足を確認してるんだよ」

「だったら、叔父の家に行っただろうとか、しつこく訊くのは止めてもらえますね？」

松根は、無表情になり、短く嘆息した。

それから、右手を伸ばし、英之の頭をぽんぽんと叩く。

「なあ、ひとつだけ教えといてやろうか？　警察でそういう態度は、得にならないぞ」

「なるほど」

英之は、まっすぐに松根の目を見返した。

「だったら、どういう態度……」

次の瞬間、髪の毛をつかまれて、机に頭を叩きつけられた。

ショックのあまり、身体が硬直した。こんなことが、まさか、警察で本当に行われるなんて。

抗議したかったが、言葉が出てこない。

「よく聞け。もう一度訊くからな。おまえは、コンビニを出て、左に向かって歩いて行った。駅は右だ。おまえは、どこへ行ったんだ？」

松根は、何事もなかったかのように言う。

英之は、止めていた息を吐き出す。途切れ途切れの音で、自分が震えていることに気づいた。怒りのためだろうか。いや、それだけじゃない。

俺は、怯(おび)えているんだ。覚悟はしていたはずなのに。

「おい。何を押し黙ってるんだ？」

松根が、苛立ったような声を出した。

英之は、机に叩きつけられた額に触れた。出血はしていない。おそらく、瘤(こぶ)もできていないだろう。そのあたりの力加減なら、お手の物に違いない。今のは、まだ序の口ということか。精神的なショックを与えてマウントを取るための、ただの挨拶(あいさつ)代わりなのかも。

一瞬、特別公務員暴行陵虐罪という言葉が、頭をかすめた。しかし、診断書に書けるような怪我(けが)をしていなければ、暴行を立証するのはきわめて難しいだろう。

調べたかぎりでは、過去の冤罪(えんざい)事件において、かなりひどい怪我を負ったケースであっても、警察官による暴力はほとんど認めてもらえなかったようだし。

松根が、ふいに身を乗り出した。

英之は、ビクリとする。

「何だ、どうした？」

松根が、ニヤニヤしながら言った。自分が優位に立ったことを確信しているようだ。

ああ、こういうことだったんだ。

英之は、唇を噛んだ。目頭が熱くなる。

やっと、わかった。ようやく実感できた。

お父さんは、警察で、こんな目に遭わされていたのか。

いや、違う。あの当時は、こんな生やさしいものじゃなかったはずだ。心だけでなく肉体を痛めつける、正真正銘の暴力を受けながら耐え続けたんだ。それも、何ヶ月もの間にわたって。

ちくしょう……！　英之は、唇を噛んだ。

こんな理不尽なこと、許してたまるか。

「おい、またダンマリか？」

松根が、立ち上がった。いかにも威圧的に英之を見下ろす。

「コンビニを出て、うっかり逆方向に行っただけです。俺、昔から方向音痴なんで」

英之は、低い声で早口に言う。

「方向音痴だ？　なあ、おまえは、本気で、そんな言い訳が通ると思ってんのか？」

「言い訳じゃないです」

「そうかい。だったら訊くけどな」

松根は、英之の襟首をつかむと、顔をすぐそばに近づけてきた。

「方向が逆だってわかったら、すぐに引き返すはずだろう？　そんな映像は、どこにも残ってないんだよ！」

「通りを渡ってから、気がついたんですよ。だから、コンビニの防犯カメラに映らなかったんです」

するとと、松根は、節くれ立った指の第二関節で、英之の後頭部をグリグリと突いた。ひどく痛かった。

この刑事は、痕跡を残さない陰湿な暴力に長けているようだ。必要に応じて開発した技なのかもしれない。

そういえば、中学校にも、この手のステルス体罰がやたら上手い教師がいたのを思い出す。だが、あの先生には愛情があった。授業中に居眠りしたとき、目がすっきりするというツボを押されて悶絶しかけたが、実際、その後は授業によく集中できたものだ。

それとは正反対に、この刑事に屈したら、人生を壊されてしまうだろう。完膚なきまでに、二度と取り返しがつかないような形で。

「強情な野郎だな」

松根は、腕組みをすると、舌打ちした。

「だが、いつまで保つかな？　まあ、いいだろう。そっちがそのつもりだったら、こっちも、甘い取り調べはしねえからな。まあ、覚悟しとけ」

英之は、補助者の村沢刑事の方を見やった。松根が暴力をふるっていることはわかっているはずなのに、見て見ぬふりをしている。おそらく、これからの取り調べでも、何の歯止めにもならないだろう。

「おまえ、叔父さんには、さんざんお世話になったんだろう？」

松根は、妙に優しい口調で言った。

「おまえの家族が離散した後は、物心両面で支えてくれたんじゃないのか？」

どうやら、松根は、お涙ちょうだい路線を試してみることにしたらしい。

「はい。叔父には、いろいろと」

英之は、できるだけ言葉少なに答える。

「そうだろう？　最近も、叔父さんの家には、よく行ってたんじゃないのか？」

「それは、まあ」

殊勝に答えると、松根の表情が少し緩む。

「なるほど。だったら、家の中の物におまえの指紋が付いていたとしても、別に不思議はないわけだ」

「そうっすね」

こちらの立場を理解したようなことを言ってくるのが、気持ち悪かった。

「叔父さんのガレージにも、よく出入りしてたんじゃないのか？」

松根は相変わらず猫撫で声だったが、目には鋭い光が宿っている。

「そうですね。むしろ、ガレージの中にいた時間の方が長いと思いますよ」

「叔父さんの車の整備なんかは、いろいろとやってたんだろう？　本職だもんな？」

「俺も一応、整備士っすから」

「フジエダ・カー・ファクトリーだったな、おまえの勤めてる自動車整備工場は？」

松根は、手元の資料に目を落とした。

「就職するときは、叔父さんの口利きがあったんだろう？」

「まあ、うちの会社のお得意様だったんで」

「ネオクラシックカーってやつか？」

「まあ、それよりは、微妙に古いやつです。叔父は、七〇年代の、デザインの面白い外車が好きだったんで」

叔父の平沼精二郎は、生来の如才なさから飲食店経営で成功し、晩年は趣味に没頭する悠々自適の生活を送っていた。

だが、その原資はと言えば、叔父が二人の人間の命を奪って得たものなのだ。

英之は、奥歯を嚙みしめた。

松根は、英之の微妙な表情の変化を慎重に観察しているようだった。

「ガレージの車は、全部覚えてるな？」

「はい。少し前に断捨離して、残ってたのは三台だけっすから」

「何があった？」

「叔父の一番お気に入りだったのは、ランボルギーニ・エスパーダです。それから、アストンマーチン・ラゴンダ」

「で？　もう一台は？」

英之は、緊張のあまり声が震えないように、腹に力を込めた。

「……ポンティアック・ファイアーバード・トランザムです」

「うん。それが、叔父さんが亡くなる原因を作った車だよな？」

「はい」

「整備も、おまえがやってたわけだ？」

「まあ、そうっすけど」

「だったら、責任を感じてるんじゃねえのか？」

英之は、少し反論しておこうと思う。

「はい。でも、あれは防げないっていうか、予測できなかったんで」

「どうしてだ？」

「今の車では、ありえないことなんで」

「そうか。しかし、おまえの会社は、旧車の整備が専門なんだろう？」

「まあ、そうっすけど……」

英之は、黙り込んだ。

「おいおい。今さら、キャブレターには詳しくないとか言うつもりじゃねえよな？　俺だって、よく知ってる現象だ」

「一応、知識としては、ありました」

英之は、唇を舐(な)めた。

「ただ、叔父は、俺より古い車に詳しかったですから、まさか、そんな不注意をするとは思わなかったんです」

「うん、そうだよな」

松根は、ニヤリとした。

「そんな不注意をするわけがない。おまえも、それは認めるわけだな？」

しまった、罠(わな)にかかったのか？　英之は、一瞬絶句したが、気を取り直して答える。

「でも、実際、あんなことになりましたから。叔父も、年のせいか、注意力が散漫になってたみたいで」

「おいおい。年のせいにするなよ。それじゃ、叔父さんが可哀想(かわいそう)だろう？」

松根は、コツコツと机を叩く。

「警察を舐めるんじゃねえ。俺の目は節穴じゃない。あれは、偶然の事故を装った殺人だった。そうだよな？」

「殺人……？」

英之は、茫然(ぼうぜん)とした声を装って繰り返す。

「そうだ。そして、それが可能だったのは、おまえだけなんだ」

松根は、傲然(ごうぜん)と英之を見下ろした。

「そんな、どうやって？」

「今さら、俺に説明させるのか？」

松根は、威嚇（いかく）するような嗄（しゃが）れ声で言う。

「それより、おまえの口から聞かせてくれよ。ディーゼリング……または、ランオンっていう現象について、説明してみろ」

　自白の一部にされることはわかっていたが、一般的な知識だから、問題はないだろう。

「ランオンっていうのは、エンジンを切った後でも、エンジンが回り続ける現象です」

「なぜ、そんなことが起きるんだ？」

「エンジンの中にカーボンの滓（かす）が溜まってるときには、自然に発火してエンジンが勝手に回り続けることがあるんです」

「今の車じゃ、ありえないというわけは？」

「今は、電子制御のインジェクションなんで、エンジンさえ切ったら燃料は噴射されません。だけど、キャブレターだと、エンジンが回ってる間は、陰圧でガソリンが吸い出されるんで、動き続けちゃうんです」

　松根は、満足げにうなずいた。

「そうすると、何が起きる？」

「ランオンって、正常な燃焼状態じゃないんで、どうしても不完全燃焼になります。それで、一酸化炭素中毒が起きることがあって」

「叔父さんみたいにな」

　松根は、芝居がかった様子で瞑目（めいもく）した。

「また、叔父さんの寝室の位置が悪かったな。どこにあったんだ？」

「ガレージの、真上です」

「うん、そうだったな。しかも、築年数が古かったから、ひび割れや隙間があった。その結果、いったいどうなった？」

「ランオンで発生した一酸化炭素が……」

「うん、どうなった？　最後まで、ちゃんと言ってみろ」

「ガレージの天井の隙間から、寝室に上がっていきました」

松根は、また、うんうんとうなずいた。

「なるほど。ということは、どうなんだ？　一酸化炭素の比重は？」

「たしか、空気とほぼ同じだったと思います。微妙に軽かったかも」

「その通りだ。よく知ってるな」

松根は、悦に入った表情を見せた。

「叔父さんの死因は、一酸化炭素中毒だった。おそらくは、今おまえが説明した通りのことが起きたんだろう。しかし、だとすると、一つ不可解なことがある」

松根は、一転して、厳しい表情になる。

「叔父さんは、ガレージに車を入れてから、エンジンを切った。しかし、ランオンが発生したために、エンジンはまだ動いていたんだ。にもかかわらず、そのままガレージを出て、母屋に上がっていってしまったことになる。ありえないとは思わないか？」

たしかに、松根の指摘は当を得ている。

「たまたま、不注意だったんだと……」

「叔父さんは、古い車には詳しかったはずだよなあ？　ランオンがヤバいってことくらいは、百も承知だったんじゃねえのか？」

松根は、英之の言葉に被(かぶ)せるようにして、大声を張り上げた。

「それだけじゃねえぞ！　エンジンが回っていれば、音がしていたはずだ。気づかないなんて、あり得ないだろうが？」

松根は、激しく机を叩いた。

その通りだよ、松根さん。

英之は、心の中で独りごちる。

気づかないなんて、あり得ないだろうな。

## 2

枕元のスマホが通知音を奏でた。

垂水謙介(たるみけんすけ)は、手を伸ばしてフリマアプリをチェックする。

「ちぇっ。また、〝いいね！〟だ」

出品した物品が売れたときだけではなく、誰かが〝いいね！〟を押したときも通知音が鳴る設定になっていた。

「こんな時間に、勘弁してくれよ」

そうぼやいてから目覚まし時計を見ると、午前十時半だった。

サラリーマン時代ならば、すでに出勤して、バリバリ働いている時間だ。わずか三ヶ月で、体内時計は完全にリセットされるらしい。

しばらく、布団の上であぐらをかき頭を掻(か)いていたが、しかたなく起き上がると、洗面所へ行って歯を磨いた。

妻の美奈子（みなこ）が、背中がぶつかりそうな狭い洗面所に入ってきた。無言のままで、洗濯機から洗い終わった洗濯物を籠に移す。謙介が素知らぬ顔をしていると、急に振り返った。

「今起きたの？」

「スマホが鳴ったから」

いいご身分ねと言われてもしかたがないと思ったが、美奈子は、眉を上げた。

「何か売れた？」

夫婦で、同じフリマアプリに別々のアカウントを持っているため、関心はあるのだろう。

謙介は、うがいをして吐き出した。

「いや、〝いいね！〟だけ」

「一円にもならないね」

「そっちは、何か売れた？」

「古い漫画本三冊と、ゲームソフト一個」

どうやら、オタク趣味は、フリマアプリと相性がいいようだった。

「それも、たいした売り上げじゃないな」

「そうね。今月はまだ、そっちの売り上げの、たったの五倍くらいだもんね」

美奈子は、辛辣（しんらつ）に言った。

「なあ、それで、新しい商品を追加しようと思うんだけど」

謙介は、恐る恐る、お伺いを立てる。

「追加したら？　どうして訊くの？」

「うん。背広とネクタイを出そうかと思ってるんだけどさ」

そう言うと、美奈子の表情が変わった。

「本気で言ってるの？」

「あ？　……ああ」

「もう、就職しない気なわけ？」

「いや、そうじゃないんだよ。サイズが合わなくなった背広とか、ネクタイも、流行遅れで、もう締めないヤツだから」

「それで？　もし就職できたら、新しいのを買うつもり？」

「いや、それはまあ、そのとき考えるけど」

「だいたい、背広やネクタイより、先に売るものがあるんじゃない？」

美奈子が、何のことを言っているのかは、あきらかだった。

「いや、ゴルフクラブなんかは、もう、全然値が下がっててさ」

「中古でも、けっこうしてるみたいだけど」

美奈子は、フリマアプリで相場をチェックしているらしかった。

「釣り竿も、なかなか人気あるみたいね」

「いや、それほどでもないよ。かなり傷んで、擦り傷だらけだしね」

「オーディオ機器はどう？　マニアに売れるんじゃない？」

「いや、今はもうコンポーネント・オーディオの時代じゃないんだよ。メーカーは、どんどん倒産してるしね」

美奈子は、深い溜め息をついて洗面所から出て行こうとする。

「じゃあ、まだあんまり履いていない革靴を出すことにしようかな」

美奈子は、洗濯物の籠を降ろして腕組みをして仁王立ちになった。

「あのさあ、本気で、新しい仕事を探す気はあるの？　疑わしくなってくるんだけど」

「もちろんだって。だけど、この不景気だし、コロナ禍で、なかなか新しい就職口も見つからないんだよ」

「不景気なら、リストラ請負人の仕事はあるんじゃない？」

「あのなあ、リストラのために、新たに人を雇う企業が、どこにあるんだよ？」

「でも、エキスパートだったんでしょう？」

「ああ。ゴルゴ13と呼ばれてた」

リストラするために社員を調査するのは、心折れる仕事だった。退職勧奨には応じないが、働こうともしないおじさんを追い出すために、探偵のまねごとのような汚れ仕事もしたものである。暴いた事実は、副業で収入を得た、軽微な機密保持違反があった、交通費の不正請求があったという程度だったが、心を鬼にして会社のために尽くしたつもりだった。

だから、最後に自分がリストラされたときには、思わず耳を疑った。

「垂水さん。短い間でしたが、本当にご苦労様でした」

仏の異名を取っていた温顔の人事部長は、真正面から謙介の肩を叩いた。

「おかげさまで、我が社も予定通り、余剰人員を削減することができました。あなたもぜひ、これを一区切りに、新しいキャリアを築いていただきたいんです」

「ちょっと、待ってください」

謙介は、啞然としながらも抗議する。

「私は、与えられたミッションは、きっちりと、こなしてきたじゃないですか？　辛(つら)い仕事も多々ありました。首を切った中には、同窓の後輩も、同期の人間もいたんですよ」

人事部長は、目を閉じ、しきりにうなずきながら聞いている。

「しかし、私は、会社のためにと、汚れ仕事も厭(いと)わずに、心を鬼にしてきました。ですから、会社を去って行った仲間たちは、例外なく私を憎んでいます。人間関係はズタズタなんです。その褒美が、これなんですか？」

驚いたことに、人事部長は微笑(ほほえ)んだ。

「あなたのお気持ちは、痛いほどわかりますよ。私も、身を切られる思いなんです。しかし、あなたの現在のポストそのものが、もうすぐなくなってしまうんです」

謙介は、狭く薄暗い部屋の中を見回した。『新規キャリア創造室』。人材活用の一環として、社員に新しいキャリアを見つけるという名目で作られた部署だったが、その実態は、体のいい追い出し部屋だった。

「だったら、別のポストに移るというのは、なぜあり得ないんでしょうか？」

人事部長は、気の毒そうな表情になって、眉をひそめる。

「あなたが今、ご自分で言った理由からです。あなたは、社内中から、良く思われていません。有り体に言えば、憎まれています。……いやいや、もちろんそれは、任務を達成するために、やむを得ないことであったろうと思いますよ」

反論しようとする謙介を、人事部長は手で制しながら続ける。

「しかし、現実問題として、あなたは、どこへ異動したとしても、針のむしろになるでしょう。人間関係がギクシャクしてしまうと、著しく生産性が下がりますからね」

結局は、それか。謙介は憮然(ぶぜん)としていた。

生産性の向上は、新社長の口癖でもあり、社内の管理職にとって錦の御旗(みはた)となっていた。

「……狡兎(こうと)死して、走狗(そうく)烹(に)らるですか」

謙介は、独り言のようにつぶやいた。

人事部長は、真顔になり眉を上げた。この故事は知っているらしい。『史記』の一節だが、狡賢い兎が死んだら、それを追っていた猟犬も不要になるために、煮て食われてしまうという意味だった。

「……『新規キャリア創造室』の仕事とは、庭師と同じだと、社長に言われました」

人事部長は、内緒話をするときのように、声を低めて言う。

「剪定を怠った樹木は、野放図に枝葉が茂り、肝心な部分に栄養が行かなくなって、最後には枯れてしまいます。企業も同じで、倒産した場合には、全員が路頭に迷うことになるんです。ですから、どんなに忍びなくても、不要な枝葉は、あらかじめ切り落としておかなくてはなりません」

リストラは、剪定と同じだというのか。謙介は怒りを覚えていた。不要な枝葉というのは、全員人間なんだぞ。今はお荷物でも、いっときは懸命に働き、家族を養ってきた。

「あなたは、庭師として、素晴らしい働きをしてこられました」

人事部長は、しみじみとした口調で言った。

「しかし、残念ながら、少しばかり想像力に欠けていた」

それが一転して冷酷な口調になったため、謙介はぎょっとする。

「想像力……？」

「腕のいい庭師は、さほど時間をかけずに不要な枝を切り落とします。しかし、最後に残った一本の枝は、その庭師が腰掛けていた枝だったんですよ」

謙介は絶句した。どうして、こんなことを言うのか。宥めるつもりなら、逆効果だろう。

「いや、それは、何もあなただけじゃない。実は、私もそうなんです」

人事部長は、目を伏せて溜め息をつく。

「どういうことですか？」

「私も、近々、退任となる身なんです」

人事部長は、うつろな目で言った。

「そんな、まさか？」

「私も所詮は、走狗でしかなかったということです。狡賢い兎が、もっといればよかったんでしょうけどね……」

その言葉に、もはやこれまでと悟って、謙介は、言われるままに書類に署名捺印した。

だが、その後、人事部長が退職したという話は、どこからも聞こえてこなかった。

「ねえ、あなたの仕事って探偵と同じって、前に言ってなかった？」

美奈子の声に、謙介は我に返る。

「まったく同じではないけどね。でも、一般的な調査に必要なスキルなら、身に付いていると思うよ」

とはいえ、別に、たいした専門知識があるわけではなかった。ただ、聞き込みをする際の、相手から話を引き出す話術は、それなりのものだという自負はあったが。

「だったら、いっそのこと、探偵になってみたら？」

それだけは、勘弁してくれと思う。もう、あんな毎日を過ごすのは、二度とごめんだった。どぶ板の上を這い回り、スキャンダルという汚物を漁る毎日は。首尾良く目的を達成しても、得られるものはと言えば、同僚社員からの憎悪に満ちた視線と、家族の涙だけなのだ。

いや、待てよと思う。

もしかすると、ふつうの探偵の仕事とは、そこまでストレスフルではないのかも。

浮気調査でご主人はクロでしたと報告したり、探していた犬は死んでいましたと告げたり、

○３○

娘さんの交際相手は屑人間でしたと教えたりするのは、あまり気持ちのいいものではないかもしれないが、知り合いを陥れて職を奪うのと比べれば、罪悪感は限りなく小さいだろう。それに、ごく稀には、人助けになるような調査もあるかもしれないし。

「何なのよ？　受け取り評価が、全然来ない！」

スマホを見つめていた美奈子が、腹立たしげに唸る。探偵の話は、もうすっかり忘れているらしかった。

「商品は、とっくに到着済みのはずなのに。いい加減にしてよね！」

このフリマアプリでは、受け取り評価後に、初めて代金が出品者に振り込まれるシステムになっていた。

そのとき、謙介のスマホが鳴った。

「あ、売れた」

画面を見ながら、思わずそうつぶやくと、美奈子の鋭い視線が突き刺さる。

売れたのは、ネクタイピンと革の名刺入れだったが、美奈子の逆鱗に触れそうだったので、話題を変えることにする。

「そういえば、昨日、本郷先生から、電話があってさ」

美奈子は、まだスマホを睨んでいる。

「アルバイトをしないかって話だった」

美奈子の耳が、ピクリと動いた。

「アルバイト？　いいじゃない！　やってみたら？」

「どんなアルバイトか、聞きもしないで」

謙介は、呆れた。

「だって、お金がもらえるんでしょう?」

美奈子は、力強く言う。

「だったら、絶対、やるべきよ」

「まあ、一応、話だけでも聞いてみるよ」

そう言って、謙介は自室に退散した。

四畳半の狭いスペースは半分物置のようになっているため、小さな机とパソコンを置くと、ほとんど椅子を動かすこともできなかった。

謙介は、床に積み上げられた段ボール箱をまたいで、何とか椅子の上に着地する。

トイレより狭い空間だが、ここに籠もっていると、考えがまとまるのが不思議だった。

本郷誠弁護士には、会社をクビになった後、ひとかたならぬお世話になっている。

自分が、いつのまにか『諭旨解雇』になっていたことに気がついたのは、会社から渡された『離職票』を見たときだった。失業保険の給付と次の会社への求職のためだったが、まさか、解雇されているとは思ってても見なかった。

これは、『懲戒解雇』の次に重い処分であり、退職金は一部ないし全部受け取れるものの、従業員の不祥事や非行があったことに対する解雇処分である以上、謙介の経歴には大きな傷が付いてしまったことになる。

謙介から相談を受けた本郷弁護士は、迅速かつ精力的に動いてくれた。

本郷弁護士が会社に問い合わせたところ、解雇事由は、リストラ対象者に対して退職勧奨を行っている際に、不法な手段で圧力を加えたということだった。

謙介は当然、上司からの指示だと訴えたが、当時の上司は、そんな指示をするはずがないととぼけたらしい。

そこからが、本郷弁護士の交渉術だった。

不当解雇に当たるとして、裁判を起こすと通告したのである。会社側は当初、謙介が行った不法行為の証拠は充分あるとして突っぱねた。しかし、本郷弁護士は、裁判では、謙介自身が関わったすべての不法行為につき詳細に証言する用意があると告げたのである。その中には、個人の判断で行ったとは考えにくいような事案も多数含まれていた。

その結果、謙介の退職事由は、失業保険の受給に有利な会社都合退職に改められたのだった。

しばらくためらっていたが、謙介は、スマホを取り上げた。

「はい、本郷弁護士事務所です」

電話すると、いきなり本人が出た。

「先生、垂水です。昨日のお話なんですが」

「うん。それで、どうですか？　考えてくれましたか？」

単刀直入に訊かれる。

「それなんですけど……要するに、身辺調査みたいなことですよね？」

「似てはいますが、ちょっと違いますね」

本郷弁護士は、痰を切るように咳払いした。喉の調子が悪いようだった。いつものように、飲み過ぎが原因だろうが。

「現在警察に勾留されている被疑者について、事件当日の足取りとかアリバイなどを確認してほしいんです。……人一人の運命がかかってますから、とても大切な仕事ですよ」

謙介としては、あくまでもアルバイトのつもりだったので、あまり大きな責任を負わされるのは気が進まなかった。

「それで、その人には、どういう容疑がかけられているんですか？」

「殺人です」

まるで万引きですと告げるような口調だった。

「それは……何かの間違いとか？　それとも、本当にやってるんですか？」

「それは、まだわかりません。でも、本人は犯行を否定しています」

本郷弁護士は、慎重な口調で言う。

「私はいつでも、依頼人を信じるところから始めるんです。ですから、今回も否認事件として弁護をするつもりです」

否認事件とは、被告が犯罪事実を否定する案件であり、小説やドラマではよくあるものの、実はあまり多くないと聞いたことがあった。実際の裁判においては、被告が公訴事実を認めて、情状酌量などで量刑の軽減を求めることが大半らしい。否認事件では、検察と弁護側の意見が真っ向から対立するため、当然ながら公判は緊迫し、結審まで時間がかかることも多いのだという。

「……なので、垂水さんには、事件の調査と証拠集めを開始してほしいんです。できるなら、起訴される前に無罪であることを確信して、弁護方針を立てておきたいんですよ」

聞きながら、謙介は、あれっと思った。

「ちょっと待ってください。その人は、まだ起訴されていないんですか？」

「ええ。まだ警察で取り調べをしている段階ですね」

本郷弁護士は、しれっと言う。

「それなのに、否認事件というのは、どういうことですか……？　だってまだ、起訴されるかどうかわからないわけじゃないですか？」

謙介は、唖然としていた。

「起訴は、間違いなくされるでしょう」

本郷弁護士は、自信たっぷりに言った。

「警察は、依頼人が犯人に違いないという予断を持っているんです。そのため、かなり強引な取り調べがなされており、このまま行くと、冤罪事件になりかねません」

いったい、どういうことなんだろう。まだ起訴される前から、冤罪事件とは。

「警察は、どんな理由で、その人が犯人だと思い込んでいるんですか？」

謙介は、狭いスペースの中で椅子を引き、ちょっとでも楽な姿勢を作ろうとしたが、うまくいかなかった。

「まあ、詳しいことは事務所で説明しますよ。いつなら来られますか？」

今すぐと言ったら、暇なのがバレてしまうだろう。謙介は、一瞬だけ迷った。

「今すぐ伺います」

「そうですか。では、お待ちしています」

電話を切ると、謙介は、書斎を出て寝室に戻り、久しぶりに背広に着替えた。ネクタイを締めていると、美奈子が、探るような視線を向けてきた。

「アルバイト、やるの？」

「まだ、わからない。とにかく、本郷先生の事務所に行って話を聞いてくるよ」

「どんな関係？」

「やっぱり調査だった。刑事事件の容疑者のアリバイなんかかな」

久しぶりにネクタイを締めたので、長さがうまく調節できない。

謙介は、潔くネクタイを外した。

最近は、サラリーマンもノーネクタイのところが増えているから、失業者が拘(こだわ)ることもないだろう。

本郷弁護士事務所は、駅前の古い雑居ビルの三階にあった。謙介は、網入りガラスの入ったアルミドアを開いた。

古臭いパーティションには、昔の浴室のような梨地の型板ガラスが入っており、その手前に受付台があって、昔のビジネスホテルによくあったような卓上ベルが載っていた。

久しぶりに訪れたが、殺風景さはちっとも変わっていないと思う。

謙介がベルを鳴らすと、型板ガラス越しに、誰かが近づいてくる姿が見えた。末廣(すえひろ)さんが、にこにこしながら顔を出す。赤いセルフレームのメガネをかけた小柄な中年女性だが、いつもエネルギーに満ちあふれていた。

「垂水さん、お元気でした？」

「ええ、まあ、何とかやってます」

謙介は、頭を掻いた。前職もクビになった経緯も知られているだけに、きまりが悪い。

「先生、お待ちですよ」

末廣さんの後について、応接室へ向かった。とはいえ入り口と同じようなパーティションで囲われたわずか三畳ほどのスペースにすぎず、声は外に筒抜けになる。

「どうぞ。座ってください」

本郷弁護士は、応接室のボロボロのソファに腰掛けて書類に目を落としていた。

身長はそこそこあるが、腹はベルトがはち切れんばかりで、見ているだけで苦しそうだった。脂肪肝に加え、高血圧と初期の糖尿病まであるらしいが、帰宅はいつも深夜で、一人わびしく糖質ゼロの缶ビールを開けてコンビニ弁当を食べるのでは、それもやむを得ないだろう。

そもそも、弁護士という人種は、どうして、こうもきれいに真っ二つに分かれるのか。

大手の事務所に所属して、高額な年俸を貰い、タワマンに住んで、メルセデスを乗り回し、子供を私立の名門付属小学校に入れる連中と、清貧に甘んじ、夜遅くまで書類の山と格闘し、正義のために人生を捧げる人たちと。

もちろん、素晴らしいのは後者だ。だが、どちらになりたいかと問われたら……。

「垂水さん。私の顔に何か付いてますか？」

本郷弁護士が、不思議そうに訊ねた。

「いいえ、久しぶりに先生の顔を見て、つい懐かしくなったもんですから」

謙介は嘘をついて、本郷弁護士の向かいに腰を下ろした。

「うん。これが、垂水さんに調べていただきたい事件の概要です」

本郷弁護士は、ファイルを謙介に手渡し、ソファに深くもたれると、目を閉じて話し始める。説明を聞きながら、必要に応じて参照しろということなのだろう。

「亡くなったのは平沼精二郎さん、五十五歳。無職でしたが、数年前までは、三つの飲食店を経営していた資産家です」

謙介は、平沼氏のプロフィールが載っているファイルに目をやる。学歴は中卒で、若い頃は窃盗や喧嘩で警察のお世話になることも再々だったとメモされている。

どこかで心を入れ替えて、真面目に働くようになったのだろうか。

「亡くなったのは、去年の十一月三日です。自宅で就寝中に、一酸化炭素中毒で亡くなったということです」

「……ランオン、ですか？」

ファイルに書かれていたのは、見かけない言葉だった。

「ええ。キャブレター付きの古い自動車では稀に起きる現象です。エンジンキーを切った後もエンジンが動き続けることですが、不完全燃焼によって一酸化炭素が発生するんですよ」

謙介は、平沼家の見取り図に目を落とした。寝室はガレージの真上である。ということは、ガレージに充満した一酸化炭素が、寝室に上がっていったということなのか。

ランオンを起こしたという車の写真を見ると、いかにもアメ車然としたフォルムで、かなりスポーティーな感じである。フォードのマスタングという車が、こんなふうだったような気がする。

ファイルには、メモ書きで『ポンティアック・ファイアーバード・トランザム』とあった。

「じゃあ、事故だったんじゃないんですか？」

謙介が訊ねると、本郷弁護士は難しい顔になった。

「いや、警察の見解は違うんです。カーマニアであった平沼精二郎さんは、ランオンのことは熟知していたし、エンジンを切った後で音がしていたら、気がついたはずだと。問題の車では、かなり頻繁にランオンが発生しており、平沼さんが降車する際には、エンジン音を確認して、ランオンがあったら、その都度止めていたらしいんです」

「どうやって止めるんですか？」

「いくつか、方法があるようですが」

ノックの音がした。お盆にお茶を載せて、末廣さんが入ってきた。

「すみません」

謙介は、置かれたお茶を一口飲み、考えをまとめようとした。

末廣さんは、話を聞きたそうな顔だったが、一礼して出て行く。

「一番簡単なのは、アクセルを開けることですね。ランオンは、エンジン内が異常高温になることが原因ですから、混合気の中に外気を取り込んで冷やしてやれば、止められるということです」

「しかし、だとすると、ランオンは、平沼さんが一度エンジンを切った後で、発生したということなんですか？」

「ええ。でも、エンジンが止まった状態から、ひとりでにかかることはありません。つまり、何者かがもう一度エンジンをかけてから切り、人為的にランオンを発生させたと見ているんでしょう」

謙介はゾッとした。

「で、それをやった何者かというのが」

「日高英之という青年です」

謙介は、ファイルを見た。

日高英之。二十二歳。高校卒業後、フジエダ・カー・ファクトリーという自動車整備工場に勤務している。ならば、ランオンに関する知識も充分あっただろう。

「その会社は、自動車の整備だけでなくネオクラシックカーの売買仲介も行っています。平沼さんは、お得意様だったわけですね」

ポンティアック・ファイアーバード・トランザムのような車を、ネオクラシックカーと言うらしい。

「……しかし、動機は何なんですか？」

お得意様を殺す理由が、わからない。日高は、預かった金の使い込みでもしていたのか。

「日高くんは、平沼精二郎さんの実の甥なんですよ」

本郷弁護士は、ますます難しい顔になって言う。

「平沼さんには、ほかに身寄りはいません。なので、遺産はすべて日高くんが相続することになるんです。殺人の嫌疑がかかっているため、現在は宙に浮いた状態ですが」

非常にわかりやすい動機だった。警察からすれば、これは筋のよい事件ということになるのだろう。

「お聞きしたかぎりでは、かなりクロに近い印象を受けてしまったんですが」

謙介は、遠慮がちに言った。

「ですが、先生は、シロだと思われているんですよね？」

「ええ。日高くんは、やっていないと言っています。私は、それを信じます」

本郷弁護士は、きっぱりと言った。

「しかし、シロだとすると、なぜランオンが発生したのかがわからなくなるんですが」

「可能性なら、いくらでも考えられますよ。たとえば、単純に、平沼さんがランオンが起きていたことに気がつかなかった可能性があります」

「でも、エンジン音がしていたら、ふつうは気がつくんじゃないですか？」

「何かで頭がいっぱいになっているときなどは、うっかりすることもあると思いませんか？少なくとも、殺人であると断定するためには、根拠が薄弱だと言わざるを得ません」

それは、まあ、そうだろうが……。

「それにです。警察の見立て通り、何者かがガレージに侵入しエンジンをかけ直したとしても、それを日高くんがやったという証拠はないんです」

謙介は、ファイルに目を落とした。

たしかに、現時点では、シロともクロとも判断がつきそうにない。

「……わかりました。で、僕は、何を調べればいいんですか？」

当面は暇だし、フリマアプリの売り上げも期待できそうにない。型通りの調査でよければ、アルバイト感覚でやってもいいんじゃないかと思い始めていた。なにがしかの収入になれば、美奈子の機嫌も直るに違いない。

「まずは、当日の日高くんの足取りからですね。彼は、叔父さんの家は訪ねていないと言っていますから、もしアリバイが発見できれば、それで一件落着です」

「アリバイですか……日高くん本人からは、何も申告はないんですか？」

ふつうなら、こういう行動をとっていたから確認してほしいという話になりそうだが。

「彼は、夜はずっと、恋人と過ごしていたと言っているんです。それには、警察が犯行時刻と考えている時間帯も含まれています」

本郷弁護士は、あっさり答えた。だったら、それを先に言ってほしい。

「じゃあ、それを確認できたら、終わりということですね？」

思ったより、簡単そうだ。それだったら、半日で終わる仕事だろう。

「いや、恋人の証言ですから、それだけでは信憑性に欠けるんです。たしかに一緒にいたのを裏付ける、客観的な証拠が必要なんですよ」

なるほど。だとすると、恋人とどこにいたのかが問題になるだろう。たとえばホテルなら、チェックインの時刻が判明し、こっそり抜け出すのが不可能だったと証明できれば、アリバイ成立となりそうだ。

「わかりました。あと、一点だけ気になることがあります。電話でお伺いしましたが、警察は、どうして日高くんを犯人だと思い込んでいるんですか？　そのせいで、ひどすぎる取り調べがなされていて、冤罪事件になりかねないというお話でしたが」

すると、本郷弁護士は、また腕組みして、ひどい渋面を浮かべた。

「冤罪事件では典型的な予断のケースです。たとえば、被疑者が見つからない事件で、警察がまず調べるのは、近隣に住む素行不良者です。日頃の行いが悪い人間は、重大犯罪も犯しかねないという考え方なんでしょう」

「なるほど。日高英之は、日頃から、警察の厄介になっていたんですね？」

謙介の頭には不良少年のステレオタイプなイメージが浮かんでいた。きつい仕事が終わった後は、溜まったストレスを発散するため、コンビニにたむろしたり、車やバイクで暴走したり、通行人をカツアゲしたりするような。あるいは高額報酬に目がくらみ、闇バイトなどのもっと重大な犯罪に手を染めたりするような。

「いいえ」

案に相違して、本郷弁護士は、きっぱりとかぶりを振る。

「日高くんは、高校を卒業して以来、ずっと真面目に働いてきたんです。どんな軽犯罪すら、犯したことは一度もありません」

「じゃあ、どうして？」

謙介は、狐につままれた気分で訊ねた。

「実は、彼のお父さんが、かつて殺人事件で有罪になっているんですよ。警察の考え方では、蛙の子は蛙というわけなんでしょうね」

謙介は、ぽかんと口を開けた。もしそれが本当だったとしたら、ひどすぎる偏見である。

「お父さんが人を殺したとしても、だったら息子も殺すとはいえませんよね」

もちろん、父親が殺人犯として逮捕されれば、家族は辛酸をなめることになるし、その後の人生は大きく狂ってしまうだろう。しかし、だからといって、子供が親と同じような犯罪者に育つというのは、暴論もいいところだ。懸命の努力で自力で人生を切り開いた子供は、数多くいるはずだ。

待てよ、と思う。

それとも、もしかしたら犯罪は遺伝するとでも考えているのだろうか。ロンブローゾという十九世紀の悪名高い学者が主張していたように。

本郷弁護士は、深い溜め息をついた。

「実は、彼の父親が有罪だったかどうかすら、大いに疑問なんですよ」

「どういうことですか？」

訊ねながら、謙介は徐々に嫌な予感が兆すのを覚えていた。簡単どころではない。これは、とんでもなく根が深い事件なのではないのか。

「日高くんのお父さんである平沼康信さんは、同じ町に住む高齢の女性を殺害したとして、逮捕、起訴され、有罪になりました」

本郷弁護士は、苦悩の表情を浮かべた。

「その事件の公判で、平沼康信さんの弁護を担当したのは、私だったんです」

本郷弁護士の口調は、まるで懺悔するかのようだった。

「事件が起きたのは、今から十五年前の暑い夏の日でした。東京都＊＊町で一人暮らしをしていた石田うめさん、七十九歳が、自宅の玄関付近で遺体となって発見されたんです。死因は、頭部を鈍器で殴られて失神した後、首を絞められたことによる絞殺でした」

本郷弁護士は、すらすらと説明した後で、お茶を一口飲む。よほど忘れがたい事件だったのだろう。無表情ながら、内に秘めた強い感情が窺われた。

「誰の目にも事件性はあきらかだったので、すぐに捜査本部が立ち上げられました。警察は、威信をかけて犯人検挙を目指したようです。ですが、犯人像は杳としてつかめなかったので、警察は批判にさらされていました。そんな中、近所に住む平沼康信さんが逮捕されたんです。

平沼さんは、軽度の障害があったため、定職に就くことができず、町の便利屋のような仕事をして生計を立てていたようです」

本郷弁護士は、まるで友人か親戚の話をしているように、感情の籠もった口調になる。

「平沼さんは、幼い頃は神童と呼ばれていたほど知能が高かったようですが、無謀運転の車が起こした交通事故に巻き込まれて、高次脳機能障害になったんです。記憶に障害があるため、脈絡のある思考が困難になることがありました。そして、そのことが、厳しい取り調べに対し自分自身を守る上で、著しく不利に働いたんです」

本郷弁護士は、無意識にか、また溜め息をついた。

「平沼さんは、一人暮らしの石田うめさんから頼りにされて、住宅の簡単な補修などもやっていたようです。そのため、家の中の勝手は、よくわかっていました。このことも、残念ながら悪材料になってしまいました」

その先は、あまり聞きたくない気がする。

「平沼さんは、事件のあった日、石田うめさん宅を訪ねたことも、うめさんを殺害したことも、否定しました。しかし、取り調べに当たった刑事らは、失点を挽回したいという思いからか、連日連夜、平沼さんを執拗(しつよう)に責め立てた挙げ句、些細(ささい)な記憶違いをあげつらって恫喝(どうかつ)した上、暴力すら用いたようです。また、家族が世間から指弾を受けていると言って追い込みました。そのため、とうとう、平沼さんは自白してしまったんです」

謙介は、首を傾(かし)げた。以前から疑問に思っていたが、自分がやってもいない犯罪について、やりましたと自白するという心理が、どうしても理解できなかった。

「取り調べが厳しかったことはわかりますが、だとしても、無実なのに自白するというのは、ちょっと不思議なんですが？」

謙介の質問に、本郷弁護士はうなずく。

「それは、冤罪事件に関して多くの人が思うことなんです。自分なら絶対に、嘘の自白なんてしないと。でも、それは、渦中にいないから言えることなんですよ」

「そうでしょうか」

謙介には、まだピンとこなかった。

「ふつうの人は、社会生活の中で、話し合いによって折り合いを付けています。この国では、常識のある人が今でも大多数ですから、『話せばわかる』ケースが圧倒的に多いでしょうね。だから、真実さえ話せばわかってもらえるという危険な幻想を抱いてしまうんです」

本郷弁護士の舌鋒(ぜっぽう)は、まるで法廷にいるかのように鋭さを増す。

「まして、警察がやっていることなので、たとえ被疑者になっても公平な扱いを期待します。加えて、日本の警察は優秀だという刷り込みが、必要以上の信頼を抱かせます。……しかし、それが大間違いなのです」

「警察を信頼しては、いけないんですか？」

謙介は、眉に唾を付けたくなってきた。左派の弁護士は、必要以上に国家権力を敵視して、その尖兵(せんぺい)である警察を悪の権化のように言うことが多い。

本郷弁護士は、たしかに、会社との闘いでは大いに力になってくれた。とはいえ、それは、たまたま闘争方針が一致したからにすぎず、もしかすると、ヤバい種類の弁護士だったのかもしれないとすら思う。

「いいえ、大半の場合、警察は信頼すべきですよ。もしも事件に巻き込まれたら、素人判断は慎み、まず警察に連絡して、その指示に従うべきでしょう。日本の警察が、他の国と比べて、相対的に優秀だというのも事実です」

警察批判がヒートアップするかと思いきや、本郷弁護士は、意外に常識的なことを言う。

「しかし、それも時と場合によるのです。自分が被疑者になった場合に限り、警察はけっして味方ではありません。むしろ敵だと思うべきなんです」

警察が敵とは、ちょっと極端すぎる気がする。やはり、本郷弁護士は、あっち系の人なのか。

「誤解しないでほしいんですが、警察による取り調べすべてに問題があると言っているのではありません。通常はルールに則った取り調べがなされますし、証言もきちんと聞いてくれます。警察も、何も冤罪事件を作りたいわけではありませんし、真犯人を捕まえたいと心の底から願っているはずです」

謙介は、混乱した。

「しかし、だったら……どうして？」

「順調に真犯人に辿り着けそうな際は、警察と被疑者、それに被害者と社会の利益は、完璧に一致します。いわば、ウィンウィンの蜜月関係です。無実の被疑者は、正直に証言さえすれば釈放されるでしょう。問題は、真犯人が見つからないときなんです」

だんだん、背筋がうそ寒くなってきた。

「真犯人が見つからなかったら、どうなるんですか？」

「見つからなければ、作る。残念ながら、ごく一部の警察官は、そう考えるんです」

そんな馬鹿なと思う。

「作るって……つまり、でっち上げるっていうことですか？　でも、そんなことしたら、万一バレたときに、大変なことになるじゃないですか？」

たった一つの事件を解決するだけのために、キャリアのすべてを賭ける警察官がいるとは、とうてい信じられない。

「もちろん、全然関係のない人を捕まえてきて、無理矢理濡れ衣を着せるなんていうことは、しないでしょう。……でも、たまたま捜査線上に浮かんで、明白なアリバイがなく、何らかの理由で疑われやすい人がいた場合には、つい、これで自白さえあったら有罪にできると考えてしまうものなんです」

「何らかの理由で疑われやすいっていうのは、たとえば、動機があるとかですか……？」

謙介は、そう質問しかけて気がついた。

たぶん、そういう理由だけではない。

前科があるとか、素行が不良であるとか、そういった類いのことだ。

「疑われやすいというのは、イコール偏見を持たれやすいということなんですよ。要するに、社会的弱者は標的にされやすいんです」

謙介は、唖然とした。それが本当なら、あまりにも救いのない話である。

「対照的なのは、いわゆる上級国民に対する扱いです。社会的な地位の高い人は、まず過酷な取り調べによる冤罪の罠に陥ることはないんです。彼らは、優秀な弁護士を何人も雇い反撃ができますし、しばしば、強力な友人を持っていて、警察も手傷を負う可能性があるからです。……とはいえ」

本郷弁護士は、ここで言葉を切り、すでに冷えているお茶を飲んだ。

「検察主導の冤罪事件では、上級国民でさえも、安閑とはしていられないんですよ。検察は、大規模な疑獄の摘発など世間にアピールできる手柄を求めますから。企業の社長や中央省庁の高級官僚を、証拠を捏造してまで冤罪に陥れようとした事件がありましたよね？」

謙介は、うなずいた。どちらも、比較的最近の事件だったので、よく覚えている。

「こうした事例を見れば、シンプルな真理に到達できます。つまり、警察も検察も、けっして国民のために存在しているわけではないということです」

「国民のためでなければ、いったい誰のためなんですか？」

国家のため、あるいは、政治家たちのためだろうか。

「警察は警察のために、検察は検察のために存在しているんです」

本郷弁護士は、身も蓋もないことを言う。

「私は何も、彼らだけを非難しているのではないんですよ。財務省は財務省のために、企業は企業のために、大学は大学のために、存在しています。ただ、利害が一致する範囲において、社会や国民にも有益なサービスを提供してくれるというだけのことです」

謙介は、古巣の会社のことを思い出した。たしかに、社会と組織の利害が対立したときに、社会を取る組織はない。必ず組織防衛に走るものである。

「話を元に戻しましょう。警察による厳しい取り調べで、平沼さんは虚偽の自白をしました。真実を話せばわかってくれるという安心が徒になりました。何を言っても信用してもらえず、連日厳しい言葉で難詰され続ければ、人の神経はおかしくなります。ここから逃れるために、いったん嘘の自白をして、裁判で否定すればいい。そんなふうに考えてしまうんです」

本郷弁護士は、暗い目をして言う。

「しかし、そうなったら、もう取り返しがつかないんですよ」

# 3

「どうだ？　悪いことは言わん。いいかげん、何もかも話して楽になったら？」

松根刑事が、日高英之の耳元で囁く。

「……黙秘します」

英之は、弱々しくつぶやいた。

「黙秘ねえ？　あの弁護士に、そうしろって言われたのか？　だがなあ、黙秘してても、いいことは何もないんだよ」

松根は、せせら笑う。

「無実のやつは、まず黙秘なんてしねえものなんだよ。黙秘ってのは、真っ黒黒助な野郎が、何か言ったらボロが出て抗弁できなくなるって怯えた挙げ句、仕方なしにするもんなんだ」

英之は、黙ってうつむいていた。

「裁判でも、黙秘してたやつは心証が悪い。ああ、やっぱりクロなんだって思われるんだな」

松根は、慨嘆するように言う。

「そうなると、どうなると思う？　量刑に影響してくるんだよ。まったく反省の色が見えないからってな」

英之は、ちらりと松根を見たものの、まだ押し黙っていた。

「別に、殺したと認めろとは言ってねえだろう？　ただ、黙秘を続けるのは、お前のためにはならないって、忠告してやってるんだ」

「俺は……」

英之は言いかけて、また口をつぐんだ。

「無実だったら、堂々としてりゃいいんだよ。何を聞かれても真実を話せばいいんだからな。真実ほど強いものはねえんだ。そう思うだろう？　しかし、犯人は、そうは考えねえんだな。あたりまえの話だろう？　もしも真実が明るみに出たら、有罪になるわけだからな。だから、雑談にすら応じないやつもいるんだ。俺に言わせたら、黙っていることで、私はクロですって宣言してるようなもんだな。……おまえも、そうなのか？」

英之は、顔を上げて、救いを求めるように松根の顔を見た。

「違うよな？　おまえは、そんなやつじゃない。長時間一緒にいて、俺には、おまえのことがよくわかってる。あの弁護士から入れ知恵されなかったら、黙秘なんてしようと思わなかっただろう？　おまえは、どんどん自分を追い詰めてるんだ。今からでも、まだ遅くないんだぞ。黙秘なんて馬鹿な真似はやめた方がいい」

英之は、また顔を伏せた。

松根は、溜め息をつき、しばらく沈黙していたが、再び口を開いたときには、声のトーンが一変していた。まるで担任の先生か、部活の先輩のような調子に。

「おまえさ、そもそも、なんであの弁護士を知ってたんだ？」

英之は、顔を上げたが、相変わらず黙ったままだった。

「おいおい。いいんだって。事件とは、まったく関係のないことだろうが？　黙秘することに決めても、それ以外のことは、しゃべってもいいんだ」

英之は、迷っているように口を押さえて、視線を宙に彷徨（さまよ）わせた。

「あの本郷誠っていう弁護士な、実は札付きなんだよ。知ってたか？」

松根は、思わせぶりに言葉を切った。

英之は黙ったままだったが、しばらくして、首を左右に振った。

「そうか。やっぱり知らなかったらしいな。まあ、素人には、なかなかわからん世界だからな。正義のために警察が相手でも敢然と闘いますって言う弁護士は、頼もしく見えてしまうこともあるだろう。だが、実態はそうじゃない。本当に依頼人のためになる弁護士、きっちり量刑を引き下げてくれる弁護士っていうのはな、警察や検察とも良好な関係を保ってるものなんだ。

おまえも、社会人として仕事をしてたんなら、わかるだろう？　何の世界でも、同じなんだよ。

トラブルメーカーってやつは嫌われる。あの本郷って弁護士は札付きのトラブルメーカーで、

警察や検察だけじゃない、裁判所にも嫌われてるんだ。そんなやつに運命を預けると、結局、

おまえが損することになるんだ。わかるか？」

英之は、ためらいがちに、うなずいた。

「そうか。おまえが聞く耳を持ってくれてよかったよ。だまされて、後で泣きを見るおまえの姿は、俺も見たくないからな」

松根は、満足げに英之の肩を叩いた。

「おまえは、まさか、弁護士は自分の味方だなんて、思ってないよな？」

英之は、身体をこわばらせた。

「そうか。やっぱり、そう思ってたのか」

松根は、しみじみと言う。

「あいつらは、自分の野心のために依頼人を利用してるんだよ。注目の事件で名を上げたい。そういう魂胆で、あえて依頼人を勝ち目のない闘いに引きずり込むんだ。ちょっと考えれば、わかる話だろう？　おまえを弁護したって、たいした金にはならないんだからな」

英之は、パイプ椅子の上で身じろぎして、少し動揺した様子を見せた。

「弁護士は、おまえのことなんか、はなから全然考えてないんだ。ただ、おまえをダシにして、警察、検察と一戦交え、存在感を示したいんだよ。万が一勝てばめっけもんだし、負けたって、最初から織り込み済みだ。おまえが、厳しい判決に茫然自失してても、おかまいなしだ。不当判決だ。断固抗議します！　おそらく、マスコミの前でそう見得を切りたいだけなんだろうな」

英之は、膝の上で、ぐっと拳を握りしめた。その様子を、松根はじっと見ている。

「俺が言いたいのはただ、弁護士を無条件で信用するなっていうことだ。やつらは、常にやつらの利害で動いてるんだからな。だから、それをよく見極めた上で、どうすべきかは、おまえが自分で決めるんだ。言ってること、わかるな？」

英之は、ゆっくりとうなずいた。

「よし。それでだ。そうやってだんまりを続けてても意味ないだろう？　黙秘したい部分は、黙秘してもいい。だが、それ以外の事件に関係ないこととか雑談とかは、ふつうにやろうや。俺がさっきした質問は、事件とは関係ないだろう？」

英之は、また顎をうなずかせた。

「うん。じゃあ、もう一回訊こう。おまえは、なんで、あの弁護士を知ってたんだ？」

英之は、唇を噛んだが、意を決したように口を開いた。

「親父の、弁護をしてくれた人なんで」

「親父？」

松根は、ぎょっとしたように絶句すると、手元のファイルに目を走らせる。

「平沼康信か。……十五年前に犯した殺人で有罪になった」

「本郷先生は、そのときに本当に親身になってくれたって、お祖母ちゃんから聞いてました。だから、こんなことになって、すぐに名前が浮かんだんです」

「そうか。なるほどな」

それでようやく謎が解けたというように、松根は顎を撫でた。

「一人暮らしの婆さんを殺した事件だったな。貯め込んでた金を狙った」

英之は、沈黙した。

「そのことと、今回の事件とは、何か関係があるのか？」

松根は、急所に触れる質問をした。

「関係って？」

英之は、素知らぬ顔で反問した。

「質問に、質問で返すな！」

松根は、突然激高して、激しく机を叩く。英之は、思わずびくりとした。

「おまえの親父は、殺人罪で有罪になった。金欲しさから婆さんを殺した残虐な犯行だった。そのときのことは、覚えているか？」

「……ってない」

英之は、聞こえるか聞こえないかの声で、つぶやいた。

「何だって？」

松根は、眉を上げ額に皺を刻んだ。

「やってない。親父は、無実です」

松根は、わざとらしく溜め息をつく。

「あのなあ、おまえの親父は、裁判で有罪になってるんだよ。証拠もあったし、何より自白もしている」

「証拠なんか、なかった」

英之は、うつむいたまま言う。

「目撃者も、指紋も、何もなかった。親父が盗（と）ったっていう金も見つからなかった」

「後から、調べたのか？」

松根は、ふんと鼻を鳴らす。

「十五年前なら、おまえはまだ七歳だった。何があったのかも、はっきりとは理解できなかっただろう？」

英之は、答えなかった。ふいに、当時の悪夢のような記憶がよみがえる。

母親と二人、昼間から雨戸を閉め切って、息を潜めていた。ひっきりなしにチャイムが鳴り、記者がドアを叩く。返事をしないでいたら、蹴るやつもいた。後で見ると、ベニヤ板のドアは割れて亀裂が入っていた。夜には、投石で窓ガラスが割られた。投石は毎晩続いたが、警察は何もしてくれず、三日もすると、無事なガラスは一つも残っておらず、段ボールで塞いだが、その上にも石やゴミが投げつけられた。

「人殺し！」や「出て行け！」という恐ろしい怒号を聞いて、こっそり窓の隙間から覗いたら、投石しているのは、近所の人たちや、英之の通う小学校の生徒たちだった。

母子は、母方の祖父母の家に避難するしかなかったが、そこにもすぐにマスコミが押し寄せ、アパートドアには、スプレーで『人殺し！』と書かれた。

「……おまえの親父は、自白してるんだよ。てことは、間違いなく犯人だったということだ。わかるだろう？」

松根の声に、英之は我に返った。

「やってもいねえのに、私がやりましたっていうやつはいねえんだ。認めたくねえだろうが、おまえの親父は、人殺しなんだ」

松根は、噛んで含めるように言う。

「冤罪です」

英之は、顔を上げた。

「どいつもこいつも、二言目には冤罪だって言いやがる。冤罪事件なんてものはめったにないんだよ！」

　松根は、うんざりしたように怒鳴る。

　たしかに、冤罪事件は、それほど件数が多いわけではない。それでも、はっきり冤罪と証明された事件だけでも一冊の本になるくらいの数が存在したたし、さらに、闇から闇へと葬られたものまで加えると、ひょっとすると背筋が寒くなるような数に上るかもしれない。

　だが、英之は、それ以上、反論しなかった。今はまだ、そのときではない。

「……親父が逮捕されて、おまえの家族は苦労したんだろうな。おまえの気持ちはよくわかる。家族には罪はないもんな」

　松根は、英之を言い負かしたと思ったのか、話を先に進める。

「で、その後、何があった？」

　英之は目をつぶって、大きく息を吐き出した。気持ちを落ち着けてからでなければ、とても話す気にはなれなかった。

「父が刑務所で亡くなったあと、母も心労が重なって亡くなったんです。それからは、ずっと祖父母に育ててもらいました」

「そうか。苦労したな」

　松根の目の中に、初めて同情のような色が見えた気がした。

「そんな中で、叔父さん——平沼精二郎さんは、物心両面で、おまえを助けてくれたっていう話だったよな？」

「そうですね。叔父は、精一杯のことをしてくれたと思います」

　英之は、殊勝に言う。

「俺が何とか高校を卒業できたのは、叔父が援助してくれたおかげだと思います。祖父母には、全然お金がなかったんで」

「ふーん、そうか」

松根の目が、猜疑心に光った。

「しかも、就職先まで紹介してくれたわけだ。つまり、叔父さんは恩人だったんだな?」

「はい」

英之は、うなずいた。

「しかし、世の中には、恩を受けた人間が、それを恩と感じないこともあるよな?」

「どういう意味ですか?」

英之は、慎重に訊ねた。

「つまりだ。おまえの方は、親父が殺人罪で服役中に死んで、お袋も亡くなって、何とか就職できたものの、貧しい生活をしている。ところが、叔父さんはどうだろう? 事業で成功して、趣味の車に金をつぎ込む悠々自適の毎日だ。……正直に言ってみな。不公平だと思ったんじゃねえのか?」

「そんなことはありません。俺は、叔父にはずっと感謝していました」

「だが、羨ましいとは思っただろう?」

松根の指摘に、英之は、一瞬言葉を途切れさせた。

「それはまあ……。でも、だからといって」

「いずれ叔父さんが亡くなったら、おまえが遺産をもらえると思ったんじゃないのか?」

「いいえ」

「嘘つけ!」

松根は、言下に撥ね付ける。

「そのくらいのことは、誰でも考えることなんだよ。それなのに、一度も思わなかったなんて白々しいことを言うのは、おまえが嘘をついている証拠なんだよ」

完全に言いがかりでしかないが、動揺を誘う話法としては、これで充分なのだろう。

「それは、遺産の相続人は、他にはいないと思ったことはありましたけど……」

英之は、歯切れ悪く言う。

「そうだろう！　最初から、そう正直に言えよ」

松根は、勝ち誇ったように言う。

「だが、となるとだ。叔父さんはいずれは死ぬし、将来遺産が入るってことも現実味を帯びてくるよな？　もしもそうなったら、マンションを買おうとか、キャバクラで豪遊しようとか、いろいろ想像してたんじゃないのか？」

松根は、にんまりした顔を近づける。

「ほんの少しでも頭をよぎらなかったとは、今さら言わせねえぞ！」

「いや、そういうことは思いませんでした。……ただ」

「おう。ただ、何だ？」

「車を……」

英之は、言いよどむ。

「そうか。おまえも、自分の車を買いたいと思ったんだな？」

「ていうか」

松根は、すぐに誤解に気づいたらしい。

「なるほど。毎日見ていた叔父さんの車が、欲しくなったっていうわけだ？」

英之は、黙り込んだ。

この刑事は、車が欲しくて叔父を殺したと、本気で思っているのだろうか。

いや、話の一応の筋さえ通れば、それでいいのだろう。真実が何だったかなど、はなから、まったく興味がないに違いない。

「どの車が欲しかったんだ？」

松根は、当て推量が正鵠（せいこく）を射ていたという前提に立って、次の質問をする。

こういう尋問官が相手ならば、間違っている推測は、その都度全力で打ち消さないかぎり、いつのまにか既成事実として扱われてしまうに違いない。

「……強いて言えば、エスパーダかな」

英之は、あえて松根の言葉を肯定してやる。

「おお、そうか。格好いい車だよな」

松根は、資料の写真に目を落としながら、相好を崩した。

「どんな女でも、助手席に乗せれば、一発で落ちるんじゃないか？」

落ちねえよ、馬鹿。英之は心の中で突っ込む。女受けする車じゃねえんだよ。

「だが、古い車ってやつは、燃費も悪いし、維持費はけっこう高く付くよな」

松根は、わざとらしく溜め息をつく。

「俺も、フェアレディZが欲しかったんだが、いろいろ聞いてさ、諦めたよ」

おまえなんかに、似合うわけないだろう。フェアレディZに謝れ。

「……しかし、叔父さんの遺産があったら、何の問題もないわけだ」

英之は、かすかにかぶりを振ったものの、松根は無視した。

「金が欲しいっていうのは、別に恥ずかしいことじゃねえんだぞ？　誰だってそうだろう？

それは認めるよな？」

今、いったい何を認めさせられようとしているのかがよくわからなかった。しかし、英之は曖昧にうなずいた。

「そうか。……うん。よくわかった」

松根は、何かをメモに書き込む。

「つまり、おまえには動機があったわけだ」

松根は、英之を睨み付けた。今さら否定はさせないぞという表情だった。

「……そんな。俺には、動機なんて」

「じゃあ、次は、あの晩のことを聞こう」

英之の抗議は、あっさり黙殺される。

「嵐の晩だったよな。それなのに、おまえは、わざわざ遠くのコンビニに行った」

「それは……」

英之は、一瞬だけ絶句する。

「あそこのアルバイト店員さんが可愛かったからです」

「伊東陽菜さんか」

松根は、せせら笑った。

「おいおい。そんな馬鹿みたいな言い訳が、今さら通用すると思うのか？」

それは、おかしいだろう。ストーカー規制法違反で逮捕したんじゃなかったのか？　なのに、そっちが容疑を否定するのか。

そうは思ったが、英之は黙っていた。抗議したところで、事態が好転する見込みはまったくないからだ。

「S市の『ライトハウス』……。あそこからなら、叔父さんの家は徒歩圏内だよな」

「坂の上だし、三十分はかかりますよ」

「語るに落ちたな」

松根は、煙草のヤニに染まった前歯を剝き出して嘲笑する。

「歩いたことがなければ、そんな台詞は出ねえよ。つまり、少なくとも一度は、歩いたことがあるんだな？」

英之は、黙り込む。

「都合が悪くなると、ダンマリか？」

松根は、机を激しく叩いた。

「そんな姑息なやり方で、追及をかわせると思ってるのか？　警察を舐めるな！」

耳元で、大きな声で怒鳴られる。思わず英之が下を向くと、首筋をつかんで、無理矢理顔を上げさせられた。

「正直に言え！　あの晩が、そうだったんだろう？　違うのか？　おまえは、コンビニを出て、左方向に歩いて行った。その先には、叔父さんの家がある。そうだな？」

「……だから、間違えて左に行きましたけど、道を渡ってから、方向転換して」

「聞き飽きたんだよ！」

松根は、また英之の耳元で喚いた。

逮捕されてから、この質問をされるのは、いったい何度目だろうか。

何度答えたところで、また同じ質問が繰り返される。向こうの気に入る答えが得られるまで、それは執拗に続くのだ。

「おまえは、コンビニを出ると、叔父さんの家に向かった」

「行ってません」

## ○6○

英之は、強く否定したが、奇妙なことに、松根にはまったく聞こえなかったらしい。

「コンビニを出たのは、十一月三日の、午後九時半だったな？」

コンビニを出た時刻なら、わざわざ念を押さなくても、防犯カメラの映像で確認できるはずだが。

「たぶん、そのくらいです」

英之は、うなずいた。

「そこから三十分ほど歩き、叔父さんの家に着いたのは、午後十時過ぎか」

「行ってません」

英之は、強情に繰り返す。

「叔父さんが車で帰宅したのは、十一時頃だ。近所の防犯カメラに、車の映像が残っていた。ポンティアック・ファイアーバード・トランザムだよ」

松根の目が光る。

「たまたま同じ時刻に、そんなにレアな車が走ってるとは思えねえ。こいつは叔父さんの車で間違いないだろう。どうだ？」

「それは……そうなんじゃないですか」

そう答えるよりなかった。

「しかし、だとすると、おまえは、叔父さんが帰宅する前に、家に侵入していたということになるな」

「侵入って、どうやって？」

「そこだ。おまえは、叔父さんのガレージの鍵を預かってたんじゃないのか？」

「いいえ」

「嘘をつくんじゃねえ！」

松根は、大声で恫喝した。

「『フリス』ってバーのマスターに、夜中に電話で呼び出されたことがあったよな？　去年の十月九日のことだ」

「……はい」

調べは付いているらしい。

「どういう用件だった？」

「叔父が泥酔して、一人では帰れないので、車で迎えに来てほしいということでした」

英之は、マスターである中島のそのときの言葉を思い出しながら、慎重に答える。

「『フリス』は、叔父さんの家からは、徒歩で十分くらいの距離だな。どうして、わざわざ、おまえにそんなことを頼むんだ？」

「叔父は、酔っ払うと人事不省になるんで、タクシーにも嫌がられるんです」

「それで、おまえは、どうした？」

「しかたなく、バイクで叔父の家に行って、車を出し、叔父を迎えに行きました」

「そうだな」

松根は、満足げにうなずいた。

「しかし、おまえは、どうやってガレージを開けて、車を出したんだ？」

「いったん、『フリス』に寄って、鍵を受け取ってから、叔父の家に行ったんです」

「つまり、おまえは、ガレージの鍵を持っていたわけだ」

「叔父を送り届けて、すぐに返しました」

「翌日な」

「えっ？」

そこまで知っているとは思わなかったので、英之は動揺した。

「おまえは、翌日、叔父さんにガレージの鍵を返しに行ってるな？」

「それは……そういえば、そうでした。つい返し忘れてたんで。だけど、そのとき、たしかに返してます」

「うん。そのガレージの鍵は、これだな？」

松根は、袋から鍵を取り出して、机の上に置いた。

「はい。これだと思います」

「手に取って見ないのか？」

「いえ、見ればわかりますから」

まさか、今指紋を付けさせようというわけではないだろうが、英之は手を出さなかった。

「古いディスクシリンダー錠だな。これなら、どこでも簡単に複製できただろう」

「そんなことは、してません」

英之は、きっぱりと言う。

「近くの鍵屋さんに、訊いてみてください。俺は複製なんか頼んでませんから」

「なるほどな。近くの鍵屋では頼まなかったというわけか」

松根は、皮肉な調子で言う。

「しかし、こいつは、そこらへんの金物屋とか、ホームセンターでも、簡単に複製ができる。中にはろくに記録も付けてない店もあるだろうし、おまえが絶対に複製を作らなかったという証明は不可能だ」

それは、悪魔の証明というよりは、ただの警察の怠慢だろう。

「つまり、おまえは、ガレージの鍵の複製を持っていた可能性が高いことになる」

「そんなことは……」

「おまえは、午後十時過ぎに、複製した鍵を使って叔父さんのガレージに侵入したんだな？　そして、一時間後、叔父さんが帰宅するまで待った」

「俺は、そんなことはしてません」

英之は、掠れた声で否定する。

「叔父さんのガレージは、外車が三台も入るくらいだから、かなり広いし、隠れる場所も充分あっただろう？」

「それはそうですけど、俺は、そんなことは絶対やってません！」

「おい。あくまで、とぼけるつもりか？」

松根は、右手を伸ばして、英之の髪の毛をつかんだ。かなり痛い。

「バイクを使わなかったから、足は付かないと思ってたようだな？　だがな、おまえの姿が、近所の家の防犯カメラに映ってたんだ」

そんな馬鹿な。そんなことは絶対にあり得ない。英之は、松根刑事を睨んだ。はったりだ。こいつは、嘘をついている。

「その映像を、見せてください」

「大事な証拠だ。今は、まだ見せられない」

松根は、英之の髪を放した。

「おまえは、叔父さんがガレージを出るのを待って、車のエンジンをかけた」

「音が聞こえますよ」

「もちろん、叔父さんが寝静まるのを待ってからだ。叔父さんは、帰るといつも寝酒をやって、バタンキューだったそうだな」

知らないと言っても、通らないだろう。

「そうですけど」

「おまえは、エンジンをかけてから切った。意図的にランオンを起こしたんだ」

「それは……いつもランオンが起きるとは、限らないっすよ」

「二、三回に一度は起きてただろう？　そのたびにアクセルをふかして止めてたんだよな？

調べは付いてるんだよ」

松根は、余裕綽々（しゃくしゃく）という顔だった。

「おまえは、ランオンを発生させ、ガレージのシャッターを開けて逃走した。嵐の晩だから、通行人はほとんどいなかった。だから、誰にも見られずに逃げ切れたんだ」

さっき、防犯カメラに映っていたと言ったのとは矛盾する言葉だったが、そこを突いても、痛くもかゆくもないに違いない。

「おまえは完全犯罪のつもりだったろうが、残念だったな。世の中、そんなに甘くないんだよ」

英之は、しばらく考えて、反撃に転じる。

「だったら、キーはどうしたんですか？」

「ああ？　何だ？」

松根は、不快げに眉根を寄せる。質問されるのは嫌いなのだろう。

「トランザムのキーです。どうやって手に入れて、エンジンをかけたって言うんですか？」

松根は、バンと音を立てて机を叩いた。

「車のキーは、挿さったままだったんだろう？　とぼけるんじゃねえ！」

「どうして、俺が知ってるんですか？」

英之は、わざと質問に質問で返した。

「舐めんなよ、若造！」

思った通り、松根は激高しかけたものの、何とか冷静さを取り戻す。

「叔父さんは、ガレージに車を入れた後は、キーを挿しっぱなしにすることが多かったんじゃないのか？　だとすれば、おまえは当然、そのことを知っていたんだろう？」

「そんな話は、初耳です」

英之は、本心から言った。

「嘘をつけ！」

松根は、英之の胸ぐらをつかむ。

「松根さん……」

補助者の村沢刑事が、遠慮がちに注意する。松根は、忌々しそうな顔で手を放した。

「叔父は、俺の知るかぎりでは、エンジンを切ったら、必ずキーを抜き取っていました」

英之は、襟元を直しながら言う。

「ふん。適当なことを言いやがると」

「本当です」

英之は、声が震えないよう腹に力を込める。

「……まあ、それが本当だったとしても、おまえは、母屋に入って、キーを持ち出したのかもしれん。または、スペアを作っていた可能性もある」

結局のところ、何でもありじゃないかと、英之は思う。

「しかし、おまえがトランザムのエンジンをかけたという事実は、あきらかだ」

松根は、自信たっぷりに言う。

「なぜですか？」

「キーに、おまえの指紋がべっとりと付いていたからだよ」

英之は、絶句した。ここで切り札を切ってくるとは思わなかったのだ。

「おまえが、どうやってキーを入手したのかはともかくとして、おまえは、そのキーを使って車のエンジンをかけ、ランオンを引き起こした。そして、母屋に侵入すると、キーボックスにキーを戻した。叔父さんが最後にエンジンを切り、ランオンが起きたと見せかけるためだ」

英之は、混乱したように頭を振った。

「いい加減諦めて、白状しろ。もう、ネタは割れてんだよ」

松根は、たたみかけてきた。

「でも、俺は、そんなことは」

「ん？まだ、しらばっくれるのか」

松根は、なぜかニコニコしながら、英之の肩を叩いた。

「俺は、本当に」

その瞬間、みぞおちにズシンと衝撃が来た。

まったく予測していなかったため、もろに松根の拳がめり込んでしまう。

うっと呻いて、英之は椅子から崩れ落ちた。

「おまえは、人として、絶対にやってはいけないことをやったんだ。実の叔父さん、それも、おまえを助けてくれた恩人を、金が目当てで殺したんだからな」

否定しようとしたが、声が出なかった。

英之は、懸命に首を左右に振ろうとしたが、松根に首根っこを押さえられた。

「なあ、真人間に戻ろうや。何もかもを自白して、罪を償うんだ。それ以外には、叔父さんに詫びる方法はないぞ」

　英之は、呟き込み、涙を流した。

「やったんだな？　なあ、やったって言え」

「でも、俺は……」

「おまえの生い立ちには、同情すべき点が多々ある。だからといって、おまえのやったことは、けっして許されないことだからな」

「俺は、叔父さんを殺していま……」

　今度は、喉をつかまれた。苦しい。

　英之は、何とかして松根の手を外そうとしたが、できなかった。

「松根さん。まずいっすよ」

　村沢が諫めると、松根は、ようやく英之の喉を締め付けていた手を放した。

「正直に、全部、吐いちまいなって。な？　楽になるからよ」

　今度は、右腕で強烈なヘッドロックをかけられた。左手で頭をポンポンと叩かれる。まるで親しい同士のじゃれ合いのような動作だが、頸動脈を圧迫され意識が遠くなりかけた。

「自分のやったことを正直に告白するのは、勇気がいるもんだ」

　松根は、英之の首を絞め上げながら言う。

「しかし、しゃべったら、一気に楽になる。俺の経験でも、そういうやつは大勢いたっけな。我を張って、虚勢を張って、必死に苦しさに耐えていたやつが、いったん認めてしまったら、後は堰を切ったように自白するんだよ。自分でも、話したかったんだろうな」

「お、俺は」

　英之は、呻いた。本当に苦しかったので、演技をする必要もない。

「うん。おまえは何だ？　どうしたんだ？　その次を言えよ」

「俺は、やってな……」

再び、首を絞める力が一段と強くなって、英之は絶句するしかなかった。

「素直じゃねえな。人間、素直にならねえと、損ばっかだぞ」

松根は、左の拳の人差し指の第二関節で、英之のこめかみをグリグリとこじった。

痛い……。この男は、跡が付かないように痛みを与える方法を熟知しているようだ。

「おまえは、社会経験が乏しいようだな。俺が、どうすれば損をしないですむか、よく教えてやるよ」

松根は、英之の耳元で囁いた。口臭のする息がかかって、ひどく気持ちが悪い。

「犯罪者は、警察で取り調べを受けた後、検察庁に身柄を送られる。だが、そこで、不起訴になるやつと起訴されるやつに分かれるんだ。天国と地獄の違いだな。どこが違うか、おまえにわかるか？」

「……わかりません」

松根がヘッドロックを緩めたので、英之は、何とか声を絞り出した。

「要は、可愛げなんだよ」

松根は、悦に入った調子で続ける。

「可愛げがないやつは、徹底的に苛め抜かれる。それが、この国の掟だ」

いったい何を言ってるんだ、こいつは。英之は、反発したくなったが、黙っていた。ここで怒らせても、ろくなことはなさそうだ。

「上級国民でもな、いったん逮捕されたら、すべてを認めて、恭順の意思を示し、職を辞し、いわば閉門蟄居する。そうすれば、可愛げがあると見なされて、手心が加えられる。不起訴にしてもらえるんだ。……しかし、弁護士にそそのかされて、徹底抗戦なんてしようもんなら、それこそ、後は地獄だぞ」

松根は、しみじみと言う。

「殺人罪でも、計画性があるかないかで大きく量刑が変わってくるだろう？　それは、何でかわかるか？」

「いいえ」

「計画して人を殺すようなやつには、全然可愛げがないからだよ。まだ、かっとしてブスッとやっちまってから、後で青くなるやつの方が、可愛げがあるってわけだ」

ふざけるな。そんなもの、殺される側からしたら、どちらも同じだろう。

しかし、松根の言っていることは、案外、正鵠を射ているのかもしれなかった。公権力は、何よりメンツを重んじる。国家は家父長制の家族のようなものだから、反抗する子供にはより厳しい制裁を加えるのかも。

「そこで、おまえの犯行だ」

松根は、また腕にぐっと力を込めてきた。職業柄、鍛えているのだろうが、年齢の割には、ものすごい力だった。

「おまえには、全然可愛げがないんだよ」

首を絞り上げられて、失神しそうになった。

英之は、反射的に松根の腕をつかんだ。自動車整備工場は肉体労働も多いので、それなりの腕力はあるつもりだったが、びくともしない。

「若いやつは判断力や自制心が乏しいから、馬鹿な真似をするのもある程度はしょうがない。揉(も)めてカッとなり、その場にあった凶器で殺(や)っちまったっていうんなら、まだ矯正のしようもあるだろう」

　嘘をつけ、と英之は思った。そもそも矯正なんか全然してないじゃないか。少年犯罪者は、ベルトコンベアに載せられたように、警察、検察、家庭裁判所、少年院とたらい回しにされた挙げ句、一定の年数が過ぎたら機械的に社会に放り出すだけだ。再び犯罪を犯したところで、誰一人として責任は取らない。

「だが、おまえは違う。おまえの犯行には、まったく人間味ってもんがないんだ。ランオンで事故に見せかけて殺すなんていうのは、冷血どころか悪魔の所業だよ」

　緻密に犯行計画を立案し、冷徹に実行するような人間は、捜査する側から見れば、たしかに可愛げはないだろう。

　しかし、そこに至るまでに、どんな葛藤や、血を吐くような慟哭があったのかについては、一度も思いを馳せようとはしないのだ。

「しかも、被害者は、血のつながった実の叔父さんだぞ？　これで、いったいどこに可愛げを見つけたらいいんだ？」

　松根は、嘆息してみせる。

「その上、取り調べでは、頑として、自分のやったことを認めようとはしない」

　松根の声音に、憎々しさが滲み出る。

「俺は、おまえに最後のチャンスをやろうとしてるんだぞ？　その気持ちがわからんのか？　おまえは、まだ若い。やったことを認め、きちんと罪を償えば、まだ充分やり直せるんだ」

　それも嘘だと、英之は思う。

　殺人の前科を背負ってしまった人間がやり直すのは、容易なことではないはずだ。それを、簡単にできるかのように言うのは、ほとんど詐欺師の話術だろう。

「いい加減、認めろって。おまえにはもう、どこにも逃げ道はない。今はただ、犯行を認め、刑に服することだけが、残された唯一の道だ。俺たちは、それをお膳立てしてやってるんだ。それなのに、救いを拒否して一人で突っ張ってても、絶対に幸せにはなれねえぞ」

突然、松根は、ヘッドロックを解いた。

戸惑っている英之に、恩師のような仕草で優しく肩を叩く。

「認めちまえって。おまえにも、言い分はあるだろう。だったら、それは裁判で言えばいい。裁判官も情状酌量してくれる。……ただし」

松根は、内緒話をするように声を潜めた。

「本当はやってませんってのは逆効果だからな。そうじゃなくて、親父さんが獄死してから、どんなに苦労したか、切々と訴えればいい」

松根は、こちらの心の内側に入り込んで、有益なアドバイスを与えてくれる。

嘘でもいいから、自白しろと。

## 4

待ち合わせ場所に指定したファミレスは、閑散としていた。コロナ禍で閉店する店が多いが、ここも早晩潰れてしまうのではないかと心配になる。

謙介は、薄いアイスコーヒーをすすって、あらためてファイルを見た。

大政(おおまさ)千春(ちはる)、十九歳。調理製菓専門学校で、パン職人を目指している。

意味のある情報は、それだけだ。日高英之の恋人らしいが、どうやって知り合ったのかも、どの程度の間柄なのかもわからない。

　いずれにせよ、恋人である以上、事実を隠蔽したりねじ曲げたりしても日高を庇うことは、充分予想される。証人として、どこまで信頼できるかを見極めることが、人事部のゴルゴ13という異名を取った俺に、期待されていることだろう。

　子供がいないので、若い女の子の扱いには自信がないが、「さとり世代」に属する子だから、そんなに難しくはないだろう。

　とはいえ、パワハラやセクハラに取られかねない発言は厳禁である。いったん心を閉ざしてしまうと、リカバリーは不可能に近い。

　とにかく物腰はソフトに、だが信頼できる大人という印象を与えながら……。

　そのときようやく、謙介は、少し離れた場所に立っている若い女性に気がついた。背が高い。スニーカーを履いていて、百七十センチちょうどの謙介と同じくらいだ。化粧っけはないが、顔立ちは整っている。少し困惑しているような表情だった。

「大政さんですね？　私が電話した垂水です。どうぞ、お座りください」

　大政千春は、軽く会釈すると、謙介の向かいの席に腰を下ろした。店員がやってきたので、ドリンクバーを注文する。

「あの……垂水さん。英之は、だいじょうぶなんですか？」

　謙介が口火を切る前に、千春が質問する。

「そうですね。具体的には言えませんが、かなり厳しい取り調べを受けているようです」

　ティーザー広告のような言い方になってしまったため、千春の顔が曇った。

「英之は、絶対に、人殺しをするような人間じゃないんです！」

　なるほど。二人は強い信頼で結ばれているようだと、謙介は思う。

「わかってます。私も、本郷先生も、彼の無実を信じてますから」

謙介は元気づけるように言ったが、反応はなかった。

「あの晩、英之は、ずっと、わたしと一緒にいたんです。そのことは、警察の人にも言ったんですけど」

ありがたいことに、向こうから、どんどん本題に入ってくれる。

「なるほど。でも、警察は基本的に家族や恋人の証言は、ほとんど信用しません。ですから、あなたがそう言うだけでは、不充分なんです」

「そんな……！」

千春は、顔をゆがめた。

「なので、あなたのアリバイ証言を裏付ける具体的な証拠が必要なんですよ」

謙介は、ぐっと身を乗り出した。これは、話が早そうだと期待しながら。

「でも、証拠って言われても」

千春は、困惑気味に答える。

「わたしたち、ずっと二人っきりでしたし」

一晩中、二人っきりで何をしていたんだ。そう訊きたくなるのを、ぐっと堪（こら）える。

「場所は、あなたの部屋ですね？」

千春は、特に恥ずかしがる様子も見せず、うなずいた。

「その間は、誰も訪ねてきませんでしたか？　たとえば、配達の人とか」

千春は、きっぱりと首を横に振る。

「電話とかは？　あるいは、ＬＩＮＥでも？」

すると、千春は、はっとしたようだった。

「LINEは、しました。その後、友達から、電話もかかってきて」

いいぞ。これは使えるかも。

「LINEでは、どんな話をしましたか？」

「たいした話はしていません。あっ、だけど、部屋に友達が来ているというメッセージなら、送りました」

それだけでは、証拠にはならないが。

「それ、後でスクショをいただけますか？　それから、電話がかかってきたというのは？」

「LINEしてた葵っていう子なんですけど、友達が誰なのか気になったみたいで、そのまま、音声通話してきて」

「で、日高くんのことは話しましたか？」

そのとき、電話を代わっていたら、最高なのだが。

残念ながら、千春は、かぶりを振った。

「電話では話してません。今度詳しい話をするからって言っただけで」

謙介は、がっかりした。それでは、やはり何の証拠にもならない。

千春が言ったところで、事実かどうかは誰にもわからない。部屋に日高が来ていたと
「たとえばですが、その晩の写真とかは撮ってませんよね？」

ダメ元でした質問だったが、千春の顔には、狼狽に近いような反応が表れた。一拍遅れて、

「いいえ」と答える。

「本当ですか？」

謙介は、ここぞと追及した。

「わかっておられると思いますが、これには、日高くんの将来がかかってるんですよ？」

千春は、無言で俯き、両手の指を組み合わせている。関節が白くなるほど力が入っていた。

「他人に見せたくないような写真でも、その写真が日高くんのアリバイを証明するものなら、彼は釈放されるでしょう。とりあえず見せていただけませんか？」

千春は、まだモジモジとしていた。そして、小さな声で「動画です」と言う。

「動画？　そうなんですか」

謙介の脳裏に、様々な想像が去来する。

「だったら、なおさら重要になるかもしれません。今見せてもらうことは、可能ですか？」

ビデオカメラを使ったのでなければ、その動画は、スマホに入っている可能性が高い。

謙介は、声が弾まないよう自制する。

「……それは、ちょっと」

千春は、依然、煮え切らない態度だった。だとすると、やはり、その手の動画だったのかもしれない。

「大政さん。わかっているとは思いますが、日高くんの無実を証明するためには」

「わかってます！　でも、あの中には、証拠になるようなものは何も」

千春は、動画の内容を反芻(はんすう)し、思い出しているようだった。

「もう一度、よく見てみます。何か、見落としていたものがなかったか」

できれば自分の目で確かめたかったが、彼女がそう言い張るなら、まかせるよりない。

「わかりました。もし何か気がついたことがあれば、こちらに電話していただけますか？」

謙介は、名前と本郷弁護士事務所の住所が印刷された名刺をテーブルに置き、伝票を持って立ち上がった。

残念だが、大政千春の証言は、ほとんど役に立ちそうになかった。唯一の希望は動画だが、それも空振りに終わりそうな雲行きである。

他にできることは千春のアパート周辺での聞き込みぐらいだろうが、下手をすると、千春の反発を買う可能性がある。とりあえず、彼女に動画を確認してもらって、結果を聞いてからにした方が無難かもしれない。

「あの、すみません」

謙介は、おそらく厳しい表情をしていたのだろう。千春は遠慮がちに声をかけてきた。

「何でしょう?」

「わたしにも、垂水さんがされている調査を手伝わせてもらえませんか?」

思い詰めた表情だった。

「いや、それは、どうでしょうか」

謙介は、とっさに断る理由を探したものの、途中で、待てよと思う。

彼女に手伝ってもらうと、メリットの方が大きいのではないかと気がついたのだ。

「大政さんは、これまでに、何かを調査した経験はあるんですか?」

「いいえ。ですけど、垂水さんに指示してもらえれば、何でもやります。それに、わたしは、勘はいい方なんです」

千春は、まっすぐに謙介を見つめて答える。

メリットその一。面倒な雑用を手伝ってもらうだけでも、仕事を進めやすいだろう。彼女が日高英之を救いたいのなら、やる気だけはあるはずだ。

「お願いします。わたし、学校は休めます。もちろん、無給でけっこうです」

これは、メリットその二だろう。コストはいっさいかからない。

「高校時代ずっと陸上をやってて、体力は自信があります。人と接するのも、得意な方です。

アンケートを取るアルバイトなんかもやりましたから、聞き込みとかもできます」

これは、思わぬ即戦力かもしれなかった。うさんくさいオヤジが一人で情報を集めるより、彼女と一緒の方が安心してもらえるかも。

「わかりました」

謙介は、もう一度椅子に座った。

「ただし、調査は、小説や映画とは違って地道で退屈な作業です。足を棒にして歩き回っても、何の情報も得られないことの方が多い。それでも、やる気はありますか？」

謙介は、釘を刺したつもりだが、千春の目が輝いた。

「もちろんです！　本当は、何もせず、じっとしてるのに耐えられないんです。この瞬間も、英之は辛い取り調べに耐えてるんだって思ったら」

千春は、ついさっきまでとは別人のように、生き生きとした表情を見せる。

「いいでしょう。それなら、今から手伝ってもらえますね？」

「よろしくお願いします！」

千春は、大きな声でそう言い、深々と頭を下げた。

謙介は、激励のために彼女の肩を軽く叩こうとしたが、ふと、周囲の席から注がれる視線に気がついた。

そっと目配りすると、こちらを睨んでいるカップルの姿が目に入る。その近くには、険しい表情のサラリーマン風の男もいた。

どうやら、いかがわしいオッサンが、言葉巧みに若い女の子を食い物にしようとしていると思われているらしい。

謙介は、伸ばしかけた手を引っ込めた。

「じゃあ、出ましょうか」

「最初は、どこへ行くんですか？」

千春は、キラキラした目で訊く。

「あの晩、日高くんが訪れたコンビニです」

謙介は、なるべく平静な調子で言う。

「今日は、例の娘がシフトに入っている日なんですよ。女性同士の方が、いろいろ訊きやすいかもしれませんしね」

だが、内心では、そんなに簡単なことじゃないよと舌を出していた。

まあ、いざとなれば、助け船を出してやればいい。最初は初心（うぶ）で下手な娘が質問した方が、向こうも油断するだろうし。


「だって、あいつ、ウチのストーカーやってたしさ」

コンビニ店員の伊東陽菜は、千春の質問に対し、聴き取りにくいほどの早口でまくし立てる。

ギャル系というのか、髪はピンクで、厚化粧に、蛾（が）の触角を連想させる付け睫毛（まつげ）を付けていた。

「それ、本当ですか？」

千春は、フレンドリーな雰囲気で話しかけるのが予想以上にうまく、謙介は感心していた。

とはいえ、陽菜の答えには、あきらかにショックを受けているようだ。

「陽菜のシフトのときばっか現れっしさ。どうでもいいもん買って、陽菜に話しかけんの！　あれ、絶対、陽菜が目当てなんだって。……しゃせー」

最後のやる気のない一言は、入店した客に向けてのものだった。

「どんなこと、話しかけてたの？」

千春の問いには、なぜか首を傾げる。

「うーん、何だったかな。全然印象に残ってないってか、どうでもいいことばっか」

「たとえば？　何でもいいんだけど、覚えてないかな？」

謙介は、我慢できなくなって、口を挟む。

「暑いとか寒いとかちょうどいいとか、今晩は客が多いとか全然いないとかふつうだとか」

陽菜は、面倒くさそうに一気に言う。

「そういうのって、やっぱり、陽菜さんは、迷惑だったの？」

千春は、しょんぼりと訊く。

「ううん、別に。実害ないしキモくもないし。……しゃせー」

陽菜の表情が、初めて動いた。

「でも、超むかつくんだけどー」

「えっ、どうして？」

「あいつさあ、ウチじゃなくても、誰でもよかったんじゃね？」

そのとき、客がカゴを持ってきた。陽菜は、意外なほどテキパキと、ＰＯＳレジを操作し、客にお釣りを渡す。

「どうして、そう思うの？」

「だってさー。せっかくなびきそうな様子を見せてやったのに、無反応だったし」

陽菜は、寂しそうな顔になる。

「ウチの前にも、シフトの子にストーカーしてたんだってさ。あいつが寂しそうだったから、同情してやったウチ、馬鹿みたいじゃん！　しゃせー」

「……陽菜さんの前の人にも？」

## ○8○

千春は、さすがに動揺が隠せない。

「その、前の人というのも、あなたみたいなタイプだったのかな？」

謙介が訊ねると、陽菜は、ピンクのロングヘアを翻して、かぶりを振った。

「……これ」

陽菜は、スマホを取り出し写真を見せた。陽菜と、もう一人の女の子が写っている。清潔感のある黒髪でナチュラル・メイク、清楚系と呼ばれそうな子だった。

「ウチと、全然タイプ違くね？」

陽菜に言われるまでもなく、外見だけで、およそ対極にあるとわかる。

千春は、さらに衝撃を受けている様子だった。これでは質問は無理だろうと思い、代わって謙介が訊ねる。

「差し支えなければ、この人の名前、教えてもらえませんか？」

「三井希子（みついきこ）」

陽菜は、ブスッとした顔で答える。

かなりお嬢様っぽい感じの娘だが、まさか財閥の直系じゃないだろうな。メモを取りながら、謙介は考える。

「それで、十一月三日の晩のことなんですが、お聞きしてもいいですか？」

謙介は訊ねると、陽菜はうなずいた。

「日高くんは、あの晩も、あなたに話しかけてきたんですか？」

「まあ、そう」

「まあ、というのは？」

「そんな熱心じゃない……てか、上の空？　みたいな」

日高英之が、その後で殺人を行うつもりだったとしたら、それも当然かもしれないが。

「で、どんな話をしたんですか？」

「あんまし覚えてないけど、帰りはだいじょうぶとか、ウチのことを心配してくれた」

陽菜は、少しだけ嬉しそうな声になった。たぶん、嵐が来ていたからだろう。

「日高くんは、お店には、どのくらいいたんですか？」

「さあ……三十分くらい？」

陽菜は、首を傾げる。

「その間、彼は、何をしてたんですか？」

「さあ、ウロウロしてたんじゃね？　結局、何も買わなかったけど」

最近は、雑誌の立ち読みもしにくいから、かなり手持ち無沙汰だったことだろう。

「日高くんがここを出たのは、午後九時半くらいですよね？」

「そんなの、覚えてるわけないっしょ？」

陽菜は、顔をしかめた。

「彼が帰るところって、見てましたか？」

陽菜は、ためらって、ちらりと千春を見た。どうやら、ショックを受けた彼女の態度から、微妙な関係を察したようだった。

「……見てた、かも」

「ここを出て、どっちへ行ったのかは、わかりませんか？」

「左」

驚いたことに、陽菜は即答した。

おそらく、彼女も日高英之に惹(ひ)かれており、彼の姿をずっと目で追っていたのだろう。

千春もまた、同じように感じたらしかった。だが、ショックを受けるというより、むしろ、陽菜に共感するような表情に変わっている。

「このお店の防犯カメラの映像では、彼は、フレームアウトするまで左に向かって歩いていたようなんです。その後、通りを渡って、逆方向へ歩いていることに気がつきました。それから方向転換して、駅の方に行ったそうなんですが」

謙介は、本郷弁護士が接見の際に日高から聞いた内容を確認する。

「なんかの間違いじゃね？」

陽菜は、また顔をしかめる。

「あいつ、通りなんか渡ってないし」

「渡ってない？」

謙介は、驚いた。

「日高くんは、どうしたんですか？」

「まっすぐ左に行った」

「まっすぐ左に？　しかし、ここのガラス窓から見える範囲では」

「ウチ、入り口から外に出て、はっきりと見てっから」

陽菜は、決まり悪そうに言う。

「外に置いてある物が飛ばないか、ときどき確認しないといけなかったし」

陽菜は、言い訳がましく説明する。

「それで、日高くんの姿は、どのくらい見てたんですか？」

「二、三分？」

ずっと、後ろ姿を見送っていたらしい。

「で、彼は、一度も通りを横断することなく、ずっと左方向に歩き続けていたんですね？」

「ずっとずっと、左」

陽菜は、力強く肯定する。

困ったことになったなと、謙介は思った。

これでは、日高は取り調べに対して嘘をついたことになる。

「今の話ですが、警察に話しましたか？」

陽菜は、難しい顔でかぶりを振った。

「聞かれなかったし」

もしかしたら、日高にとって不利な情報と勘が働いて、伏せておいてくれたのかもしれない。

だとしても、ずっと口止めしておくのは困難だろうが。

「お話、ありがとうございました。できれば、三井希子さんからも話を聞きたいんですけど、連絡を取ってもらうことはできますか？」

「別に、いいけど。しゃせー」

陽菜は、客のレジを終えると、すぐに電話をかけてくれた。案外、素直で親切な子なのかもしれない。

三井希子は、今はコンビニのアルバイトはしていないようだったが、近くの公園で会ってくれるという。

コンビニを出るとき、千春はひどく沈んだ表情だった。

「大政さんには、今のは、聞きたくなかった情報かもしれないけど」

謙介は、慰めるつもりで言った。

「でも、とにかく今は、真実を知ることが、何より大切なんだよ。それも、警察より先に知る必要がある。その意味では、伊東さんの話を聞けたのは、よかったと思う」

「わかってます」

千春は、気丈に答えた。

「英之が、陽菜さんにストーカーしてたっていうのは、正直言ってショックでした。だけど、やっぱり、あり得ないと思います」

「それは、どうして？」

「いい娘ですけど、英之のタイプとは思えないんです」

千春がそう言うなら、間違いないだろう。ただし、ストーカーというのが嘘だったとすると、日高の立場はもっと悪くなる可能性がある。

「でも、三井さんは……」

千春は、言葉を詰まらせる。

なるほど。あちらは、日高が好きになったとしても、それほど違和感がないタイプだということなのだろう。

「大政さんは、どうやって、日高くんと知り合ったんですか？」

謙介は、さりげない調子で訊ねた。

「わたしがパン屋さんでアルバイトをしてたとき、英之が、たまたまお客さんで来たんです。彼の勤めてる自動車整備工場が、すぐそばにあって」

千春は、謙介の視線をそらしながら答える。なぜか、あまり話したくないようだ。

「日高くんから、声をかけたんですか？」

「ていうか、毎日来てくれるんで、何となく話すようになって」

相変わらず、千春は歯切れが悪い。彼氏とのなれそめを聞かれると、女の子は、笑顔になるものだ。現在の関係がどうであれ、その頃の幸せな気分を思い出すからだろう。では、なぜ、千春はそうじゃないのか。謙介は、少し踏み込んだ質問をする。

「日高くんのお父さんの事件については、聞かれましたか？」

千春は、目を伏せ唇を噛んだ。その表情が答えになっていた。

「お父さんは冤罪だって、英之は言ってました。わたしも、信じてます。英之のお父さんが、人殺しなんかするわけないんですから」

謙介は、うなずいた。

「私が聞いたのは、事件の概要だけですが、間違いなく冤罪だろうと思いました」

「そうなんですか？」

千春が、顔を上げた。

「もともと、物的証拠はほとんど何もなかったようですからね。平沼康信さん——お父さんは、被害者である石田うめさん宅を何度も訪れたことがあって、軽度の知的障害がありましたが、それ以外に犯人だと決めつけられるような理由はありません」

千春は、何度も熱心にうなずいていた。

「結局、決め手は自白だけなんです」

謙介の言葉に被せ気味に、千春が口を挟む。

「お父さんは、ひどい目に遭わされたんだって、英之が言ってました。拷問みたいなことまでされたって。それも本当なんですね？」

千春は、念を押すように訊ねる。

恋人から聞かされた話でも、警察がそんなことをするだろうかという疑問はあったらしい。

「おそらく、本当でしょう」

断定できる根拠はなかったが、冤罪事件は、ほとんどが似たような構図である。

「かりに拷問がなかったとしても、警察に逮捕され、連日連夜恫喝されて、責め立てられたら、神経が保つ人の方が珍しいでしょうけどね」

「でも、ふつうの人は、自白したんだから犯人だろうって思いますよね？」

千春は、考え込むような顔になった。

「それは、きわめて短絡的で危険な考え方なんです」

謙介は、本郷弁護士の説明を聞いてから、自分なりに調べて考えた内容を披瀝する。

新聞記事やテレビ、ネットのニュースで事件を知った人は、容疑者が自白したという報道で、百パーセントクロだと思い込んでしまう。やってもいない犯罪を自白するなんてあり得ないと考えるからだ。

だが、実際は、多くの人が無実の罪を認めてしまっている。それまではごくふつうの生活を送っていた人は、警察に逮捕され拘束されているというだけで、とてつもないストレスになる。抑鬱や朦朧などの拘禁反応が現れることも珍しくない。その上、連日長時間の『取り調べ』で、徐々に抵抗する気力を挫かれていく。この状態から抜け出せるのなら、何でもいいから認めてしまおうという自棄的な精神状態にもなりやすい。

「最近、冤罪があきらかになった事件がありました。無実の罪で獄中にあった人だけではなく、事件の被害者遺族もまた、杜撰な捜査によって大きな苦しみを与えられたんです。ですけど、私が気になったのは、遺族の方のコメントでした」

謙介は、やりきれない思いで言葉を継ぐ。

「その方は、虚偽の自白をした容疑者にも、怒りを感じると言ったんです」

「……それは」

千春は、絶句した。

「その人の気持ちも、よくわかります。ようやく犯人が捕まって有罪となり、気持ちの整理を付けられたと思ったのに、急にすべてがご破算になってしまったんですから。ですが、怒りを冤罪の被害者に向けるのは間違っています」

当然ながら、その責はすべて警察と検察が負うべきものだろう。

「わかりました」

千春は、ようやく納得できたようだった。

「英之のことは、もちろん信じてましたけど、ちょっと触れるのが怖かったんです。だけど、お父さんは、やっぱり無実だったんですね」

この娘の反応は、本物だろうか。謙介は、訝(いぶか)っていた。彼女が日高英之のことを好きなのは、間違いないだろう。だが、それなのに、今の今まで信じていなかったというのは。

「日高くんは、事件のことを、どう言ってたんですか？」

謙介が訊ねると、千春は驚いた顔になった。

「え？　ですから、お父さんは無実だって」

「事件の真相については、どうでしたか？　真犯人が誰かとか」

千春は、前を向いて歩き続ける。答えるまで、少し間が開きすぎた。

「……そこまでは、わかりません。英之も、事件のことは調べたようですけど」

「いつかお父さんの無実を証明したいとか、そういう話は？」

「それは、もちろん、そうできたら、それが一番いいんでしょうけど」

千春は、また奥歯に物が挟まったような、曖昧な言い方になる。

「でも、警察が調べてもわからなかったのに、今さら真相を究明するなんて」

「日高くんが、そう言ったんですか？」

「いいえ。でも、そうじゃないですか？」

千春は、少し苛立ったように反問する。

「そうとも限りませんよ」

謙介は、少し考えて答えた。

「警察は、平沼康信さんを犯人だと決めつけてからは、ろくな捜査はしていないんじゃないでしょうか。それに」

謙介は、千春の目を見る。

「小さな町で起きた事件ですし、真犯人は平沼康信さんのごく身近にいた人物である可能性が高いと思います」

千春は答えなかった。特に目立った反応も見せず、ただ黙々と歩き続けている。

おかしい、と謙介は思った。

千春は、日高英之の父親の事件には、強い関心を持っているはずだ。身近な人物というのは誰ですかと質問しそうなものだが。

もしかすると、彼女は、それが誰なのか、すでに知っているのではないだろうか。

「垂水さんは、本当は、英之が、叔父さんを殺したと思ってるんですか？」

千春は、急に立ち止まると、厳しい表情で謙介に向き直った。

「えっ。どうしてですか？」

謙介は、面食らった。うっかり、虎の尾を踏んでしまったのか。

「垂水さんは、お父さんの事件の真犯人は叔父さんだと思ってるんじゃないですか？　だから、英之は、復讐のために、叔父さんを殺したんだって」

ストレートに訊ねられて、謙介は詰まった。

その可能性は、もちろん、あるとは思っていた。しかし、正直に答えれば、せっかく進んで協力してくれている千春が、態度を一変させるかもしれない。

とはいえ、中途半端に嘘をついたところで、見破られてしまうだろう。そういうところは、女性は、男性よりはるかに勘が働くものだ。

「……正直に言って、その可能性はゼロではないと思っています」

謙介は、あえて手の内をさらすことにした。

「第一に、平沼康信さんの事件ですが、今も言ったように、私は、康信さんは犯人ではないと思っています。真犯人が身近な人物だとすれば、当然、平沼精二郎さんも、容疑者のリストに入ってきます」

「疑わしいという根拠は、英之のお父さんの身近にいたっていうだけですか？」

千春は、鋭く追及する。

「垂水さんのお話を聞いていて、わたしは、叔父さんが殺されたこと、英之が容疑者だということから、逆算して、叔父さんが真犯人だと思われているような印象を受けました」

案外鋭い娘だなと、謙介は思う。日高英之が疑われていることに対し敏感になっているせいかもしれないが。

「逆算というか、そう考えた場合は、二つの事件がつながるのはたしかです。ですが、私が、平沼精二郎さんに疑いの目を向けたのは、それだけが根拠ではありません」

気色ばみかけた千春を、まあまあと押しとどめる。

「本郷先生からいただいた資料によれば、平沼精二郎さんは、若い頃は、窃盗や喧嘩で警察のお世話になることも再々だったということでした。ですが、その後、三つの飲食店を経営するまでになっています。どこで浮上のきっかけをつかんだのかが、よくわからないんです」

千春は、落ち着きを取り戻していた。

「それは、叔父さんが懸命に働いただけかもしれないでしょう？」

「そうかもしれません。しかし、だとしても、何らかの転機があったはずです」

「誰かの助けがあったとか、ですか？」

「あるいは、原資となる金をつかんだとか、ですが」

謙介がうそぶくと、千春は、信じたくないというように、首を横に振った。

「それは全部、垂水さんの想像でしょう？　叔父さんが大金を手に入れたという証拠があるんですか？」

千春の指摘はもっともだったので、謙介はうなずくしかなかった。

「たしかに、確実な証拠はありませんね。しかし、平沼康信さんが死去した後、精二郎さんが日高くんに経済的な援助をしたという事実を考えると、そういう疑いも無視できません」

「でも、それは……！　どうして、そんなふうに、悪意にばかり解釈するんですか？」

我慢できなくなったというように、千春は激しく謙介をなじった。向こうから来る通行人が、チラリと好奇の視線を向ける。

親子や兄妹には見えないだろうし、たぶん上司と部下という感じでもないだろう。冴えない中年男が、若い娘に言い寄ったが、無神経な言動にキレられたという図式に見えるのか。

「お兄さん夫婦が亡くなって、甥が一人取り残されてるんですよ？　助けるのが当たり前じゃないですか？」

「もちろん、そうかもしれませんが、時期が問題なんですよ」

「時期……ですか？」

千春は戸惑ったようだった。

「事件が起きたとき、平沼精二郎さんは正業についていませんでした。経済的な余裕があったとはとても思えません。にもかかわらず、わずか四年後に、平沼康信さんが獄死し、奥さんの浩美(ひろみ)さんも後を追うようにして亡くなると、すぐに日高くんへの援助を始めているんです」

謙介は、周りに聞こえないよう声を潜めた。

「心を入れ替えて、どんなに努力したとしても、四、五年で、そこまで経済状態が上向くものでしょうか？」

四、五年で経済状態を劇的に悪化させることだったら、むしろ俺の得意分野だが。謙介は、内心ひそかに自嘲する。

「でも、こういうことってないですか？」

千春は、ゆっくりと溜めてから反論した。

「叔父さんはその頃、ヤバい仕事をしていたんじゃないでしょうか？　それで、甥のために、無理をしてお金を作ったんです。それが、英之が頑張ってる姿を見て逆に感化されて、懸命に働いたとか？」

「まあ、可能性は、いろいろ考えられますね」

千春は、日高英之のために、必死に論陣を張っている。謙介は、安心させるように、笑顔でうなずいた。

「それに、垂水さんが言うように叔父さんが殺人事件の真犯人だとしても、だからといって、英之が叔父さんを殺したっていうことにはなりませんよね？」

千春は、ムキになっていた。

「その通りです」

謙介は、おとなしく認める。少し議論に熱が入りすぎたかもしれない。

「……だいたい、もし叔父さんが犯人だったなら、どうして警察は疑わなかったんですか？何度も警察の手を煩わしていて、そのときだって、ちゃんと働いてなかったんでしょう？」

これも、その通りである。

歩きながら話すようなことではないが、本郷弁護士にもらったファイルを読んでからずっと疑問に思っていたことを、この娘にぶつけてみようかと思い始めていた。もしかしたら、何か発見が得られるかもしれない。

「平沼精二郎さんには、犯行の日時の明確なアリバイがあったんです」

少し迷ったが、そう告げてやる。

「証言したのは、かんぽ生命に勤めていた、青木佳澄（あおきかすみ）という女性です」

千春は、表情を動かさなかった。

「被害者の石田うめさんが亡くなったのは、司法解剖の結果、午前十一時から正午までの間とわかっていました。青木さんは、ちょうどその時間帯は、平沼精二郎さん宅を訪問していたと証言したんです」

「……でも、だったら」

千春は、どう続けたらいいのかわからない様子だった。

「そうです。このアリバイ証言を信用するかぎり、平沼精二郎さんは犯人ではあり得ません。警察も、そのために矛先を平沼康信さんに向けたんです」

「垂水さんは、その人が、嘘をついていると言うんですか？」

「わかりません」

ここも、あっさり白旗を上げる。

「近々、青木さんに会って、話を聞きたいと思っています」

千春は、何も言わなかった。しばらくは黙ったまま歩く。

彼女が納得していないことはあきらかだったが、何となく反応に不自然なものを感じていた。感情を剝き出しにする部分と、静かな部分がちぐはぐな感じがするのだ。

ようやく、待ち合わせの公園に着いた。

三井希子の姿は、すぐに見つかった。落ち着かない様子で佇(たたず)んでいるが、きれいな黒髪も、ナチュラル・メイクも、スマホの写真で見た通りである。

向こうもすぐにこちらに気がついたらしく、早足で歩み寄ってきた。

「三井さんですね。わざわざ来ていただいて、ありがとうございます」

「陽菜ちゃんから伺いました。日高さんのことをお訊きになりたいって」

敬語は多少変だったが、希子は、予想した通り、しっかりした口調で話した。

「ええ。立ち話もなんですから、喫茶店にでも入りましょうか？」

「いいえ。ここで、けっこうです」

希子は、きっぱりと首を横に振る。

「たぶん、そんなにお話しすることもないと思いますので」

かなり防衛的になっているようだ。突然、探偵のような人間から話を聞きたいと言われれば、それも当然かもしれないが。

「あなたは、英之と、どういう関係だったんですか？」

千春が、唐突に訊ねる。

「どういう関係って……別に」

希子は、戸惑った表情を見せる。

「失礼ですけど、あなたは?」

「大政千春といいます。一年くらい、英之と付き合ってます」

千春は、こわばった表情で言った。身長が高いだけに、希子は気圧されたようだ。

「へえ、そうなんですか……」

「何か?」

希子は言外に何かを匂わし、千春はそれに敏感に反応する。

「だったら、ちゃんとつなぎ止めておいたら良かったんじゃないですか?」

「どういう意味?」

「毎晩、コンビニにまで来られて、ちょっと迷惑でしたから」

「英之は、お客さんとして行っただけでしょう?」

「そうは思えないんですけど」

希子は、わざとらしい笑みを見せる。

「うちのお店って、彼の家の近くじゃないですよね? わたしのシフトのときだけ来るなんて、絶対不自然だし」

険悪な雰囲気になりかけていたが、本音を聞くチャンスかもしれない。しばらく、このまま様子を見ることにした。

「英之が、ストーカーだったって言いたいんですか?」

千春の圧は、また増したようだった。

伊東陽菜が、日高英之はストーカーだったと言ったとき、千春はショックを受けていたようだったが、怒りは見せなかったはずだ。相手により、反応も変わるのだろうか。

「さあ」

希子は、あからさまな冷笑を見せる。

どうも、育ちの良いお嬢様っぽい外見と、内面には、かなり落差があるようだ。

「さあって、どっちなんですか？　あなたがどう感じたかってことなんですけど」

千春の追及に、希子はひどく苛立った表情を見せた。お嬢様の仮面をかなぐり捨てようかと迷っているようにも見える。

「まあ、ストーカーとまでは言えないかも」

希子は、なぜか急にトーンダウンする。

「ストーカーというよりは、ただのあなたのファンだったということですか？」

謙介は、その場の空気を救うつもりで言ったが、千春は無反応だった。

「たぶん、それも違います」

希子は、むっつりした顔で言う。

「どういうことですか？」

「いろいろあって、わたし、しばらくコンビニのバイトをやめてたんです。たぶん、その間、彼はがっかりしてコンビニに来るのを止めただろうって思ってたんですけど……」

「伊東陽菜さんに会いに来ていたということですね？」

「信じられますか？」

希子は、傷つけられた表情を垣間見せる。

「だって、あの娘ですよ？」

「まあ、たしかに、あなたとは全然タイプが違いますね」

「違うって……あんなギャル」

希子は吐き捨てるように言って唇をゆがめたが、千春の表情が目に入って口をつぐむ。

「たしかに、いくら何でも違いすぎですよね。陽菜さんは、いい娘でしたから」

千春が、傲然と言い放つ。勘弁してくれ。謙介は目を覆いたくなった。

「あなた、いったい何なんですか、さっきから！」

希子は、憤然とそう言うと、踵(きびす)を返して、立ち去ってしまった。

「大政さん」

謙介は、釘を刺しておくことにした。

「聞き込みの役に立ってくれると思ったから、同行してもらったんですよ。邪魔するんなら、帰ってもらえますか？」

「すみません」

千春は、悄然(しょうぜん)と答える。

「どうしても、あの態度に我慢できなくて。陽菜ちゃんの悪口まで言いかけてたし」

「陽菜ちゃんって……さっき会ったばかりでしょう？」

謙介は、呆れた。この娘は、思った以上の熱血女子だったらしい。

「まあ、いいでしょう。たぶん、あれ以上のことは聞けなかったでしょうから」

少なくとも、日高英之が、同じコンビニでアルバイトをしていた二人にストーカーまがいの行動を取っていたことはわかった。

問題は、二人のタイプがあまりにも異なっていることだ。陽菜が言っていた通り、誰でもよかったんじゃないかと思いたくなる。

「で、あなたは、納得できましたか？　日高くんが、あの二人に会うために、わざわざ遠くのコンビニに通っていたことですが」

驚いたことに、千春は、大きくうなずいた。

「本当に？」

謙介は、思わず不信の目を向ける。

「はい。変だと思われるでしょうけど、彼は、ちょっと惚れっぽいところがあるんです」

「それにしたって」

ものには限度というものがあるだろう。

「英之って、本当は、さみしがり屋なんです。早くに両親を亡くしているせいで、いつまでも、お母さんの面影を探してるみたいなところがあって」

なるほど。そう言われると、うなずけないでもないが。

「英之が女の子に求めているものって、優しさと包容力なんです。ちょっと優しくされると、とたんに好きになってしまうようなところがあって」

「三井さんも、そうだったと？」

「こんな言い方は良くないんでしょうけど、あの娘、表面を繕うのだけはうまそうですよね。外見は、そこそこ美人だし」

たしかに、女性に免疫がない男子だったら、あの娘に控えめな態度で笑顔を見せられれば、ハートを撃ち抜かれてしまうかもしれない。

「でも、その後、どうして、伊東陽菜さんに気持ちが移ったんでしょう？」

「それも、わからないでもないんです」

千春には、確信があるようだった。

「英之は、たぶん、三井さんがいなくなったことで、落ち込んだと思うんです。もしかしたら、自分を避けるためにアルバイトを辞めたのかとか、いろいろ考えたはずなんです。そのときに、陽菜さんが優しい態度を取ってくれたら、どうでしょう？」

「うーん、なるほど」

謙介には納得しにくかったが、同世代の千春の方が、日高英之の気持ちはよくわかるのかもしれない。

「陽菜さんは、きっと芯は優しいと思うんです。英之の好意に応えようとしたみたいじゃないですか？　それで、英之も、さらにその気になったんじゃないかって」

たしかに、一応の筋は通っているようだが。

いや、待てよ。謙介は、陽菜の証言を思い出した。

「だけど、伊東さんは、せっかくなびきそうな様子を見せたのに、日高くんは無反応だったと言ってましたよ」

「それも、いつものことなんです」

千春は、溜め息をついた。

「『蛙化（かえるか）現象』っていうの、聞いたことありませんか？」

「いや、全然」

謙介には、初耳だった。何だ、それは。

「女の子に多いんですけど、男の子を好きになって、ようやく両思いになると、突然、相手が気持ち悪く感じるようになるんです。蛙が王子様に変身するグリム童話が由来みたいで」

「どうして、そんなことになるんですか？」

「いろいろ言われてますけど……」

千春には、常識に属する話らしい。

「片思いの間は燃えるんですけど、いざ目標を達成したら、燃え尽き症候群みたいになるとか。冷静になって、理想と現実のギャップに気がつくとか。自分に自信がないから、こんな自分を好きになった相手にも、失望するとか。幸せのピークから転落するのが怖くなるとか……」

謙介は、どの理由にも、まったく共感できなかった。

「英之は、お父さんのことがあったせいで、ふつうの人よりも傷つきやすくなってるんです。だから、男の子には珍しい蛙化現象が起きてるんだと思います」

千春は、熱弁をふるった。

謙介は、千春の話を聞きながら、何となく違和感を覚えていた。

蛙化現象というのは、女性の専売特許ではない。男の方も、恋愛中の緊張感が途切れると、とたんに背伸びするのを止めることが多い。女性から態度の急変をなじられると、釣った魚に餌をやる馬鹿はいないなどとうそぶくものだ。

日高英之の蛙化現象が不幸な生い立ちのせいだというのは、わからないでもない。しかし、だとすると、現在のこの二人の関係は、いったいどうなっているのだろう。

「大政さんは、日高くんと両思いだとばかり思ってたんですが」

謙介が訊ねると、千春は黙り込んだ。

「……わたしたちのときも、同じような感じだったんです」

ややあって、千春は、小さな声で言う。

「そうなんですか？　じゃあ、日高くんは、やっぱり……？」

「わたし、ちょっと舞い上がってたんです。英之と付き合うことになって」

千春は、少し声を詰まらせた。

「英之が最初にパン屋さんにやって来たときは、何だか暗い人だなとしか思いませんでした。でも、ちょっとずつ話すようになって、彼の優しさと寂しさに、気がついたんです。それで、わたしなら彼を支えてあげられるって思って」

よくある話だと思う。女は男の抱えている闇を過小評価するため、その認識のギャップが、破局を生み出すのだ。

「でも、いざ付き合い始めると、彼の態度が微妙に揺れ始めて。まるで、ラブラブになるのを恐れてるみたいだったんです。それで、蛙化現象だって、すぐにわかりました」

「でも、どうして、そんなにすぐわかったんですか？」

「わたしの友達にも、そういう娘がいましたから……。男女の違いはありますけど、たぶん、同じパターンだろうって思いました」

千春の目は、どこにも焦点が合っていないようだった。

「だけど、わたしは、英之を本気で好きになってましたから、どうしても彼のことを諦められなかったんです。だから、どうしたら彼に蛙だと思われないですむだろうかって、一生懸命に考えたんです」

千春は、平板な声で続ける。

「どうやったんですか？」

「ゴールポストをずらして、いつまでも恋愛の緊張感を終わらせないようにしたんです」

「……意味がよくわからないんですが」

「ギリギリのところで、ラブラブの状況にはならないようにするんです。ツンデレっていうんじゃなくて、デレになりそうになると、すぐにまたツンに戻るっていうか」

ようやく、謙介にも理解ができた。

同時に、千春が不憫(ふびん)でたまらなくなった。彼女としては、相思相愛、ラブラブな状態になりたいだろう。だが、それは、日高英之に限っては、愛の終わりを意味しているのだ。だから、心ならずもつれない態度を取っては、恋愛関係の延命を図ってきたのだろう。

「そんな姑息なやり方が、何の解決にもならないってことは、よくわかってるんです。でも、それでも、わたしは、どうしても英之を失いたくなかったんです」

「……なるほど。よくわかりました」

謙介も、若い二人の恋愛事情に興味本位で踏み込みたいわけではなかった。

しかし、もう一つだけ、引っかかっている点がある。

「伊東さんと会った後、あなたは、こう言ってました。『英之が、陽菜さんにストーカーしてたっていうのは、正直言ってショックでした。だけど、やっぱり、あり得ないと思います』と。『いい娘ですけど、英之のタイプとは思えないんです』とも。あの言葉は、嘘だったんですか？」

千春は、うなずいた。

「英之が別の娘に惹かれたのは、しかたがないと思うんです。だって、わたしが、いつまでも彼をじらし続けたからですから。ですけど、いくら何でも、陽菜さんは、わたしとは違いすぎるじゃないですか？」

「まあ、見た目からしてもそうですね」

「だから、認めたくなかったんだと思います。彼が、女の子なら誰でもいいわけじゃないって信じたかったからです」

「でも、三井さんは、日高くんが本気で好きになってもおかしくないと？」

「そうですね。見た目だけでは、そう思いました。ところが、実際に二人に会ったら、印象は、百八十度変わったんです」

「その点は、私も同じですよ」

謙介は、二人の様子を思い出す。

「今は、英之が陽菜さんを好きになっても、おかしくないと思っています」

この娘は、何と健気なんだろうか。

謙介は、ついほろりとしかけた。とにかく、日高英之が好きで好きでたまらないのだろう。

そのために、愛する人と結ばれないという苦行を自らに強いている。

その先に、どんな未来がありうるのかは、見当も付かなかったが。

「あなたは、日高くんが別の女性に目移りしても、腹が立たないんですか？」

「そんな、腹が立つなんて……」

千春は、目を伏せた。

「たとえ、彼が誰かと恋愛関係になりかけても、必ず破局するはずです。その後で、わたしのところに戻ってきてくれるんなら、それでいいんです」

「そうですか」

もはや、二人に幸あれと祈るしかなかった。謙介には、かける言葉は見つからなかった。

……だが、今は事件のことに意識を戻そう。結局のところ、何がわかったのだろう。

日高英之は、千春という恋人がいながら、コンビニのアルバイト店員二人に心を動かされ、わざわざ逢いに来ていた。彼の心は、迷走し、漂流し続けていたのだろう。

能天気と言ってしまえばそれまでで、どう考えても、父親の仇を討つために叔父を殺害する青年の行動には思えなかった。

……だが、本当に、それが真相なのか。

生来の慎重さ、疑い深さが、謙介が結論に飛びつくのを妨げていた。

あのコンビニの位置関係は、微妙すぎる。やはり、亡くなった叔父さんの家に近すぎるのだ。

叔父さんが死んだ夜、何らかの理由によって、日高英之がコンビニに来ていたことを記録に残したかったとしたら、どうだろう。

しかし、この推論は、すぐに壁に突き当たってしまう。

父親の敵を殺したいのならば、何の痕跡も残さずに、家に直行して殺せばいい。

自分が疑われるような証拠をわざわざ残す必要が、どこにあるだろうか。

考え込んでいる謙介に、千春が言った。

「垂水さん。英之がどんな人か、ちょっとはわかってもらえましたか？」

「……ああ、まあ、ちょっとはね」

謙介は、笑顔で応じた。

「彼は、本当に、優しい人なんです」

千春は、必死の面持ちで訴える。

「英之は、無実なんです。どうか信じてください」

## 5

「……はあ」

英之は、これまでの人生で一度もついたことがなかったような、深い溜め息をついた。

もう、疲れた。

いったい、いつまでこんなことをしなければならないのだろうか。向こうが諦めるまでか。

二十日間の勾留期限が切れれば、すぐにまた別件で逮捕され、また二十日間の取り調べが待っている。

これが、悪名高い人質司法というやつなのか。

お父さんは、こんな目に遭わされてたんだね。想像はしてたけど、実際とは全然違ってた。

取り調べは、原則一日八時間以内と決められているらしいが、警察は、絶対に守っていない。原則というのは、例外もあり得るということであり、要するに、罰則もない単なる努力目標にすぎないんだ。

もう、本当に疲れた。

あれだけ覚悟して来たのに、もう心が折れかけている。取り調べを洗脳と置き換えてみればわかりやすい。来る日も来る日も、おまえが犯人だ。おまえがやった。自白しろと迫られれば、たいていの人は落ちてしまう。やってもいない罪を認めてしまうのだ。

お父さん。辛かったね。

やっと、わかったよ。いや、違う。俺より、もっとひどいことをされたんだろうね。

ちくしょう。よくも、こんな……！

だしぬけに凶暴な怒りがこみ上げてきて、危うく制御不能になりかける。

だめだ！　止めろ！　両拳を握りしめて、必死になって自制する。

キレていいことなんか、何一つないんだ。どう転んでも、向こうの思うつぼだ。

「はあ……！」

英之は、また深い溜め息をついた。

もう、いいよね。

俺、頑張ったんだよ。もう、これ以上は、とても無理だ。

早く、楽になりたい。眠りたい。

もう何でもいいから、ここから外に出たい。たとえ行く先が、刑務所でも、死刑台でも。

我知らず、ポロポロと涙がこぼれた。

あれ？　これは、いったい何だろう。

どうして、俺は泣いているんだ？

まったく、意味がわからない。

すると、頃やよしと思ったらしく、松根が、英之の肩に優しく手をかけた。

「さあ。もう、いいだろう。な？」

英之は、いったん顔を上げかけたが、またすぐに伏せた。

ちくしょう。ちくしょう。ちくしょう……。

こんなことが、本当にあるのか。

二十一世紀の日本で。

「吐いちまえ。そうしたら、楽になる」

松根は、英之の耳元で囁いた。

「供述調書ができたら、後でゆっくり眠れるぞ。おまえはただ、それを読んで署名押印すればいいだけだ」

英之は、答えなかった。死んでも屈したくはない。……とはいえ、今ここで抵抗することに、何の意味があるだろう。

もう、疲れた。休みたい。眠りたい。

英之は、こくりと顎をうなずかせる。

「よし！　じゃあ、さっさとやっちまおう。俺も、ほとほと疲れたよ」

松根は、弾んだ声でそう言うと、さっそく勝手な作文を始めた。

「おまえは、令和＊年の十一月三日午後十時頃、東京都〇〇市××町一丁目十三番地にある、叔父平沼精二郎宅を訪れたんだな？」

「いや、それは……」

英之は、小さな抵抗を見せる。

「何だ？　未練がましいやつだな！　行ったことに間違いはないだろう？」

松根は、不機嫌な声になる。

「おまえは、行ったんだ！　今さら、行かなかったなんて話は通用しないぞ！」

英之が沈黙すると、それを肯定と捉えたらしく、次に進む。

「おまえは、叔父さん宅の一階にあるガレージに侵入した。詳しい方法は後でいい。とにかく、侵入したことには間違いないな？　そこに、叔父さんの車があった。車種はポンティアック・ファイアーバード・トランザムだ。おまえは、この車のエンジンをかけてから、すぐに切り、エンジンの異常燃焼によるランオン現象を引き起こした」

「……待ってください。俺は」

「署名押印するかどうかは、後で読んでから決めろ。いいな？」

松根は、強引に先へと進む。

「おまえには、ランオンによって、ガレージ内に一酸化炭素が充満することがわかっていた。一酸化炭素は、空気よりやや軽い。そのために、ガレージ内に充満した一酸化炭素は、天井の隙間から、二階に上がるわけだ。そこには、叔父さんの寝室があった。おまえは、そのことを知っていたわけだな？」

「それは……何をですか？」

英之は、弱々しく訊ねる。

「一酸化炭素の比重。それから、叔父さんの寝室が二階にあることだ」

「……それは、まあ」

「以上の方法により、おまえは、叔父さんを一酸化炭素中毒で殺害した」

「あ、いや、待ってください。俺は」

「うるさいやつだな」

松根は、ブルドッグのように唸る。

「さっき言っただろうが？　細かいところは、後で供述調書を読んでから、判断すればいい。わかったな？」

そんなやり方でいいのだろうか。供述調書ができる前に、訂正箇所は訂正しておかないと、全部書き直さなければならなくなるだろうに。

しかし、松根はさっさと話題を変えてしまう。

「じゃあ、詳しい内容に進もうか。おまえは、同日九時頃に、S市にある『ライトハウス』というコンビニを訪れているな？」

「はい」

「何をしに行ったんだ？」

「それは、ちょっと買い物に」

「嘘をつけ。もっとおまえのアパートに近いコンビニが、いくらでもあるだろう？」

松根は、一喝する。

「おまえは、コンビニ店員の伊東陽菜さんにストーカーをしていたんだ。そうだな？」

もう、細かい訂正をする気力がなかった。

「はい、そうです」

「だが、そもそも、そのコンビニに行くようになったきっかけは、何だったんだ？」

「それは……叔父の家に行った帰りに」

「それで、なじみになったわけだ」

松根は、満足げに言い、補助者の村沢の方を見やる。供述調書は、村沢がパソコンで打っているようだった。

「その晩も、伊東さんの顔を見に行ったのは、殺人の決行前に、少しでも気持ちを落ち着けたかったからだな？」

松根は、独自の解釈を披露する。

ひょっとしたら、そういうこともあったのだろうか。英之は、静かに考える。

伊東陽菜は、ピンクの髪に厚化粧というギャルっぽい外見と、ほとんどやる気のなさそうな接客態度から受ける第一印象よりは、ずっといい娘だった。

けっこうな時間観察していたからよくわかるが、コンビニの仕事にはけっして手を抜かず、客がほとんどいないときでも、マニュアル通りに働いていた。

話しかけてみても、三井希子とは違い、特に愛想がいいわけではなかった。

しかし、陽菜がレジをする間の短い世間話で、ごくさりげない一言に温かみを感じたのは、不思議だった。

あの娘と会うと気持ちが落ち着いたという点だけは、松根の言う通りかもしれない。

「どうなんだ？　おまえは、少しでも緊張を和らげるために伊東さんに逢いたくなったんじゃないのか？」

松根は繰り返す。どうでもいいことのように思えるが、信憑性を高めるために、供述調書の中では、案外重要な部分なのかもしれない。

「さあ、よくわかりません。そういうことも、あったかもしれませんけど」

英之がそう言うと、松根はいたく満足したようだった。

「よし。それで、おまえは、九時半頃コンビニを出たんだな？　時刻は、防犯カメラの映像で確認済みだ」

確認済みなら、訊く必要はないんじゃないかと思うが、英之はうなずいた。

「それから、おまえは、嵐の中、叔父さんの家に向かった」

その辺は、どう説明してたっけ。

「ええと……。俺は、コンビニを出て、いったん左に行きましたけど、途中で方向が逆だって気がついたんで、通りを渡ってから右に行きました」

「おいおい、おまえは、まだ、そんなことを言ってるのか？」

てっきり激昂するに違いないと思ったが、松根は、自信たっぷりに続ける。

「見つかったんだよ。おまえが映ってる映像が。おまえは、通りを渡ってなんかいなかった。まっすぐ、叔父さんの家に向かったんだ」

松根の声は、死刑宣告のようだった。

「え？　それは……」

英之は、心底当惑していた。今になって、映像証拠が見つかったというのは、どういうことだろう。

「おまえは、叔父さんの家に向かったんだ。間違いないな？」

「いや、でも、そんなことは」

「あの晩の雨と風は、ひどかっただろう？」

松根は、英之の言葉に被せるように質問をしてくる。

「ええ、まあ。……でも」

「おまえは、風雨を押して、三十分以上もかけて叔父さんの家に着いた。そして、ガレージに侵入したんだ」

英之は力なく首を振った。

そういえば、この前の取り調べで、近所の家の防犯カメラに俺の姿が映っていたとか言っていた。きっとまた、その話を持ち出すだろうと思ったが、松根は、すっかり忘れたかのように、話を先へ進める。

「おまえは、ガレージの鍵を持っていたな？　以前に鍵を預かったとき、複製していたんだ。そして、叔父さんの帰宅を待ち受けた」

やっぱり、あの話は、嘘だったのか。

英之は、かすかにかぶりを振る。だとしたら、コンビニを出た後の映像の話も眉唾だろう。だが、もはや突っ込む気力もなく、無言で続きを待つ。

「叔父さんが、ポンティアック・ファイアーバード・トランザムに乗ってご帰還になったのは、午後の十一時過ぎだった。おまえは、それまでの間ガレージの片隅でじっと息を殺していた。どんな気分だった？」

そんなもの、答えられるわけがない。

「叔父さんが帰宅したときに見つかるんじゃないかと思うと、心臓がドキドキして、胸が苦しかったんじゃないか？」

「いや、俺は……」

言いかけたが、英之は、残りの言葉を呑み込んだ。どうせ、何を言っても聞く耳を持たない相手だ。

「考えてみろよ。そうなった場合は、おまえはどんな気分になるかって訊いてるんだ。な？

そういう状況じゃ、おまえも胸が苦しくなったはずだろう？」

「それは、そうなるかもしれませんが」

英之が言うと、松根は、供述調書を作っている村沢刑事の方を見やる。

「胸が苦しくなった」

今のも、認めたことになったらしかった。

「叔父さんは、ガレージの定位置に車を止め、エンジンを切った」

松根は、『供述』調書を口述する。

「叔父さんは、ランオンの可能性を熟知していた。そうだな？」

「それは……まあ、そうだと思いますけど」

「だから、エンジンを切った後で、ランオンが起きていないかどうか耳を澄ました。そして、だいじょうぶだと判断して、車を降りた」

松根は、必要な『供述』だけをさせ、英之にはいっさい余計なことを言わせなかった。

「叔父さんが、ガレージから階段を上がると、おまえは、隠れ場所から這い出した。そして、叔父さんが眠りに就くまでの時間を見計らい、階段を上がって、母屋に侵入した」

「俺は、そんなことは」

「うるさいな。訂正があるなら、後で、供述調書を確認してから言え」

松根は、英之を強引に黙らせて、先へ進む。

「母屋では、叔父さんはすでにぐっすりと眠っていた。おまえは、キーボックスの中にあったポンティアック・ファイアーバード・トランザムのキーを取り出した。特徴のあるキーだから、すぐにわかったんだな？」

「俺は……」

「特徴のあるキーだった。そうだな？」

質問が変わっていると思ったが、英之は、しかたなくうなずいた。

「どんなキーだ？」

「真鍮製の純正品で、ロゴ付きの。ちょっと曲がってるから、挿しにくかったけど」

「なるほど。キーホルダーが付いてたんじゃないのか？」

英之は、うなずいた。

「アメリカの原住民の頭の絵が」

松根は、にんまりと笑った。

「そうだな。おまえは、そのキーを持って、階段を降りて、ガレージに戻ったんだ」

結局、そういうシナリオに落ち着いたのか。

「そして、おまえは、再び、車のエンジンをかけた」

松根は、一気にたたみかける。

「それから、おまえは、すぐにエンジンを切り、ランオンが発生するかどうか確認したんだ。おそらく、一度じゃうまくいかなかったかもしれんな。何度か試したんじゃないのか？」

違うと言おうとしたが、どういうわけか、まるで舌が痺れたように言葉を発することができなかった。

「何度だ？　うん？　おまえは、何回試してみたんだ？」

英之は、ただ茫然として、松根の顔を見るしかなかった。

あまりにもずっと、話を否定され続けると、話そうという意欲が湧いてこない。

「二回。いや、三回くらいか？」

英之は、何とかして口を開こうとしたが、やはり、何も言うことができなかった。

松根は、村沢刑事に向かって言う。

何も言っていないのに、勝手に決めつけやがって。怒りと絶望が胸に溢れ出す。どうやら、表情を読み取って判断したとでも言うつもりらしい。

そんなことが許されるのなら、『供述調書』など捏造し放題だろう。

「そして、とうとう期待していたランオンが起こったわけだな？　おまえは、キーを抜くと、再び階段を上がり、母屋に侵入した。そして、キーボックスの中に元通りにキーを収めると、叔父さんの家から逃げ出した」

英之は、無言のまま松根の言葉を聞いていた。疲労感が澱のように溜まり、何をする気力も湧いてこない。

このまま黙って聞いているだけでいいなら、その方が楽だとさえ思う。

「それで？　おまえは、どこから逃げ出したんだ？」

まるで英之の考えを見透かしたかのように、松根は突然質問してくる。

どこから、逃げた……？　ああ、そうか。そういう話か。

「どこだ？　ん？　言ってみろ」

どうあっても、何か罪を認めるようなことを言わせたいらしい。

英之は、「俺はやっていない！」と叫ぼうとしたが、やはり声は出てこなかった。

代わりに、黙って首を横に振る。そっちで適当に考えて、供述調書を作ってくれ。

「そうか。忘れたのか」

松根は、例によって勝手な解釈をする。

「しかし、今さら、それは通らんぞ。おまえが、自分の口から言うんだ。おまえは、どこから逃げたんだ?」

どこから……。適当に、話を合わせるか。どうせ、後で否定するのだから。

「玄関」

英之は、ぼそりとつぶやいた。ああ、とうとう自白してしまった。

だが、松根は、にんまりすると思いきや、予想外の反応を見せる。

「何だって? 玄関からだと? それは、本当に間違いないのか?」

厳しい表情になると、机を平手で叩く。

大きな音がして、英之は飛び上がりそうになった。

「……それは」

英之は、迎合しているように松根の表情を窺ってしまう。

「本当に玄関だったのか? もしかしたら、別の経路だったんじゃないのか?」

どうやら、玄関という答えはあまりお気に召さなかったらしい。やっぱり別の経路でしたと言わせたいのか。

「いや、玄関じゃなかったかも」

そう言って、また松根の顔を見る。

「そうだな。正直に言えよ」

松根は、瞬きもせず英之の顔を見つめる。

「本当は、どこから逃げたんだ?」

本当は? 本当は、どこから。その点は、こちらの口から言わせたいらしい。

だが、もし玄関からでないとしたら、わざわざ窓から出たというのも、おかしな話だから、選択肢はほとんどない。

「……ガレージ？」

お伺いを立てるような口調になっていた。

すると、松根は、大きくうなずいた。

「なるほど。ガレージだったか！　おまえは、ガレージから逃げ出したわけだな？」

英之は、黙ってうなずく。もう、何もかもどうでもよくなっていた。

一秒でも早くこの取り調べから解放されて、ひたすら眠りたかった。

「それでは、おまえの口から、もう一度聞かせてくれ。叔父さんが亡くなった晩、おまえは、いったいどうやって叔父さんの家から逃げ出したんだ？」

「ガレージから、です」

英之は、あくび交じりに言った。しまった。また殴られるかもしれない。

だが、松根は、咎めようとはしなかった。取り調べを受ける人間の生理については熟知しているからだろうか。

「ガレージから逃げたとすると、急ぐ必要があったな？」

「……それは」

何を言えばいいのだろう。英之は、言葉に詰まってしまう。

ああ、そうか。ようやく、気がついた。

「まだ、ランオンが続いていたから」

「そうだ！」

期待通りの答えに、松根は、優等生の教え子を見る教師のような顔を見せる。

「ランオンが続いていたら、ガレージ内は、どうなる？」

「一酸化炭素が……充満して」

「そうだな！　自分で仕掛けた罠で、自分が死んじまったら、洒落(しゃれ)にならねえもんな」

松根は、何度もうなずきながら言った。声音は、ひどく優しいものに変わっていた。

「おまえは、急いでガレージのシャッターを開けて、外に出た。それから、どうした？」

「……アパートに、帰りました」

「どうやって？」

「来た道を、歩いて戻りました。それから、駅に行って」

「なるほど。しかし、大変だったんじゃないのか？」

「……大変？」

松根は、英之の血の巡りの悪さに、露骨に顔をしかめた。

「嵐の晩だったろうが？　え？　叔父さんが帰宅した午後十一時過ぎ頃からは、雨と風は一層激しくなったはずだ」

「ああ……それは」

英之は、自分で自分に呆れていた。まったく正常に頭が働いていない。こんな状態のまま、綱渡りを続けていたら、取り返しのつかない失敗をしてしまうかも。

「あの晩は……雨と風がひどくて、下着までぐっしょり濡れてしまいました」

「そうか。風邪を引かねえでよかったな」

松根は、皮肉な口調で言う。

「だが、おまえの頭の中は、それどころじゃなかったんじゃないのか？」

それどころじゃない……。

「ええと、それは、まあ」

英之は、溜め息をついた。

今晩は、もう、ここまでにしてくれ。明日、また話すから。眠い。眠りたい。

「嵐の中を歩きながら、叔父さんのことが、頭を離れなかっただろう？」

ああ、そうか。

「はい」

「ずっと、何を考えてた？」

「ええと、叔父が、どうなったか」

「そうだな！　当然そこが気になるはずだ。叔父さんは一酸化炭素中毒で死んじまったのか、それとも……」

英之は、うっすらと笑った。

「何がおかしい？」

松根の表情がこわばる。

「いや、何も」

自分でも、なぜ笑ったのかわからなかった。

あの晩考えていたことを思い出す。

叔父は、一酸化炭素中毒で死んでしまった。そのことには、疑いの余地はなかった。

考えていたのは、ウサギのことだった。

エル－アライラー。千の敵を持つ王よ。

跳べ。駆けろ。逃げ続けるんだ。

薄氷の上を。

「……まあいい。おまえは、帰り道でずっと、叔父さんのことが頭を離れなかったわけだな。そうだな？」

「それは、まあ、そうかも」

英之は、かろうじて言葉を絞り出した。

松根が目配せすると、村沢がカタカタとパソコンのキーを打った。たぶん、今の文章を書き加えたのだろう。

「アパートに帰ってからも、おまえは震えが止まらなかったんじゃないのか？　大それたことをしでかしたと思って……」

松根は、調子が出てきた脚本家のように、ストーリーを口述する。

英之は、朦朧としかけた頭で、その内容を理解し、うなずきで答えた。

それから、しばらくは質疑応答が続く。ようやく供述調書が仕上がったのは、日付が変わる頃になってからだった。

「よし、できたな！　それじゃあ、こいつに署名押印しろ」

松根が、プリンターで印刷した供述調書を、英之の前に置く。

英之は、取り上げて目を通し始めた。

「私は、令和＊年十一月三日午後十時頃に、東京都〇〇市××町一丁目十三番地、叔父である平沼精二郎宅を訪れ、一階のガレージに侵入して、そこにあった叔父の車、ポンティアック・ファイアーバード・トランザムのエンジンをかけたが、すぐに切って、エンジンの異常燃焼によるランオン現象を引き起こし、一酸化炭素中毒により叔父を殺害しました」

どこからどう見ても、完璧な自白だ。これで有罪にならなければ、おかしいくらいだろう。

その様子を見ていた松根が、苛立たしげに唸った。

「もういいだろう？　内容は、さっき読んだ通りだ。さっさと名前を書け！」

「でも、できてから訂正するって、言ってたじゃないですか？」

英之は、弱々しく抗議する。

「訂正する必要なんかないだろうが？　どこにも間違いはない！　さっき、おまえも納得したじゃないか？」

納得したなどと言った覚えはなかったが、この男は、今さら何を言ったところで、聞く耳を持たないだろう。

「ほら、ここだ！　ここに名前を書け！」

松根から執拗に迫られた挙げ句、英之は、根負けしたようにペンを取った。

「よし。後は、押印だ。拇印でいい」

松根は、署名を確認すると、今度は英之の前に朱肉を置く。

はあ、と自然に溜め息が出てきた。

これで、長かった取り調べも終わる。

お父さん。

涙が、溢れそうになった。

本当に、これでよかったのかな？　俺は、精一杯頑張ったんだよ。でも、これ以上……。

「おい、さっさとしないか！　いつまでも、世話を焼かせるんじゃない！」

松根は、英之の右手首をつかんで持ち上げ、親指を朱肉に押しつけた。

それから、まるで判子のように、そのまま供述調書の上に押印する。

「ふう。ずいぶん手こずらされたが、やっと終わったな」

松根は、村沢の方を見やり、久々に笑顔を見せた。

「お疲れ様でした」

村沢も、一仕事終えたというように、肩を回してうなずく。

「おまえも、最初から変な意地を張らなきゃ、もっとスムーズだったんだ。しかし、ようやく肩の荷が下りたろうが？」

松根は、英之の方に向き直り、ポンポンと肩を叩いた。

「これで、すべて終わったんだ。この後、検察庁に身柄を送られることになるが、これ以上、いろんな人に厄介をかけるんじゃないぞ？　わかったな？」

いいや、刑事さん。

英之は、無言のままだったが、こっそりと心の中で答える。

何一つ、終わってなんかいないさ。

悪いけど、これからも、いろいろと厄介をかけさせてもらうから。

すべては、これからなんだよ。

## 6

「日高英之が、自白しました」

本郷弁護士は、沈痛な面持ちで言った。

「えっ、本当なんですか？」

謙介は、眉をひそめた。

だとすると、やはり、犯人だったのか？

いや、すでに冤罪事件の構図は聞いている。やってもいないことを強引に自白させられたということなのか。

「しかし、先生のアドバイスもあったんですよね？　黙秘しろ、絶対に供述調書にサインするなって」

「ええ。ところが、取り調べに当たった刑事が相当したたかで、この話は黙秘する必要がないからと巧みに誘導し、最後は、供述調書にも署名押印させられてしまったんです」

「じゃあ、これから、かなり大変になりそうですね」

謙介の脳裏には、前に本郷弁護士が言った言葉が浮かんだ。「しかし、そうなったら、もう取り返しがつかないんですよ」

本郷弁護士は、頭を横に振った。

「大変どころじゃありませんよ。日高くんには、公判では、自白を覆してもらい、あくまでも否認事件として闘うつもりですが」

まるで、勝ち目はありませんと言っているようなトーンだった。

「前回の接見で、日高くんは私とあまり目を合わせなかったんです。気になっていましたが、まるで絶望しているように見えました」

「絶望って、司法制度に対してですか？」

「今思えば、誰にも信じてもらえないという思いだったのかもしれません」

本郷弁護士は、ソファに深くもたれ、腕を組んだ。

「私は、彼の信頼を得るのに失敗したのかもしれません。なぜだか、私に対しても口が固く、すべてを話そうとしなかったんです」

謙介は、日高英之の気持ちを推し量ろうとしてみた。

自分が罪に問われる瀬戸際なのに、唯一の味方である弁護士に対しても隠し事をするのは、いったいなぜだろう。

まさか、記憶障害ということはないだろう。もしかしたら、誰かを庇っているのか。

「彼の姿を見ているうちに、私は、ウサギを思い出したんです」

本郷弁護士は、妙なことを言い出す。

「え、ウサギですか？」

聞き間違いかと思い、謙介は訊ねた。

「そう、ウサギです」

本郷弁護士は、しかつめらしく言う。

「垂水さんは、冤罪の『冤』という字の成り立ちをご存じですか？」

「いいえ」

当然ながら、考えたこともなかった。

「ワ冠の下に、ウサギがいるでしょう？」

本郷弁護士は、卓上にあったメモ用紙に『冤』という文字を書くと、謙介に見せる。

そう言われれば、たしかにそういうふうに見えるが……。

「この字は、ウサギが覆いの下で身を縮めている様を示しているんです」

ちょっと出来すぎの話という気もするが。

「長期間拘束されていると、どんな人でも気持ちが萎えてくるものですが、誰でも同じようになるわけじゃないんですよ。皮肉な話ですが、パワハラなどで精神が萎縮している人の方が、かえって耐性があることが多い。逆に言えば、自由奔放な精神の持ち主は、いったん絶望してしまうと、その後は脆いんです」

「それが、ウサギということですか」

俺はかつて、絵に描いたような社畜だった。

謙介は、心の中で、ひそかに自嘲する。

だったら、絵に描いたような社畜だった頃の俺は、拘束に耐える耐性があったというのか。

それも信じがたいが、問題は後半の方である。

「先生の印象では、日高英之は、自由奔放なタイプだったんですか？」

本郷弁護士は、うなずいた。

「日高くんが高校生のときに、何度か、平沼康信さんの事件について私に聞きに来たんです。もちろん、事実関係については包み隠さず話しました」

多感な時期に聞くには、かなり辛い話だったに違いないが。

「彼は、私の話にじっと耳を傾けて、ポイントを衝いた質問をしました。どんな話に対しても感情の高ぶりを見せることはありませんでした。年齢よりはるかに老成した印象だったんです。しかし、すぐに、それは本来の自分を抑えていただけだということがわかりました」

「何かあったんですか？」

「彼が知りたかったことは、どうやったら、冤罪をすすぐことができるかでした」

謙介は、眉をひそめた。判決が確定した後だし、肝心の平沼康信さんも死去している。容易なことではないのはあきらかだった。

「死後に冤罪を証明することも、絶対に不可能とは言えません。その、きわめて稀有な例が、有名な、『徳島ラジオ商殺し』です」

事件は一九五三年に徳島県徳島市で起こったらしい。ラジオ商（電器店）の店主が、早朝に、自宅兼店内で殺害され、内縁の妻も負傷した。

ほどなく、暴力団関係者二人が逮捕されたが、一人は薬物中毒で証言ができず、もう一人も自白しなかった上に、物証もなかったため、不起訴処分となったという。

世論の批判が高まる中、警察は、約八ヶ月後に住み込み店員の二人の少年を別件で逮捕し、長期間の拘束を伴う厳しい取り調べを行った。その結果、内縁の妻の犯行であるという証言を引き出し、妻を逮捕した。

妻は懲役十三年の有罪判決を受け、控訴したものの、結局、有罪が確定してしまった。再審請求もすべて退けられたが、妻は、仮出所後も再審請求を続けた。その間、事件当時は少年だった店員二人が、妻が犯人だったという証言は嘘だったと新たな証言を行った。また、真犯人だという人物が自首するなどしたにもかかわらず、不起訴処分となる。

そして、妻は、再審請求中に、ガンで死去してしまったという。

妻の遺志を継いだ姉妹と弟が再審請求を続け、一九八〇年になってようやく再審が開始され、一九八五年、ついに無罪判決が出された。結論ありきの杜撰極まりない捜査が裁判長によって厳しく指弾されたのだった。

「そもそも、当時少年だった店員の証言は誘導と強要によるものでしたし、現場には、外部の犯行を示唆する軌跡などが存在したにもかかわらず、そのすべてが無視されるという、ひどい冤罪事件だったんです。雪冤(せつえん)まで、ここまで時間がかかったこと自体、不思議なほどでした」

本郷弁護士は、顔をしかめた。

「では、平沼康信さんの事件も、再審で無実を勝ち取れる可能性があるんですか？」

謙介の質問に、本郷弁護士は、ゆっくりと首を横に振った。

「いいえ、さらに難しいだろうと思います。『徳島ラジオ商殺し』の場合は、冤罪の被害者が出所後しばらく存命であり、一貫して再審請求をし続けていました。しかし、平沼康信さんは、上告すらしておらず、獄中死していますから」

それでは、死人に口なし、死んだら負けというのか。あまりにも救いのない話だった。

「私は日高くんに、再審を請求しても、実際に再審が開かれる可能性はほとんどないことを、説明しました。まして、無罪までこぎ着けるというのは、限りなく不可能に近いと。普通なら、それで諦めるでしょう。しかし、彼の反応はまったく予想外なものでした」

本郷弁護士は、複雑な表情を見せた。

「彼は、私が思ってもみなかったようなアイデアを、次々に出してきたんです。その大半は、はなから実現の可能性のないものでしたが、何としても父親の汚名を晴らすんだという気迫に満ちていました」

「たとえば、どんなアイデアだったんですか？」

「いかにも今の子らしいんですが、マスコミを利用するというアイデアが多かったようですね。新聞がダメなら週刊誌、最後はインターネットで訴えるとか。左派系の市民団体や革新政党を巻き込むというのもありました」

いかにも子供らしい正義感に溢れたアイデアだと謙介は思う。正しいことを訴えさえすれば、きっと誰かの耳に届き、必ず最後には正義が勝つはずだと思っていたのだろう。

だが、残念ながら、そういった詩的正義が通用するのは、フィクションの世界だけだ。

「様々な形で訴訟を起こすというアイデアもありました。残念ながら、そのすべてが無理筋でしたが、弁護士である私も思いつかなかったような斬新なものが多かったですね」

たぶん、それが自由奔放な精神の証左ということなのだろう。

「先生は、彼のアイデアの大半が実現の可能性がないものだったとおっしゃいましたが、中に一つくらいは、実現できそうなものも交じってたんですか？」

するると、予想もしていなかったことだが、本郷弁護士は、ぐっと詰まった。

「……なかったとは、言いません」

鷹（たか）のように鋭い目で、宙を見つめる。

「しかし、それも、現実にできるかというと、やはりまず無理だろうという判定を下さざるを得ませんでした」

謙介は、うなずいた。会社員時代に、可能性（ポッシビリティ）と実現可能性（フィージビリティ）の違いを嫌というほど思い知らされていたからである。

謙介は、現実にはできないというアイデアが何なのか聞いてみたかったが、本郷弁護士は、話を元に戻す。

「日高くんは、もともと、きわめて頭がよくて才気煥発（かんぱつ）な少年でした。目にするものすべてに興味を持って、次から次へとアイデアが溢れ出してくるような。ほんの少し話しただけでも、彼のポテンシャルの高さは、疑いようもありませんでした。彼の前途は、まさに洋々たるものだったはずです」

本郷弁護士の口調には、いかにも残念だという響きが滲んでいた。

「ところが、お父さんの事件が起きたことによって、彼の人生は暗転しました。深い心の傷を負った日高くんは、何とかしてそれを癒やそうと、お父さんの冤罪を晴らす方法を考えたんだと思います」

謙介は、黙ってうなずいた。冤罪事件は、無実の人間に苦痛を与え、真犯人を野放しにするだけではない。周囲にいる多くの人間の運命をも狂わせてしまうのだ。

「しかし、現実には、それは、徒手空拳で、コンクリートの壁を破壊しようとするようなものなんです。どんなに努力しても、絶対に報われることはないでしょう。……そして、そういう徒労の積み重ねは、徐々に人の心を蝕（むしば）んでいきます」

本郷弁護士は何を言いたいのだろうと謙介は訝った。言う通りだとすると、日高英之は、逮捕される前から、ゆっくりと精神に異常を来しつつあったということになるが。

「私は、彼が殺人犯だとは信じられません。でも、もしかしたら、その晩、平沼精二郎さんの家を訪ねていたのかもしれないと思い始めています」

「しかし、彼は、行っていないと言ってるんでしょう？」

「ええ。しかし、それを鵜呑みにしていいのかどうかは微妙なんです。殺人は犯してなかったとしても、当日の行動に嘘があったら、それが決め手となって、有罪になる可能性があります。警察は、彼が平沼家にいたという何らかの確証を持っているかもしれません。こちらとしては、それに対する対策を立てておく必要があります」

謙介は、本郷弁護士の言葉を頭の中で反芻してみた。かりに、それが事実だったとすると、彼は本当に犯人だったのかもしれないが。

「だとすると、彼は、何のために叔父さんの家を訪ねていたんでしょう？」

「日高くんは、もしかすると、お父さんの事件の真犯人は平沼精二郎さんだったと考えているのかもしれません」

本郷弁護士の表情には、苦悩の色があった。

「日高くんがお父さんの冤罪をすすぐのに最も強く執着していたプランは、真犯人を見つけ、充分な証拠とともに告発することなんです」

それこそ、ミステリー小説などではありふれたプロットだろうが、現実には、とてつもなく難しいのではないか。

「つまり、彼は平沼精二郎さんを問い詰めに行ったということですか？」

「少なくとも、その可能性はあるだろうと思います」

本郷弁護士は、うなずいた。

それは、まずいだろう。問い詰めたのに、しらを切られたため、ついカッとなって殺害してしまうというシナリオもあり得ることになる。

いや、それは、あり得ないか。ランオンを利用して殺害するというのは、最初から計画していないと絶対に無理だ。

「それで、垂水さんにお願いしたいんですが、平沼康信さんの事件の真犯人が平沼精二郎さんである可能性がどのくらいあるのかを探っていただきたいんです」

「ちょっと待ってください。私は、ただの失業者ですよ。そういう難しい依頼はプロの探偵になさった方がいいんじゃないですか？」

「とても、そんな予算は取れません」

本郷弁護士は、身も蓋もないことを言う。

「一応、私選弁護なので、弁護費用は日高くんが支払うことになりますが、彼に払える金額は雀の涙です。しかも、この調査は日高くんの意思に添ったものとは、必ずしも言いがたいですからね」

本郷弁護士は、実際問題として、弁護士が探偵を使うことはほとんどないのだと言う。

安く使えるからという理由は、あまり愉快ではなかったが、なぜか謙介は前向きな気持ちになっていた。

乗りかかった船だし、話を聞くうちに、日高英之という青年に興味を持つようになっていたからかもしれない。父親の冤罪事件で人生を狂わされて、今また、新たな冤罪事件の犠牲者になろうとしているのなら、柄にもなく、放っておけないような気になってくる。

「わかりました」

気がつくと、謙介はそう答えていた。

# 7

もし平沼精二郎が石田うめさんを殺害した犯人だったとすると、鍵を握るのは、青木佳澄という女性である。

彼女が、石田うめさんの死亡推定時刻における平沼精二郎のアリバイを証言したからこそ、彼は捜査線上から外れたのだから。

逆に言えば、かりに平沼精二郎が犯人だとすれば、青木佳澄は嘘をついていたことになる。なぜ嘘をついたのかがわかれば、一気に突破口が広がるはずだ。

本郷弁護士から住民票を請求してもらうと、現住所はすぐに判明した。固定電話の番号も、今どき律儀に電話帳に掲載されていたが、アポは取らずに不意打ちで訪問した方が、うっかり口を滑らせてくれるかもしれない。

とはいえ、得体のしれない中年男がいきなり訪ねていくということにも、リスクがあった。間違いなく警戒されるだろうし、下手をすると、警察を呼ばれてしまうかもしれない。

考えた挙げ句、謙介は大政千春に同道してもらうことにした。味をしめたわけではないが、前回、彼女のおかげで、比較的スムーズに話を聞けたのを思い出したのである。

「……ここですね」

謙介は、メモを見ながら言った。

青木佳澄が住んでいたのは、郊外にあるタワーマンションの三階だった。結婚して、現在は多田（ただ）佳澄になっている。

「緊張します」

千春は、ハンカチでしきりに手汗を拭っていた。まあ、無理もないだろう。

「そういうときは、人という字を掌に書いて、呑み込むといいですよ」

謙介の昭和レトロなアドバイスは、見事に黙殺されてしまう。

エントランスの防犯カメラは避けようがないが、エレベーターの防犯カメラにまで映りたくなかったので、階段で三階に上がった。どうやら高層階には内廊下があるような雰囲気だが、低層階は外廊下に沿って部屋が並んでいる。

『多田』と書かれた金属のネームプレートを確認し、深呼吸してインターホンを押した。

「はい」

中年女性らしい声がした。多田佳澄だろう。こちらも女性の声の方が警戒させないだろうと思い、千春にバトンタッチする。

「わたし、本郷弁護士事務所の大政と申します」

千春は、か細い声で名乗った。

「弁護士事務所？」

中年女性の声は、敏感に反応する。

「弁護士さんが、何のご用ですか？」

「ちょっと、お伺いしたいことがありまして」

「何についてですか？」

「今から十五年前に起きた事件についてなんですが」

「……ちょっと、わかりません」

声音が、ちょっと変化した。あきらかに防衛的になっている。

「東京都＊＊町で、石田うめさんという方が殺害された事件です。青木佳澄さんですよね？」

謙介は、千春の後ろから口を挟んだ。

「その当時、かんぽ生命にお勤めでしたね？　平沼精二郎さんのアリバイ証言をされていると思うんですが」

沈黙が訪れた。どう対応したらいいかと、苦慮しているかのような。

「もう、済んだことですし。その話はあまりしたくありません」

会話を打ち切られそうな雰囲気だったので、謙介は、あわてて話の穂を接いだ。

「ご協力いただければ、すぐに終わります。簡単な質問だけですので」

中年女性は何か言おうとしたが、否定的な雰囲気だったので、さらにプッシュする。

「ご協力いただけないと、かえっていろいろご迷惑をおかけすると思うんです。何しろ裁判に関わることなので、こちらも、あっさり諦める訳にはいきませんので」

「どういうことですか？　裁判はとっくに終わってるでしょう？」

中年女性は、語気を強めたが、しまったという感じで口をつぐんだ。

「そうですね。平沼康信さんの事件は、はるか昔に結審して、平沼さんは亡くなっています。お伺いしたいことは、日高英之さんの裁判に関連してなんです」

「それは、わたしは何も……」

言い訳をしかけたが、途中で、言い逃れができそうにないと思ったのだろう。

「ちょっとお待ちください」

溜め息とともに、インターホンが切れる。

すぐに出てくるのかと思ったら、一分近く待たされた。玄関ドアの解錠をする音が響く。

鉄扉が開いたが、ドアガードが掛けられていた。顔を出したのは、眼鏡をかけた顔色の悪い中年女性である。

「何でしょう？　できれば、手短にお願いしたいんですが」

「青木佳澄さんですね？」

「今は、多田佳澄です」

「録音してもかまいませんか？」

謙介は、スマホを取り出した。

ちょうどそのとき、少し離れた場所にあるドアが開いた。髪を紫色に染めた年配の女性が、こちらに向かって歩いてくる。

多田佳澄は、露骨に嫌そうな顔になった。近所で妙な噂が立つことを恐れているのだろう。苛立った表情で二人を見比べる。

「名刺を見せてください」

謙介は、年季の入った名刺入れを出して、事務所でプリントアウトしてきた名刺を手渡す。『本郷弁護士事務所』という所属先と住所、電話番号は入っているが、肩書きはない。

多田佳澄は、何だ弁護士じゃないのかという目で謙介を見たが、いったん扉を閉めてから、ドアガードを外した。

「どうぞ」

そのまま部屋に請(しょう)じ入れる。謙介は、ラッキーと叫びたい気分だった。昔と違って、今は、見ず知らずの人間はまず家には入れてもらえない。

これも、千春を同道したおかげかもしれない。

二人は、リビングダイニングに通された。中は意外に広く、きちんと片付いている。

だが、座らされたのは、ソファではなく、ダイニングテーブルだった。

チラリとソファの方を見ると、大量の物品——ゲームソフトや、本、子供服などが所狭しと置かれていて、座るスペースはなさそうだった。

「で、何をお訊きになりたいんですか？」

多田佳澄は、一呼吸置いたおかげで、少し落ち着きを取り戻したようだった。

「十五年前の事件ですが、被害者である石田うめさんが亡くなった時間、平沼精二郎さん宅を訪問されていたというのは、本当なんでしょうか？」

多田佳澄は、厳しい顔になった。

「どういうことでしょうか？　わたしが嘘をついたと言うんですか？」

もともとの性格もあるだろうが、ここまで攻撃的になるのは、少し不自然な気がする。

「いいえ。あくまでも、ただの確認です」

謙介が事務的に言うと、彼女の表情が少し和らいだ。

「わたしは、あの日、たしかに、平沼さんのお家を訪問していました」

ゆっくりとそう言うと、これで気が済んだかという目で、二人を見る。

「そうですか。それは、かんぽ生命の保険を勧めるためですね？」

「もちろん、そうですよ」

「具体的に、どんな保険を勧められたのか、覚えておられますか？」

多田佳澄は、ぐっと詰まった。

「そんなの……覚えてるわけがないじゃないですか？　十五年前のことですよ？」

「まあ、忘れていたとしても、おかしくないでしょうね」

謙介は、微笑した。

「そうでしょう？　その後、加入してくれたならともかく、ただプランを作って、お見せしただけなんですから」

「では、保険に加入はしてもらえなかったんですね?」

「もちろんです」

多田佳澄は、憤然として言う。

「なるほど。平沼精二郎さんは無職でしたから、たとえ加入したとしても、保険料の支払いも難しかったでしょうね」

「それは……」

多田佳澄の顔に、警戒の色が浮かんだ。

「私が疑問に思ったのは、無職の人に勧誘に行った理由なんです」

「それは、別に、普通のことですよ」

多田佳澄は、目を怒らせ口元を引き締めた。強弁しようとするときの表情だ。

「無職で資産がある人だっていますし」

「当時は、平沼精二郎さんには、資産はほとんどなかったと思いますが」

謙介は、やんわりと追い込む。

「営業職は、たいへんなんです。ご存じないでしょうけど、いろいろノルマがあって」

多田佳澄は、気色ばんだ。

「よくわかりますよ。私も以前、営業をやっていたことはありますから」

謙介は、笑顔で宥める。

「契約に至らなくても、別にいいんです。毎日、どこかを訪問しないといけないんで。だから、平沼さんのお宅へ行って、暇を潰してたみたいなところがあって」

「なるほど、なるほど」

謙介は、大きくうなずいた。

「ということは、当時、平沼精二郎さんとは親しかったんですね？」

多田佳澄は、急に黙り込んでしまった。

よし、手応えはあった。

だが、ここからが難しいところだと謙介は気を引き締めた。釣りと同じで、アタリがあったからといって闇雲に引っ張るのは禁物である。糸が切れてしまったら、それまでなのだ。

適度にテンションを緩めたり、強めたりしながら、ゆっくりと、こちらに引き寄せなければならない。謙介は、あえて沈黙の時間を挟みながら、次にかけるべき言葉を慎重に思案する。

よし、これで行こう。口を開きかけたとき、千春が先に発言した。

「あなたは、平沼精二郎さんにアリバイ証言をしてくれって頼まれたんじゃないんですか？」

馬鹿。ストレートすぎるだろう。

案の定、多田佳澄は、キッとなって千春を睨み付けた。

「そんなことありません！」

「でも、平沼精二郎さんとは、親しかったんですよね？」

「いいえ！」

こんなときに、絶対にしてはならないのは二種類の質問だった。簡単に答えられる質問と、キレやすい質問である。千春がした質問は、見事にその二つの禁忌を破っていた。

「あなたたち、いったい、何なんですか？　やっぱり、わたしが嘘をついたって言ってるじゃないですか？」

「いや、けっして、そういうつもりじゃないんです」

謙介は、何とか事態を収拾しようと試みる。

「ただ、当時、平沼精二郎さんとどの程度のお知り合いだったのかと思いまして」

「どの程度も何も、ただのお客さん。それだけですよ！」

多田佳澄は、切り口上で言う。

「なるほど。わかりました。……ただ」

謙介が、態勢を立て直そうとしたときに、またもや、千春がぶち壊す。

「ですけど、家に上がって一時間も潰せるくらいだから、それなりの人間関係はあったんじゃないんですか？」

多田佳澄の顔色が、熟れすぎた柿のようになった。血圧が高いのかもしれない。

「狭い町なんです。昔から顔見知りですし。……都会の人にはわからないと思いますけど」

「平沼精二郎さんからすれば、保険に入る意思もお金もないというのに、一時間も粘られたら迷惑じゃないかと思うんですけど」

多田佳澄は、ますます険悪な表情になる。

「だから、勧誘っていうより、ただ世間話をしてただけですよ！」

「そうですね、わかります。営業は、雑談力が勝負みたいなところがありますからね。ただ、私がお訊きしたいと思ったのはですね」

謙介は、話を引き取って蘇生措置を施そうとしたが、さらなる打撃に見舞われる。

「その当時、あなたは、今より十五歳若くて、独身だったわけですね？　平沼精二郎さんも、亡くなったのが五十五歳なので、四十歳前後だったことになりますね」

千春は、とんでもないことを言い出そうとしていた。

「だから、何？」

多田佳澄は、もはや、敵意を隠そうもしなかった。

「その年齢の男女が、一軒の家で、二人きりで一時間以上も過ごすっていうのは、どうなんでしょうか？　そちらの町の常識は、わたしたちには、よくわかりませんが」

謙介は、目を剝いて千春を見た。

「帰ってください！」

多田佳澄は、大声で言った。

「さっきから、何言ってるのよ、この人？　失礼にも程があるんじゃないの？」

今度は、謙介の方に非難の目を向ける。

「たいへん申し訳ありません。……ちょっと、もう、そのくらいで」

謙介は、目顔で千春を止めようとしたが、まったく効果はなかった。

「失礼は、重々お詫びいたします。ですが、そういうことは、当時、警察にも訊かれたんじゃないかと思うんですが？」

多田佳澄は、怒りで鼻の穴が膨らんだが、無視することはできなかった。

「それは……もちろん、訊かれましたよ！　わたしは、何もなかったと答えました。わかるでしょう？　警察が納得したんだから！」

千春は、うなずいた。

「そうですね。もしも何かがあったとしたら、警察が、あなたの証言を信用するはずがないでしょうね」

「わかったら、もういいでしょう？　帰ってください！」

多田佳澄は、勝ったとばかりの顔になる。

「このことを訊きに来たのは、わたしたちが最初じゃありませんよね？」

「えっ」

多田佳澄の顔色が変わった。

「英之……日高英之さんが、あなたを訪ねてきたんじゃないですか？」

千春の追及に、多田佳澄は再び絶句する。

「ご存じだろうと思いますが、日高さんは現在、警察に勾留されています。平沼精二郎さんを殺害したという容疑です」

千春は、落ち着いた態度で続ける。ここへ来たときの緊張ぶりが嘘のようだった。

「もし日高さんが平沼さんを殺害したとすれば、あなたに聞いた話で、平沼さんが十五年前の事件の真犯人であると思ったからじゃないでしょうか？」

「そんなこと……わたしには、何も関係ないでしょう？　言っときますけどね、わたしには、いっさい責任ありませんから！」

多田佳澄は、動揺の色が激しくなった。

この様子だったら、うまくいけば何か証言を引き出せるかもしれないと謙介は思う。こんな一か八かのやり方は、したくなかったのだが。

「もちろん、このことで、多田さんが何かの責任を問われるということはありません」

千春は、にっこりと微笑んで見せた。

「ですけど、今後のトラブルを防ぐためにも、教えていただきたいんです。話を聞きたいと、日高さんが来たときに、あなたは、彼に何とおっしゃったんですか？」

「それは……さっき言ったのと同じですよ」

多田佳澄は、日高英之がやって来たことを、言外に認めてしまっていた。

「わたしは、営業で平沼精二郎さんを訪ねて、一時間ほど雑談して帰ったってだけ」

「その質問をしたとき、日高さんは、どんな様子でしたか？」

「えっ？」

多田佳澄は、目をぱちくりさせる。

「もし、多田さんの言葉で日高さんが平沼さんの犯行を確信したんでなければ、来る前から、平沼さんが犯人だと思い込んでいたと思うんです。ひょっとしたらですが、質問も、そういうニュアンスだったんじゃないでしょうか？」

「別に、そんなふうでもなかったけど」

多田佳澄は、眉根を寄せたが、怒っているというより、思い出そうとしているようだ。

「若いのに、すごく落ち着いてて。あんたみたいに、失礼なことなんか言わなかったわよ！」

「すみません」と、千春は詫びた。

「あのときは、まだ小学校に入ったばかりの小さな男の子だったけどねえ」

多田佳澄の声音が、少し優しくなった。

「あのときというのは、石田うめさんの事件が起きたときですね？」

謙介は、また機嫌を損ねることがないよう、慎重に訊ねる。

「そうよ。あの子も、あれから、いろいろと苦労したんでしょうね」

多田佳澄は、日高英之にはかなり同情的なようだった。

「たしかに、苦労は多かったでしょう。成績はよかったようですが、高校を卒業してすぐに、自動車整備工場で働かざるを得なかったわけですから」

謙介が、多田佳澄の言葉を肯定してやると、彼女は深くうなずいた。

「話してると、頭がいいのがわかったわね。もちろん、性格もね」

ジロリと、千春の方を見やる。

日高英之は、父親の冤罪事件の真犯人が、平沼精二郎だと確信していたのだろうか。

謙介は、素早く考える。

もしそうなら、多田佳澄と会って、何かをつかんだのかもしれない。

それはつまり、彼女が偽証していたということだろうか。だが、今話を聞いたかぎりでは、はっきりした矛盾点は見当たらなかった。日高英之が、千春と同様に、平沼精二郎との関係を追及していたなら、彼女は「性格がいい」などという印象は持たなかっただろうし。

だとすると、別の何かかもしれない。たとえば、多田佳澄と平沼精二郎の隠れた結びつきを暗示するものとか……。

「日高さんとは、どのくらいの時間、お話をされてたんですか？」

千春が、少しピントがずれた質問をする。

「さあ。三十分くらい？　あんまり、よくは覚えてないけど」

多田佳澄も、重要な質問とは思わなかったらしく、面倒くさそうに答えた。

だが、この答えは案外手がかりになるかもしれないと、謙介は思う。

そんな短時間で、多田佳澄がうっかり口を滑らせ、重要な証言をしたとも考えにくい。

日高英之は、もしかしたら、何かを見たのではないだろうか。頭のいい子なら一瞬で気づくようなものを。

そのとき、多田佳澄のスマホが鳴った。

彼女は、脇に置いていたスマホを取り上げ、画面に触れて顔をしかめる。

謙介は、はっとした。

多田佳澄は、スマホを置くと、二人の顔を順番に見た。

「さあ、もう、いいでしょう？　いいかげん、帰ってくれませんか？　わたしも暇じゃないんですけど」

千春が何かを言おうとしたが、謙介は手で制して立ち上がった。

「わかりました。お忙しい中、お時間を取っていただき、ありがとうございました」

謙介は、深々と礼をする。千春も、どこか不承不承という様子だったが、それに倣った。

「これで終わりにしてくださいね。わたし、日高くんの裁判のことなんて、何もわかりませんから」

「ええ。もう、ここには伺いません」

謙介は、請け合った。

リビングダイニングから玄関へ向かうとき、ソファの上をチラリと見る。ゲームソフトや、本、子供服など、たくさんの物品が所狭しと置かれている。それから、小さな段ボール箱や、大判の封筒なども。

多田佳澄の部屋を辞去して階段室へ向かう途中、千春が不満そうに謙介を見た。

「ずいぶん、あっさり帰っちゃうんですね？　わたしは、もうちょっとだけ、訊きたいことがあったんですけど」

「あれ以上は、無理だよ」

謙介は、千春を宥める。

「警察を呼ばれないまでも、決定的に関係がまずくなってしまったら、後で何かを頼まなきゃならなくなったときに、支障が出るかもしれないし」

「……でも」

「それに、わざわざ怒らせる必要はなかったと思うんだけどね」

やんわりと皮肉ると、さすがに堪えたのか、千春は目を伏せた。

「すみません。どうしても本当のことを聞き出したいと、焦っちゃって」

「気持ちはわかるけどね、やりすぎなんだよ。もうちょっと和やかに話せてたら、いろいろと聞き出せたかもしれない」

「やっぱり、わたしのせいですね。本当に、すみません」

千春は、悄気ていた。

「まあ、でも、収穫はあったよ」

慰めるつもりで、謙介は言う。

「どんな収穫ですか？」

やはり、気づいていないらしい。階段室のドアを開けながら、謙介はにやりとした。

「帰る少し前に、多田さんのスマホが鳴っただろう？　あれ、何だったと思う？」

「わかりません」

千春は、怪訝そうに言う。わかるわけがないだろうという顔だった。

「じゃあ、ソファの上を見て、何か気づかなかった？」

「ソファですか……？　何か、物がいっぱい置かれてましたけど」

「箱とか封筒もあっただろう？」

謙介は、つい得意げな口調になってしまう。

「ええ。それが、何か？」

「あの人、たぶん、フリマアプリをやってると思うんだ」

「フリマアプリ……」

千春には、ピンと来ていないらしい。

「不要品を出品して、ネットで売るんだよ。商品の画像を撮って説明を付け、サイトに並べるんだ。すると、誰かが買いたいという申し込みをしたときや、『いいね』を付けたときには、スマホに通知が来る」

「そういえば、スマホを見て、嫌な顔をしてましたけど」

「売れるのを期待していて、『いいね』ばかりだと、ああいう反応になることもあるんだ」

「へえー」

千春は、さほど感心していないようだ。

「垂水さんも、やってるんですか？」

「うん。使わなくなった背広やネクタイなんかを売ってる」

謙介は、それに対する美奈子の反応を思い出して、首を竦めた。

「でも、それが、何かの手がかりになるんですか？」

「日高くんも、あの部屋を訪問したときに、気がついたのかもしれないと思うんだ」

謙介は、階段を降りながら、説明する。

「三十分しかいなかったのなら、たいしたことは聞き出せなかったんじゃないかな？　だが、フリマアプリをやってることなら、一瞬でわかるはずだろう？」

「フリマアプリをやってる？」

千春は、首をひねっていた。そんなことがわかっても、いったい何になるのかと思っているのだろう。

「多田さんは、お金が必要なのか、物が多すぎて整理したいと思ってるんでしょうか？」

「動機は、おそらく、そんなところだろうな。問題は、何を売ってるかなんだよ」

謙介は、自信たっぷりに言った。

「何をって、不要品でしょう？」

当たり前だろうという調子だった。

「うん。だが、何でも要らない物を売ればいいってわけじゃないんだ。フリマアプリの弱点は、送料がかかることだ。最低金額は三百円だが、本部に一割取られ、送料に二百十円かかるから、残りは六十円だ。しかも、これには、封筒とか梱包材の費用は含まれていないんだ」

謙介は、日頃不満に思っていることだけあって、滔々と説明する。

「たしかに、それだったら、かかった手間暇を考えると、やってられないですね」

千春は、それほど興味がなさそうな顔で、相づちを打つ。

「とはいえ、利益は最初から度外視で、まだ使える品物を捨てるには忍びないという思いからやってる人も多いんだけど、それでも多少は家計の足しにしたいと思えば、ちょっとは値段の張るものを売りたいのが人情だろう？　それで、押し入れの奥から、昭和レトロ家電なんかを引っ張り出してくるわけなんだ。つまり、何を売っているかで、その家の歴史がわかるんだよ」

ようやく、千春にも謙介の言いたいことが伝わったようだった。

「英之は、多田さんが売ろうとしていた物を見たんでしょうか？」

「そのとき、何を見たのかはわからないな。でも、たぶん、それがヒントになったような気がするんだ。……ただの勘だけどね」

タワマンを出ると、春にしては強い日差しが降り注ぐ。謙介は、眼を細めた。

「この近くに、フリマアプリと提携してる運送会社の営業所があるはずなんだ。多田佳澄が、何を発送しているかを、そこへ行って確認してほしい」

「えっ」

千春は、さすがに嫌そうな顔になった。

「わたしがやるんですか？」

「そうだ。今、そこに割ける人員は、君しかいない」

面倒な仕事を、いかに言葉巧みに部下に押しつけるかは、管理職の腕の見せどころである。謙介は、会社員時代に戻ったような気分で言った。

「でも、そんなことをしても、英之の無実が証明できるわけじゃないでしょう？」

千春は、まだ納得できないでいるようだ。

たしかに、調査がうまくいき、多田佳澄が偽証していたとわかれば、平沼精二郎が真犯人である可能性が高くなり、ひいては、日高英之が叔父を殺害した動機が補強されることになる。気が進まないのも無理はないだろう。

「その通りだよ」

謙介は、諭すように言う。

「しかし、今我々がやるべきことは、何でもいいから彼に有利に働きそうな証拠を集めることじゃない。真実をあきらかにすることなんだ。事件の全体像が把握できれば、初めて、有効な弁護方針が立てられる。そうだろう？」

さぞかし感銘を受けたに違いないと思って彼女の顔を見たが、まったく刺さっていないようだった。

「真実って、何なんですか？」

「えっ」

「わたしたちにできることって、せいぜい真実の一部を見つけることだけでしょう？　英之に不利な証拠を見つけた場合に、そこで終わっちゃったとしたら、結果的に、有罪を後押しすることになるんじゃないですか？」

なるほどと思う。千春は、なかなかのプラグマティストらしかった。

「その場合は、別に、見つけた真実をあきらかにする必要はないよ」

謙介は、譲歩した。

「本当ですか?」

「うん、約束する。だから、今は、とにかく、調査を先に進めよう」

昼日中から、こんな周囲が開けた場所で、いつまでも議論をしていたくはなかった。

「あ」

千春が、めざとく何かを見つけた。

「こっちへ来てください。早く!」

急に謙介の腕をつかんで引っ張る。謙介は面食らったが、抵抗せずに動いた。

駐車している軽トラックの陰に隠れると、千春は、タワマンの入り口を指さす。

トロリーバッグを引いた、多田佳澄の姿が見えた。

どうやら、多田佳澄は、徒歩でどこかへ行こうとしているらしい。

「跡を付けましょう!」

千春は、立ち上がった。

どうしよう。会社員時代も、さすがに尾行はやったことがなかった。

謙介は躊躇(ちゅうちょ)したが、千春が歩き出したので、しかたなく後に続く。多田佳澄は、タワマンの裏手の路地に入っていった。

「二人だと、かえって目立ちます。離れてください」

千春に指示され、謙介は道の反対側に移動した。だが、これでも、多田佳澄が振り返ったら気づかれるかもしれない。謙介は、さらに距離を開けて、建物の陰に身を隠しながら、慎重に追尾する。

前から来た、柴犬を連れた初老の男性が、不審そうに謙介をじろじろと見た。

謙介は、靴紐を結び直すと、何気ない様子で普通に歩き出す。

すでに多田佳澄は見えなくなっていたが、千春の後ろ姿を目印に付いていくことにした。

しばらく行くと、千春が待っていた。

「彼女は？　どこへ行った？」

謙介が訊ねると、千春は黙って前方のビルを指さす。こぢんまりとした建物に、おなじみのロゴマーク。そこは、フリマアプリと提携している運送会社の営業所だった。

「やっぱり、ここへ来たか」

図らずも、思い描いた通りの展開になった。多田佳澄が利用する運送会社の営業所がわかったのは、収穫だった。ここは、調査をさらに先に進めておきたい。

「じゃあ、中に入って、彼女が発送しようとしてる物を確認してくれ」

謙介は促したが、千春は首を振る。

「わたしは、けっこう目立つと思うんです。垂水さんの方が、適任です」

「いや、あのフリマアプリを利用してるのは、女性が多いはずだ」

「だいじょうぶですよ！　スーツを着た中年のオジさんには、誰も注目しませんから」

その意見には必ずしも同意できなかったが、機を逃さないため、謙介が行くことにした。

営業所に入ると、すぐに、多田佳澄の姿が目に入る。テーブルの上で、緩衝材のプチプチを使って、何かを梱包しようとしているようだ。

謙介は、そっと彼女の背後に近づき、何を包もうとしているのか確認しようとした。

「いらっしゃいませ」

ふいにカウンターから声をかけられた。謙介が頭を上げると、ニコニコしている女性社員が目に入る。しかたなく、カウンターの方に歩み寄った。チラリと見ると、多田佳澄は、自分の荷物の梱包にかかりきりだった。

「荷物を送りたいんだけど」

謙介は、考え得るかぎり最も普通の台詞を口にした。

女性社員は、笑みを絶やさなかった。ガールスカウトめいた制服を着ているが、十本の指のネイルは異なるデザインで綺麗に塗り分けられていた。おそらく、これが精一杯のお洒落なのだろう。

「どんなお荷物でしょうか？」

「うん。それが、ちょっと大きくてね」

ここへ持ってこられなかったわけだから、そう言うしかなかった。さっきまで話をしていた多田佳澄の耳に声が届くことを考え、声色も変える。

「簞笥(たんす)なんだけど」

女性社員の表情が曇った。

「申し訳ございませんが、それはちょっと、無理だと思います」

女性社員は、送れる荷物のサイズの一覧表を取り出して、謙介に見せる。

「一番大きいのが、二〇〇サイズで、三辺の合計が二百センチまでなんです」

謙介は、多田佳澄の方に視線を送った。

人形のような物をプチプチで包もうとしているが、かなり悪戦苦闘しているようだ。

「いや、そんなには大きくないんだ。簞笥と言っても、船簞笥だから」

「フナダンス……ですか？」

どんなものなのか、見当が付かないらしい。最近の子だから、まあ、しかたがないだろう。

謙介自身も、船簞笥など一度も見たことはなかったが。

「横幅が六十センチ、高さが八十センチで、奥行きが四十センチくらいかな」

「それだと、ギリギリ一八〇サイズですね」

女性社員は、瞬時に答える。

「少しオーバーしても二〇〇サイズで送れますが、一度、サイズをきちんと測った方がいいと思いますよ」

「うん、それは、大丈夫なんだけど」

多田佳澄は、いったん巻いたプチプチを全部外した。中から出てきたのは、日本人形だった。市松人形というのだろうか。長めのおかっぱ頭で、赤い着物を着ている。

「問題は、大きさというよりは、かなり重いことでね」

謙介は、視線を戻すと、船簞笥についての知識を総動員して話し続ける。

「酒田の船簞笥っていって、北前船に載せてたという由緒ある船簞笥なんだけど、たとえ船が難破しても中身を守れるように、分厚く頑丈な欅(けやき)材で作られて、金具で補強されてるんだよ。だから、サイズの割に重量がある。水には浮くんだけどね」

「三十キロを超えてしまうと、お受けできないんですが」

女性社員は、少し困惑の態だった。

「そうか。……うん、わかった。ちょっと、重さを量ってくるよ」

謙介は、そう言って、カウンターを離れる。間一髪で、多田佳澄は梱包を終えて、こちらへ向き直ろうとするところだった。

自動ドアを出ると、すばやく横に歩いて、多田佳澄の視界から逃れ、気を揉んでいる様子の千春の方へ向かった。

「どうでした？」

千春は、期待と心配が入り交じったような顔で訊ねた。

「収穫はあったよ」

謙介は、にやりとした。

「ちょっと、そのへんで、お茶しようか」

千春の反応で、「お茶する」は死語かと後悔したが、都合よくレトロクラシックな喫茶店を見つけたので入る。

「多田佳澄は、思った通り、フリマアプリで売った日本人形を送ろうとしていた」

年代物の椅子に座るや、謙介は話し始めた。

「でも、フリマアプリというのは、どうしてわかるんですか？」

千春は、もっともな疑問を呈する。

「多田佳澄が作業をしているすぐ横に、発送用のシールがあった。フリマアプリが運送会社と提携してるんだよ」

謙介は、コーヒーを注文して続ける。

「だとすれば、次は、多田佳澄が出品に使っている名前を突き止めればいい」

謙介は、スマホを出して、フリマアプリにログインした。

「日本人形……市松人形。最近売れたばかりだから、まだ削除はされていないはずだ」

あの手の人形は、興味がなければどれも同じに見えるが、しっかりと目に焼き付けてある。

幸薄そうな顔も、着物の色合いも。

見つかった。

出品者名は、『ブルーミスト』である。

「これはもう、間違いないだろう！」

謙介は、すっかり興奮して、スマホ画面を千春に見せた。

「間違いないって、なぜ言えるんですか？　人形も、一瞬見ただけでしょう？」

「ああ。だが、『ブルーミスト』だからね」

「どういう意味ですか？」

運ばれてきた紅茶を飲みながら、千春は、眉根を寄せた。

「青い霧……青木佳澄だよ」

謙介がそう言うと、千春は、ようやく納得したようだった。

「フリマアプリの出品者名は、本名を隠したいニーズと、自己主張をしたいという思いとが、せめぎ合って付けられるんだ」

「垂水さんは、何て付けたんですか？」

「ゴル……それは、どうでもいい」

危うく乗せられそうになったが、謙介は、咳払いした。

「これで、青木佳澄――多田佳澄が、過去に何を売っていたかがわかる」

スマホ画面には、たくさんの商品が出てきた。『ＳＯＬＤ』という表示も多い。種々雑多というか、まったくまとまりがなく、手当たり次第に売っている様子がよくわかった。

「着物……プレイステーション2……座椅子……春物コート……重箱」

順番に見ながら、謙介は首をひねっていた。今のところ、何の参考にもなっていない。しかし、どこかに必ずヒントがあるはずだ。読み通りだったら、日高英之も、これを見て、多田佳澄――青木佳澄が平沼精二郎のアリバイを偽証したと確信したはずなのだから。

「ん？　これは」

それは、一見何の変哲もないキーホルダーだった。

画面を千春に見せる。はかばかしい反応を見せなかったが、はっとしたようだった。

「これ、『TRANS AM』って書いてありますよね？」

「ああ、しかも、その上にある絵は不死鳥、つまりファイアーバードだ」

アメ車のノベルティには、キーホルダーは別に珍しくないだろうが、これは、平沼精二郎を一酸化炭素中毒死させた、ポンティアック・ファイアーバード・トランザムのものである。

「彼女は、いったいなぜ、こんなものを持っていたんでしょうか？」

「そうだな。多田佳澄が、実はアメ車が好きだったとも思えないし、夫の趣味という可能性も低いと思うよ」

　謙介は、運ばれてきたコーヒーをすすって、余裕たっぷりに言う。

「どうして、夫の趣味じゃないってわかるんですか？」

　千春は、納得できない表情だった。

「家の中を見ただろう？　何一つ、アメ車に関する物品は飾られてなかった。アメ車好きなら、何か一つくらいはあるはずだ」

「以前はたくさんあったけど、その後全部、フリマアプリで売っちゃったっていうことはないですか？」

「もしアメ車に愛着があったら、夫は抵抗すると思うよ。アメ車そのものを所有できないなら、なおさらね」

　謙介は、ゴルフクラブや釣り竿など、今ではまるっきり使っていない趣味の品を守るためのせめぎ合いを思い出す。

　狭い家では、置いておくだけでもけっこう場所を取る上に、意外に高く売れることもあり、美奈子の方は、鵜の目鷹の目で出品しようと狙っているのだ。それを阻止しようと思ったら、よほど巧妙な話術と心理的な洞察力を含めた、高度な交渉術が必要とされるのである。

「だとしたら、そのキーホルダーって、やっぱり平沼精二郎さんから手に入れたものなんでしょうか？」

「おそらく、そうだろう」

千春は、モヤモヤした表情のままだった。今ひとつ、ピンときていないようだ。

「まさか、警察に偽証をした代償が、キーホルダー一個っていうことはないですよね？」

「そりゃ、そうだろう。二人の関係が、実際にどうだったのかはわからないけど、多田佳澄が平沼精二郎を守ったのなら、かなりの報酬が支払われたはずだ」

石田うめさんが殺害された十五年前には、平沼精二郎には、資産と言えるほどのものは何もなかったはずだ。

だったら、石田うめさんから奪った金の一部を分け前として多田佳澄——当時は青木佳澄に渡して、アリバイの偽証を頼んだのか。

かりにそうだとしても、多田佳澄にとっては、平沼精二郎はその後も金づるであり続けたに違いない。度重なる要求に困り果てた平沼精二郎は、一時しのぎとして、キーホルダーなどのアメ車のノベルティを渡したのではないだろうか。

多田佳澄は、おそらく不満だったに違いない。ほとんどの女性は、ガラクタを蒐集(しゅうしゅう)する男の趣味は理解できないからだ。

平沼精二郎は、世故に長けた男だったろうから、舌先三寸で巧みに丸め込もうとしたのではないか。アメ車のノベルティは日本ではマニアに人気があり、これから値が上がるとか。

ところが、年月がたち、平沼精二郎が言っていたことは出鱈目(でたらめ)だったとわかって、最終的にフリマアプリに出品したに違いない。

待てよ、と謙介は思う。

平沼精二郎と多田佳澄の間に金銭トラブルが存在した場合、それは殺人の動機にはなるかもしれない。アメ車のランオンというのは、どう考えても多田佳澄の発想とは思えないのだが。

「英之は、多田佳澄さんに会いに行ったとき、何かを見たということでしたよね?」

すっかり考え込んでしまった謙介に対し、千春が、冷静に指摘する。

「ですけど、それが、キーホルダー一個か別のアメ車のノベルティだったとしても、とても、平沼精二郎さんが真犯人だったとは確信できなかったと思うんですけど」

「しかし、少なくとも疑惑のとっかかりにはなったんじゃないかな?」

父親の冤罪事件の真犯人だと疑われる叔父が、アリバイを証言した青木佳澄と、つながりがあったかもしれない。……だとすると、次はどうするだろうか。

「日高くんは、多田佳澄を詰問して偽証を白状させたかっただろうな。でも、押し問答しても、埒(らち)はあかないだろう。知らぬ存ぜぬを通されればそれまでだ。ならば、二人の共謀を証明する、もっと動かぬ証拠を手に入れるしかない」

「どんな証拠ですか?」

「わからない。たとえば、平沼精二郎から多田佳澄への送金の明細でもあったら、理想的なんだが……」

そうは言ってみたものの、平沼精二郎が、そんなものを残しておくはずもない。

「いずれにしても、次に当たるべきなのは、平沼精二郎の方だろうな」

そういえば、平沼精二郎の遺産はどうなったのだろうか。もし、家がそのまま残されているなら、犯行現場であるガレージも含め、一度、中を調べられればいいのだが。

# 8

日高英之は、机の向こうに座っている男の顔をまじまじと見ていた。

石川宏行検事。映画やドラマに登場する、切れ者然とした検事とは似ても似つかなかった。色白でぽっちゃりしており、縁のない眼鏡の奥では気弱そうな目が瞬いている。

朝から様々な事件の容疑者らと一緒にバスに揺られて地検に来ると、手錠をかけられたまま狭い部屋で延々と待たされた。

ようやく「検事調べ」となり、対面したラスボスがこれかと思う。しかし、この男の力量を見かけで判断すべきではないだろう。ＩＱは、少なくとも松根よりは数段上に違いない。

「ええと、日高英之、二十二歳。フジエダ・カー・ファクトリー勤務だね。叔父さんである、平沼精二郎さんを殺害した容疑……と」

石川検事は、ちょっと舌足らずなしゃべり方で言い、ほとんどすべて松根が作文した供述調書をペラペラとめくった。

「この通り、あなたは犯行を認めているわけですね。正式に起訴を決める前に、私からも、いくつか質問したいのですが」

「はい」

英之は、神妙にうなずいた。

「平沼精二郎さんを殺害した動機は、遺産が欲しかったということですが、それに間違いありませんか？」

「それは……」

英之は、うつむいた。

「どうしたんですか？　供述調書には、そう書いてありますよ？」

「そこに書かれてあるのは、俺が話した内容とは違います」

英之は、下を向いたまま、はっきりとした口調で言った。

「違う……と」

石川検事は、目を丸くした。

「困ったね。今さら、供述を翻されても」

「最初から、そんなことは、一言も言ってないんです。検事さん。信じてください」

英之は、昂然と顔を上げると、石川検事の目を真正面から見つめた。

「一言も、言ってない」

石川検事は、溜め息をついた。

「だったら、あなたが平沼精二郎さんを殺害した動機は、何だったんですか？」

英之は、大きく息を吸ってから言う。

「俺は、叔父さんを殺していません」

石川検事は、しばらくの間黙って、英之の顔を見ていた。それから、悲しげに頭を振って、机の上で両手を組み合わせ、ぽつりと言う。

「つまり、それは、いったんは自白したが、否認に転じるということですか？」

「自白した覚えはありません」

英之は、断固とした態度で言う。

「そこにある『供述調書』と書かれた作文は、徹頭徹尾、取り調べを行った松根という刑事の捏造です。俺が言ったことじゃありません」

「捏造……」

石川検事は、供述調書を手に持ったまま、所在なげに宙を見上げる。

「そんな話が通ると思いますか？」

「でも、事実なんです。検事さん。どうか、信じてください」

英之は、真摯な態度で言った。

これは、最後のチャンスだと思う。

検察が、事実と向き合うための。

「あなたには、失望しました」

石川検事は、眼鏡を直しながら言う。

「犯行を自白し、このように供述を行ったということは、してしまったことを深く反省して、罪を償おうという気持ちからだと思っていたんですがね」

「俺は、叔父さんを殺していません」

英之は、再度、はっきりと宣言する。

「それでは、どうして、殺したと自白したんですか？」

「ですから、自白はしていません」

英之は、辛抱強く言った。何とかわかってもらいたいという気持ちに嘘はなかった。

「松根刑事は、俺の反応を見て、自白したと解釈したんだと思います。ですが、はっきりと、俺がやったとは、一度も言ってません」

「だったら……！」

石川検事は、突然激したように供述調書を叩いた。

「なぜ、これに署名押印した？」

「それは……」

「あなたは、この供述調書を読んで、内容に納得したからこそ、署名して拇印を押したんだ。違うのか？」

英之を睨み付ける視線も、さっきまでとは別人のようである。

「もう、限界だったんです」

「限界？　何の限界だ？」

「ずっと取り調べが続いて、疲労が溜まってたんです。一秒でも早く、ここから解放されたい。眠りたいと思って」

「眠かったから、供述調書の内容なんかどうでもいいと思って、署名し、拇印を押しました。そう言ってるわけか？」

石川検事は、歯を食いしばって威嚇するような声になる。

「だから、もう、限界だったんですよ！」

英之も、石川検事の怒気をはらんだ目を、真正面から睨み返した。

「そういう言い方をしたら、俺がデタラメな感じになるけど、実際は、一生懸命に答えてたんです。それでも、取り調べは、いつまでも終わらなかったんです。向こうの望むような答えをするまで続きそうな雰囲気だったから、最後は、認めるしかなかったんですよ！」

「大声を出すのは、やめなさい！」

石川検事は、英之の倍くらいはある音量で怒鳴った。

「もう一度だけ訊く。この供述調書の内容を、全面的に翻す気なのか？」

「そうです。……というよりも、そもそも、その供述調書というのは」

「それで、自白を撤回したら、起訴されずに済むとでも思ってるのかね？」

眼鏡の奥で、ひどく陰険そうな小さな目が光っている。さっきはどうして、この目を見て、気弱そうだなどと思ったのだろう。

「起訴されるかどうかなんて、俺にはわかりません。でも、やってないものは、やってないと言うしかないから」

「君はそうやって、いつもその場しのぎの人生を送ってきたんじゃないのか？　一度として、自分の罪に真剣に向き合おうとはせずに、ただ、嘘をついたり、相手に迎合したりしながら、辛いことを先送りにしてきた」

石川検事は、腕組みをした。

「私は、君のような人間を、大勢見てきたんだ。全員が、自分の心の弱さに向き合えないで、今がよければそれでいいという甘い考えで罪を重ねてきたんだよ。そういう行動の集積から、今ここにいるということが理解できない——いや、理解しようとしないんだ」

「俺は、違います」

英之は、抗弁しようとしたが、石川検事は聞く耳を持たないようだった。

「適当にペラ回したら、乗り切れるとでも思ってるのか？　その時々で、言うことがコロコロ変わるようなヤツは、誰も信用しない」

石川検事は、松根刑事そっくりな仕草で、顔を近づけた。

「検察を舐めるな」

「舐めてません」

英之は、おとなしく答える。

「秋霜烈日（しゅうそうれつじつ）って言葉を、知ってるか？」

英之は、黙ってうなずいた。

「このバッジが示す、秋の霜や夏の日差しのような厳しさのことだ」

石川検事は、襟に付けている勲章のように見えるバッジを英之に見せた。

だが、秋霜烈日というのは、後付けだったはずだ。本来は、旭日と菊の花弁をデザインしたものではなかったたか。

「我々検察官は、おまえのような犯罪者には、けっして甘い対応はしないということだ」

石川検事は、ついに「おまえ」呼ばわりを始めた。

「犯罪者の中には、どういう考えか、検察を舐めてかかる輩もいる。しかし、遅かれ早かれ、全員、そのことを後悔するようになるんだ。肝に銘じておけ」

「だから……舐めてませんよ」

英之は、静かに答える。

「綸言汗のごとしという格言がある。いったん口から出た言葉は、汗と同様引っ込めることはできないという意味だ。いったん行った自白も、あれは嘘でしたと言って、取り消すことなどできないんだよ」

石川検事は、半ば煙に巻きつつ諭すように言った。

「綸言っていうのは、皇帝の言葉でしょう？　俺は、そんなお偉いさんじゃないですし」

英之が反駁すると、石川検事は意外そうな顔になった。こんな言葉を知っているとは思っていなかったのだろう。

「揚げ足を取るんじゃない！　おまえは、自分がクズだから、いくらでも言葉を撤回できると思ってるのか？」

「いいえ。俺は、お偉いさんではないと言っただけで、自分をクズだなんて思ったことはないです」

さすがに少し腹が立って、英之は言い返す。

「さっきも言ったように、あの供述調書はすべて、あの松根という刑事の創作なんです」

「今さら、そんな言い逃れをするな」

「本当です。だから、俺は、自白を撤回しているわけじゃありません」

英之は、石川検事の言葉を遮って言う。

石川検事は、彫像のように動かなかった。顔色は蒼白に近づいている。

「なるほど。そういうことか。……本当に、残念だよ」

石川検事は、深い溜め息をついた。

「私たちは、君が潔く罪を認め、償いをするものだと信じてきたんだよ」

呼びかけ方は、あなたからおまえになり、さらに君へと変わった。何を言うつもりなのかと思い、英之は無言で続きを待つ。

「君を取り調べて、起訴するかどうかを決めるにあたっても、その気持ちは変わらなかった。こうして、君に裏切られるまではね」

石川検事は、再び、優しげな表情に戻り、しみじみと述懐するような調子で言う。

「君は、もしかすると、私たちを敵だと思ってるんじゃないかな？　たしかに、君を起訴した場合には、法廷で敵味方に分かれるように見える。しかし、私たちは、けっして敵ではない。すべては、君の更生のための手続きだ。私たちは、そのためにいる」

詭弁(きべん)以外の何ものでもないと思う。検事の職責は、第一に、できるだけ多くの事件を迅速に処理することである。

不起訴にする場合も、容疑者のことを考えているわけではなくて、黒星を避けるためだし、起訴した場合は、取りこぼしなく有罪判決を勝ち取らなければ出世はおぼつかない。

刑事司法の一部には『更生』という考え方はあるのかもしれないが、少なくとも、検事は、そんなことは一ミリも考えていないのだ。

「もしかして、弁護士に言われたのかな？　供述を翻せば、起訴が難しくなるとか。だがね、現実は、そんな甘いものじゃないんだよ」

英之は、かすかに唇をゆがめた。

現実が甘いものだなんて、一度も考えたことはない。少なくとも、この十五年間は。

「君の供述調書は、詳細に読んで検討させてもらった。犯人でなければ語れない秘密の暴露や迫真性に満ちた説明が、随所に見られたよ。……これを読んだ上で、君を不起訴にするような無能な検事は、日本には一人もいない。つまり、君は、起訴されることになる」

石川検事は、今回はソフトな調子のまま、圧力を強めてきた。

「これも検事として断言できるが、君は、まず百パーセント有罪になるだろう。証拠は揃っているし、動機にも充分な説得力がある。そうなると、問題は量刑ということになるが、それを左右するのは何かわかるかな？」

「裁判官の心証ですか？」

英之が答えると、石川検事は、眉を上げた。

「その通りだよ。君が、どの程度自分の罪と向き合って、真摯に反省しているか。裁判官は、そこを見ている」

石川検事は、深く案じているような視線で英之を見た。

「当初の供述通り潔くすべてを認め、法廷で謝罪の言葉を述べた場合と、供述を翻して、不合理な弁解に終始するのとでは、それこそ天と地の差があるんだよ」

石川検事は、前に身を乗り出した姿勢から、後ろに重心を移すと、椅子にもたれて腕組みをした。こちらが弱気になっていたら、見捨てられるような気分に陥るかもしれない。

「私の仕事は正義を行うことだ。もしも君が犯人なら、起訴し、有罪にしなければならない。だが、私は、君に重い量刑を科したいとは、これっぽっちも思っていないんだよ」

それはそうかもしれないと、英之は思う。

検事にとって、重要なのは勝ち負けであり、量刑のことは、はなからほとんど関心がないのかもしれない。

「だから、ここで君に、もう一度だけ再考のチャンスを与えたい。供述調書の内容を認めるか否かだ。やっぱり認めますと言うんだったら、ここで君が否認しようとしたことは、私の胸にとどめておくよ。……どうだね？　罪を認め、罪を償って、もう一度やり直してみないか？　君は、まだ若いんだ。これから、いくらでもチャンスはあるだろう。むろん、犯してしまった罪は消えないが、それを否認することで更生への道を閉ざしてしまうというのは、あまりにももったいないじゃないか？」

「俺は……」

英之は、ようやく口を開いた。

「うん。どうする？」

石川検事は、期待を込めた視線になった。

「叔父を殺していません」

石川検事の表情は、みるみる険悪なものに変わっていく。

「ですから、やってないことをやったと言って、裁判官の慈悲を求め、量刑を低くしようとは思いません」

「わかった。もういい！」

石川検事は、激しく机を叩く。

「君は、最後のチャンスをドブに捨てたんだ。ならば、法廷で厳しく断罪するしかないな」

英之は、黙って白い歯を見せた。

「何がおかしい？」

石川検事は、色をなした。

さっき怒ったときは、まだ多少は演技が入っているようにも見えたが、今となっては完全にキレているらしい。検事は、人から軽く見られることが少ない。まさか、ここで笑われるなどとは思ってもみなかったのだろう。

「もしかしたら、前も、こんな感じだったのかなと思ったんです」

英之の言葉を聞いて、石川検事は、眉間に深い皺を刻んだ。

「前？」

「父が殺人罪で起訴されたときのことですよ。そのときの検事さんは、木谷秀正さんでした。今は、次席検事さんをなさってますよね」

石川検事は、物凄い目で英之を睨み付ける。てっきり、また恫喝されるかと思ったのだが、感情のこもらない平板な声で言う。

「お父さんの事件のことは、気の毒だった。家族には何の責任もないが、いろいろと辛い目に遭ったんだろう」

「はい、いろいろとありました」

英之も、抑揚のない声で応じる。

「しかし、そのときのことを、ずっと恨みに思ってるんだったら、お門違いだな。逆恨みは、いいかげん、やめた方がいい」

「そういうつもりはありません」

「お父さんは、殺人という重罪を犯したんだよ。そのため、懲役刑を科せられた。刑の途中で亡くなられたのは、不幸な出来事だったが、きちんと罪を償おうとしている途上のことだった。もし君に、お父さんを悼む気があるのなら、見習うべきところは、その点だ」

「なるほど、そうですか」

英之は、低い声で笑った。石川検事の顔に驚愕が表れる。

「検事さんの立場では、そう言うしかないでしょうね。ポジショントークですよ」

「何だと？」

「でも、別の可能性を考えられたことはありませんか？」

「別の可能性？」

石川検事は、表情を消す。英之の一挙手一投足に目を凝らしているようだ。

「父が無実だったという可能性です」

石川検事は、かぶりを振る。

「それはもう、終わった事件だ」

「本当に、そうでしょうか？」

英之は、静かに疑問を呈した。

検事調べは、それで終了した。英之は、来たときに待たされたのと同じ検察庁の地下にある房に連れて行かれた。

サンダルを脱いで塩ビの床の上に置かれたパイプ椅子に腰掛け、帰りのバスを延々と待たされるのである。

「兄ちゃん。何やったんだよ？」

隣の椅子に座った、五十がらみの不健康に痩せこけた男が、声をかけてきた。

英之は、無言のまま視線も合わせなかった。すると、男は身を乗り出して小声で囁く。

「俺は、窃盗なんだけどよう、薬を買う金がなくってさ、つい出来心ってやつで」

「そこ、私語するな！」

警官から一喝されると、男は、すごすごと元の姿勢に戻った。

英之は、顔を動かさずに房の中を見回した。

ここにいるのは、都内の警察署に留置され、検事調べのために連れてこられた容疑者たちである。中には冤罪の人間もいるかもしれないが、大半は、ケチな小悪党だろう。オーラなどというものは信じないが、もしも見えたとすれば、この房の中は、どんより澱んだ色のオーラで埋め尽くされているに違いない。

彼らを見ていると、自分が警察、検察からどういう目で見られているのかがよくわかる。

こうやって一箇所に集められているのは、おそらくは、単なる管理上の都合からだろうが、もしかしたら、容疑者たちに『同類』の姿を見せつけることによって、自分たちの立場を思い知らせるという効果も狙っているのかもしれない。

自分はこんなところにいる人間ではないという自尊心を持った人間ほど、両手に手錠をかけられたまま、この房に座らされているだけで、心を蝕まれるのだ。

だが、後悔は感じなかった。

俺がここにいるのには、理由がある。

他の連中とは、根本的に違う理由が。

英之は、奥歯を嚙み締めた。

忘れるな。父もかつて、こんな目に遭わされたのだ。

父は、真面目に働いて犯罪とはいっさい無縁の生活を送っていたというのに。ある日突然、家にやってきた刑事たちにより、身に覚えのない罪状で逮捕され、長期間留置場に入れられ、言葉の暴力と身体的暴力で心を折られながらも、いつか必ずわかってもらえると信じていて、検事に最後の希望を打ち砕かれたのだ。

英之は、無性に叫び出したくなり、握りしめて折りたたんだ人差し指を噛んだ。血の味が、口の中に拡がった。

ちくしょう。ちくしょう……！

心が静まるまで、動悸が正常に戻るまで、ひたすら深呼吸を続けた。

房の中では、容疑者たちが等間隔に並んだパイプ椅子に座っていた。前のめりでうなだれている者や、腕組みをしてふんぞり返っている者など、思い思いの姿勢である。誰かはわからないが、かすかな嗚咽のような声が聞こえる。かと思えば、気道のどこかが肥厚しているらしい、耳障りな鼾も。あまりうるさくなると注意されるが、今はギリギリ許容範囲内らしい。

父は、ここに座っているとき、何を考えていたのだろうか。

考えると、いつも、たまらなくなる。

七歳の時の記憶はかなり曖昧になっていて、今は、父の顔すらはっきりとは思い出すことができなかった。かろうじて想起できるのは、家族写真を見て学習したイメージである。

父——平沼康信は、境界知能と診断されたため特殊学級に入れられ、長じては町の便利屋のような仕事で糊口をしのぐしかなかった。

でも、幼い頃は神童と呼ばれるほど優秀だったらしい。英之は、祖母の和子から繰り返し、そう聞かされていた。

三歳になったとき、ひらがなやカタカナは、すべて読み書きできるようになっていたとか、四歳で数字というものをすっかり理解し、九九を覚えていたとか、五歳になる頃には、大人と対等に将棋を指せたとか、およそ優秀さを示すようなエピソードには事欠かなかったものの、話しているのが父親びいきの祖母なので、英之も、幼い頃の父を知らない人たちも、話半分に聞いていた。

だが、そうした話にかすかな信憑性を与えたのは、セピア色になった古い写真だった。

赤ん坊の頃の父は、聡明そうな大きな目を見開き、天才児のような風格があった。そのまますくすくと育ったら、将来は楽しみだと思わせる雰囲気を備えていたのだ。

しかし、現実は残酷だった。

無謀運転の車——未だかつて一度も免許を取ったことがなく、朝まで酒を飲んだ挙げ句に、法定速度を五十キロ以上も超える速度でスポーツカーを飛ばしていた四十代半ばの無職男が、トラックを無理矢理追い越そうとして接触し、保育園児の列に突っ込んだのだった。

エアバッグが作動したおかげで、無免許飲酒男は、かすり傷で済んだが、身代わりとして、三人の園児が、ひどい重傷を負わされた。

一人は右肩を脱臼して、肋骨(ろっこつ)が折れたものの、いずれは完治するだろうという診断だった。だが、もう一人は股関節を骨折して、一生涯歩行に支障が残るということだった。

最後の一人が父だった。頭蓋骨を骨折して、一時は命も危ぶまれる容態だったが、奇跡的に意識を取り戻した。

家族全員が号泣して、よかったと言い合ったらしい。だが、事故の後遺症は、誰一人として予想しなかったくらい深刻なものだった。

事故の後で、父の思考力と記憶力が著しく減退したことは、誰の目にもあきらかになった。

大学病院の検査で、脳の側頭葉と前頭葉に重大な損傷を負ったことによる高度機能障害と診断された。

その当時は、まだ危険運転致死傷罪も存在しておらず、無免許飲酒男は、過失運転傷害罪でわずか五年の懲役刑に処せられたにすぎなかった。資産がないために、賠償もいっさいされず、結局、今に至るまで一通の謝罪の手紙すら送られては来なかった。

父はさぞ無念だっただろうと、英之は思った。自慢の息子の人生をめちゃめちゃにされた、祖母の嘆きもひと通りではなかったらしい。

しかし、父は、けっして腐ることはなかった。理不尽な運命でも、自分にできることをして生きていくしかないと思い定めたのである。特殊学級においても、指導教員が感心するくらい熱心に課題に取り組んだらしい。

そんな父に対して、町の人たちの態度はひどく冷たいものだった。

天才児と言われていたときはチヤホヤしていたのに、もはやそうではなくなってしまうと、それまでの劣等感の裏返しからか、掌を返したように馬鹿にするようになったのだ。

さすがに面と向かっては言わなかったものの、陰湿な陰口は徐々にエスカレートしていき、通り過ぎると背後で嘲笑したり、陰から石を投げるような輩までいたらしい。

父は、達観しているかのように、いっさい反応しなかったが、祖母は、現場を見つけると、激怒して相手の家に怒鳴り込んだという。

父の運命が暗転したことによって、もう一人、人生を狂わされた人間がいた。

叔父の平沼精二郎である。

一つ違いの兄が、もはや町の希望ではなくなり、厄介者扱いされるようになると、精二郎も、いじめの標的になった。幼すぎたために、何が起きているのかは理解できなかっただろうが、周囲の冷笑的な態度にはさぞかし心を傷つけられたに違いない。思春期になると、悪い仲間とつるみ出して、ケンカや万引きに明け暮れた挙げ句、家にも寄りつかなくなってしまった。

一方、父の人生は、必ずしも真っ暗に塗りつぶされてしまったわけではなかった。

父とは幼なじみで、近所に住んでいた日高浩美は、いつでも父の味方で、心ない陰口を叩く人間にはムキになって反論したという。

父は、特殊学級を卒業すると、簡単な大工仕事を覚え、町の便利屋のようなことをしていた。安い手間賃でも骨身を惜しまず働き、町の人たちの役に立つことで少しでも認めてもらおうとしていたという。そんな姿勢が、徐々にではあるが、町の人々の態度を変えていったらしく、応援してくれる人も増えてきていた。

そして、父は、日高浩美と結婚した。

家族からはひどく反対され、結婚するなら縁を切るとまで言われたらしいが、浩美の意志は固く、最後には認めざるを得なかったらしい。

そして、一人息子の英之が生まれた。

平沼家は、奇跡かと思った父の結婚に続く慶事に、幸せに包まれた。

特に、父の喜びようときたら、たいへんなものだったらしい。

町の神社にお百度参りをして安産を祈り、出産予定日が近づくと、水垢離(みずごり)まで始めたという。どうか、息子が無事に生まれますように。その一心だったと、祖母は言っていた。

そして、ようやく生まれた英之に対して、父は不思議な態度で接した。

嬉しそうに抱き上げたり、あやしたりはするが、なぜか長時間接しようとはせず、ちょっと離れた場所から見守っていることが多かったという。

その姿は、まるで、自分の負った障害が息子に移るのをひそかに恐れているかのようだったらしい。

そのせいか、ごく小さい頃から、英之は、父の顔の記憶が薄かった。

覚えているのは、ただ春の日差しのように温かい空気に包まれていたことである。

それでも、大きくなるに従って、父の姿は英之の心に深く刻まれていった。いつも穏やかに笑っており、怒った様子は一度も見せたことはなかった。

英之が、夕方家の外で遊んでいるときに、ゆったりした足取りで帰ってくる父の姿が見えたものである。父は、英之を見ると、うっすら笑い、そっとポケットに手を突っ込むのだった。何が出てくるのかと思って、英之は固唾を呑んで待ち受ける。

父の掌に載っていたのは、たいてい、色の綺麗な小石やドングリなどだったが、英之には、それは何より楽しみな時間だった。

父は、いなくなった猫探しからドブさらいまで、どんな仕事にも全力で取り組んでいた。

特に、困っている人には、無償で手伝ってあげることも多く、中でも、石田うめさんという一人暮らしのお婆さんのことを気にかけ、しょっちゅう訪れていた。

そして、英之が小学一年生に上がった夏の暑い日、再び、すべてが暗転した。

石田うめさんが、自宅玄関で、遺体となって発見されたのである。頭部には打撲傷があり、首には絞殺痕が残っていたため、他殺であることはあきらかだった。

そのことで父が受けた衝撃は、並大抵のものではなかった。

笑顔が消え、一日中塞ぎ込むようになったのだ。石田うめさんの葬儀のときも、直前までは参列するつもりで喪服を着込み、母に黒いネクタイを結んでもらったのだが、結局、悲しげに首を振って、部屋に籠もってしまった。

この頃のことで、もう一つ鮮明に残っている記憶があった。

長い間家を離れていた、叔父の精二郎は、そのしばらく前に、町に舞い戻ってきていた。それが、石田うめさんが亡くなって三日後、ひょっこり家に現れたのである。叔父は、何をして生計を立てているのかは不明だったが、お土産まで持ってきて、世間話をして帰って行った。それまではほぼ無関心だった英之にも、超合金のロボットをくれたので、お金持ちで気前のいい人だなという漠然とした印象が残った。

しかし、父は、叔父に対して、何か複雑な思いを抱いているらしかった。最初のうちこそ、茶の間に座って黙って叔父の話を聞いていたのだが、そのうちに、ふいっといなくなったのが、妙に気にかかった。

それから数ヶ月がたって、事件のショックもようやく癒え始めた。父も、以前と同じように便利屋の仕事に精を出し始めていた。そんなとき、何の前触れもなく捜査員たちが家にやって来たのである。

捜査員たちは、父を取り囲むと、抗弁にはいっさい耳を貸そうとせず、任意と言いながら、事実上は逮捕のような扱いで警察署へと連行した。その日から、人権無視の違法な取り調べが始まったのだ。

大好きな父が連れ去られてしまい、英之は、毎日悲しくてしかたがなかったが、それすらも霞(かす)んでしまうくらい、とてつもない不幸が平沼家に降りかかってきた。

父が逮捕された(実際には任意同行だが)という一報で、日本中から犯人と決めつけられ、マスコミが押し寄せては、一日中居丈高にチャイムを鳴らす。その様子を遠巻きに見ている、はるばる他県からやって来た野次馬たちは、家の前で平然と記念写真を撮り、お礼とばかりにゴミをばら撒(ま)いて帰った。

町の住人たちの中には、最初のうちこそ同情的な人もいたものの、父を完全に犯人扱いするメディアリンチと、よそ者たちの乱暴狼藉を見せつけられ、さらに、とばっちりで近所の家が被害を受けるに及んで、雪崩を打つように、バッシングする側に回った。

幼い英之には、周囲で起きていることが、まったく理解できなかった。すべてが悪夢のようだったが、原因も、これからどうなるのかも、想像すらできなかった。

どうしてなのと母に訊ねたが、母は黙って英之を抱きしめて、お父さんは、絶対悪いことはしていないと言うばかりだった。

英之は、ほとんど我が儘は言わず癇癪を起こすこともない子供だったが、このときばかりはストレスを受け止めきれなくなり、泣きながら母に食ってかかることもあった。ほんの数日ですっかり面窶れしてしまった母は、ひたすら英之に謝っていたが、英之は、そんな母に怒りをぶつけたばかりか、ついには父の悪口すら口にした。それを聞いたときの母の顔は今も忘れることはできない。

叔父の精二郎は、一度だけ、食料品などの見舞いの品を持ってやって来た。深刻そうな顔をして、母に事情聴取の進捗状況などを訊いていたようだが、母が何もわからないと答えると、それっきり二度と姿を見せようとはしなかった。

そんな中で救いの手を差し伸べてくれたのは、母方の祖父母だった。

祖父に持病があったために、少し前に祖父母は近所の家を売って、町中に引っ越していた。それで、母子は祖父母の家に身を寄せたのだが、ハイエナのようなマスコミは、すぐにそこも嗅ぎつけて、集団リンチのような取材攻勢で野次馬を呼び寄せたため、結局、町で起きたのと同じことが、もう一度繰り返されただけだった。

そんな地獄から抜け出すことができたのは、父の弁護を引き受けてくれた、本郷誠弁護士のおかげだった。本郷弁護士は、当時まだ四十代で、冤罪被害者を救う活動にエネルギッシュに取り組んでいた。本郷弁護士が、母子に新しいシェルターを提供してくれた上に、行き過ぎた取材に対する内容証明をマスコミ各社に送ると、ニュースバリューが低下したこともあって、潮が引くように、ひどい取材も減っていった。

しかし、これで事態が好転し、以前のような日常が戻ってくるのではという母子の期待は、かなえられることはなかった。

父は、いつまで待っても帰って来ることはなかったのだ。

英之には、父が現在どういう状況にあるのか、想像もできなかった。だが、きっと辛い目に遭っているに違いない。可哀想だと思い、毎晩枕を濡らしていた。

英之の暗い想像は、留置場に面会に行った後の母の表情が裏付けていた。

「だいじょうぶ！　きっと、だいじょうぶ。お父さんが、悪いことをしているはずがないもの。もうすぐ釈放されて、お父さんが家に帰ってくるから、その晩は、すき焼きを食べましょう！」

母は、まるで自分に言い聞かせるように英之に言った。しかし、その言葉が実現する日は、ついに来なかった。

父が、起訴されたのである。

本郷弁護士は憤った。信じてください、最後まで闘いますからと誓い、母を励ました。しかし、それすら、英之の耳には空約束にしか聞こえなかった。「最後まで」というのは、勝てると思っている人の口から出る言葉とは思えなかったのである。

そして、被疑者の家族にとって長く苦しい裁判が始まった。

英之は、母の旧姓である「日高」を名乗り、新しいアパートから小学校へ通っていた。最初のうちは、同級生たちも、英之の身の上について知らなかったおかげで、学校生活は、しごく平穏なものだった。

ところが、一人の記者が、英之の同級生の一人が下校するところをつかまえ、英之について訊ねたことから、またもや何もかもが暗転する。取材の目的は、被疑者の家族への行き過ぎたバッシングを正すためということだったが、やったことは枯れ野に火を放ったに等しかった。子供から話を聞いて不審に思った保護者が、英之の担任教諭に事情を質すと、担任教諭は、あくまでも英之が正常な学校生活を送るためにということで詳しい事情を話し、協力を求めたのだった。

その翌日には、学校中の生徒と保護者が、英之のことを知ることになった。たちまち、白眼視と、陰口、仲間はずれが始まった。それは、すぐに、直接的な暴力を伴ういじめへと発展した。

担任教諭は学級会において、校長は朝礼の際、いじめをやめるように子供たちに説諭したが、そうした行為は、つまるところ天ぷら火災に水をぶっかけるのと変わらなかった。

英之は、学校へ通えなくなり、一日中を家で過ごすようになった。

そして、ひたすら問い続けた。いったい誰が悪いのだろうかと。

この頃は、父にかけられた嫌疑というのが、殺人であることは理解していた。

お父さんは、絶対にそんなことはしない。母が口を酸っぱくして言っていた通り、英之も、父の無実を信じていた。

だったら、真犯人がいるはずだ。

そいつさえ捕まえたら、こんなことは全部解決するはずなのに。

どうして、真犯人が捕まらないんだろう。それは、最も長い間、英之の心の中を占めていた疑問だった。

やがて、それは、どうして警察は真犯人を捕まえようとしないのだろう、に変わった。

なぜ、警察は、無実のお父さんを捕まえて、苦しめ続けるのだろう。

なぜ、検察は、無実のお父さんを起訴して、裁判にかけたりしたのだろう。

これから、裁判は、どうなるのだろう。

いったい、どうすれば、お父さんを助けられるのだろうか……。

英之は、回想から覚めた。

房の中がざわざわとしている。どうやら、全員の検事調べが終わったらしかった。

やがて、全員が警察官の指示で立たされると、房を出され、腰紐でつながれた一列になってマイクロバスへと向かう。

全員が無言でバスの座席に座り、来たときと同じように手錠で座席の手摺(てす)りにつながれる。

朝もバスの中は暗い雰囲気だったが、今はさらに絶望的な空気に支配されているようだった。長い待ち時間で疲れただけではない。検事調べにより、自分の置かれている状況を、ようやく身に沁(し)みて実感させられたのだ。

ここに連れてこられてから、英之は、他の被疑者の存在を頑なに意識から閉め出していた。有罪と無罪とを問わず、同類と見なされることを拒否していたのだ。

だが、今はなぜか奇妙な連帯感のようなものを感じており、そのことに苛立っていた。

一本の腰縄でつながれた文字通りの「連帯感」など、糞(くそ)食らえだと思う。少なくとも、俺は、環境に負け、自分に負け、ここに漂着したのではない。自らの意志でここにいるのだから。

とはいえ、打ちのめされた雰囲気は、否応なく身体にまとわりついた。この嫌なオーラは、そのうち、毛穴から染み込むに違いない。そうなれば、どこへ行っても、どんなに着飾っても、敗残者の臭いは抜けないのだろう。

英之は、脂の浮いた顔で黙り込んでいる、同乗者たちの顔をチラリと見た。絆という言葉が頭に浮かぶ。俺は、この連中との間に絆を感じているようだ。

それから、「絆」という言葉の本当の意味を思い出した。「きづな」というのは本来、家畜をつなぐ綱のことなのだ。

今の俺たちは、処分を待つ家畜だ。

わずかな違いはといえば、俺は、唯々諾々(いいだくだく)と処分を受け入れるのではなく、最後の一咬(ひとか)みを狙っているということだけだった。

# 9

謙介と千春は、だらだらと坂を上っていった。S市にあるコンビニ『ライトハウス』から、平沼精二郎宅までは、徒歩でだいたい三十分ほどの道のりである。

「なぜ、わざわざ歩いて行かなきゃならないんですか？　意味がわからないんですけど」

千春は、納得がいってないようだった。

「歩いたら三十分の距離でも、たとえばバイクなら、あっという間じゃないですか？」

たしかに、英之は、日常の足としてバイクを使っていたはずだ。

千春は、謙介がそう思ったのを読み取ったように付け足す。

「英之が、バイクに乗って叔父さんの家に行ったって意味じゃないですよ。英之は叔父さんの家になんか行ってませんから。ただ、もし徒歩で行くことが無理だって証明できたとしても、バイクなら行けるって言われちゃったら、意味なくないですか？」

謙介は、うなずいた。

「うん。だが、もしバイクを使ったなら、Nシステムに引っかかった可能性が高いんだよ」

「Nシステムって何ですか？」

「警察が、あちこちの道路に設置している、自動車ナンバー自動読み取り装置のことだ」

「あの、スピード違反をしたとき、ピカッと光るやつですか？」

「それは、オービスだ。Nシステムとオービスとの違いは、スピード違反の摘発じゃなくて、車検切れや盗難車から、犯罪捜査全般に利用されるという点だね」

謙介は、どこかに実物がないだろうかと、道路の上を見渡した。

「Nシステムは前方から撮影するから、前にナンバープレートがないバイクは捕捉されないと言われてきた。しかし、改良型では、どうやら後方のナンバープレートも撮影できるらしい。警察は、詳しい性能は絶対に教えてくれないけどね」

「ただ、もう一つ考えなくてはならないのは、犯人が、自転車を使っていた場合だ」

犯罪者からすれば、防犯カメラさえうまく避けられたら、徒歩が一番安全ということになる。特に、マラソンランナー並みの走力がある犯人は、犯行後、狭い道を縫って遠くへ逃げ延びてしまうので、捕まえるのがきわめて難しい。

謙介は、道路の前方に顎をしゃくった。

四角い『Ｕｂｅｒ Ｅａｔｓ』のロゴ入りのバッグを背負っている若者が、路肩を自転車で走っている。今では、毎日のように見かける光景である。

「日高くんは、自転車は持ってた？」

千春は、首を傾げた。

「見たことないです。……でも、そういえば、高校生のときは自転車で通学してたって聞いたことありますけど」

日高英之が、ふだんは自転車に乗っていなかったとしても、犯行の日に自転車を使わなかったとは断定できない。盗んだ自転車を、使い捨てにした可能性もあるし。

「でも、英之が自転車に乗って人を殺しに行ったなんて、警察は本気で考えるんですか？」

千春は、半信半疑という顔だった。

「ウーバーとか自転車便を見たらわかるように、自転車の利便性は大都市ほど大きいんだよ。渋滞でもすいすい抜けられるし、短距離なら車より早く着く場合も多い」

さっきの自転車の若者は、トラックの横を通って、みるみる先に進んでいた。

「あのロゴ入りのバッグを背負っている姿も、カモフラージュになる。最近では、空き巣が、あの恰好で家の下見をしているらしいという噂もあるしね」

さらに、ヘルメットを被って、サングラスをかけ、マスクでもした場合は、まったく人相がわからなくなるだろう。

「じゃあ、やっぱり、徒歩で実験したって、意味ないじゃないですか？」

「そうとも言えない。やはり、徒歩は一番身軽で、目立たないからだ。ウーバーの配達員は、誰にも注目されないだろうと思うかもしれないが、中には注目する人間もいるんだよ」

チェスタトンの『見えない男』というミステリーを思い出す。犯行現場に白昼堂々と出入りしながら、誰一人その存在を思い出せなかったのは郵便配達員だという話だが、東京の街中であれば、おそらく、ほとんどの人がウーバーの配達員を見たのを思い出せないに違いない。

「どんな人が注目するんですか？」

「同じウーバーの配達員だよ」

謙介は、さっきとは別の配達員を指さした。

「もちろん、配達中は忙しいから、わざわざ話しかけたりすることはないだろうな。しかし、同じ地域の配達員には、やっぱり注目する。後になってから、別の配達員を見かけなかったか警察に訊かれれば、すぐに思い出すだろうね。その時間帯に近くを走っていた配達員は全員が割り出されるから、一人だけ偽物がいたらすぐわかる。つまり、かえってリスクが大きくなるかもしれないんだよ」

謙介は、すれ違う人に聞かれないように、小声で説明する。

「じゃあ、配達員のふりをするのはやめて、ふつうに自転車で走ったら？」

千春はというと、聞かれることなど何とも思っていないらしく、ふつうの声で訊く。

「それはそれで、誰かの記憶に残る可能性がある。ドライバーには、路肩を走る自転車を快く思わない人も多い。けっこうめちゃくちゃなマナーの自転車も多いからね。しかも、最近では、ほとんどの車にドライブレコーダーが装備されている。つまり、わざわざ、防犯カメラの横を擦り抜けていくようなものなんだ」

だから絶対にやらないとまでは言えないが、完全犯罪をもくろんでいる犯人には、とうてい見過ごせないリスクだろう。

「じゃあ、歩道を走ったら？」

「自転車は基本、歩道を走行するのは違法だ。歩行者との間でトラブルにでもなった場合は、印象に残るどころじゃすまないだろう」

「なるほど。歩くのが一番足が付かないっていうことなんですね」

千春には、冗談を言ったという意識はないようだったが、謙介は少し頬を緩めた。

「歩道を歩いていたって、今や、あちらこちらに防犯カメラは存在する。しかし、あらかじめカメラが設置されている位置をチェックしてあれば、撮影されないように目的地に行くことは不可能ではないと思うよ」

謙介は、本郷弁護士から聞いた話を思い出す。日高英之は、取り調べの刑事にこう言われたという。

「バイクは使わなかったから、足は付かないと思ってたようだな。だが、おまえの姿が、近所の家の防犯カメラに映ってたんだ」

本当なのかと思う。シロならもちろん、たとえクロだったとしても、日高英之なら、そんなヘマはしないという気がしていた。

最近は、大きな通りに面しているビルには、もれなく防犯カメラが設置されているはずだ。そのどれにも映されないように移動するのは、かなり難しいだろう。

だからといって、裏道に入れば安全とは限らないのが厄介なところだ。今や、防犯カメラは、ごくふつうの民家にも珍しくないし、住宅地は道が狭いので、画角に入らずに擦り抜けるのは、大通りより難しいはずだからだ。

謙介は、あらかじめ住宅地図を参照し、なるべく撮影されにくそうなルートを設定すると、スマホの住宅地図と実際の景色を照らし合わせながら進んでいった。そのため、徒歩三十分という当初の見込みと比べると、大幅に時間がかかってしまった。

ようやく平沼精二郎の家のある高台に差し掛かる。道端に自動販売機があったので、謙介はブラックの缶コーヒー、千春はカルピスウォーターを飲んで一息入れる。

「やっぱり、こんなことに意味があるのか疑問です」

千春は、依然として不満げな顔だった。

「英之の姿が防犯カメラに映っていたという警察の話は、絶対に嘘だろうと思います。でも、防犯カメラの映像に映っていなかったからといって、英之の無実が立証できるわけじゃないでしょう？」

「そりゃ、そうだよ。どの経路を通っても、必ず防犯カメラに映るはずだなんていう証明は、不可能だからね。それだけじゃない。犯行があったのは夜で、しかも激しい嵐が来ていた」

傘や帽子、マスクなどで顔を隠していれば、防犯カメラに映されていても、本人かどうかを特定するのは困難に違いない。歩き方で個人を識別する歩容認証も、丈の長いレインコートを着るなど脚の動きが見えづらい状態であれば、決め手になりにくいはずだ。

「だが、昔から現場百遍って言ってね。とにかく犯行のあった場所を歩いてみるというのは、意味がないわけじゃない。頭で考えていたときには想像すらしなかったような、意外な事実に気がつくこともあるし、何よりも、犯人の気持ちになって考えることができる」

まるで退職した刑事のようなことを言って、謙介は、やり過ぎたかなと思う。犯罪の捜査に携わった経験は皆無だし、現場百遍を実践したことなど一度もないのだ。

「さあ、行こうか」

短いコーヒーブレイクを終えると、リサイクルボックスに空き缶を押し込んでから、二人は歩き出した。

謙介は、前方を見て、はっとした。

スマホの住宅地図と照らし合わせる。

あれだ。間違いない。

「どうしたんですか？」

千春は、怪訝な様子だ。

「あの家だよ。わかるかな？」

謙介は、百メートルぐらい先の家を指さした。擁壁の上の道に、掘り込み車庫らしい銀色のシャッターと、その上に二階の窓があった。

「あれが……平沼精二郎さんの？」

千春の声は、緊張にこわばっていた。

「ああ。あのシャッターが車庫だ」

ということは、その上に見える窓の奥で、平沼精二郎は死んだことになる。

この距離から見ても、築年数は、けっこう古そうだった。とはいえ、上物の価値はゼロでも、土地だけで億は軽く超えるだろう。

「あ。ちょっと待って」

足を速めようとした千春を制して、謙介は、スマホで平沼邸の遠景を何枚か撮った。

昨日の晩、Ｇｏｏｇｌｅマップで全行程をおさらいして来たのだが、こんなに遠くから平沼邸が見えるスポットがあることにまでは、今の今まで気がつかなかった。わかっていたなら、古いミノルタの一眼レフ（フリマアプリに出すべく美奈子が虎視眈々と狙っている逸品）と、望遠レンズを持ってくるんだったと思う。

それから、現在いる場所の周囲の家々も、写真に収めておく。これだけ遠ければ、ほとんど関係ないようにも思えるが、なぜか勘が働いて、一応、撮っておいた方がいいと思ったのだ。

Ｇｏｏｇｌｅマップは角度が限られるので、本当に見たいものが見えないことがある。

その様子を、千春は、どこか不思議そうな目で眺めていた。

ようやく歩き出そうとしたが、謙介は再び立ち止まる。

「どうしたんですか？」

今度は何だとばかり、千春が訊ねる。

謙介は、一部はかなり急になっている坂道を見下ろした。道の右側にある側溝は、ふつうの住宅地と比べると、はるかに広く深い。

「これだけ大きな溝だったら、充分、大人が入って通れるんじゃないかな」

考えながら話したというよりは、つい口を突いて出てしまった言葉だった。

「そんな……。本気で言ってます？」

千春は、ポカンとした顔になった。

「それで、どうやって進むんです？　まさか、匍匐（ほふく）前進するんですか？」

さすがに馬鹿げているかと、謙介も思う。だが、もしかすると、条件次第では可能性はあるかもしれない。

「たとえば、防犯カメラの映像に映らないために、短い距離を移動することはできるかもしれないだろう？」

千春は、気の毒そうに、かぶりを振る。

「あの……問題の晩は、嵐だったんですよ。側溝は水が溢れてたはずでしょう？」

それはそうだろう。当たり前の話である。謙介は、自分で自分に呆れていた。

ふと、子供の頃の記憶がよみがえった。

あれは、まだ小学校に入学する前だから、五、六歳のときだろう。

台風で記録的な大雨になり、世界は灰色の空と茶褐色の水、それに聞いたことがないような不穏な騒音に覆われていた。そんなに危険な状態だったのに、幼児だった自分が外に出ていた理由は思い出せない。覚えているのは、ただ家に帰ろうと傘を差して道を歩いていたことだ。途中、深い水溜まりに踏み込んでしまったり、強風に傘を持って行かれそうになったりして、幼いなりに非常事態を実感していた。

交通量はいつもより少なかったが、前から来た乗用車が、充分にスピードを落とさず盛大に水飛沫(しぶき)を浴びせていった。

目に泥水が入り、ベソをかいていたときに、足下が滑って側溝に落ちてしまった。

その側溝も、目の前にあるのと同じくらい広く、そして深かった。

側溝に身体がすっぽり入ってしまったかと思ったら、そのまま、すさまじい勢いの濁流で、押し流されていった。

仰向けに落ちたのが、まだ不幸中の幸いだったかもしれない。レインコートで身体が浮き、水泳教室に通っていたたまものか、何とか呼吸をすることができた。

とはいえ、側溝から脱出することはもちろん、ウォータースライダーのように流されていく身体を止めることはとうていできなかった。

このまま流されていくと、最後はいったいどうなるのだろう。そうはっきりと疑問に思ったわけではない。ただ、先の見えない恐怖に身体を硬直させて、なすすべもなく流されていっただけだった。

緩やかなカーブを曲がったときだった。ふいに上から太い腕が伸びてきて、レインコートの肩口をつかんだ。

そのまま引っ張り上げられ、気がついたら道路の上で茫然としていた。

助けてくれたのはガテン系のオジさんで、謙介に怪我がないか確かめて家まで送ってくれたのだった。

「あの、垂水さん？」

側溝を眺めて動かなくなった謙介を見て、千春は、不審げに声をかける。

「いや、何でもない。……ときどき物思いに耽(ふけ)るが、気にしないでくれ」

それからしばらくは、黙々と歩いた。

ようやく到着した平沼精二郎邸は、豪邸というほどではないものの、そこそこ敷地は広く、料亭を思わせる立派な門構えだった。

ところが、せっかくの格子引き戸の前には、『立入禁止』という文字のある黄色いテープが張られたままだった。現場検証はとっくに終わっているはずだが、警察は後片付けはしてくれないらしい。

塀に沿って回ると、さっき下から見たガレージのシャッターの前に出た。こちらも、黄色いテープで封鎖されたままだ。

千春が、どうするんですかと訊ねるように、謙介の顔を見た。

「とりあえず、周囲の家にある防犯カメラをチェックしてみよう」

それが、今日の調査の主目的だった。

日高英之が、もし防犯カメラの映像に捉えられていたのなら、それはどこなのか。

また、もしも刑事の言葉が嘘ならば、防犯カメラに映されていないことがアリバイになるかどうかを確認する必要がある。

どちらの場合でも、防犯カメラのある家と交渉し映像を見せてもらうには、何の資格もない自分では相手にしてもらえない恐れがあるから、本郷弁護士に出張ってもらう必要があった。

謙介と千春は、平沼精二郎邸の左右に分かれると、防犯カメラの有無を確認して写真を撮ることにした。

謙介は、ガレージから左手に進んだ。

平沼精二郎邸は、高台の頂上に近い位置にあり、眺望が素晴らしかった。バブルの頃なら、さぞ人気のある住宅街だったに違いない。人は成功したことを実感したいと思うと、無意識に、小高い場所からの眺望を求めるものだからだ。ところが、交通の便が何より重視される今は、こうした高台の家は敬遠されるようになっている。

隣の家は、平沼邸よりさらに大きく、スペイン風の意匠を凝らした建築だったが、どうやら空き家らしい。レンガ調のタイルが張られた門扉の上に防犯カメラの筐体が見えたが、配線が劣化しているのがあきらかで生きてはいないだろう。念のために、写真に収めておく。

その隣の家は立派な和風建築であり、それほど築年数もたっていないようだった。門構えの内側にはドーム型の防犯カメラが見えるが、ここからでは、角度的に平沼邸は映らないだろう。下手に防犯カメラの写真を撮ると、不審者と見なされるのは確実なので、スルーする。

さらに、その隣には、モダンなコンクリート造の豪邸があった。掘り込み車庫も、平沼邸よりもずっと横幅がある。防犯カメラも付いていたが、道路が微妙にカーブしていることもあって、平沼邸はまったく画角に入らないだろう。

そして、そこが最後だった。道は、唐突に行き止まりになっていた。

謙介は、一応どん詰まりまで行ってみたが、正面は擁壁で、よじ登るのは難しそうだった。崖側もチェックしてみたが、そこから降りるのは困難だろうし、真下は別の家の敷地なので、逃走経路にはならない。

ということは、平沼家から脱出するには、反対側――千春の行った右側しかないということになる。

謙介が元来た道を戻ると、ちょうど千春も引き返してきたところだった。

「どうだった？」

謙介の質問に、千春は、首を横に振る。

「こっちは無理ですね。空き家を一軒挟んで五軒連続で防犯カメラが設置されていますから、どれにも映らないように出入りすることは、まずできないと思います」

だとすると、日高英之の姿が捉えられていたとすれば、五軒の防犯カメラのどれかにだろう。もしそれが嘘なら、日高英之はシロということになる。

千春が撮った写真を見て、謙介は苦笑した。

いずれも、防犯カメラのアップばかりで、道路との位置関係がわからなかったからだ。しかたがない。謙介は、写真を撮り直しにガレージから右手に進もうとしたが、その途中で立ち止まった。

「どうしたんですか？」

千春が、首を傾げるようにする。

ガレージの脇にある植栽に目が留まった。ピンクのツツジの花が咲いている。

植栽は、御影石で囲われた狭いスペースにあった。幅は一メートルくらいしかなかったが、意外に奥行きがある。

謙介は、植栽の前に立って奥を覗き込んだ。

「そこに、何かあるんですか？」

謙介が意味不明な行動ばかりするために、千春の声は少しだけ苛立っているようだ。

「ちょうど、人が一人、隠れられるくらいの隙間があるんだよ」

謙介は、植栽の脇を擦り抜けるようにして、奥に踏み込んだ。

「そこに隠れられるからって、いったい何なんですか？」

千春の声は、少し尖っていた。

「わからない」

謙介は、しゃがみ込んだ。犯人は、ここにいた可能性があるだろうか。そうだったとしても、何ヶ月も前のことである。今も判別できる足跡があるとは思えない。

植栽の後ろから戻ると、謙介は、仏頂面をしている千春に向かって照れ笑いをした。

「何でも疑問に思ったことは、一応たしかめる必要があるんだよ。ほとんどは空振りだろうが、たまに図に当たることもある」

「……そうですね」

千春は硬い声で答えると、掌をジーンズに擦りつけるような動作をした。

おや、と謙介は思う。

彼女は、てっきり、時間を無駄にしていることに腹を立てているのかと思っていたのだが、もしかすると、そうではないのかもしれない。

千春の態度には、あきらかな緊張が感じられるのだ。

まるで、何かを見つけられることに気を揉んでいるかのような。

謙介は、あえて千春を問い質さず、ガレージの右手の家を自分で検分することにした。

たしかに、千春が言った通りだった。

平沼邸の右側の家は、これといって特徴のない木造建築だが、軒下に防犯カメラが見える。かなりいかつめの箱形の筐体で、ダミーではないだろう。

その次の家は、ガラスブロックを多用したお洒落な作りであり、白いドーム型のカメラが、しっかりと道路側を監視している。

その隣の家は、かなり築年数も古そうで、窓は閉め切られて、外構にも雑草が生えており、空き家らしかった。一応、防犯カメラは存在するが、左側のスペイン風建築の空き家と同様に、生きていないだろう。

その次は長い塀が続く豪邸で、門構えの内側から二台の防犯カメラがこちらを狙っているのが見える。塀の上には銀色に光る忍び返しも見えるから、かなり防犯意識の高い家のようだ。もしかすると、二台以外にも防犯カメラがあるかもしれない。

五軒目は石張りのモダンな住宅だが、眺めた瞬間、ソーラーパネルを背負った防犯カメラが目に付いた。しかも、謙介の動きに合わせてカメラが向きを変えたように見える。どうやら、自動追尾をしているようだ。当然、これもダミーではあり得ない。

六軒目以降は、見なくても、防犯カメラの設置率は高いだろうと思われた。

「なるほど。ここを映らないように通るのは、まず無理だろうな」

謙介が独りごちると、千春が、うなずいた。

「英之が映ってたなんて、やっぱり、嘘ですよ。……百歩譲って、彼が犯人だったとしても、そんなヘマなことをするはずがないですから」

たしかにそうだろうなと謙介も思う。防犯カメラには威嚇効果もある。住人にしてみれば、空き巣を捕まえることが本来の目的ではなく、カメラがあるのを見て泥棒が諦めてくれれば、それで万々歳なのだ。これだけ、これ見よがしに防犯カメラが並んでいれば、ふつうの泥棒は敬遠するだろう。

ましてや、人殺しが無視できるはずがない。

「あの、そろそろ帰った方がいいんじゃ？　わたしたち、けっこう映されてますし」

たしかに、不審者として通報されるのは、あまり有り難くない。警察は敵方なのだから。

だが、ガレージの前に来たとき、謙介は足を止めた。

ガレージのシャッターの下端と床の間に小さな隙間が見えるのだ。シャッターが降りきっていないようだが。

「垂水さん？」

千春が、呆れた声を出した。また物思いに耽っていると思ったのだろう。

謙介は、黄色いテープの結界をくぐり抜け、シャッターに近づき、下端に手をかけた。

「あ！　ダメですよ！」

千春が、あわてたように駆け寄ってきたが、謙介は、かまわずシャッターを持ち上げる。

電動のシャッターだったが、ロックがかかっていなければ必ず手動で開けることができる。

シャッターは、軽い金属音を響かせて動いた。

八十センチくらい開いたところで、謙介は、蹲踞（そんきょ）のような姿勢から両手を床に着いて、中に足を踏み入れる。

「垂水さん！　すぐに出てきてください！　警察に捕まりますよ！」

「ちょっと中を見るだけだよ。大政さんは、人が来ないか見張ってて」

「もう！　ダメですって！」

「現場検証は終わっているから、立ち入り禁止のテープは無効だよ。万が一捕まっても微罪だし、本郷先生が何とかしてくれるよ」

「でも、これって家宅侵入じゃないですか？　犯罪は犯罪です！」

「多少のリスクはしょうがない。日高くんの無実を証明するためだ」

むろん、日高英之が冤罪事件の被害者だとすれば、何としても救ってやりたいと思う。だが、実際は、謙介自身が真実を知りたくてしかたなくなっていた。

大きな溜め息が聞こえたと思うと、千春がシャッターの下をくぐり抜けて入ってきた。

「え？　どうして？」

今度は、謙介の方が、あわてた。

「わたしも、一緒に中を調べます。絶対、英之が無実だっていう証拠を見つけますから」

今さら彼女だけを外に出すことは、きわめて難しそうだった。謙介は、小さくうなずいて、できるだけ音がしないようにしてシャッターを閉じた。

その瞬間、ただでさえ暗かったガレージは、完全な闇に包まれてしまう。

「え？　ちょっと……」

千春は、唖然としている。

謙介は、ひそひそ声で言った。

「半開きのままじゃ、誰かに通報されるよ」

千春は、スマホを取り出して、フラッシュライトを点けた。

謙介もそれに倣ったが、こんな灯りで中を調べるのは難しそうだった。

とりあえず電灯を点けることにする。シャッターを閉めたから、ガレージの灯りを点けても、外からは見咎められにくいだろう。

ほどなくそれらしきスイッチが見つかったが、パチリとスイッチを入れたのに、いっこうに灯りは点かない。

だが、その横に分電盤があるのを見つける。ブレイカーを上げると、天井の照明が点き、目の前に、ガレージが浮かび上がった。

ここが、問題のガレージ——平沼精二郎の死に直結した場所なのだ。

興奮に、口の中が乾くのを感じる。

隣では、千春が、口元を手で覆い、身体を硬直させていた。

そこは、かなり広いガレージだった。詰めれば、おそらく四台は駐車できるだろう。

左手に、二台の古い車が並んでいた。

本郷弁護士からもらった資料にあったので、車種はすぐにわかった。手前にある紺の車が、ランボルギーニ・エスパーダで、葡萄色のが、アストンマーチン・ラゴンダだ。

どちらも、普通の車を上下に押しつぶしたかのような、きわめて特徴的なフォルムである。

これが平沼精二郎の好みだったのだろう。

肝心のポンティアック・ファイアーバード・トランザム——ランオンを起こしたという車は見当たらなかったが、警察が検証のために持ち去ったに違いない。

謙介は、とりあえずガレージを調べることにした。サイズが大きいので頑丈な鉄骨造だが、内装は簡素で、築年数が古いためなのか、ところどころペンキが剝落している。天井を見ると、スタイロフォームが剝き出しになっている部分も目に付いた。

振り向いて千春の方を見ると、さっきと同じ姿勢のまま固まっていた。一緒に中を調べると息巻いていたが、すっかり恐怖に取り憑かれてしまったらしい。

「大政さんは、外に出てたら？　必要なことは調べておくから」

謙介がそう言うと、千春は、動きを見せた。夢から覚めたような表情で、かぶりを振る。

「……いえ。わたしも、調べます」

てこでも動かないという顔だった。

ここで言い争っていても、しかたがない。謙介は千春の様子を見た。使い物にならないかもしれないが、とりあえず調査の手伝いでもしてもらおう。

謙介は、ガレージの中を見回して、脚立があるのを見つけた。

「じゃあ、あれを運ぶのを手伝ってくれる？」

一人でもできる作業だったが、千春と一緒に脚立を動かして、天井の様子を調べる。

平沼精二郎は資産家だという話だったが、ガレージの天井を間近で見ると、簡便というよりむしろ粗末な造りである。

　天井とその上の建物の重みを支えているのは、重量鉄骨の梁らしかったが、天井そのものは鉄筋コンクリートではなく石膏ボードで、ペンキ塗装してあるようだった。あちこちペンキが剝がれているのを見ると、おそらく、業者に頼んだのではなくＤＩＹで施工したものだろう。謙介は、石膏ボードの隙間に指を入れて、力を込めて引っ張った。石膏ボードは、鉄骨の間を埋める木製の梁に巨大なホチキスのようなタッカーで打ち付けてあるだけだったので、簡単に引き剝がすことができた。

「垂水さん！　壊すのは、まずいですよ」

　脚立を押さえている千春が、驚いて叫んだ。

「だいじょうぶ。この状態なら、どうせ解体を待つ運命だ」

　石膏ボードを剝がした上にある空間を調べる。スタイロフォームの断熱材が張られていたが、厚さは五センチほどしかない上、微妙に隙間が開いており、断熱効果は不充分だっただろう。この上にある部屋は、冬場は寒気が這い上ってきたのではないかと思う。

　それから、数カ所の天井を検分してみたが、どこも同じような状態だった。

　これでは、ガレージに一酸化炭素が充満した場合、時間の経過とともに上階に侵入するのは必定であり、平沼精二郎は、もともときわめて危険な環境で寝起きしていたことになる。

　謙介が脚立を片付けると、千春は、心なしかほっとした様子だった。

「上の階も、見るんですか？」

　怖さ半分、好奇心半分という顔で訊ねる。

「ここまで来たらね」

　そう言いながら、謙介は、ガレージの中を見渡した。二台も車があるせいで、隠れ場所には事欠かない。

日高英之──または別の犯人は、犯行当日、ガレージの前で平沼精二郎を待っていたのかもしれないと、謙介は思った。

ガレージの前まで行くためには、ずらりと防犯カメラの並んだ家々の前を通るしかないようなので、どこかの家の防犯カメラには映像が残っているだろうが、何らかの方法で映されずにすんだ可能性もある。

日高英之は、ガレージの前で平沼精二郎を出迎え、一緒に家に入ったのだろうか。

だとすると、酒を酌み交わし、平沼精二郎が酔い潰れたのを見届けてからガレージに降り、エンジンをかけたのだろう。そして、ランオンを引き起こしたのを確認し、こっそり退去したということになる。

こんなやり方が可能なのは、平沼精二郎が日高英之に完全に気を許している場合だけだろう。少しでも平沼精二郎に警戒心があったら、日高英之がガレージの前で待っているという状況に不審を抱くに違いない。

その場合、日高英之は、どこかに隠れて、平沼精二郎がガレージのシャッターを開けるのを待ったはずだ。

隠れ場所があったのは確認済みだ。あのツツジの植栽の後ろには、ちょうど人一人が隠れられるくらいのスペースが存在した。

日高英之は、トランザムのヘッドライトが近づいてくる間、あそこで息を潜めていたのではないか。

そして、シャッターが開いて、車が中に入るタイミングで、姿勢を低くして後から追うと、転がるように二台の車の陰に隠れたのではないだろうか。

そのまま、平沼精二郎が車のエンジンを切り、ガレージから階段を上がり、母屋に入るのを待ったのかもしれない。後は、平沼精二郎が寝静まったタイミングで、車のエンジンをかけて、ランオンを起こし、逃走すればいい。

ただし、車のキーを入手した方法は不明だし、どの家の防犯カメラにも映されずに逃走することができたかどうかが問題だが……。

「また、何か考え事ですか？」

千春が、皮肉っぽい口調で言う。

「まあ、いろいろとね。ガレージの様子は、だいたいわかったから、上を見てみようか」

謙介は、ガレージ奥の階段へ向かった。

本来なら靴を脱ぐべきだろうが、ひょっとすると、何か鋭い物が落ちているかもしれない。足を怪我するとまずいので、申し訳ないが、土足で上がらせてもらうことにした。

階段は、目の前でいきなり左に折れていた。照明のスイッチを押して、上る。謙介はさほど横幅がある方ではないが、左右を壁に挟まれているせいで、ひどく狭苦しかった。踏み板には不織布らしいベージュのカーペットが張られ、ステップの端には滑り止めの部材が付いており、簡単な手摺りも設えられている。

しばらく閉め切ってあったせいなのか、ひどく空気が澱んでおり、何だか変な臭いがする。古家なので建材の臭いではないだろうが、かび臭さとガソリンの臭いが入り交じって、それに、正体のわからない饐えたような臭いがしている。

左に向かっていた階段は、あるかなきかの踊り場から、今度は右に反転していた。謙介は、慎重に段を上がって、母屋のドアを開ける。

カーテンを閉め切ってあるので、薄暗かった。謙介は電灯のスイッチを入れる。黄色っぽい照明の中に浮かび上がったのは、十五畳ほどありそうなリビングダイニングだった。

平沼精二郎は、家具類にはほとんど興味がなかったようだが、唯一、黄土色のレザー張りのゆったりした一人掛けソファだけは、こだわりを感じさせる。たぶん、ここが、平沼精二郎の定位置だったのだろう。他には、素っ気ない布張りの四人掛けソファ、リサイクルショップで買ってきたようなダイニングテーブルと、四脚の椅子、冷蔵庫にマホガニー色のキャビネットがあるだけで、テレビすら見当たらなかった。

茶色い板壁には、古いアメ車のものらしいエンブレムが、いくつも釘で打ち付けられていた。また、壁に直付けしてある棚の上に、たくさんの古いミニカーが鎮座している。その一部は、特に愛着があるのか、きれいなガラスケースの中に入れられていた。

その隣には木製のキーボックスがあった。これもビンテージ物らしく、部屋の雰囲気には、ほどよくマッチしている。扉にはチェッカーガラスが嵌まっていたが、キーは掛かっていないようだ。

おそらく、この中に、トランザムのキーも掛かっていたのだろう。当然ながら、警察が押収したに違いない。

この状態だったら、誰でも簡単にキーを持ち出すことができたはずだ。

「英之は、叔父さんに頼まれて車のキーを持ち出すこともあったって言ってました。だから、そこに英之の指紋が残ってるのは、当然じゃないですか？」

千春は、キーボックスを睨みながら言う。

「まあ、それはそうだろう。だが、問題は、キー自体に彼の指紋が残ってたことだ」

謙介は、本郷弁護士から聞いた話を思い出していた。刑事がそう言ったと日高英之が話していたという。伝聞の伝聞ではあるが、たぶん、そういう発言があったのは事実なのだろう。

謙介はキーボックスを開けようとしかけたが、鑑識が終わっているとはいえ、ここに自分の指紋を遺すのは得策ではないと思い直す。

リビングダイニングの横には、引き戸で仕切られたスペースがあった。

謙介はそっと引き戸を開けて、中をチェックする。どうやら、平沼精二郎の寝室のようだ。キングサイズのベッドが鎮座して、その脇には電気スタンドの載ったナイトテーブルがある。壁際には、大きなクローゼットと、ジャケットなどが掛かったパイプハンガーがあった。

この寝室の真下は、ガレージである。上がってきた一酸化炭素が、ゆっくり寝室に充満し、平沼精二郎は死を迎えたのだ。

床には絨毯（じゅうたん）が敷かれていた。上からでは、それほど隙間があるようには見えない。

「悪いけど、ちょっとガレージに降りてくれないかな？」

「何をするんですか？」

「音を立ててみてほしいんだ」

「音ですか？」

千春は、首を傾げる。

「うん。何でもいい。車のエンジンをかけるくらいの大きさの音なら」

謙介の意図を悟って、千春は、うなずいて階段を降りる。

平沼精二郎は、車で帰ってきたのだから、すでに酔っていたということはないだろう。かりに寝酒（ねざけ）をやってから寝たとしても、ガレージでエンジンをかける音が聞こえないくらい深く眠りに就くには、しばらく時間が必要になるはずだ。

ただし、下の音がほとんど聞こえないとすれば、話は別なのだが。

そのとき、下から千春の声が響いてきた。

「聞こえますか？」

次いで、車体を叩くような音も。

同じ部屋にいるくらい、はっきり聞こえた。

よく考えてみれば、これも当然の結果かもしれない。

謙介は、苦笑した。

一人暮らしなのだから、寝室にいるときに、ガレージで騒音を立てる人間はいないはずだ。したがって、そもそも防音設備を施す必要はないことになる。

それに、ガレージの天井を検分したかぎりは、けっこうな安普請だった。石膏ボードには、ほとんど遮音性はない。スタイロフォームも、あれだけ隙間があったら、断熱にも防音にも、あまり役に立たなかったことだろう。

千春は、念には念を入れているつもりなのか、ガレージで様々な音を立てている。どの音も非常によく聞こえた。

「もう、いいよ」

謙介は、上から呼びかける。

「よくわかった。戻ってきて」

「え？　まるっきり素通しですね」

千春も、驚いたような声で応じる。

この結果から、下でエンジンをかけるのは、平沼精二郎が熟睡しているときしかできないということがわかった。当日は大嵐だったから、多少は風雨にかき消されたとしても、まったく聞こえなかったとは考えられない。

睡眠薬を盛ったのでなければ、根気よく待ったのだろうか。……だが、どのくらいの時間で寝付くのかは、容易に判断できないはずだ。

「これで、英之の無実に、ちょっと近づいたんじゃないですか？」

階段を上がってきた千春は、表情が明るくなっていた。

「たしかにね。平沼精二郎さんが起きている間にエンジンをかけるのは、ほぼ不可能だったと言えるだろう」

謙介は、腕組みをした。

「しかし、下にいて、平沼精二郎さんが眠ったことがわかればいいとも言える。待ち時間は、必要になるがね」

「でも、下にいて、どうして、そんなことがわかるんですか？」

せっかく機嫌が良くなりかけていた千春は、むっとした顔になった。

「たとえばだけど、平沼精二郎さんが、大きなイビキをかく体質だったとしたら、下にいてもわかるだろう」

自覚はなかったが、謙介自身も、美奈子に、大イビキをかくと言われていた。もしかしたら睡眠時無呼吸症候群かもしれないとまでほのめかされているのだ。

「じゃあ、イビキをかかなかったとしたら、無実ってことですよね？」

「必ずしも、そうとは言えないだろうな」

謙介は、少し考えて答える。

「平沼さんが眠ったことを、何か別の方法で知ることができたかもしれないし」

「別の方法って、何ですか？」

千春は、不満げに寝室の中を見回す。

謙介は、はっとした。

膝を突き、キングサイズのベッド周り、ナイトテーブルをチェックする。ナイトテーブルの後ろには、二口コンセントがあった。電気スタンドのプラグと、昭和レトロっぽいラジオ付き目覚まし時計のプラグで二口とも埋まっている。

ところが、顔を床に付けるようにして見ると、ずっと奥には、ＡＣ電源に挿すアダプターが転がっているのが見えた。

「何を探してるんですか？」

千春の声には、抑えきれないような苛立ちと疑念が交じっている。

「こんなものが落ちてたよ。スマホ用の充電アダプターだ」

謙介は、腕を伸ばして取ったアダプターを持ち上げて見せた。

「平沼さんは、ここでスマホを充電していたんだろう。ここで問題なのは、挿すべきプラグが三つあるのに、このコンセントは二つ口だということだ」

「だったら、ここには、タップか何かあったっていうことですか？」

「そうなるな」

「でも、だから何だっていうんですか……」

訊ねかけて、今度は、千春がはっとしたようだった。

「まさか、盗聴器とか？」

「電源タップに内蔵されている盗撮カメラも存在するが、ここじゃ視界が悪すぎる。おそらく盗聴器だろうな」

大イビキだったら直に聞こえるかもしれないが、かすかなイビキや寝息をたしかめるには、盗聴器が有効だろう。

「おそらく、犯人は、ガレージから寝室を盗聴していたんだろう。そして、平沼精二郎さんが眠りに就いたのを確認して、車のエンジンをかけたんだ」

「でも、音で起きるんじゃないですか？」

「犯人は、平沼精二郎さんと親しい人物だと思う。おそらく、いったん眠ったら少々の音では起きないと知っていたんだろう」

　千春は、口を固く引き結んだ。

「それって、英之のことを言ってるとしか思えないんですけど？」

　謙介は、沈黙した。

「もちろん、他にも容疑者はいるだろうね。だけど、私が頭に思い浮かべているのは、常に日高くんのことだ」

「どうして？　垂水さんは、味方じゃないんですか？」

　千春は、たまりかねたように叫ぶ。

「ここへ来たんだって、英之の無実を証明するためなんでしょう？　さっきから、まるで彼の有罪の証拠ばっかり探してるみたいじゃないですか？」

　謙介は、唇の前に人差し指を立てた。ここで少々口論したくらいで外まで声が聞こえるとは思えないが、もしも誰かが通りかかったら、不審に思われるかもしれない。

「日高くんが無実だという証拠を探すのと、有罪の証拠を探すのは、現実には、まったく同じ作業なんだよ」

「ですけど、英之を犯人だと想定して調べるのは、どうなんでしょうか？　そんなバイアスがかかってたら、何でも疑わしく思えてくるんじゃないですか？」

　千春は、怒りを爆発させる。

「それだったら、冤罪を作り出している警察と同じですよ！」

　謙介は、うなずいて、彼女の感情が静まるのを待った。

「君の気持ちはよくわかる。しかし、信じてほしい。彼を犯人だと想定して調べているのは、矛盾点を探すためなんだ」

「矛盾点……？」

千春は、虚を突かれたようにつぶやく。

「日高英之くんが犯人だというのは、警察、検察の見立てと同じなんだよ。そのストーリーに沿って事件を再構成し、どこかで矛盾点や不自然な点が見つかれば、それは日高くんの無実を証明、補強する材料になり得るんだ」

千春は、しばらく唇を嚙んでいた。

「だけど、今のところ、矛盾点は見つかっていないですよね？」

「まあ、そうだね」

「それどころか、ここに盗聴器があったかもしれないというのは、英之にとって不利な証拠になるんじゃないんですか？」

たしかに、その通りだろう。

ここに盗聴器があったという証明にはならないし、別の人間にも盗聴は可能だっただろうが、日高英之が犯人だとすれば、もっともしっくりくるのは事実である。

「今は、真実が何だったのかを知ることが、何より大切だと思うんだよ」

謙介は、静かに口を開いた。

「新しい事実を発見するたびに、それが検察側にとって有利なのか弁護側にとって有益なのか、即断してしまうのは危険じゃないかな」

「今は、そんなことを言ってる場合じゃないでしょう？　英之は、殺人の罪で裁かれていて、有罪になるかもしれないんですよ？」

千春は、とうてい承服できないという顔で首を左右に振る。

「わかってる。……実際、警察や検察側は、有利か不利かで証拠を選別しているんだけどね。警察は、検察にとって有利な証拠だけを集めて、そうでないものは、最初からなかったことにされるらしい」

「だったら……！」

千春が言いたいことは、よくわかっていた。こちらも対抗上、同じことをすべきだというのだろう。

「寝室に盗聴器があった可能性については、一応、本郷先生に報告する。それをどうするかは、先生次第だ」

「でも、わざわざ報告する必要が、あるんでしょうか？」

「たった今言ったように、これは、パズルのピースの一枚にすぎないんだ。これだけ見れば、日高くんにとって悪い心証を構成するかもしれない。しかし、パズルを完成したら、まったく別の絵が見えてくるかもしれない。この一枚のピースが日高くんの無実を証明してくれるかもしれないんだ」

千春は、まだ納得できないのか、暗い顔でうつむいている。

「冷静に考えてほしい。盗聴器があったという可能性があるだけで、たしかな証拠があるわけじゃない」

「それは、そうですけど」

「それに、今のところ明白な矛盾点こそ発見できていないが、日高くんが平沼さんを殺害したという想定には、かなり無理があるように思う」

謙介がそう言うと、千春は顔を上げた。

「どういうことですか？」

「近隣住宅の防犯カメラだよ」

謙介は、励ますように笑みを見せる。

「問題の晩に、日高くんが、この家へ来ようと思った場合、どこかの家の防犯カメラに映ってしまうことは、あきらかだろう？」

千春は、かすかにうなずいた。

「警察は、実際に彼が映った映像があると言う。もしそれが本当だったらアウトだ。近年は、状況証拠だけで有罪になるケースも多い。日高くんが、その晩、どうして、ここへ来る必要があったのか、なぜ嘘をついて来ていないと言ったのか、納得できるような説明ができなければ、殺人罪で有罪になる可能性は高いだろう」

「そんなの、めちゃくちゃです！　英之は、絶対やってないんですから！」

千春が、叫んだ。

「わかってる。だとすると、警察の話は嘘ということになる。その場合、検察は、日高くんが防犯カメラに映らずに、この家にやって来た方法を示さなければならなくなるんだ。それは、かなり難しいんじゃないかな」

「そうでしょうか」

千春は、自信なげに言う。いざとなれば、警察は、どんな手でも使うだろうと思っているのかもしれない。

「それに、防犯カメラの問題は犯行前だけじゃない。同じことが犯行後にも言えるんだよ」

「……そうか。そうですよね」

千春の表情に、少しだけ生気がよみがえってきたようだった。

「日高くんが、平沼さんを殺害するために、車のエンジンをかけたとしよう。その後、彼は、いったいどうやって脱出したのか。これにも、検察は、裁判員が納得できるようなシナリオを提出しなければならない」

だが、本当に、そんなに楽観できる状況なのかは確信が持てなかった。警察、検察はなぜか自信満々のような気がする。そうでなければ、日高英之を起訴することもなかったはずだ。

「でも、その場合」

千春が、首をひねり、考え考え言う。

「盗聴器のことは、どうなるんですか？」

「え？　……それは」

謙介は、すっかり虚を突かれて、ぽかんと口を開ける。

「だって、ここに盗聴器があったとすれば、犯人がいたことになるでしょう？　だけど、その犯人だって、防犯カメラに映されないで出入りすることはできなかったんじゃないんですか？」

「まあ、条件は同じだね」

その点は、認めざるを得なかった。

「やっぱり、この部屋には、盗聴器なんか、仕掛けられてなかったんですよ！」

千春は、一転して白い歯を見せる。

「だいたい、盗聴器があったって根拠が薄弱すぎるじゃないですか？　コンセントが二個口で、そこに差すプラグが三つあるっていうだけでしょう？」

「それなのに、差し込み口を増やすタップがないというのは、不自然だと思わないか？」

黙っていると、言いくるめられそうな気がしたので、謙介は反問する。

「もしタップがあったとしたら、可能性は二つだ。犯人が持ち去ったか警察が押収したかだが、犯人だった場合、盗聴器というのが一番しっくりくると思うんだが」

「警察だった場合は？」

「何らかの証拠になると考えたわけだろうから、やはり盗聴器だった可能性があるだろうな。犯人が、うっかり回収するのを忘れたとは、考えにくいがね」

　少なくとも、日高英之だったなら、そんなヘマは絶対にしないだろう。

「そもそも、タップなんかなかったっていう可能性だってありますよ」

　千春は、意外に頑強に論陣を張る。

「わたしの友達に、そういう娘がいるんですけど。コンセントはいつも一杯になってるから、スマホを充電しようとするたびに、何かを引き抜かなくちゃいけない。延長タップを買おうと思ってるみたいですけど、何となく、そのままにしちゃってる。そういうことって現実には、よくあるでしょう？」

　千春は、リビングダイニングの方に手を振った。

「この家を見ると、平沼精二郎さんって、良くも悪くも男性的で大雑把な性格の人だと思うんです。スマホの充電アダプターだって、隅っこの方に落っことしてたんでしょう？　だから、タップがなかったことに意味なんかないんですよ！」

　千春は、どうあっても盗聴器の存在を否定したいらしい。

「しかし、犯人がガレージで車のエンジンをかけるためには、平沼精二郎さんが眠ったことを確認する必要があるだろう？　盗聴器でもなければ、それは難しいはずだ」

「だから、最初から、犯人なんていなかったんです！」

　千春は、すっかり得心したというように、うなずきながら言う。

「この家は、ほぼ密室みたいなものじゃないですか？　防犯カメラに映らずに家に入ることも、出ることもできなかったわけでしょう？」

　謙介は、考え込んだ。

　防犯カメラの映像は、相当たくさんあって、今のところ、一つもチェックできていないが、かりに、どの防犯カメラにも、日高英之や、それ以外の怪しい人物の姿が捉えられていないとすれば、たしかに、この家は限りなく密室に近い。

　だとすると、平沼精二郎の死亡は、純粋に事故だったということになるのだが……。

「まあ、その可能性がないとは言わない。しかし、私には、どうしても、それが真相とは思えないんだよ」

「どうしてですか？」

　千春は、まるで、日高英之と彼女の幸せを阻んでいるのは垂水謙介だというように、きっと睨み付けた。

「問題の晩、平沼精二郎さんは、帰宅してから、車のエンジンを切ったはずだ。それなのに、エンジン音が止まなかったら、変だと思わないはずがないだろう？」

「酔ってたんじゃないですか？」

「まさか、そんなわけがないだろう。車を運転して帰ってきたんだよ？　でも、百歩譲って、平沼精二郎さんが飲酒運転の常習者で、あの晩も多少のアルコールが入っていたとしてもだ、いくら何でも泥酔していたとは考えられないだろう」

「……でも、考え事をしているときなんか、うっかりすることってありませんか？」

「君が言う通り、平沼精二郎さんは、細かいことに神経が行き届かない大雑把な人柄だったのかもしれない」

　謙介は、腕組みをした。

「しかし、彼は同時に、筋金入りのネオクラシックカーのマニアだったんだ。ランオンという現象についても知悉していたはずだ。それが、どんなに危険なことなのかも。にもかかわらず、うっかり、そのままにして母屋に上がってしまったとは思えない」

「でも、それは……」

千春は、首を横に振りながら、口ごもる。反論の糸口を探しているようだ。

「さらに百歩譲って、そのまま母屋に上がったとしても、さっきの実験結果を信頼するなら、車のエンジンがかかったままなら、多少の雨風の音が交じってもうっすら聞こえるんじゃないかな?」

千春は、また黙り込んでしまった。

真犯人を見つけるという雲をつかむような話には、とても賭けられない。それよりむしろ、事故であってくれたらと願っているのだろう。その気持ちは十二分に理解できる。

だが、謙介には、やはり事故とは考えにくかった。

じかにガレージと母屋の様子を検分して、その印象は、ますます強くなっている。

ガレージの天井は、かなり雑な造りであり、おそらく、日頃から寝室にはガソリンの臭いが侵入していたのではないだろうか。

昔から車酔いがひどかった謙介などには、とうてい耐えられなかったろうが、車好きには、しばしば、この臭いがいいんだという人間もいる。平沼精二郎もその一人だったのだろう。

だとすれば、彼が一酸化炭素中毒の怖さに無関心であったとは、とうてい思えないのだ。

そこそこの資産家ではあったから、ガレージの天井をリフォームするのは簡単だったはずで、あえてそれをしなかったとしたら、ガソリンの臭気を不快に感じなかったことと、車には常に気を配っており、ランオンなど絶対起こさせないという自信があったからに違いない。

では、事故ではなかったとしようか。

その場合、何者かが、意図的にランオンを引き起こしたことになる。

千春はさっき、この家が密室だったと言っていたが、現実には、出入りする方法はあったのではないか。

たとえば、短時間の停電があった場合だが、機種も接続のしかたもまちまちな防犯カメラが、いっせいに停止するかどうかはわからない。無停電電源装置を付けてあれば、短時間であれば電気を供給されるはずだからだ。いずれにしても、当日、停電がなかったかどうかは、調べておかなければ。

そのとき、千春が、ようやく口を開いた。

「もしかしたら、なんですけど。どちらでもなかったということはないですか？」

「どちらでもない、とは、どういうこと？」

謙介は、戸惑った。まるで、自分の思考の中に、千春が割り込んできたような気がしたからだった。

「……平沼さんは、自殺だったってことは、ないですか？」

謙介は、ぽかんと口を開けた。一度も考えすらしなかった可能性である。

「自殺って、どうして？」

「動機は、わかりません。病気だったのかもしれませんし、人生を悲観してたのかも」

資料と、この家を見る限り、そういう人間には思えなかったが。

「どうして、自殺だと思うの？」

千春の思考の道筋は、あきらかだった。日高英之が殺人犯でないとしたら、真犯人がいるか、事故か、自殺しかないからだ。

「もし平沼さんが死のうと思ったとしたら、排ガス自殺というのは、そんなに突飛な方法じゃないと思うんです」

なるほど。黙り込んでいる間に、千春は、そんなことを考えていたのか。

たしかに、いざ自殺するとなると、苦痛を伴う方法が多いが、排ガスなら――あの臭いさえ我慢できれば――、眠っている間に天国に行けるかもしれないが。

「しかし、自殺だとしたら、ランオンなんて起こさなくても、エンジンをかけっぱなしにしておけばいいだろう?」

もしそうだったら、キーが挿さったままになっているはずだから、すぐにわかる。

「たとえば、こういう可能性はないでしょうか?」

千春は、まっすぐに謙介を見つめて言う。

「平沼さんがエンジンを切ったとき、たまたまランオンが発生したんです。いつものように、止めようとしたんですが、ふと、このままにしておいたら死ねるんじゃないかと思いついた。本当に死ぬかどうか確信がなかったので、神様に運命を委ねようと思ったんです」

「……平沼精二郎さんに自殺の動機があったのかどうか、確認してみるよ」

謙介はややあってから言った。

## 10

「では、これより、被告人日高英之に対する、殺人罪の審理を開始します」

奥野亮典(おくのりょうすけ)裁判長は、小さく聴き取りにくい声で開廷を宣言する。

この人は、果たして『当たり』の部類なのだろうか。謙介は、白髪にウェリントンの眼鏡をかけている細面の裁判長の顔をまじまじと眺めた。人を見る目には自信があったが、どうにもつかみ所がない感じがする。

本郷弁護士によれば、リベラル寄りだがバランスが取れた人柄らしい。審理を迅速にこなすことが判事の出世の条件ながら、求刑を機械的に八掛けにするのではなくて、納得のいくまで審理を尽くそうとするため、上からは疎まれているようだ。

対照的に、右陪席に座る佐田晴彦判事は、スピードが第一のスムーズな仕事ぶりだという。左陪席の井沢七子判事補は、まだキャリアが浅くて、審理に決定的な影響を及ぼすことはないだろう。

「被告人は、証言台に進み出てください」

奥野裁判長は、相変わらずボソボソとした声で告げる。

「はい」

はっきりとした声で答えて、日高英之が、右手の席から立ち上がり、証言台に着く。

「それでは、まず、あなたが被告人と同一人物かどうかを確認します。あなたの名前を教えてください」

「日高英之です」

ピンと背筋を伸ばし、何の気負いも感じさせない声で答える。

そうか、この子がそうなのか。

謙介は、なぜか強い感銘を受けていた。

彼の人生については知っているが、実際に顔を見て、声を聞いた印象は、また違うものだ。

隣に座っている大政千春を見やったが、緊張した面持ちで日高英之を凝視していた。膝の上で両手を握りしめている。

世間の耳目を集めた裁判員裁判だけに、抽選で傍聴券が当たらないと傍聴できなかったが、二人には本郷弁護士から特別傍聴券を渡されていた。

人定質問が進み、日高英之は、生年月日、職業、本籍、住所をよどみなく答えた。

「では、検察官。起訴状の朗読を」

石川宏行検事が立ち上がる。色白で小太り、むしろ気弱そうな印象だった。

おや、と謙介は思った。

たしか、日高英之の取り調べをしたのが石川という検事だったのではないか。同一人物だとすると、かなり異例のことかもしれない。理由はよくわからないが、通常、取り調べと公判を担当する検事は別にすると聞いたことがある。検事の数が少ない地方検察庁では、やむを得ず兼任することもあるようだが。

もし、石川検事が志願して公判を担当したのなら、並々ならない決意の表れかもしれない。

「公訴事実」

石川検事は、外見には似合わないパンチの効いた声で、起訴状を読み上げる。

「被告人は、令和＊年十一月三日午後十時頃、殺害する目的で叔父である平沼精二郎宅を訪ね、午後十一時頃に平沼精二郎が帰宅後就寝するのを待ち、寝室の真下にあるガレージにおいて、平沼精二郎所有の中古車のエンジンをかけて、ディーゼリングと呼ばれる現象を引き起こし、不完全燃焼で生成された一酸化炭素をガレージ天井の隙間から寝室に侵入させ、平沼精二郎を一酸化炭素中毒により死に至らしめたものである」

石川検事は、顔を上げる。

「罪名および罰条。殺人。刑法百九十九条」

「違う……嘘だ！」

千春の唇から、思わず声が漏れる。

「しっ。退廷させられるよ」

謙介は、小声で千春を制した。

奥野裁判長は、審理に先立ち日高英之に注意を与える。被告人には黙秘権があり、答えたくない質問には答えなくてもかまわないし最初から最後まで黙っていることもできるが、法廷で述べたことは被告人に有利、不利を問わず証拠として用いられることがあると。

「その上で質問します。たった今検察官が読み上げた起訴状の内容は、その通りで間違いありませんか？」

後ろから見ていても、日高英之が、大きく息を吸い込んだのがわかった。

「いいえ、違います」

日高英之は、微動だにせず明確に答える。

「俺……私は、あの晩は、叔父の家を訪ねてはいません。また、叔父を殺そうと思ったこともありません」

「弁護人のご意見は？」

本郷弁護士が立ち上がった。裁判長に一礼すると、こちらも歯切れのいい声で答える。

「今、被告人が述べた通りです。被告人が平沼精二郎さんを殺害した事実はなく、無実です」

法廷内が、どよめいた。

小説やドラマとは違って、被告人が起訴内容をまっこうから否定する、いわゆる否認事件は、めったにないといっても過言ではないのだ。

「静粛にしてください」

裁判長が、ボソボソと注意する。ドラマのように木槌を打ち鳴らすことはなかった。

千春の方を見やると、懸命に自分を抑えようとするように胸元で両手を握り合わせている。呼吸は浅くて速く、過呼吸になるのではないかと心配になるほどだった。

「ええ、それでは、証拠調べに移りますが、検察官。冒頭陳述をお願いします」

奥野裁判長が、今までよりさらに低い声で言った。石川検事が立ち上がって、咳払いする。気弱さを振り払うかのように昂然と頭を上げて、一度法廷内を見渡してから、よく通る声で、朗読を開始した。

「検察官は、証拠に基づいて以下のような事実を証明します。まず、被告人は、父平沼康信が殺人罪で有罪となり獄死したために、経済的に恵まれない幼少期を過ごしました」

また、どよめきが起きる。平沼康信さんの事件について、あまりよく知らない傍聴者の方が多かったらしい。

「高校を卒業後、被告人は、フジエダ・カー・ファクトリーという自動車整備工場に就職しましたが、これは、叔父であり殺人の被害者である、平沼精二郎の口利きによるものでした」

石川検事は、粘着気質なのか、冒頭陳述も、かなり詳細にわたっていた。

「……平沼精二郎は、幼くして父を失った被告人に深く同情して、物心両面において被告人を支えてきました。しかしながら、被告人は、恩義を感じるどころか、飲食店の経営で成功し、悠々自適な平沼精二郎の暮らしぶりと、貧しい我が身とを引き比べ、不満を募らせました」

「嘘つき！　どうしてそんな嘘ばっかり！」

ついに我慢できなくなったように、千春がつぶやいた。

「被告人は、自分が平沼精二郎の遺産の唯一の相続人であることを知ってから、殺害しようと企てるに至りました」

石川検事は、一度言葉を切って、法廷内をゆっくりと見渡した。もしかしたら、元々は俳優志望だったのではないかと思うくらい、芝居がかった仕草だった。

「その際に、被告人は自動車整備工場で得た専門知識を悪用しました。平沼精二郎が蒐集していた七〇年代の自動車には、しばしばディーゼリングと呼ばれる現象が発生します。これは、キーをオフにしても、エンジン内の滓が燃えることで、エンジンが動き続けて、不完全燃焼を起こすというものです」

ディーゼリング――ランオンについては、誰一人よく理解していないような雰囲気だった。検察側は、おそらく、後ほど専門家を呼んで詳しく説明させるつもりなのだろう。

「令和＊年十一月三日の午後九時三十分頃、被告人は、S市のコンビニ『ライトハウス』から平沼精二郎宅へ向かいました。徒歩で、三十分ほどの距離なので、遅くとも午後十時までには到着したはずです。平沼精二郎は、それから一時間後の午後十一時頃になって帰宅しました。被告人は、いずれかのタイミングでガレージに侵入しており、平沼精二郎が眠るのを待って、母屋から車のキーを持ち出しました」

冒頭陳述を聞きながら謙介はメモを取っていたが、いくつか気になる点があった。

第一に、日高英之が平沼精二郎宅へ向かった方法を、「徒歩」と特定していない点である。徒歩で三十分ほどの距離と言いながら、なぜ特定を避けたのかが、不思議だった。

また、ガレージへの侵入方法はほぼ想定通りだが、盗聴器については、いっさい言及がない。実物が発見されていないため立証困難と考え、あえてオミットしたのだろうか。

「被告人は、平沼精二郎のコレクションだった古い車のエンジンを一度かけてから切ることで、意図的にディーゼリングを引き起こしたのです。そして、キーを母屋に戻して、風雨に紛れて現場より逃走しました」

石川検事の冒頭陳述を聞いている間ずっと、本郷弁護士は、書類の上で人差し指を動かし、苛立った表情を隠さなかった。

検察の冒頭陳述が、証拠によって取り調べを請求する以外の事柄にわたり不当に詳細な場合は、裁判所に偏見や予断を生じさせるおそれがある。

ましてや、これは、裁判員裁判である。

謙介は、法壇を見やる。中央には裁判長、裁判長から見て右側に右陪席、左側には左陪席の判事、その外側に、左右三人ずつ、計六名の裁判員が座っている。

さらに、法壇の後方には、三名の補充裁判員が控えていた。

いずれも、ごくふつうの市井の人々である。

チェックの上着に葡萄茶色のシャツを着た初老の男性は、どことなく不安げな表情だった。その横にいる主婦らしい中年女性は、早くも眉間に深い縦皺を刻んでいた。

まずい、と謙介は思う。

検察側は、今の一、二分の冒頭陳述だけで、日高英之に対するゆがんだイメージを作り上げてしまった。

第一に、日高英之の父、平沼康信が殺人罪で有罪になったことにさらりと触れて、裁判員の心の中に潜む偏見に働きかけたのだ。

殺人罪で有罪になったということは、殺人者として認定されたということである。蛙の子は蛙という諺（ことわざ）があるが、殺人者の子供なら殺人を犯してもおかしくないという思考が、裁判員の意識下で瞬時に走っただろう。

そもそも、父親の事件について冒頭陳述で触れることには、問題があるはずだ。てっきり異議を申し立てるのかと思って謙介は注視していたが、本郷弁護士は、石川検事に鋭い視線を送っただけで、動かなかった。

……よく考えてみると、ここで揉めるのは、検察側の思うつぼなのかもしれない。紛糾すればするほど、平沼康信が殺人罪で有罪になったという事実は裁判員の意識に深く刻みつけられるはずだ。それに加え、弁護側が強硬に異議を唱えれば唱えるほど、痛いところを突かれたという印象になるかもしれない。

裁判長が、今聞いたことは無視するようにと裁判員に説諭することがあるが、あれなどは、逆効果でしかないだろう。法曹となる教育を受けた人間ならいざ知らず、一般人の感覚のまま法廷に参加している裁判員は、むしろ、テクニカルな法的制約のために重要な事実を無視しなければならないというのは、理不尽だと感じるはずだ。

奥野裁判長は、石川検事と本郷弁護士を、ともに呼び寄せて、何か話しているようだった。もしかすると、今の冒頭陳述について問題があるとでも言っているのかもしれない。

……問題は、平沼康信が、殺人罪で有罪になったと述べたことだけではない。

被害者となった平沼精二郎は、日高英之に同情し物心両面で援助を行ったことが強調されていた。それに対し、日高英之は、いわば恩人である平沼精二郎を遺産目当てに殺害したという陰惨な絵を描いて見せたのだ。

裁判員たちの意識の中では、日高英之への怒りに火が付いたことだろう。まだ証拠調べすらしていない段階で、すでに有罪だと決めた裁判員もいるはずだった。

検察側の冒頭陳述は、シンプルながら破壊力満点だったと言えるだろう。

日高英之が恩知らずの人でなしだと印象づける一方、特異な犯行方法を、必要以上に詳しく説明した点もそうである。

自動車のエンジンに対する専門知識を悪用したこと、わざわざ待ち伏せまでして忍び込み、平沼精二郎が寝入るまでガレージで息を殺して待っていたこと、何より、自ら手を下さずに、一酸化炭素中毒で死ぬだろうと（おそらく、ほくそ笑みながら）逃げ去ったというイメージは、裁判員の正義感をいたく刺激したはずだ。中には、さっさと結審して死刑にしろと思っている裁判員もいるかもしれない。

「それでは、弁護人。冒頭陳述を行ってください」

奥野裁判長が、低い声で言う。今までより、少し大きな声だった。

そうか、と謙介は思う。

裁判員裁判においては、必ず弁護側も冒頭陳述を行うのだ。

さきほどの検察側の冒頭陳述に対し、本郷弁護士はここで反論するのだろう。日高英之への悪いイメージを少しでも払拭（ふっしょく）するために。

千春を見ると、祈りを捧げるように両手を組み合わせながら、必死の眼差しで本郷弁護士を凝視している。

本郷弁護士は、ゆっくりと立ち上がると、数秒間は何も言わずに、法廷内を見渡した。特に、石川検事に対しては、怒りの籠もった目で睨み付ける。

挑発は無視すればよさそうなものだが、石川検事は真っ向から本郷弁護士の視線を受け止め、何か言いたげに口を動かす。

「弁護側の主張は、さきほど起訴状に対して述べた通りです。犯行が行われたとされている晩、被告人は、平沼精二郎宅を訪れてはおらず、当然ながら、殺害した事実などありません。また、被告人自身が述べた通り、叔父である平沼精二郎氏に対しては、感謝の念こそあれ恨むような気持ちなど微塵（みじん）もなく、まして殺意を抱いたことは一切ありません」

本郷弁護士の声は、明晰かつ聞く耳に心地よく、法廷内に染み渡っていくようだった。

「被告人の生い立ちは検察側の冒頭陳述にあった通りですが、訂正しなければならない点が、一点だけあります」

本郷弁護士は、じろりと石川検事を見た。

何を言い出すのだろうと、法廷中が固唾を呑んで本郷弁護士を見つめていた。

「被告人の父平沼康信氏は、殺人罪で有罪判決を受け、服役中に病死しました。公判の弁護を担当したのは私です。この事件は、痛恨の出来事として今もなお私の記憶に深く刻み込まれております。なぜならば」

本郷弁護士は、深い溜め息とともに、声を絞り出す。

「平沼康信氏は、無実であったからです」

「異議あり！」

石川検事が、立ち上がって、興奮した声で叫んだ。

へえ、本当に「異議あり」って言うんだと、謙介は妙な感心をしていた。

法廷内は、騒然となった。

「静粛に。みなさん、静粛にしてください。騒いでいると、退廷になりますよ」

奥野裁判長が、うんざりした顔で言う。

「弁護人。今の発言は、聞き逃せませんね。あなたが言及した事件は、すでに判決が確定していますから、事実に反した主張は認められません」

本郷弁護士は、昂然と頭を上げて反論する。

「判決が確定している点には同意します。ですが、冤罪事件は、事実として存在しております。平沼康信氏の事件が冤罪だったという主張が事実に反するものだという証明は、未だなされておりません」

再び、ざわめきが大きくなる。

「弁護人。こちらへ」

奥野裁判長が、本郷弁護士を呼び寄せる。石川検事も、当然のように大股に歩み寄る。

それから、長々と協議が続いた。ときおり、石川検事の声のオクターブが上がったものの、それ以外は、裁判長も本郷弁護士も激したりすることなく、お互いに妥協点を探っているかのようだった。

「それでは、弁護人。冒頭陳述を続けてください」

何かの合意がなされたのか、奥野裁判長が命じる。傍聴人には（おそらく裁判員にも）よくわからないまま、裁判は再開された。

「……被告人は、父親が無実の罪で逮捕されて、有罪が確定したことにより、辛い子供時代を過ごしました。検察側の冒頭陳述のように、経済的に困窮しただけでなく、世間からの指弾に耐えなければならなかったのです」

そのことを強調するのは、得策だろうか。

謙介は、かすかに疑問に思った。

「犯行があったとされる、令和＊年十一月三日の午後九時から同九時三十分頃まで、被告人がS市にあるコンビニ『ライトハウス』にいたのは事実です」

本郷弁護士の冒頭陳述は、いよいよ問題の晩に移る。

「しかしながら、それは検察側の主張するように平沼精二郎宅を訪ねるためではありません。被告人には、当該コンビニを訪れる別の理由がありました。そのことは、後ほど立証します。同日九時三十分頃、被告人はコンビニを後にしましたが、そこから平沼精二郎宅へ向かったというのは、検察官の憶測であり、何の証明もなされていません。同様に、ガレージ内に長時間隠れ、平沼精二郎氏の就寝を待って車のエンジンをかけたというのも、検察官が都合良くでっち上げたストーリーにすぎず、何らの信憑性も持ちません」

石川検事が、頭を振り立て、憤懣やるかたないという顔をして見せたが、特に反応する者はいなかった。

「被告人の動機と称するものについてですが、被告人は、叔父平沼精二郎氏に対して、何らの悪感情も抱いたことがないことは、先ほど被告人自らが語った通りです。検察官は、犯行の動機が遺産目当て、すなわち金銭的なものであると主張しましたが、それは事実無根であると立証する予定です」

立証責任はあくまでも検察側にあるので、弁護側には、立証すると請け合う必要はないが、あえてそう言うことで検察側を挑発しているような感すらあった。

「最後に、弁護人より申し述べたいことがあります」

本郷弁護士は、前傾姿勢から身体を起こし、ひときわ声を励ました。

「被告人は、有罪であることを指し示す証拠が何一つないにもかかわらず、重要参考人として警察に出頭を要請され、捜査に協力しようとして、事情聴取にも進んで応じました。ところが、被告人を待っていたのは、彼を冤罪に落とすための罠だったのです」

石川検事が、ぽかんと口を開け、異議を唱えようか迷うようなそぶりを見せた。

「任意にもかかわらず、事情聴取はあまりにも長時間におよんだため、たまりかねた被告人はついに中断を求めました。ところが、帰宅しようとすると、突然、緊急逮捕されたのです」

本郷弁護士の声は、抑えようのない憤りのせいか、かすかに震えていた。

「逮捕容疑は、ストーカー規制法違反でした。本筋の殺人とはまったく無関係なものですが、問題はそれだけではありません。緊急逮捕には本来、三つの要件が必要です。死刑または無期もしくは長期三年以上の懲役もしくは禁錮にあたる罪を、犯したことを疑うに足りる充分な理由がある場合で、かつ緊急を要し裁判官の令状を求めることができないことが必要なのです」

本郷弁護士は、石川検事の方をじろりと見やる。

「ストーカー規制法違反の罰則とは、一年以下の懲役または百万円以下の罰金です。つまり、そもそも緊急逮捕はできないのです。嫌疑が充分か、緊急性があったかもはなはだ疑問ですが、それ以前に違法な逮捕であったことはあきらかです」

石川検事が、手を挙げて立ち上がった。

「取り調べに当たった刑事は、緊急逮捕とは言っておりません。被告人は、任意の取り調べの最中に激昂して、警察官と揉み合いになり、公務執行妨害により現行犯逮捕されたものです。また、その翌日、供述内容に基づいて、ストーカー規制法違反により逮捕が行われましたが、これは裁判所の令状によるものです」

嘘だと謙介は思う。

「ありえない言い訳です」

本郷弁護士は、鼻で笑う。

「被告人は、過去にどんな犯罪も犯したことのない善良な若者です。粗暴な犯罪常習者でも、取り調べの刑事に暴行を働くことはまずありません。第一、任意の取り調べなら立ち去ればいいのですから、警察官が無理に拘束しようとしないかぎり、揉み合いになどなりません」

「警察官が嘘をついているとでも……？」

「さらに、本当に公務執行妨害で逮捕したのなら、そのまま勾留すればいい。翌日、わざわざ別の容疑で再逮捕する必要はないはずです」

本郷弁護士は、石川検事の言葉を遮って続ける。

「そもそもの逮捕が違法なものでしたが、十日間と定められている勾留期間は、当然のごとく二十日間まで延長されて、それも過ぎると、またもや別件逮捕が行われました。一日八時間と定められた取り調べは、昼夜を分かたず行われましたが、被疑者の説明には一切耳を傾けず、ひたすら脅迫、甘言、拷問で取調官のでっち上げたストーリーを押しつけ、彼らが自白調書と呼ぶ文書に強引に署名押印を迫ったのです」

「いいかげんにしなさい！」

石川検事が、再び立ち上がって怒号した。

「警察批判をしたいなら、別に訴訟を提起するべきでしょう！　本法廷は、あくまでも殺人を裁く場です！」

「もちろん、取り調べにあたった警察官は、特別公務員暴行陵虐罪で、順次刑事告発していく予定です。あなた自身からも事情を訊かせていただくつもりですので、首を洗って待っていてください」

本郷弁護士は、鍛えられた声でやり返す。

法廷内は収拾が付かない大騒ぎに陥っていた。中央の報道記者席に陣取っていた記者たちは、あわててメモを取り出す。

傍聴人の中には、怒りに顔を真っ赤にして、立ち上がって野次るものまでいた。あいにく、声が聞き取れないので、どちらを批判しているのかもわからないが。

「静かに！　静粛にしなさい！　従わない者は、退廷させます！」

奥野裁判長が、この裁判が始まってから一番の声量で一喝した。実際に、二人の傍聴人が、廷吏らに腕を押さえられるようにして退廷させられていく。

「弁護人。あなたの発言は冒頭陳述の範囲を大きく逸脱しています。一方的な主張は、慎んでください」

本郷弁護士は、ここは抵抗せずに、黙って頭を下げる。

裁判は、一時間の休廷となった。

冒頭陳述でこの様子では、証拠調べでは、いったいどうなるのだろうか。

三人は、東京地方裁判所の地下の食堂で、顔をつきあわせていた。

本郷弁護士は、あれだけ激しく石川検事とやり合った直後だというのに、いつもと変わらぬ表情だった。

千春は、顔面が紅潮して、興奮冷めやらぬという様子である。休廷前は顔面蒼白だったので、少しは落ち着いてきたのかもしれない。

「先生。ありがとうございました」

千春は、本郷弁護士のほうに向き直ると、深々と頭を下げる。

「これで、英之が警察でひどい目に遭わされていたって、わかりましたよね？」

「といっても、まあ、どこまで信用してもらえるかですけどね」

本郷弁護士は、首を傾げる。

「マスコミは、警察から情報をもらわなければ、記事が書けないという負い目があるんです。それだけに、よほど明確な証拠がないかぎり、警察を批判するような論陣は張ってくれないんですよ」

「最初から、バチバチでしたよね」

謙介は、しみじみと言う。

「しかし、検察はともかく、裁判官の気分を損ねる恐れはないんですか？」

「だいじょうぶですよ。あれくらいでへそを曲げて、嫌がらせをするような裁判官ではありませんから」

本郷弁護士には、自信が窺えた。

「それより、こちらが本気だということを、わかってもらわなければなりません」

「どういうことですか？」

千春は、よくわからないときの癖で眉根を寄せた。

「奥野裁判長は見識と正義感を持った判事ですが、事件によっては適当に流すこともあります。まずは、裁判長に覚醒してもらわなければならないんです」

「じゃあ、やっぱり裁判長がキーパーソンで、右陪席と左陪席の二人はそんなに重要じゃないんですか？」

謙介が訊ねると、本郷弁護士は、とんでもないというように首を横に振った。

「そんなことはありません。一応、三人の合議制ですからね。ただ、重要度には差があります。右陪席はキャリアのある判事ですが、左陪席は新人の判事補が就くことが多いんです」

「じゃあ、右の人が重要人物なんですね？」

千春が、訊ねた。

「右陪席は――傍聴席から見て左側ですが――裁判長と同じく判事で、同時に別の単独事件も審理しています。……まあ、だからというわけではないんですが、それほどやる気のない人も散見されます」

冗談めかしてはいたものの、本郷弁護士の口調は苦々しげだった。

「一方、左陪席には、キャリアの浅い判事補が就くんですが、若いだけに気鋭の人が多くて、判決文の起案も、ほとんど左陪席です」

「じゃあ、むしろ左の人が大事なんですか。……女性でしたね」

千春は、法壇の様子を思い返し、左陪席が女性だったことに、かすかな希望を見出しているような表情だった。

女性というだけで良識派だと思い込むのもどうだろうと、謙介は思う。

「まあ、個別に働きかけるわけではないので、一概に誰が大事とは言えませんがね」

本郷弁護士は、穏やかな笑顔で言う。

「ですが、裁判員裁判では、有罪か無罪かは裁判員が決めるんですよね？」

謙介が訊ねると、本郷弁護士はうなずいた。

「ええ。司法に市民感覚を取り入れるという趣旨なんですが、ほとんどの人にとって、裁判はまったく未知の世界です。素人の裁判員を導くのが裁判官の仕事なんですが、かりに裁判官が思い通りの判決を出させようと考えれば——まあ、通常はありえないことですけど、裁判員は簡単に誘導されてしまうでしょうね」

「さっき見ていて少し気になったんですが、裁判員は感情に流されることはないんですか？」

「ありませんと言っても、説得力がないでしょう」

本郷弁護士は、微笑した。

「それを抑えるのも、裁判官の訴訟指揮次第ですが、近年、市民感覚は、あきらかに厳罰化へ向かっています。量刑を決める際は、裁判官も裁判員も同じ一票ですからね。裁判官の中には、かりに少しばかり重すぎる判決が出ても、控訴審で是正されるだろうぐらいに思っている人もいるようです」

だから、第一審の死刑判決が控訴審でひっくり返されることが多いのだろうか。それでは、市民感覚を取り入れた意味がないような気がするのだが。

「検察側の冒頭陳述は、あきらかに裁判員を感情的に誘導しようとしていましたね」

謙介の言葉を聞いて、本郷弁護士の表情が険しくなった。

「検察はそういうやり方をするだろうと、予想していました。もともと決定的な物証に乏しい事件ですから、状況証拠だけで有罪にするためには、裁判員にクロだという強い心証を与える必要がありますからね」

本郷弁護士は、水を一口飲んだ。

「しかし、だからといって、平沼康信さんが殺人罪で有罪判決を受けたことに言及するのは、言語道断です。向こうがそう来るのであれば、こちらも徹底抗戦するしかありません」

だから、弁護側の冒頭陳述で、警察検察を直接攻撃したのだろうか。

「でも、今さら裁判員の記憶は消せませんよね？」

千春が、心配そうに訊ねる。

「お父さんが殺人を犯したって知らされたら、英之もそうじゃないかって、どうしても思ってしまうんじゃないですか？」

「ええ。ですから、記憶を消すのではなく、上書きしなくてはなりません」

本郷弁護士は、にやりとする。

「実は、平沼康信さんの事件は、こちらから持ち出すつもりでいました。向こうから提起してくれたのは、むしろ、もっけの幸いです」

謙介は驚いた。わざわざこちらから持ち出すというのは、あまりに危険すぎる賭けのような気がするのだが。

「それは、つまり、二つの冤罪事件を絡めるということですか？」

「警察の体質はまったく変わっていないということを、裁判員たちにわかってもらいます」

本郷弁護士は、いったん言葉を切ってから告げる。

「この弁護方針は、日高くんの強い希望でもあるんですよ」

お父さんの雪冤を果たしたい気持ちはわかるが、どうにも危うい気がする。もしかしたら、それは諸刃（もろは）の剣になるのではないか。

「ですけど、そんなことをしても、本当に、だいじょうぶなんでしょうか？」

千春が、ためらいがちに言い出した。

「つまり、もし英之のお父さんが無実で、しかも真犯人が平沼精二郎さんだと証明できたら、英之には殺人の動機があるということになってしまうんじゃないですか？」

それは、謙介が危惧したことと同じだった。

平沼精二郎が真犯人だと指摘する以外に、平沼康信が無実だったと示す方法があるとは思えないからである。

「それについては、日高くんと面会のたびにとことん話し合いました」

本郷弁護士の目に、真剣な光が宿った。

「今回の事件を奇貨として、平沼康信さんの事件について訴えることこそが、日高くんの強い希望なんです」

奇貨……。謙介は、唖然とした。まるで、殺人の嫌疑をかけられたことすら、もっけの幸いだったかのような言い方ではないか。

そういう捉え方をするなら、もしかしたら、日高英之は、父親の事件について訴えるため、自ら平沼精二郎を殺したのではないかとすら思えてくる。

「英之に、お父さんへの強い思いがあるのは知ってます。でも……」

千春が、小さな声で言った。

「たとえ、それでお父さんの名誉回復ができても、英之が有罪になってしまったら取り返しが付かないじゃないですか？」

「もちろん、そんなことがないよう、全力で弁護にあたりますよ」

本郷弁護士は、力強く請け合った。

もちろん、そうだろう。全力を尽くしてくれるだろうことは、疑っていない。

だが、問題は、最終的な優先順位である。

本郷弁護士からすれば、冤罪事件をひっくり返して再審を実現させ、過去に敗北した事件のリベンジを果たすことができたら、とてつもなく大きな業績になる。そこまで行かなくても、大きな疑問符を付けられれば、一躍、冤罪バスターとして名前を売ることができる。

その一方で、刑事事件に敗北しても、もともと勝率がきわめて低い闘いということもあり、ほとんど汚点にはならないはずだ。

本郷弁護士自身、少し前にこう言っていた。


「警察は警察のために、検察は検察のために存在しているんです」


身も蓋もないが、当然の話だろう。誰だって自分のことを第一に考えている。謙介自身も、会社員時代に身に沁みてわかっていた。

しかし、だとすると、弁護士は弁護士のために存在しているわけだ。

自分の名前を轟かせ、法学の教科書に載るような業績を上げるチャンスがあった場合にも、あくまでも依頼人の利益が第一と考え、誘惑をはねのけられるものだろうか。

「安心してください。たとえ平沼精二郎さんが石田うめさんを殺害した真犯人だとわかっても、それをもって、ただちに日高くんが平沼精二郎さんを殺したことにはなりませんから」

本郷弁護士は、懸命に千春の懸念を払拭しようとしていた。

「でも、それが動機にはなりますよね？」

千春は、心配でならないようだ。

「検察の主張とは、日高くんが、遺産目当てで平沼精二郎さんを殺したということですから、動機を復讐に切り替えることは、まずないと言っていいでしょう」

本郷弁護士はそう言ったが、それほど安心できるような話には聞こえなかった。

「動機の補強、にはなりませんか？」

千春を心配させたいわけではなかったが、謙介は、そう口に出していた。

「遺産目当てと復讐は、両立しうるような気がするんですが」

「まあ、たしかに矛盾はしませんがね」

本郷弁護士の目は、どうしてそんな余計なことを言うんだと謙介を咎めていた。

「ですが、日高くんの心の底からの望みは、一貫して、お父さんの名誉を回復することです。平沼精二郎さんが真犯人だったことがわかれば、何よりもまず自白させようとするはずです。平沼精二郎さんを殺してしまったら、それも水泡に帰しますからね。いざとなったら、公判でそう主張するつもりです」

その主張が認められるかどうかも、微妙なところだと思うが。

「まあ、遺産目当てというのは、まったく噴飯ものの主張ですからね。公判で、木っ端(こっぱ)微塵にしてやりますよ」

何か手立てがあるらしく、本郷弁護士は、自信たっぷりだった。

「それより、大政さんには、後ほど重要な証言をしてもらわなくてはなりません。そのことは、よくわかっておられますよね？」

「あなたのアリバイ証言さえ認められれば、日高くんに犯行は不可能だったことになります。それでゲームセットですから、どうか気を強く持ってください」

「はい」

千春の目に、強い意志が戻ってきた。

恋人の証言がどこまで裁判員に信じてもらえるかが、焦点になりそうだった。

一時間の休廷後、再び開廷された公判は、いきなり緊迫した局面を迎えた。

まず、石川検事が検察官証拠等関係カードに基づく証拠調べ請求をしたが、本郷弁護士が、被告人の供述調書について不同意とし、信用性と任意性をともに争う姿勢を示したのである。

不同意については公判前整理手続で決まっていたはずだが、石川検事は、憤懣やるかたないという表情だった。

本郷弁護士が立ち上がって、咳払いをした。

「刑事訴訟法三百二十二条第一項では、その供述が被告人に不利益な事実の承認を内容とするものであるとき、又は特に信用すべき情況の下にされたものであるときに限り、これを証拠とすることができると規定しています」

石川検事が色をなして反論しようとしたが、その隙を与えずに、本郷弁護士は続ける。

「刑事訴訟法三百十九条第一項において、強制、拷問又は脅迫による自白、不当に長く抑留又は拘禁された後の自白その他任意にされたものでない疑いのある自白は、これを証拠とすることができないと規定されています」

「そのような事実は存在しません。被告人は……」

石川検事の言葉を遮って、本郷弁護士は声を張り上げる。

「日本国憲法第三十八条第二項において、強制、拷問若しくは脅迫による自白又は不当に長く抑留若しくは拘禁された後の自白は、これを証拠とすることができないとあります。警察は、被告人を不当に長く拘禁した上に、黙秘するという被告人の意思を脅迫や虚偽の説明によって蹂躙しました。内容も被告人の自発的な供述とはほど遠く、その大半が取調官の作文であり、さらに拷問まで加え、強引に署名押印させたものです。以上のことを鑑みて、この供述調書に証拠能力がないことはあきらかではないでしょうか？」

「取り調べは、あくまでも適法に行われました。弁護人は、供述調書の内容を撤回するために、難癖をつけているにすぎません」

石川検事は、冷笑する。

「検察官、弁護人、こちらへ」

奥野裁判長は、二人を呼び寄せた。

法廷内は、再び異様な雰囲気に包まれた。大きな声を出したら退廷させられるため、誰もがひそひそ声だったが、かえって緊張感が高まるようだった。

「……もしかしたら、英之の供述調書は、なかったことにできるんでしょうか？」

千春が隣の席から身を乗り出し、口を手で隠して囁く。

「いや、それは難しいだろうね」

謙介も、小声で答えた。

「どんなにひどい内容であっても、いったん署名押印してしまったら、取り返しが付かない。後から信用性や任意性を争うことはできるが、なかったことにはできないんだよ」

だからこそ、警察は躍起になって供述調書を作成するのだろう。自白偏重主義も、被告人の供述調書の効力の強さに依拠しているのだ。

奥野裁判長と石川検事、本郷弁護士の三者協議は、意外にあっさりと決着した。

「それでは、本審理は、被告人質問先行型で行うこととします。乙号証の採否は、その後まで留保します」

奥野裁判長が、裁判員たちに向かって言う。

千春が、小さな声で謙介に訊ねる。

「被告人質問先行型って、何ですか？」

「供述調書を取り調べる前に、被告人本人から話を聞くんだ」

最初にまず被告人の話を聞こうという動きは、裁判員裁判の導入とともに一般的になった。裁判員にもわかりやすく、心証は公判内で形成されるべきという考え方によるのだろう。

「じゃあ、乙号証っていうのは？」

「甲号証は、検察が用意した証拠で、物証とか目撃証言なんかだ。それに対して、乙号証は、被告人に関する証拠で、供述調書はこちらに含まれる……」

謙介は、できるだけ囁き声で説明したが、廷吏に睨まれたので説明を打ち切った。他にも、弁護側が提出する弁証というのがあるのだが、出てきたときに言えばいいだろう。

千春は、納得したような顔になっていた。

いきなり山場となる被告人質問が始まることになったため、法廷は一気に緊迫の度を加えた。傍聴人全員が固唾を呑んで、証言台に進み出る日高英之を見つめている。

傍聴席からは、ほんの一瞬しか表情は見えなかったが、日高英之の背筋は人定質問のときと同様にピンと伸びており落ち着いた様子だった。正面にある法壇の上からは、三人の裁判官と裁判員らが日高英之をじっと注視している。

謙介は、自分もまた、彼らと対峙しているような感覚に陥っていた。

人定質問は、ほとんど形式的なものだったが、今度はまったく状況が違う。被告人質問で、署名押印した供述調書をひっくり返さなければならないのだ。もし失敗したら、裁判の行方に暗雲が立ちこめるだろう。何とか立派にやり遂げてくれと祈るような気持ちだった。

千春の方を見やると、両手を胸の前で固く握りしめている。本郷弁護士の言葉で落ち着きを取り戻したようだったが、祈りを捧げているようなポーズは変わらない。

最初に真実を述べる旨の宣誓するのかと思ったが、被告人は、証人とは違い、宣誓はしなくてもいいようだった。

被告人は、嘘をついても偽証罪に問われないからかもしれないが、その反面、宣誓なしでは証言の信憑性が薄れるような気がするのだが。

最初に、本郷弁護士による主尋問が行われた。

日高英之は、落ち着いた声音で、犯行当日とされる日は、叔父の家を訪ねてはいないこと、叔父に対して何の悪感情もないことなどを淡々と説明した。さらに、警察での取り調べでは、一貫して無実を訴えたにもかかわらず、いっさい聞く耳を持ってもらえなかったと訴えた。

主尋問を終えると、本郷弁護士は一礼して着席する。

「検察官。反対質問をお願いします」

奥野裁判長が促すと、石川検事が、厳しい表情で立ち上がった。

「罪状認否で、あなたは起訴状の内容を否認しましたが、撤回する気持ちはありませんか？」

「ありません」

日高英之は、検察官による反対尋問に対してもごくふつうの声音で答える。まるで、街角でアンケートに答えているかのようだった。

「しかし、あなたは、供述調書に署名押印していますね？　供述調書においては、あなたは、起訴内容を全面的に認めている。なぜ、公判になってから供述を翻すんですか？」

「別に、供述を翻したわけではありません」

日高英之は、左手の石川検事の方に視線を向けたので、かすかに横顔が見えた。表情は硬く、しきりに瞬きしている。

「私は、供述調書に書かれているような内容はいっさい供述していません。ほとんど全部が、取り調べにあたった松根という刑事の作文です」

石川検事は、じっと日高英之の顔を見た。

「しかし、あなたは、署名押印する前に供述調書の内容を確認しましたよね？」

日高英之は、うなずいた。

「内容は読みました」

「あなたは、それで納得して署名押印した。違いますか？」

「納得はしていません」

石川検事は、氷のように冷静に追及する。

「では、なぜ、署名押印したんですか？」

「もう限界だったからです」

日高英之は、ぽつりと言った。

石川検事は、なぜか、この答えに激昂しそうになったが、自分を抑えたようだった。

「限界とは、何の限界ですか？」

「ずっと取り調べが続いて、疲労が溜まってたんです。一秒でも早く、そこから解放されたい。眠りたいと思って」

日高英之は、暗唱するように、すらすらとしゃべる。

石川検事は、一瞬、絶句したように見えた。

「今の答えは、検事調べのときに、あなたに答えたのと一言一句同じです。でも、あのとき、あなたは取り合ってくれませんでした」

「当然でしょう？　疲れていたから、供述した内容と違う供述書に署名押印したというのは、誰が聞いても不合理な弁解でしかないからですよ」

石川検事は、ついに我慢できなくなったように声を荒らげた。

「ただ単に疲れていたというのとは、違います。何週間もの間、朝から晩まで尋問を受けて、取り調べの刑事から脅され、甘い言葉で誘導され、暴力まで受けてたんですから」

日高英之の言葉には、真実の響きが感じられた。法廷の中の風向きが、ほんのわずかだが、変わったような気がする。

「それに、署名はしましたが、その後、押印はしていません」

「あなたの押印が、供述書にありますよ？」

石川検事は、両手を机について前傾姿勢になり、肩を怒らせた。

「松根刑事が、『いつまでも世話を焼かせるんじゃない！』と怒鳴って、俺の手をつかんで、朱肉に押しつけたんです。そして、判子を押すように供述調書に押印しました」

傍聴席から、かすかなどよめきが起こった。

「いいかげんにしなさい！」

石川検事が、一喝する。

「それだったら、あなたは、どうして抵抗しなかったんですか？　人の手をつかんで、正しい場所に押印させるなんてことが、できるはずがないでしょう！」

「抵抗できなかったんです」

日高英之は、うなだれて、溜め息とともにつぶやいた。

「そのときは、精も根も尽き果てていたんです。どうせもう、どうにもならない、どうにでもなれという気持ちでした」

「都合のいい言い訳ですね。拇印を押されるときだけは力を抜いて、なすがままになっていたわけですか？　それは、あなたの中に、罪を認める気持ちがあったからじゃないんですか？」

石川検事は、皮肉な口調で言った。

「力を抜いて、なすがまま……ですか。検事さんはたぶん、レイプ事件の被害者に向かっても、同じことを言うんでしょうね」

日高英之は、一転して昂然と頭を上げると、石川検事を正面から見据えて言い放った。

「な、何を」

石川検事は、予想もしない反撃に遭って、口ごもった。

「本当に抵抗する気があったのならば、最後まで抵抗するだろう。最後に力を抜いたのなら、受け入れる気持ちがあったんだろうとでも、言いそうだなと思って」

法廷内は、またもや騒然となったが、さっきまでの騒ぎと違うのは、かなりの数の傍聴者が笑っていたことだろう。

謙介も、緊張の反動からか、つい笑い声を立ててしまった。隣に目をやると、千春も口元に手を当てている。

「静粛に！　傍聴人は、静かにしなさい！　これ以上騒いだ人は退廷させますよ」

奥野裁判長が、うんざりした顔で注意する。

「被告人。訊かれていないことは発言しないように。特に、検察官を攻撃するような発言は、厳に慎んでください」

「申し訳ありません」

日高英之は、殊勝に頭を下げた。

「辛い体験を、検事さんに嘲（あざけ）られたと思い、ついカッとなってしまいました」

「検察官も、質問をする際には、充分に配慮してください」

奥野裁判長は、公平に両者に対して注意を与える。石川検事は、頭を下げたが、日高英之に向ける視線は、ますます厳しいものになっていた。

「被告人は、どうあっても、供述した内容を否定したいわけですね。よくわかりました。では、具体的に質問していきましょう」

石川検事は、押し殺したような声で言った。

まずいなと、謙介は思う。石川検事を、とことん怒らせてしまったようだ。この後の追及は、さぞかし苛烈なものになるだろう。

「犯行当夜の令和＊年十一月三日の午後九時から九時三十分頃まででですが、あなたは、どこにいましたか？」

「異議あり」

本郷弁護士が、立ち上がる。

「検察官は、犯行当夜という表現によって、被告人を根拠なく犯人扱いしています」

「異議を認めます」

奥野裁判長の注意を受けて、石川検事は、わざとらしいほどゆっくり質問をし直す。

「平沼精二郎さんが亡くなった晩です。令和＊年十一月三日の午後九時から九時三十分頃まで、被告人は、どこにいましたか？」

「『ライトハウス』というコンビニです」

「S市店ですね」

「はい」

「そこは、あなたの住居から、かなり離れたコンビニですね。どうして、そこにいたんですか？」

「アルバイト店員さんに、会いたかったんで」

日高英之は、照れずに言う。

謙介がチラリと横を見ると、千春がうつむいているのが目に入った。かすかに身体が揺れている様子は、嗚咽しているかのようだった。ところが、よく見ると、千春が押さえているのは口元であって目頭ではない。

もしかして、笑っているのだろうか。

そんな馬鹿なとは思うが、謙介は、驚きを禁じ得なかった。

もし、千春が本当に笑っているとしたら、どういうことだろう。

彼女は、恋人である日高英之が他の女にうつつを抜かしていたことで、傷ついているのだとばかり思っていた。だが、その前提が間違っていたのなら――つまり、日高英之のストーカー疑惑がフェイクで、そのことを千春も知っていたとしたら。

謙介は、背筋に悪寒が走るのを覚えた。

「あなたは、そのアルバイト店員さんに対して、恋愛感情を抱いていたんですか？」

石川検事は、あえて伊東陽菜という名前は出さなかった。

「はい」

日高英之は、淡々と答える。

「では、そのアルバイト店員さんの住所は知っていますか？」

石川検事は、気のない様子で質問する。

「知りません」

日高英之は、顔を伏せて小さな声で答えた。その質問はあまりしてほしくないような感じを受ける。

「知らない？」

石川検事は、驚いたように言う。

「あなたは、アルバイト店員さんに対して、ストーカー行為をしていたんでしょう？」

傍聴席が、ざわりとする。

「ストーカーなんかじゃありません」

日高英之は、顔を上げて石川検事を見た。

「迷惑をかけるようなことは、何もしていません。……ただ、顔を見たかっただけです」

「それだけで、家から遠く離れたコンビニに行ったんですか？　嵐の中を？」

「はい」

どうやら、伊東陽菜のことはあまり争点にしたくないらしく、必要最小限の答えにとどめているようだ。

「このコンビニは、平沼精二郎さんの家から近い場所にありますね？」

「近い――でしょうか？　かなり距離はあると思いますけど」

日高英之は反問する。

「歩いて三十分くらいですね。少なくとも、あなたのアパートからよりは、ずっと近いんじゃありませんか？」

「比べれば、そうですね」

無愛想な声だった。

「なるほど。あなたがコンビニにいたのは、午後九時から九時半までですね？」

石川検事の質問は、日高英之から何か意味のある答えを引き出すためではなく、コンビニが平沼精二郎邸から徒歩圏内にあるという事実を、裁判員に訊かせたかっただけなのだろう。

「そうです」

日高英之は、素っ気なく答えた。

「それから、どこへ行ったんですか？」

「アパートに帰りました」

「おかしいですね。コンビニの防犯カメラの映像によると、あなたは、コンビニを出てから、左に向かって歩いていることがわかります。アパートに帰るとしたら、駅のある右に行くはずじゃないですか？」

石川検事は、驚いたような声を出す。

「このことは、何度も説明しましたけど」

英之は、うんざりした調子で言う。

「コンビニを出て、うっかり逆方向に行っただけです。昔から方向音痴なんで」

「方向音痴？　本当ですか？」

石川検事は、素っ頓狂（すっとんきょう）な声を上げる。

「だとしても、文字通り、右も左も分からないというわけですか？」

「はい」

日高英之は、ぼそりと答える。

マズいなと謙介は思う。石川検事は、日高英之の証言が疑わしいと裁判員に印象づけようとしているのだ。今のところ、その試みは成功しているようだ。

「コンビニに来たときの道を戻ればいいだけなんですよ？　それなのに、正反対の方向へ歩き出したんですか？」

露骨な印象操作のための質問としか思えないが、本郷弁護士は、これにも異議を唱えないのだろうか。そう思って見やったが、何の動きも見せることなく、書類に目を落としている。

「嵐でしたし」

日高英之は、ぽつりと反論する。

ここは守勢に徹して、余計なことは言わない方がいいのにと、謙介は思った。何か反論しておかないとと思ったのだろうが、揚げ足を取られるのは必至である。

「嵐だったから、逆方向へ歩いた？」

案の定、石川検事は嘲弄（ちょうろう）するように言う。

「嵐で、早く帰ろうと思って気が焦ってて。傘を差したら、方向がわからなくなって」

日高英之の話は、支離滅裂になりつつある。

「気が焦って、傘を差したら、方向がわからなくなった……と」

思い通りに進んでいるのか、石川検事は、オウム返しして裁判員たちに聞かせる。

「だが、防犯カメラの映像を見る限り、方向が逆であることに気づいて、あなたが引き返した様子はありませんでしたが？」

「通りを渡ってから、気がついたんです」

「なるほど。通りを渡ってから引き返した。だから、コンビニの防犯カメラには映っていないというわけですね」

あらかじめ答えのわかっている質問により、石川検事は、日高英之への疑惑を掻き立てる。

「コンビニから駅までの間には、複数台の防犯カメラがありました。警察は、事件後二週間以内に、その夜の録画内容を確認していますが、どこにもあなたの映像はありませんでした。このことを、いったいどう説明されるんでしょうか？」

石川検事は、嫌みたっぷりに訊ねる。

「わかりません」

日高英之は、いたってシンプルに答えた。たしかに、そう答えるよりないかもしれないが、今のところ、検察側の印象操作は、まんまと成功しているようだった。

「あなたは、実際には、駅へは向かわなかったんじゃないんですか？　平沼精二郎さんの家に行ったんでしょう？」

謙介は、また本郷弁護士を見たが、異議を唱える気はないようだった。

「いいえ。私はあの晩、叔父の家には行っていません」

日高英之は、頑強に言い張る。

「供述調書によると、あなたは、平沼精二郎宅の一階にあるガレージに侵入したことを認めていますが？」

「すべて、取り調べの刑事さんの作文です。事実ではありません」

日高英之の回答は、歯切れこそ良かったが、その反面、少しクールすぎるような気がした。裁判員たちはどう受け止めているのだろうかと心配になる。

「その夜、平沼精二郎さんのガレージにはポンティアック・ファイアーバード・トランザムという車がありましたね？」

石川検事は、微妙に声のトーンを変えながら、核心に迫りつつありますよと、裁判員たちにアピールする。

さらに、日高英之が口を開きかけたとき、早口に質問を被せた。

「あなたの勤務先のフジエダ・カー・ファクトリーという自動車整備工場で、あなたが実際に整備を行った車ですよ？　当然、ご存じですよね？」

日高英之は、まったくあわてた様子はなかった。ゆっくりと溜め息をつくと、石川検事からペースを奪い返すように、ゆっくりと言葉を発する。

「さっきも言いましたが、その晩、私は、叔父の家には行っていません。なので、ガレージにその車があったかどうかはわかりません」

複数の質問に惑わされることなく、肝心な点にだけ答える。

どうやら、日高英之は、被告人質問に対する入念なリハーサルをしてきたようだった。

「いずれにせよ、あなたは、あの車のことはよく知っていた。そうですね？」

あてが外れたようだったが、石川検事は平静を装って質問を続ける。

「トランザムのことだったら、よく知っています。何度か整備もしましたし」

日高英之は、いかにも誠実そうな、朴訥（ぼくとつ）とも言える調子で答えた。歯切れが良すぎることはプラスにならないと反省して、修正してきたらしい。

「では、あの車が、しばしばランオンを引き起こす危険な車だということも、よく知っていたわけですね？」

石川検事は、厳しい表情で迫る。どうやら顔芸が得意技らしい。

「ランオンを起こしたことがあるというのは、叔父から聞いていました」

日高英之は、思い出すように、ゆっくりと答えた。

「ただ、何度も起こしたのかどうかは、よくわかりません」

「つまり、あなたは、危険性があるということを、充分認識していたわけですか？」

粘っこく絡みつくような口調だった。

「危険があることは、知っていました」

日高英之は、何か嫌なものを感じたのか、ぼそりと答える。

「では、そのことを、叔父さんに警告したことはありますか？」

石川検事は、なおも絡んでくる。

「警告……ということは、特にしませんでしたけど」

「それは、なぜですか？」

「叔父は、俺……私なんかよりも、古い車については詳しかったので」

日高英之がそう答えたとき、石川検事は、してやったりという笑みを見せた。

「なるほど。ということは、平沼精二郎さんが、ディーゼリング――ランオンを起こしたことに気がつかないで、母屋に上がり、そのまま就寝して事故に遭ったということは、まず考えられないということでしょうか？」

そっちへ持って行くのか。

「それは、わかりません」

日高英之は、あっさり質問をかわした。

「あなたの意見を伺ってるんですよ」

石川検事は、なおも迫る。

「平沼精二郎さんは、ネオクラシックカーのマニアですね。ランオンという現象についても、その危険性についても、よく知っていたはずでしょう？　それなのに、エンジンを切った後、まだ動き続けていることに気がつかず、そのまま放置して母屋に上がったなどということが、ありうるでしょうか？」

質問の名を借りた一方的な主張だと謙介は思う。日高英之の答えには期待していないはずだ。もちろん、うっかり失言をしたら、すかさず食いつくつもりだろうが。

「叔父は、たしかに、あの年代の車のことはよく知っていました」

日高英之は、考え考え、話しているようだ。

「ただ、ランオンに気づかなかったことは、あり得ないとは思いません」

「あり得ないとは、思わない……と」

石川検事は、日高英之の答えに問題があるかのようにオウム返しした。しかし、その実は、予想外の答えに戸惑っているのではないかという気がする。

「その根拠は、何でしょうか？」

「以前にも、気づかず、うっかり車を離れたことがあったと言っていましたから」

法廷内が、少しどよめいた。

「……その話は、初耳ですね」

石川検事は、薄ら笑いを浮かべた。日高英之が苦し紛れの嘘をついていると、裁判員たちにアピールしているようだ。

「いつの話ですか？」

「たしか、一昨年だったと思います」

日高英之は、よどみなく答える。

「叔父は、笑いながら、うっかりしていたと言っていました。あのままだと……」

「あなたは、その話を、取り調べの際には一度もしていませんね？」

石川検事が、日高英之の発言を遮って言った。謙介は、今度こそ、弁護側から抗議が出ると期待して見たが、本郷弁護士は依然として音無しの構えである。

奥野裁判長は、眉をひそめたようだったが、そのまま流すことに決めたらしい。左陪席に座る井沢七子判事補が、ちらりと奥野裁判長の方を見た。

「はい。一度もしていません」

日高英之は、素直に答えた。

「なぜ、隠していたのですか？」

石川検事が、いかにも日高英之は嘘つきだと言わんばかりの態度で、裁判員たちを見ながら訊ねる。

「別に、隠していたわけじゃありません」

日高英之は、平然と答えた。

「一度も、訊かれなかったので」

「訊かれなかったので？　それは、おかしいでしょう？」

石川検事は、いかにも呆れたという表情で両手を広げ、声を大きくする。ひょっとしたら、演劇部出身なのだろうか。

「平沼精二郎さんの死が、殺人であったのか、事故であったのかという点は、あなたに対する取り調べの焦点だったはずですよ？」

「刑事さんは、はなから事故だったという可能性は完全に除外して、私が犯人だと決めつけていました」

「しかし、先ほど私が訊ねたような質問はしたんじゃないですか？　取り調べの記録を見れば、すぐわかることですよ。取調官は、平沼精二郎さんはネオクラシックカーには詳しかったから、うっかりするとは思えないとは言いませんでしたか？」

日高英之は、ぐっと詰まってしまう。

マズい。もしかすると、これは、やってしまったかもしれない。

謙介は、千春の方を見やる。彼女もまた危機を感じているようだった。両手を握り合わせて、目を閉じている。

やはり、さっき千春が笑っていると思ったのは、目の錯覚だったのだろうか。

「……そういう話は、あったと思います」

日高英之は、細い声で答えた。

「では、なぜ、そのとき、今の話をしなかったんですか？」

石川検事は、かさにかかってくる。

「そのときは、忘れていたんです」

「忘れていた？」

石川検事は、天を仰ぐ。

「あなたには、殺人の容疑がかけられていたんですよ？　平沼精二郎さんがうっかりしていた可能性があるなら、身の潔白を示すためには、これほど重要な情報はないじゃないですか？それなのに、あなたは、忘れていたというんですか？」

「プレッシャーがきつくて、ゆっくり思い出せるような感じじゃなかったんです」

日高英之は、弱々しくつぶやいた。

「プレッシャーがきつかったから、思い出せなかった」

石川検事は、例によって、嫌みったらしくオウム返しする。

「だとすると、今は、プレッシャーがないということなんですか？　どうやら、私の質問は、優しすぎたみたいですね」

傍聴人たちが、どっと笑った。

「検察官。不必要な発言は控えてください」

奥野裁判長が注意したが、自身も半笑いになっているようだ。

「はい。では、一昨年に平沼精二郎さんがしたという発言ですが、被告人は、それを、どこで聞いたんですか？」

石川検事は、裁判長に向かって一礼すると、なおも追及する。

「バーです。……『フリス』っていう」

日高英之は、うつむいたままで、神経質に両手を握り合わせていた。いかにも自信なさげな様子に映るが。

「そこで、平沼精二郎さんは、トランザムがランオンを起こしたことに気がつかず、うっかり車を離れてしまったと言ったんですね？」

「はい」

日高英之の声は、消え入りそうだった。

「もっと大きな声で、はっきりと答えてください」

石川検事に促され、やや大きく「はい」と返事する。

「そのときに、平沼精二郎さんの話を聞いていた人は、他にもいましたか？」

「はい」

日高英之は、即答した。

「いた？」

石川検事は、初歩的なミスを犯してしまったことに気がついたようだった。どういう答えが返ってくるのかわからない質問は、法廷ではすべきではないのだ。

とはいえ、今さら質問を止めるわけにもいかなかった。

「それは、誰ですか？」

日高英之は、顔を上げた。背筋がしゃんと伸び、さっきまでとは別人のように生気に溢れているのが、後ろ姿からも伝わってきた。

「社長――藤枝淳（ふじえだじゅん）さんです」

「裁判長」

今までは存在感ゼロだった本郷弁護士が、すっくと立ち上がった。

「被告人の証言を裏付けるために、藤枝淳氏を証人申請します」

「異議あり！　その証人には、公判前整理手続きでは一言も触れられていません！」

石川検事が、色をなして抗議する。

「検察官もお聞きになったように、被告人が、たった今思い出した事実ですので」

本郷弁護士は、落ち着いた口調で言う。

「とても、そうは思えませんね。弁護人があえて隠し球にしていたのは、あきらかです」

「藤枝淳さんからは、情状証人としてお話を聞いていましたが、問題の発言は初耳です」

「検察官、弁護人、こちらへ」

奥野裁判長は、二人を呼び寄せて協議を始める。

かなり難航するかと思われたが、証人申請は認められ、次回公判で証人尋問が行われることになった。

一連の流れは、どうやら、日高英之が、本郷弁護士の助けを借りて石川検事をはめたらしい。

気分良く相手を追撃しているとき、落とし穴に落ちるのは、よくあることだ。

だが、石川検事の横面を張っても、それで裁判が有利に運ぶわけではない。

証人が、きちんと日高英之に有利な証言をしてくれるなら、ランオンが事故だという可能性も、多少は信憑性が出てくるだろうが。

「ランオンという現象については、被告人もよく知っていますね？」

石川検事は、気を取り直して反対尋問を続ける。

「はい」

日高英之は、必要最小限の回答に戻る。

「ランオンというのは、切ったはずのエンジンが動き続けるという現象ですね。なぜ、それが危険なんですか？」

「ランオンで燃えるのは、ガソリンじゃなくて、シリンダーの中に溜まっていた煤なんです。だから、どうしても不完全燃焼を起こして、一酸化炭素が発生しやすくなります」

日高英之は、慎重な口調で説明する。

「なるほど。一酸化炭素中毒を引き起こしかねないというわけですね」

石川検事は、うなずいた。

「でも、ガレージ内にいなかったら、危険はないんじゃないですか？」

わざとらしい質問だった。傍聴人も含めて、たぶん法廷にいる大多数の人がそう思っていただろう。ガレージ内にいなければ危険がないなら、そもそも、この公判は開かれていない。

石川検事は、さっきのだまし討ちに懲りて、答えのわかっている質問で攻めることにしたのだろうか。

「……叔父の寝室は、ガレージの真上にありましたから」

日高英之は、慎重に言葉を選んでいる。

「なるほど。でも、ガレージの真上にあると、どうして危険なんでしょうか？」

なおも、石川検事のカマトトぶった質問が続く。

「一酸化炭素は、空気よりちょっと軽いんです。ガレージの天井から抜けて、寝室に滞留する可能性がありますから」

日高英之は、明確な口調で答える。ここは、それが正解だろう。科学的な事実を話しているのだし、変に説明を躊躇すると、裁判員たちに後ろ暗いことがあると判断されかねない。

「なるほど、それは怖いですね」

石川検事は、驚きの感情を込めた発声で、猿芝居をする。

「でも、臭いで気づけませんか？」

「一酸化炭素は無臭ですし、叔父の寝室には、元々ガソリンの臭いが染みついてましたから、たぶん、排気ガスの臭いもわからなかったと思います」

日高英之は、あくまでも堂々と答えたが、あまりやり過ぎるのも逆効果かもしれない。

「ふーん。あなたは、一酸化炭素については、かなり詳しいようですね」

案の定、石川検事は、裁判員を横目で見ながら因縁を付けてくる。

「自動車整備工場で働いてるんで、そのくらいのことは」

「しかし、一酸化炭素が空気より軽いという事実は、一般には、あまり知られていないんじゃないですか？」

「どうでしょうか」

「一酸化炭素の比重は、空気一に対して、〇・九六七ですね。空気よりは軽いとは言っても、その差はごくわずかです。調べなかったら、ここまではなかなかわかりませんよね？」

「別に、比重まで知ってたわけじゃありません。ただ、空気より少し軽いんで、危険だという程度です」

日高英之は、うんざりしたように答える。

「一酸化炭素が空気よりも軽いという事実ですが、あなたは、平沼精二郎さんが亡くなるより前から知っていましたか？」

「はい」

日高英之は、うなずいた。

「フジエダに入って、教えてもらいました」

「では、ガレージの天井の状態については、どうですか？」

石川検事は、声のテンションをやや高めた。法廷内が少しピリついたようだった。

「天井の状態ですか？」

日高英之は聞き返したが、裁判員たちには、とぼけているように聞こえたかもしれない。

「あなたが、今言ったんですよ。一酸化炭素が、ガレージの天井から抜けて、寝室に滞留する可能性があると」

「日本の家は、一般的に気密性が低いですから、わずかな隙間であっても、そういう可能性はあるだろうと」

「一般論で言ったということですか？　しかし、あのガレージの天井が劣化していたことは、認識していたんじゃないですか？」

謙介は、実際に見た天井の状態を思い出していた。

建物は重量鉄骨の梁で支えられているようだったが、天井は、安っぽい石膏ボードであり、木の梁にタッカーで打ち付け、上からペンキを塗ってあるだけだった。気密性など望むべくもないだろう。

「天井が、けっこうボロついていたことは、知っていましたけど」

「甲五十一号証をご覧ください。ガレージの天井の状態を示している写真です」

法廷内に設置されている複数のモニターに、写真が映し出された。

このように画像にして見せられると、直に見たときより劣化している印象だった。

「ボードの奥には防湿シートがありますが、経年劣化のせいで、気密性は保たれていません。そのため、上からペンキを塗ってありますが、それも剝落しています」

石川検事は、写真の説明をする。

どうして、今さら、そんなことを強調するのだろうと、謙介は思った。一酸化炭素が天井の隙間から寝室に侵入したことは、すでに明らかではないか。

「ペンキはずいぶん雑な塗り方に見えますが、これは、あなたが塗ったんですよね？」

石川検事は、日高英之をジロリと見る。

法廷内がざわめいた。

「そうです。僕が塗りました」

日高英之は、火消しを図るように、早口で続ける。

「たしか、二年くらい前だったと思います。叔父から頼まれて」

「なるほど。平沼精二郎さんがアルバイトを提供してくれたわけですね」

石川検事は、恩を仇で返す甥という図式を再度裁判員たちに印象づけるように、ねちっこく言った。

「……でも、もうちょっと丁寧に塗ろうとは思いませんでしたか？」

「元々は、叔父が自分で塗ってたんですけど、剝がれてきたんで、上から塗り固めてくれって言われたんです。下地がボコボコのままなんで、あんな仕上がりでしたけど」

「いやいや、別にいいんですよ。あなたがアルバイトの手を抜いたと、非難するつもりはありませんので」

石川検事は、嫌みたっぷりにうそぶく。

「ただ、あなたは、相当な時間、ガレージの天井に向き合っていたわけですね？」

「はい。四、五時間かかりました」

「そのとき、ガレージの天井が、隙間だらけだということに気がつきましたか？」

「隙間だらけというほどじゃありませんけど、気密性ということなら、不充分でした」

「つまり、一酸化炭素が寝室に侵入できるということもわかりましたね？」

「そのときは、そういうことは、特に考えませんでした」

「考えなかった？　なぜですか？」

石川検事は、いかにも驚いたというように声を張り上げる。

「二年前だったら、あなたは二十歳で、すでに、自動車整備工場で働いていたはずですね？自動車に関する知識は充分にあったはずですが？」

「仕事に集中していたんで」

「なるほど。丁寧な仕事を心がけていたわけですか」

石川検事は、皮肉たっぷりに言う。さすがにそろそろ異議が出るのではないかと思ったが、本郷弁護士は動かない。もしかすると、憎々しい態度の検事が、若者をいじめている様子を、裁判員たちに見せたいのだろうか。

「自動車の排気ガスで自殺する人もいますが、そのことはご存じですね？」

石川検事は、質問の角度を変える。

「はい」

日高英之は、言葉少なに答える。

「教えていただきたいんですが、排気ガスを吸うと、どうして人は死ぬんですか？」

日高英之は、少しためらったが、答える。

「たぶん、一酸化炭素中毒だと思います」

「なるほど。しかし、最近、あまり排ガス自殺のニュースを聞きませんね？　これはどうしてなんでしょうか？」

どう考えても、被告人に訊くべき質問ではないはずだ。しかし、本郷弁護士は傍観しており、日高英之も口を開く。

「専門家ではないので、よくわかりませんが、最近の車は排気がクリーンになっているので、死ににくいんだと思います」

傍聴席が、少しざわざわとした。

「そうですか。だとすると、ネオクラシックカーであるポンティアック・ファイアーバード・トランザムであれば、一酸化炭素中毒で死ぬのも容易だということですね？」

「たぶん、そうだと思います。……ですが、私は専門家じゃないので」

石川検事は、少し怪訝そうに本郷弁護士の方を見た。おそらく、論争を予期していたのに、まったく乗ってこないからだろう。

「あなたは、平沼精二郎さんの自宅の母屋に入ったことがありますね？」

石川検事は、また被告人席の方を向く。

「はい」

「寝室は、どうですか？」

「ふだんは、あまり」

「でも、入ったことはある？」

「それは、まあ」

日高英之は、少し不安そうに身じろぎした。

「家の大掃除を頼まれたこともあったんで、掃除機をかけたりしました」

「そのときですが、何か気づいたことはありましたか？」

「何かというと……？」

「臭いですよ」

石川検事は、にやりとする。

「たった今、あなたが言ったばかりですよ。寝室は、どんな臭いがしましたか？」

日高英之は、はっとしたようだった。

「ガソリンのことですか？」

「そうですよ、ガソリン」

石川検事は、にやりと笑った。机に両手を突いて、上目遣いに日高英之を睨む。闘志満々という姿勢だった。何が何でもお前を有罪にしてやるという異様な執念が感じられる。

「叔父の寝室は、ふつうの寝室と比べると、ガソリン臭かったと思います」

石川検事は、面白い冗談を聞いたというように、歯を見せて顎をのけぞらせた。

「いやいや、ふつうの寝室は、まったくガソリン臭くないでしょう。平沼精二郎さんの寝室は、なぜガソリン臭かったんでしょうか？」

「それは……」

日高英之は、少しためらってから続ける。

「床の隙間から、ガレージの臭いが上がってきてたんだと思います」

石川検事は、急に真顔になってうなずくと、次の問いを発する。

「ガソリンの主成分は、何ですか？」

　およそ被告人に訊ねる質問ではない。石川検事は、自分の主張を裁判員に聞かせるために、質問の形にしているだけなのだろう。

「ヘキサン……だったと思います」

　日高英之は、おとなしく答える。

「ヘキサンという有機溶媒は、一酸化炭素と比べると遥かに分子量が大きいですね？」

「ええと、検察官は、質問の趣旨をはっきりさせてください」

　左陪席の井沢七子判事補が、たまりかねたように注意する。

「はい、わかりました」

　石川検事は、ていねいに会釈する。

「つまり、ガレージの天井と寝室の床には、分子量の大きなヘキサンが抜けられるほど大きな隙間があったわけです。だとすれば、被告人は一酸化炭素が上がって来られるとわかっていたというのが、立証趣旨です」

「質問が回りくどく、重複しています」

　ようやく、本郷弁護士が立ち上がった。

「ガレージの天井と寝室の床に隙間があったことは、すでに明白となっています。そのことを、天井の補修とガソリン臭の二つに分けて質問する意図がわかりません」

「被告人には、ガレージの天井と寝室の床に隙間があったことを意識する機会がありました。その点をあきらかにするための質問でした」

　石川検事は、裁判員たちに念を押すように言うと、日高英之に向き直る。

「ポンティアック・ファイアーバード・トランザムのキーですが、あなたは、ふだん、どこに置いてあったのかを、知っていましたか？」

「はい。母屋のリビングにあるキーボックスの中です」

「甲二十七号証。キーボックスの写真です」

法廷のモニターに、木製のキーボックスの写真が映し出される。謙介も、直に見たのでよく知っている。扉にチェッカーガラスが嵌まって、ビンテージものの雰囲気を漂わせていた。

「キーは、この中に掛けられていた。誰でも持ち出すことができた。そうですね？」

「叔父の家に入れれば、そうですね」

「あなたも、持ち出したことがありますね？」

石川検事は、紛らわしい質問をする。

「……無断で持ち出したことはありません」

日高英之は、少しむっとしたように答えた。

「無断とは言っていません。持ち出したことはありますね？」

「叔父に頼まれて」

「それは変ですね。どうして、そんなことを頼まれたんですか？」

やや舌足らずな滑舌も相まって、粘り着くような質問だった。

「変なことは、いっさいありません。叔父がバーで酔い潰れたときに、車で迎えに来てくれと言われたんです」

「なるほど。しかし、それも不思議な話ですね。そのバーの場所は、平沼精二郎さんの家から徒歩で十分ほどの距離じゃないんですか？　タクシーを呼んでも、たいした料金はかからないというのに」

『フリス』というバーだなと、謙介は思う。

「叔父は酒癖が悪くて、タクシードライバーと、何度もトラブルになってましたから」

「なるほど。でも、あなたは、どうやって平沼精二郎さんの家に入ったんですか？」

「いったんバーに行って、鍵を受け取ってから、叔父の家に行ったんです」

「受け取ったのは、家の鍵ですか？」

石川検事は、何気ない調子で聞く。

「いいえ、ガレージの鍵です」

日高英之は、低い声で答える。

「ガレージの鍵ですか？　しかし、車の鍵は母屋のリビングにあるキーボックスに入っていたんですよね？　鍵を取るには、母屋に入らないといけなかったんでしょう？」

石川検事は、あえてわかりきったことを訊ねて、裁判員たちに、状況を理解させようとしているようだ。

「ガレージからなら、家に入れますから」

「え？　ガレージから家に上がる階段には、鍵はかかっていないんですか？」

「はい」

法廷内が、また、ザワザワし始めた。

これが狙いなのかと、謙介は思った。

石川検事は、何ひとつ証明していないにもかかわらず、何となく日高英之が犯人であるかのような雰囲気が醸成されつつある。

先日、ガレージから階段を上がったときのことを思い出してみた。

たしか、鍵はかかっておらず、すんなりと階段を上がれた。ドアノブにはラッチ錠の鍵穴があったような気がするが、使われていなかったのだろう。

あの程度の鍵なら、施錠されていたとしても、叩いただけで開いてしまうだろうが。

「それで、平沼精二郎さんを迎えに行って、ガレージの鍵は、どうしたんですか？」

「返しました」

「返したのは、いつですか？」

「翌日だったと思います」

「翌日？」

石川検事は、また素っ頓狂な声を上げる。

「検察官。ふつうの声で質問してください」

左陪席の井沢七子判事補が、苛立った声で苦言を呈す。小柄で一見おとなしそうだったが、案外気が強いのかもしれない。

もしかすると、小学生の頃からずっと学級委員をやっていて、決まりを守らない男子には、こういう調子で文句を言っていたのかもしれない。謙介は想像し、にやりとした。

石川検事は、男性の判事には見せないような気味の悪い笑みを浮かべ、会釈する。

「被告人はなぜ、平沼精二郎さんを送り届け、その場で鍵を返さなかったんですか？」

「叔父を家に送ってから、寝室に連れて行くと、そのまま眠ってしまったんです。鍵は置いていこうと思ったんですが、ガレージにバイクを置いてあって……」

日高英之は、口ごもる。

「ガレージから出て、シャッターを施錠するのに、鍵が必要だったということですか？」

石川検事は、薄笑いを浮かべて訊ねる。

「そうです」

「だったら、鍵は、ポストにでも入れておけばいいでしょう？」

「そのときは、思いつきませんでした。翌日返せばいいと思っていましたし」

日高英之は、つまらないことを延々と訊かれるのにうんざりしたような声だった。

「それに、鍵をポストに入れるのは不用心だと思ったんで」

マズい、と謙介は思った。たいした話ではないにせよ、証言があきらかに矛盾しているのだ。これまでの検事の調子を考えると、ここぞとばかり食いつかれそうだ。

案の定、石川検事は、鬼の首でも取ったような顔で追及する。

「あなたは今、鍵をポストに入れることは思いつきませんでしたと、言ったばかりですよ？　その舌の根も乾かぬうちに、鍵をポストに入れるのは不用心だと思ったというのは、どういうことですか？」

日高英之は、絶句した。

「それは、言葉の綾というか……」

「言葉の綾では済みませんよ！」

石川検事は、厳しい声で遮る。

「ここは、法廷です。検察官の質問は、適当に受け流せばいいと思っていますか？　それは、弁護人のアドバイスですか？」

さすがに、本郷弁護士が立ち上がった。

「異議あり。被告人の証言を意図的に曲解し、また、不当に当職を侮辱しています」

「異議を認めます。検察官は、言葉に注意してください」

奥野裁判長が、呆れたように注意を与える。

左陪席の井沢七子判事補は、奥野裁判長以上に厳しい表情だった。

「はい。では、質問を変えましょう」

石川検事は、咳払いをして、威儀を正す。

「あなたは、被告人という立場にあるわけですが、被告人には偽証罪が適用されないことを、ご存じですか？」

「異議あり。本件には、何の関係もありません」

「異議を認めます」

奥野裁判長も、うんざりしているようだ。

どうやら、石川検事の戦術は、日高英之が嘘つきだと裁判員たちに印象づけることらしい。まともな立証よりも、印象操作の方が得意なのだろうか。

「……さっき言ったのは、そういう意味じゃなかったんです」

日高英之が、たまりかねたように口を開く。

よけいなことは言わない方がいいのにと、謙介は思った。言葉の綾にすぎないことくらい、裁判員たちにもわかっているはずだ。検察官に乗せられ、実りのない論争を始めない方がいい。また揚げ足を取られて、向こうのペースになりかねないからだ。

「鍵をポストに入れるのは不用心だっていうのは、以前から思ってたことでした。ですから、そのときも、そうするのは発想になかったというか……うまく言えませんけど」

日高英之は、うまく言えないと言いながら、意外にうまく説明しているようだ。石川検事の難癖は不発に終わった感がある。

おや、と謙介は思った。

さっきから、ずっと裁判員たちの表情を観察していたのだが、あきらかに様子が変わりつつあるのだ。

チェックの上着に葡萄茶色のシャツを着た初老の男性は、じっと日高英之の顔を見ながら、ときおり深くうなずいている。その横にいる主婦らしい中年女性は、公判が始まったときには眉間に深い縦皺を刻んでいたが、今は、表情がずっと和らいでいた。さらに、フレームレスの眼鏡をかけた神経質そうな女性も、日高英之を案じるように見ているような気がする。

日高英之に同情している裁判員は、どちらかというと年配者に多いようだった。依然として厳しい表情の裁判員も、何人かは散見される。

ひょっとすると、これも被告人側の作戦だったのだろうか。穿ちすぎのような気もするが、今はパワハラや苛めが何よりも嫌われる。粘着質な風貌と口調を持った石川検事が、圧倒的に優位な立場と法律知識を利用し、ネチネチと若者を苛めているという見方が、いつのまにか支配的になっているようだ。

日高英之と本郷弁護士のどちらが主導したのかはわからないが、これが作戦だったとしたら、検察側はまんまと罠にはまっているのかもしれない。

「平沼精二郎さんにガレージの鍵を返したのは、翌日だったということですが、翌日の何時頃ですか？」

石川検事の方は、一歩一歩日高英之を追い詰めているという自信があるらしかった。

「翌日の……ええと、何時頃だったかは」

日高英之は、困惑したようにつぶやく。

「思い出してください。何時頃ですか？」

石川検事は、許さんとばかり質問を被せていく。

法廷内に漂うムードは、相手を困らせようとして細かい質問ばかりする石川検事への反発に変わりつつあるようだった。

「時間までは、ちょっと覚えていませんけど、翌日、会社の帰りに叔父の家に寄って返したと思います」

「会社帰りにですか？」

石川検事は、驚いたという小芝居をして、法廷内を見渡す。本人だけは、そうした演技力や表現力がプラスになっていると信じているらしいが、ここが場末の劇場だったら、物が飛んできてもおかしくないだろう。

「つまり、夕方ということですよね？」

石川検事は、薄笑いを浮かべる。

「そんなに長い間ガレージの鍵がなかったら、平沼精二郎さんは困ったんじゃないですか？」

「叔父は、深酒をした翌日は、車に乗ることはありませんでしたから」

日高英之は、落ち着いて答える。

「でも、もっと早く返してもよかったわけですよね？」

何だ、それは。あたりまえのことを言って反撃されないように攻めるのは、ディベートでは有効だろうが、聴衆の支持を集めるのには向いていない。

「早く返したかったんですが、出社前に寄るのは、時間的に厳しかったんです。……それに、朝早くだと、叔父もまだ寝ていると思ったんで」

「……それに？」

石川検事は、憎々しい態度でせせら笑う。

「あなたは、さっきから、後から思いついたことを、さも本当の理由のように付け加える癖があるようですね？」

法廷内に低いざわめきが広がる。裁判員だけでなく、三人の裁判官や傍聴人たちも、一様に顔をしかめていた。

「そういうことはありません」

日高英之は、少し傷ついたような、だが、しっかりした声で答えた。

「あなたには、鍵を早く返したくない理由があったんじゃないですか？」

法廷内の雰囲気には気づいていないらしく、石川検事が追及のトーンを強めた。

「さっきも言った通り、一刻も早く返したかったんです。叔父のガレージの鍵を持っていたい理由なんかありません」

日高英之の方は、あくまでも毅然とした態度を崩さなかった。

「あなたの勤めていた自動車整備工場には、鍵を複製する機械がありますね？」

法廷内が、ざわついた。

自動車整備工場に鍵の複製装置があっても、別に不思議はないだろう。しかし、石川検事の好感度がかなり低くなっているとはいえ、検察官が自信たっぷりに言うことで、まるで重要な暴露があったかのような錯覚を与えるのだ。

「ありました」

日高英之は、過去形で答える。

「ありました？　今もあるでしょう？」

石川検事は、眉間に皺を寄せる。

「昔は、車の鍵もうちで複製してたみたいですが、今は専門業者に外注してます」

「とはいえ、鍵を複製する機械そのものは、残っていますよね？」

今もあることは、確認済みらしい。

「どこかに置いてあるのかもしれませんが、私は知りません」

「ポンティアック・ファイアーバード・トランザムの鍵は、イモビライザーキーではなくて、昔ながらのメカニカルキーです。古い住宅用のディスクシリンダー錠と同じく、金属に刻みを入れただけの単純な鍵です」

石川検事は、法廷内を見回した。

「つまり、ホームセンターでも簡単に複製が可能です。被告人は、工場にあった機械を使って、鍵を複製しましたね？」

話の最後だけ質問の形を取るところが、いかにも姑息だった。

「いいえ、そんなことはしていません」

日高英之は、短く答えたものの、腹に据えかねたように言い足す。

「もしも、うちの工場で鍵を複製したとしたら、翌朝出勤してから帰るまでの間ということになりますよね？　その間は……」

「被告人は、質問されたこと以外、よけいな発言はしないように」

石川検事は、あわてて発言をやめさせようとした。

「いや、裁判所としては続きを聞きたいですね。被告人、続けてください」

左陪席の井沢七子判事補が身を乗り出し、石川検事を遮った。

石川検事は、むっとした様子で押し黙る。

「はい。もしうちの工場で鍵を複製したのなら、翌朝出勤してから帰るまでの間ということになりますが、その間はずっと仕事が詰まってるんで、関係ないことなんかしていたら、先輩に怒られます」

日高英之は、左陪席をじっと見つめて、石川検事に答えるときとは打って変わった爽やかな声音で話した。

井沢七子判事補も、うなずきながら聞いていたが、うっすらと微笑みすら浮かべているようだった。

「それに、鍵の複製装置があったとしても、倉庫の中なんで、わざわざ引っ張り出してきて、電源を入れたり、メンテをしたりしなければなりません。そんなことをやってたら、絶対に、咎められたはずです」

「なるほど。そうでしょうね」

井沢七子判事補は、日高英之の答えに満足したようだった。

「検察官は、被告人の答えに対して何かありますか？」

石川検事は、いかにも不機嫌な表情だった。その様子は、ただただ言いがかりを付けようとしているように映る。

「昼休みは、どうですか？」

日高英之が答えようとしたとき、遮って、なおも質問を被せる。

「被告人の工場では、昼休みはどのくらいの長さですか？」

「二十分です」

短さに、どよめきが起こった。日高英之の職場は、かなりブラックだったらしい。

「二十分？　しかし、それだけあれば、鍵を複製することはできますよね？」

「飲まず食わずでやったとしても、倉庫から機械を出してきて、作業して、片付ける時間まで考えたら、無理です」

日高英之の口調には怒気が籠もっていたが、石川検事より、工場の労働条件に対するものという感じがした。

「それ以外にも、細かい休憩はあるでしょう？　その時間に、少しずつ作業を進めることは、できたんじゃないですか？」

「細かい休憩なんか、いっさいありません」

日高英之は、切り口上で言った。

「一日中、車検がぎっしり詰まってますから。残業が禁止なので、時間内に終わらせるのは、ほとんど神業に近かったです」

法廷内には、何とも言えない嫌なムードが広がった。

我々の社会が、高齢者の既得権益を守るために、劣悪な労働環境によって若者を食い潰している実態が、あらためて意識されたからである。

「なるほど。そういうことなら、職場で鍵を複製するのは難しかったかもしれません」

石川検事は、私は認めるべきところは認めますよと、公正さをアピールするように言う。

「でも、鍵屋さんに頼んだ場合は、ものの数分でやってくれたはずでしょう。違いますか？出勤前か退社後かに、そうする時間は充分あったはずだ」

それならば、最初からそう言っていればいいのにと、謙介は呆れた。日高英之が自分で鍵を複製したという、いかにも検察に都合のいいシナリオに色気を出したばっかりに、カウンターパンチを食らう羽目になったのだ。

フジエダ・カー・ファクトリーの労働条件も、調べれば簡単にわかったはずである。

鍵業者を使ったというのなら、どの店に出したのか、せめて、どの店になら出せたのかを、明らかにすべきだろう。

「私は、そんなことはしていません」

日高英之は、堂々と答える。

「でも、時間はあった。そうですね？」

「時間があったかどうかは、わかりません。やろうと考えたこともないので」

「否定はできないということですね。では、次の質問に移ります」

石川検事は、自分は負けていないとばかり強情に言い張った。

「被告人は、平沼精二郎さんが亡くなった場合、全財産を自分が相続することになると知っていましたね？」

「……他に、身寄りがいませんから」

「知っていたんですね？　そうなら、知っていたと答えてください」

「相続人であることは知っていましたが、遺言があるかもしれませんでしたから」

「しかし、結局、遺言はなかったわけですよね？」

「そのようですが、よくわかりません」

日高英之は、疲れたように言った。

結局、検察官の反対尋問は、どこまでも平行線のまま終了した。

「では、弁護人。再主尋問があれば、どうぞ」

本郷弁護士が立ち上がった。

「先ほど、被告人に、令和＊年十一月三日午後十時頃、東京都○○市××町一丁目十三番地にある叔父平沼精二郎宅を訪れたかどうかお聞きしました。それに対し、そういう事実はないと明言しましたね？」

日高英之は、「はい」と答えた。さっきまでと比べて、やはり表情は柔らかい。あきらかにリラックスしているようだ。

「それでは、その時間帯、被告人はどこで何をしていましたか？」

日高英之は、少しためらってから答える。

「友達と一緒でした」

「友達というのは、あなたの恋人である女性のことですね？」

「はい」

「一晩中？」

「そうです」

法廷内が、少しザワついた。

謙介は、千春を見やった。恥ずかしいのか、耳が赤くなっている。他の傍聴人が気づかないようにと謙介は祈った。

「その人の名前を教えてください」

「それは」

日高英之は、ためらいを見せた。

「やっぱり、ちょっと」

「その人は、あなたのアリバイを立証するために、あえて名前と顔をあきらかにしてもいいと言っていますが」

「そうなんですか」

日高英之は本当にそのことを知らなかったのだろうか。迷っている様子は、とても演技とは思えなかった。

「わかりました。大政千春さんという方です」

傍聴席の記者たちが、一斉にメモを取る。裏を取るためか、数人が退席した。

「次回公判では、大政千春さんを証人とするよう申請します」

本郷弁護士の申し立てに関し、裁判長に意向を訊かれると、石川検事は、「しかるべく」と答えた。

これで、次回は、いよいよ千春が証言席に立つことが決まった。

謙介が、また千春の様子を見ると、さっきまでは耳が赤かったが、今は逆に蒼白だった。

「被告人は、平沼精二郎さんに対し、殺意を抱いたことがありますか？」

「いいえ」

弁護人質問は、ほとんど無風のまま終わり、第一回公判は終了した。

次回公判は、一週間後である。

# 11

公園のベンチに座っていると、日差しがぽかぽかと暖かく、眠気が差してきた。

垂水謙介は、あくびをしかけたが、千春の方を見て口を閉じる。

千春は、ずっと思い詰めた顔で立っていた。

次回公判では、証人として法廷に立たなくてはならないので、今から、そのプレッシャーに押し潰されそうになっているようだ。自分の証言によって恋人の運命が左右されるのだから、無理はないだろう。

千春が、公園の入り口の方を見て、はっとした表情になった。謙介も視線を向ける。

赤ん坊を抱いた三十代前半くらいの女性が、こちらに向かって歩いてくる。たぶんそうだと思っても、むやみに声はかけられない。だが、彼女の方が、しっかりとこちらを見ているので、間違いないだろう。

「沢村美羽（さわむらみう）さんですか？　お電話した垂水と申します」

謙介が立ち上がってそう言うと、女性は、無言で頭を下げた。

「こちらは、大政千春さんです」

千春も、少しだけ緊張が解けたような顔で挨拶する。

「どうぞ、ベンチにおかけください」

赤ん坊を抱いている美羽を気遣い、謙介は座ることを勧めたが、美羽は首を横に振った。

「立ってた方が、この子が泣きませんから」

そう言いながらも、休むことなく赤ん坊を揺すっている。

「それでは、立ち話で恐縮ですが」

謙介と千春は、少し間隔を開けて美羽の左手に立った。通行人が見ても、母子と知り合いとしか思わないだろう。

「可愛いですね。いま、何ヶ月ですか?」

千春が、赤ん坊を見て、にっこりと微笑む。赤ん坊も、人懐っこく笑みを返した。

「十ヶ月です」

美羽も、笑顔で答えた。

「今日は機嫌が良いんで、ラッキーです。いったん泣き出すと、もう、どうやっても泣き止まなくて」

「たいへんですね」

謙介も、ぎこちなく笑顔を作った。

「沢村さんは、石田うめさんのお孫さんということですね?」

「はい」

石田うめの名前を聞いたとたんに、美羽は真顔になる。

「ご家族には、辛い思い出でしょう。ですが、どうしてもお伺いしたいことがありまして」

「かまいません。何でも訊いてください」

美羽は、きっぱりと答える。

進んで話してくれる理由はわからないが、このチャンスを逃す手はない。

「石田うめさん――お祖母さまが亡くなられたのは、今から十五年前でしたね」

どこに切り口を見つけようかと考えながら、謙介は話し出した。

「当時、お祖母さまは一人暮らしで、沢村さんのご家族は離れて生活していたんですね？」

「そうです。父が勤めていた会社が、新宿区にありましたから」

美羽は、答えながら、ずっと赤ん坊に視線を向けていた。

「お祖母さまには、仕送りをされていたんでしょうか？」

美羽は、何を言ってるんだというように、謙介を見た。

「とんでもありません。うちには、仕送りをするような余裕は、いっさいありませんでした。父がギャンブルや浮気で給料の大半を使い込んで、生活費もままならない状態でしたから」

吐き捨てるような口調だった。赤ん坊が、険悪な様子を感じ取って笑みを消すと、美羽は、あわてて笑顔に戻る。

「うちの方が、ピンチになるたびに祖母に援助を頼んでいました。祖母は、父の母親ですが、母とわたしたちのことを気にかけてくれていましたから」

「では、石田うめさんは、ある程度、生活に余裕があったということですか？」

「そうだと思います。それなりに、蓄財していたみたいで」

美羽は、言葉を濁す。

「町の人にお金を貸したりもしていたとか」

「貸金業を営んでいたということですか？」

謙介が訊ねると、美羽はかぶりを振った。

「登録っていうんですか？　そういうのはしてませんし、金利だって違法だったみたいです。知り合いが困ってたとき、少額を融通して形ばかりのお礼をもらったのが、きっかけらしいんですが」

美羽は、話し出して吹っ切れたのか、他人には知られたくないだろうことも話してくれる。

「すると、次々にお金を貸してくれという人が現れて断れなくなり、きちんと金利をもらって貸すことにしたみたいです」

貸金業法の規制をかいくぐっていたとすれば、要は、ヤミ金ではないか。石田うめさんは、殺人事件の被害者で可哀想なお婆さんだと思っていたが、かなりイメージが変わってきた。

「でも、それだったら、貸し倒れが多くて困ったんじゃないですか？」

返済が滞っても、老婆が一人で取り立てるのは至難の業だっただろう。

「借り手はみな町の人で、顔見知りでしたから。焦げ付いたら、町の顔役の人が間に入って、話し合いで解決したみたいです。祖母に、もう貸すのは止めるって言われると、町の人たちが困りますから」

だとすると、石田うめさんが金を持っていたことは、町では周知の事実だったことになる。ある意味、いつ狙われてもおかしくない状態だったのかもしれない。

千春が、チラリとこちらを見た。たぶん同じことを考えていたのだろう。

「じゃあ、石田うめさんは、かなりの遺産を残されたんですか？」

美羽は、苦い顔で首を横に振った。

「いいえ。祖母は、相当な額のお金を貯めていたはずなんですが、家の中に残っていたのは数百円程度でした」

「お金がなくなっていたことは、警察には話したんですか？」

「元々いくらあったのかもわかりませんし、だいたい、違法に儲けたお金ですから」

美羽は、どうでもいいという調子で言う。

「借用証なんかは、残ってたんですか？」

千春が、遠慮がちに口を挟む。

「いいえ」

美羽は、赤ん坊をあやしながら言った。

「残されていても、かえって困ったでしょうけどね。……全部、後から母に聞いた話ですけど」

だとすると、石田うめさんを殺した犯人は、金を奪うことと、借金を帳消しにするという、二つの目的があったのかもしれない。

「もしかして、お金を借りていた人の中に、平沼康信さんの名前はありましたか？」

どうせわかるはずがないと思い、謙介は、ダメ元で訊ねる。

「いいえ」

驚いたことに即答だった。

「平沼さんは、祖母の家の修理をしてくれたり、いろいろ気に掛けてくれた人だったんです。わたしも、一、二度、祖母の家で会ったことがありますけど」

顔見知りだったとは知らなかった。

「優しいだけじゃなくて、欲のない人でした。雨樋か何かを直してもらったときに、祖母が、お礼を渡そうとしたんですが、平沼さんは断ったんです。そんな人が、借金なんかするはずがありません」

「なるほど」

たいした根拠ではないものの、それなりに説得力がある。

「平沼康信さんは、お祖母さまを殺害したという容疑で逮捕されて、有罪になりましたが、そのことはどう思われますか？」

「ありえません！」

美羽は、言下に否定する。

「あんなに優しい人が祖母を殺すなんて、とても考えられません。絶対に違います。まして、お金を盗むためだなんて！」

美羽の語気が激しくなった。

「警察は、真犯人を捕まえられなかったから、平沼さんをスケープゴートにしたんです」

やはり、そう思うのか。

謙介が見ると、千春もうなずいていた。

「では、平沼精二郎さんという人のことは、ご存じですか？」

てっきり知らないと言われると思ったが、美羽はうなずいた。

「祖母に借金をしていた人たちの中で、一番タチが悪くて、しょっちゅうトラブルを起こしていた人です。祖母が母にこぼしてたのを聞いたことがありますが、平沼さんの弟だというのが信じられないって言ってました」

青木佳澄のアリバイ証言があったにせよ、警察は、どうして、もっとちゃんと平沼精二郎を調べなかったのか。

沢村美羽から話を聞けて、かなりの収穫があったと思う。しかし、本当に聞きたいことは、まだ他にあった。

「沢村さんのご家族は、お祖母さまから、ときおり家計を援助してもらっていたということでしたね」

謙介は、慎重に訊ねる。

「お祖母さまが突然亡くなってしまい、しかも遺産も見つからなかったということになると、いろいろ困ることがあったんじゃないですか？」

美羽は、うなずいた。

「困ることがあったどころじゃありませんよ。その月から、いきなりピンチになったんです。祖母の葬儀も出さないといけませんでしたし、妹の給食費も払えなくなってしまい、万が一に備えて母が必死に貯めていたお金も、吹っ飛んでしまいました」

美羽は、しみじみと言い、次の瞬間には、赤ん坊にとびきりの笑顔を向けた。

「それで、どうされたんですか？」

「半年ほどは、地獄だったみたいです。母は、わたしたち姉妹を道連れに心中することまで、考えたみたいですから」

美羽は、遠い目をして言う。

「失礼ですけど、そのとき、お父様は、どうしておられたんですか？」

どうしても黙っていられなくなったらしく、千春が訊ねる。

「本当に凄いタイミングだったんですけど、父はいませんでした」

美羽は、淡々と答えたが、表情には怒りが表れていた。

「会社の金を使い込んだ挙げ句、浮気相手と一緒にいなくなったんです。前の月のことでした。どっちみち家にはお金を入れてくれませんでしたから、いてもいなくても同じでしたけど」

「じゃあ、さぞかしお困りでしたね」

謙介の質問に、美羽は、うなずいた。

「でも、祖母の死からちょうど半年たった頃、奇跡が起こったんです」

謙介と千春は、黙って続きを待ち受けた。

「うちの口座に、匿名の送金があったんです。十万円でした」

美羽は、複雑な表情だった。

「それから毎月、お金が送られてきました。去年の十月まで十四年間にわたって」

ということは総計で一千七百万円近くになる。

「しかし、匿名で振り込むことはできないと思いますが？」

謙介は、訊ねた。

「送金主の名前は、偽名というか記号でした。……ＦＡＢ１というんですけど」

スペルを聞いて、千春がさっそくスマホで検索を始める。

「じゃあ、その匿名の方の送金のおかげで、ご実家は助けられたわけですね？」

「もちろん、そうです」

美羽は、言葉とは裏腹にうつむいた。

「母は、その前も後も懸命に働いていました。たった十万円と思われるかもしれませんけど、わたしたちには、すごく大きかったんです。おかげで、わたしは大学へ行かせてもらいました。人並みに楽しい青春時代も過ごすことができました。……でも」

「でも？」

「その当時は、心の底から感謝していました。何もわからなかったので。誰か篤志家の方が、見るに見かねて援助してくれたんだろうって思って。ですが、わたしも大人になりましたから、さすがに今はそうは思っていません」

美羽の表情は、硬かった。

「世の中には困っている人は山ほどいます。わたしたち一家を助けようと思ってくれる人は、わたしたちを知っている人です。そして、十四年間もお金を振り込んでくれる人がいるなら、それは、何か理由があるからだと思います」

「それは、どういう理由でしょうか？」

謙介の質問に、美羽は、暗い目で答える。

「たとえば、祖母を殺した人が、贖罪のためにお金を振り込んできたとしたら……わたしは、そんなふうに想像しています」

援助してくれる人に対する想像としては、およそ最悪のものだろう。

しかし、あながち間違っていないかもしれないのが厄介なところだった。

「そのことは、警察には？」

「言うわけないじゃないですか！」

即答だった。

「早いうちにそのお金が途絶えていたら、わたしたちは生活ができなくなったんですよ？　警察が真犯人を捕まえたとしても、それでお金が戻ってくる保証はありませんし」

祖母を殺害された恨みがあっても、正義のために生活を犠牲にすることはできないだろう。

だが……。

「もし、その情報があれば、警察は真犯人の存在に気づけたかもしれません」

残酷だと思いつつも、続ける。

「平沼康信さんの冤罪は防げたかも……」

美羽は、謙介をきっと睨んだ。

「冤罪事件が起きたのは、わたしたちのせいだとおっしゃるんですか？」

母親の気持ちの変化を感じ取ったらしく、赤ん坊がぐずり始めた。

「いや、けっして、そういうわけでは」

しまったと、謙介は思う。

せっかく進んで話してくれていたのに、彼女は、これでいっぺんに心を閉ざしてしまうかもしれない。

「冤罪は、もちろん警察や検察の責任です。ですが、何か平沼康信さんを救う方法はなかったかと考えていたので、つい口が滑ってしまいました」

謙介は、深々と頭を下げた。

美羽は、しばらく赤ん坊をあやしていたが、再び口を開いたときは、むしろ反省するような態度になっていた。

「送金が犯人からだというのは、ただのわたしの想像です。……だけど、たしかに、警察か、せめて、平沼さんの弁護士さんには知らせるべきだったと思います」

何と答えたらいいかわからず、しばらく、沈黙が訪れた。

「それでは、送金のことは、法廷で証言してもらえますか？」

謙介が水を向けると、美羽は首を傾げた。やはり、黙って金を受け取っていたことを知られたくないのだろうか。

しかし、ややあって出てきたのは、意外な言葉だった。

「だけど、そのことを証言したら、かえってマズいんじゃないですか？」

「と言いますと？」

「もしかしたら、日高英之さんの弁護には、マイナスになるんじゃないかと思って」

千春が、横でうなずいているのが見えた。

「それは、平沼精二郎さんを殺害する動機になりうるからということですか？」

「ええ」

「すると、沢村さんは、平沼精二郎さんが、お祖母さまを殺害した真犯人だと思われているんですね？」

千春が、口を挟んだ。

「それは、わかりませんけど」

美羽は、言いよどむ。

「ですけど、もし日高さんが無実だったら、有罪にはなってほしくないんです」

なるほど。彼女の気持ちはよくわかると謙介は思った。

「親子二代で冤罪の犠牲者になるなどという事態は、私たちも絶対に防がなければならないと思っています」

謙介は、少しでも美羽の思いに寄り添おうとして、言った。

彼女らが黙っていたばっかりに、平沼康信が冤罪に陥れられたとして、今度は話したせいで、息子まで冤罪の犠牲者になったのでは、気持ちのやり場がないだろう。

だが、美羽は、かすかにかぶりを振った。

「もちろん、平沼康信さんのことは、本当に申し訳なかったと思います。でも、そのこととは別なんです」

どういう意味だろうか。謙介が測りかねていると、はっとしたように千春が訊ねる。

「沢村さんは、英之――日高にお会いになったことがあるんですか？」

まさかと思ったが、美羽は、うなずいた。

「会いに来られたんです」

「いつのことですか？」

謙介は、驚きのあまり、詰問口調になっていた。

「一昨年だったと思います。たしか、夏頃に」

美羽は、あたかも思い出す儀式のように、赤ん坊の頭に額をくっつけた。

「うちに電話があったんです。平沼康信の息子ですと名乗られました」

「ですけど、警戒はしなかったんですか？　つまり、お祖母さまを殺害した犯人の息子ということですよね？」

千春が訊ねると、美羽はうなずいた。

「もちろん、すごく驚きましたし、怖いと思いました。平沼康信さんは刑務所で亡くなったと聞いてましたので、もしかしたら、逆恨みという可能性もあるかなと思って」

美羽は、訥々（とつとつ）と語る。

「ですけど、声を聞いていて、そうじゃないと思ったんです。すごく真剣で、真実味のある声でした」

日高英之の声や雰囲気には、どこか女性を信用させる要素があるのかもしれない。

「日高さんは、お父様は犯人じゃないって言いました。真犯人は他にいると。それで、会ってみようと思ったんです」

記憶が、鮮明によみがえってきたようだ。

「ホテルの一階のカフェで待ち合わせをしたんです。万一の場合、少しでも人が多いところの方がいいと思って」

謙介は、黙って続きを待つ。

「日高さんは、想像した通りの人でした」

美羽は、まるで、推しのアイドルについて語っているような表情だった。

「わたしに対して、自分の意見を押しつけるような部分は、いっさいありませんでした。ただ、真摯な態度で、お父様は無実だって、ひたすら訴えられたんです」

「無実だという根拠は、具体的に何か言っていましたか？」

謙介が訊ねると、美羽は、首を傾げた。

「具体的にって……。証拠のようなものは、特にありませんでしたけど」

美羽は、記憶をたぐっているようだ。

「でも、そういえば、犯行時刻のちょっと前に、平沼康信さんは、ペンキ塗りをしていたって言ってました」

「ペンキ塗り？」

どういう意味があるのかと思う。

「ペンキを混ぜて——調色っていうんですか、色を作ってから、刷毛で塗るそうなんですが、作業が終わるまでには、けっこう時間がかかるんだそうです」

「じゃあ、犯行時間に、アリバイがあったということですか？」

謙介は、少し色めき立つ。

「いいえ。あくまでも、その時間のちょっと前に、平沼康信さんが作業に取りかかったのを、日高さんが見たということです」

「それでは、残念ながら、何の証明にもなりませんね」

謙介は、がっかりして言った。今の話も、裁判の資料を見る限り、公判で主張されたことはないはずだ。

「でも、平沼さんは、一度作業に取りかかると、中断することはめったになかったそうです。特にペンキ塗りは、乾く前に一気にやってしまわないといけないそうで、途中で乾かすときも、片時も離れず傍に付いていたって言ってました」

なるほど。日高英之にしてみれば、父親が無実であると信じるに充分な材料だろう。殺人が偶発的だったにせよ、計画的なものだったにせよ、ペンキを塗りかけてからわざわざ中断して、石田うめさんを訪ねるとは考えにくい。

とはいえ、犯行時刻の直接のアリバイではない上に、目撃したのが幼い少年であり、しかも被疑者の息子ということなら、証言の価値はほとんどなくなってしまう。

「警察は、日高さんの証言を無視したそうです。弁護士さんも証言させてくれなかったって」

「それは、なぜですか？」

「平沼康信さんが、息子さんを証言台に立たせることを頑なに拒否したそうです」

後で本郷弁護士に訊いた方がたしかだろうが、謙介は、気になったために質問する。

なるほど。さもありなんと思う。

「わたしは、日高さんの言葉を信用します。あの人は、絶対に嘘はついていませんでした」

美羽は、きっぱりと言う。

「それに、ペンキ塗りのことだけじゃなくて、平沼康信さんは絶対に人を殺したりしないって、日高さんは断言していました。わたしも、そういう印象を持っていました」

沈黙が訪れた。心証としては、多くの人が同じような感想を抱いていたに違いない。だが、裁判において、単に善人だと信じることは、ほとんど意味を持たない。

「では、英之は、あなたにお父さんの無実を信じてほしくて伺ったんですか？」

千春は、どうしても納得がいかないような表情だった。

「いいえ、それだけじゃありません」

美羽は、ぽつりと言う。

「日高さんは、祖母が亡くなった後のことについて、訊きたいようでした」

「後のことと言いますと？」

謙介は、首をひねる。

「どこからか、援助のようなものがなかったのかって……」

謙介は、呆気にとられた。

「待ってください。日高くんは、どうして、そのことを知っていたんでしょう？」

「それは、わかりません」

美羽は、静かに首を横に振る。

「で、送金のことは話したんですか？」

「ええ。匿名の送金があったと言いました。でも、日高さんは、特に驚いた様子はありませんでした」

あらかじめ、知っていたのか。それとも想像していただけだろうか。

「もう一つ、伺いたいんですが」

謙介は、慎重に訊ねる。

「日高くんは、そのとき、平沼精二郎さんのことを何か言ってませんでしたか？」

「いいえ」

美羽は、素っ気なく首を横に振った。

「ただ、日高さんは、真犯人が誰なのか、わかったようでした」

美羽の言葉に、謙介は耳をそばだてた。

千春も、敏感に反応した。ウサギのように身体は動かさずに耳だけ動かしたと錯覚するほどだった。

「どうして、そう思われたんですか？」

「……何というか、そう感じたんです」

美羽は、自分でも説明できないことに困惑しているようだった。居住まいを直し、赤ん坊を少し高い位置に抱き直した。

「送金について説明すると、急に顔色が変わったっていうか……目の光が鋭くなったみたいに感じたんです」

「だけど、送金があったことは、おおよその見当が付いていたんでしょう？」

聞いていて、我慢できなくなったらしく、千春が訊ねる。

「うーん、そうですね。……あっ、そうだ。送金主の名前が、『ＦＡＢ１』だって、わたしが言ったときだと思います」

日高英之は、その名前から、一瞬にして何かを感じ取ったらしい。「ＦＡＢ１」とは、何のことだろう。

謙介は、どこかで聞いたことがないかと、記憶をたぐった。

だが、思い出せたことといえば、英国王室で、ウィリアム王子夫妻とヘンリー王子夫妻が、「ＦＡＢ４」と呼ばれていたことくらいだった。「素晴らしい四人（ファビュラス４）」の略らしいが、今では、彼らをそう呼ぶ人はほぼ皆無だろう。

質問が終わり、沢村美羽にお礼を言って、公園を出ると、千春がスマホの画面を見せた。

「サンダーバード？」

謙介は、はっとした。

「わたしは知りませんけど、垂水さんの世代ならリアルタイムで見てたんじゃないですか？」

「さすがに、そんな年じゃないよ」

謙介は、むっとする。

「ＦＡＢ１」は、英国の特撮人形劇に登場する車の名前で、日本では、「ペネロープ号」という名前で知られているらしかった。『サンダーバード』は、「国際救助隊」という架空の民間組織の活躍を描く群像劇なので、美羽の一家を助けるという意味かもしれない。

問題は、「ＦＡＢ１」がロールスロイスをベースにしたスーパーカーであることだ。「ＦＡＢ１」氏が、車好きであることは、おそらく間違いないだろう。

## 12

第二回公判は、前回以上の注目を集めたため、傍聴席は大入り満員だった。

弁護側の最初の証人は、フジエダ・カー・ファクトリーの社長、藤枝淳である。

藤枝が宣誓をすると、本郷弁護士が質問に立つ。

「あなたは、亡くなった平沼精二郎さんとは、友人だったんですね？」

「はい、長い付き合いでした」

藤枝は、掠れ声で答える。緊張しているのではなく、喉を痛めているような声だった。

「被告人、日高英之の勤めるフジエダ・カー・ファクトリーの社長さんですね」

「はい。日高くんは、平沼さんから頼まれ、うちに入社してもらいました」

藤枝は背が低く、色黒の顔は皺だらけで、ギョロリとした目が特徴的だった。

「勤務ぶりは、どうでしたか？」

「それはもう、たいへん優秀ですよ」

藤枝の声が、少し大きくなった。

「とにかく、頭がいいです。それに、骨身を惜しまずよく働くので、平沼には、よく紹介してくれたと礼を言ったくらいですよ」

「なるほど」

本郷弁護士は、満足げにうなずく。

「それでは、平沼精二郎さんについて伺います。平沼さんの愛車であった、ポンティアック・ファイアーバード・トランザムは、しばしばランオンを起こしていたようですが、そのことはご存じですか？」

「もちろんです。うちが紹介して売った車ですから」

藤枝の顔は見えないが、たぶん残念そうな表情を浮かべているのだろう。

「平沼精二郎さんは、古いアメ車には詳しかったようですね？」

「はい。かなりのマニアだったと思います。私も知らないような知識もありました」

「それにもかかわらず、被告人の証言によれば、平沼精二郎さんは、トランザムがランオンを起こしたのに気づかず、うっかり車を離れてしまったと言ったことがあるそうですが、それは事実なんでしょうか？」

本郷弁護士は、核心に切り込んだ。

「はい、事実です。平沼がそう言ったのを聞きました」

藤枝は、あっさりと認めた。

「それは、いつ、どこででしょうか？」

本郷弁護士の確認に対しても、すらすらと答える。

「一昨年だと思いますが、日時までは覚えてませんな。場所は、『フリス』です」

「中島朋哉さんが経営するバーですね」

本郷弁護士は、自ら補足した。

「その場には、他に誰がいましたか？」

「日高くん――被告と、中島マスターです。三人で平沼の話を聞いていました」

藤枝は、落ち着いた態度だった。おそらく、裁判員たちも信頼できる証人だと判断したことだろう。

「一昨年の、しかも酒を飲みながらした話を覚えていたのは、なぜですか？」

「そりゃあ、心配になったからですよ」

藤枝は、何を当たり前のことを訊くんだという口調だった。

「昔から平沼のことを知っている人間には、ランオンを起こしたのに気づかなかったなんて、とても信じられませんでしたね。しかも、あいつの家は、ガレージの真上に寝室があったんで、万が一のことも考えられましたし」

「すると、今回の事故について、予見されていたわけですね？」

本郷弁護士は、「事故」という言葉を使って、裁判員たちの印象を操作する。石川検事は、特に異議は唱えなかった。

「まあ、そうですね」

藤枝は、顔をしかめた。

「そのときも、気をつけろって、みんなで注意してたんですが、本当に残念なことに、最悪の事態となってしまいました」

藤枝は、嘆息する。

「しかし、平沼さんは、なぜランオンに気がつかなかったんでしょうか？」

本郷弁護士は、いかにも不思議だというトーンで訊ねる。石川検事による反対尋問に備え、あらかじめ証言の穴を潰しているらしい。

「そりゃ、耳が遠くなったからですよ」

藤枝は、今度も当然だという口調で言う。

「もともと注意力が散漫なところがありましたし。ふだんは特に支障はありませんでしたが、何か考え事に夢中になっているときなんかは、よくポカをやってました」

藤枝は、掠れ声でも滔々と話した。

「ポカというのは、囲碁や将棋などでやる、うっかりミスというくらいの意味ですね」

本郷弁護士は、裁判員たちがわかるように解説した。

「平沼さんは過去に、どういうポカをやったんでしょうか？」

「いろいろです。うちへ来たとき、つまみがないというので、卵を水の入ったコップに入れて電子レンジにかけ、大爆発したということもありました」

法廷内に、笑いのさざ波が広がった。

「そうですか。耳が遠くなったというのは、どうしてなんですか？」

「年のせいもあるでしょうが、酒量は若いときのままで、煙草もスパスパ吸って、車の中では大音量で音楽を流したりしてましたから」

酒やタバコは突発性の難聴を悪化させると、謙介は聞いたことがあった。

「平沼精二郎さんは、『フリス』というお店の常連だったんですか？」

「はい。私は週三くらいで行ってましたが、平沼はいつも来ていました」

「なるほど。相当な酒好きだったようですね？」

「……やっぱり、少し心配でしたね。平沼は、ちょっと破滅志向があったんで」

「破滅志向？」

本郷弁護士は、眉を上げる。

「それは、どういうことでしょうか？」

「どこか、どうなってもかまわないと思っているようなところがありましたね」

藤枝は、顔をしかめた。

「これはちょっと言いにくいんですが一、二杯飲んだだけのときは、そのまま車で帰ることもよくありました」

「平沼精二郎さんは、飲酒運転の常習者だったということですか？」

本郷弁護士は、驚いたように声を上げる。石川検事と比べると自然だったため、それなりに効果はあったようだ。

「常習者と言ったら、そうですね」

藤枝は、困ったように頭を掻く。

「平沼は酒が強かったので、少々では運転に支障は出ませんでしたが、これは危ないと思ったときは、車を置いて帰るか、運転代行を頼むように説得してたんですが……あまり言うことを聞いてくれませんでしたね。家がけっこう近かったので」

一応説得はしたというスタンスらしい。

「一度、日高くん——被告人に電話をして、迎えに来てもらったこともありました」

「なるほど。それでは、そのときのことは、後ほど伺いたいと思います」

本郷弁護士は、手元の書類にボールペンで何かを書き込む。どこか自信ありげに見えた。

「証人が先ほど言われた破滅志向について、もう少し具体的に、お聞かせください」

藤枝は、落ち着かない様子だった。

「何というか……あまり人生に執着がないということは、よく言ってましたが」

石川検事が、身を乗り出して睨んでいる。質問によっては、すぐ異議を申し立てるぞという顔だった。

「それは、どうしてですか？」

本郷弁護士は、穏やかに訊ねる。

「酔っ払うとよく、人生でやりたいことは何も残っていないって言ってましたね。欲しかった車も手に入れたし、他にはもう望みはないとか」

「だったら、悠々自適の境遇ということじゃないですか？」

本郷弁護士は、なおも深掘りする。

まさか、と謙介は思う。そういう方向で、主張を展開するつもりなのだろうか。

「そうなんですが、平沼は、人生に何か重大な悔いを残しているようで。本当に、取り返しの付かないことをしてしまった、どう償っていいかわからないとも言っていました」

「どう償っていいかわからない？　それは、誰に対してですか？」

本郷弁護士の声が、少し厳しくなった。

「それは、わかりません」

藤枝は、かぶりを振った。

「何度か訊きましたが、具体的なことは頑として話そうとしませんでしたから」

法廷内には、緊迫した空気が漂っていた。ようやく、弁護側の主張がうっすらと見えてきたからだろう。

「平沼精二郎さんには、飲酒運転以外に、破滅志向を窺わせるような行動はありましたか？」

藤枝は、あっさりうなずいた。

「二、三十キロの速度超過はふつうで、豪雨の中を飛ばしたり、真冬にノーマルタイヤで峠を攻めたりすることもありました」

「すると、証人の言う破滅志向というのは、言葉を換えれば、自殺願望ということになるんでしょうか？」

石川検事が、たまりかねて立ち上がる。

「異議あり。証人を誘導しています」

「異議を認めます。弁護人は、訊き方を変えてください」

奥野裁判長が、注意する。

「平沼精二郎さんには、希死念慮があったと思われますか？」

藤枝は、ポカンとした。

「キシ……何ですか？」

「希死念慮。死にたいと思う気持ちです」

てっきりわかりませんと言うかと思ったが、今度も、藤枝はうなずく。

「それは、あったと思います」

「異議あり。意見を求めるものです！」

石川検事が、すかさず叫ぶ。

「異議を認めます」と奥野裁判長。

本郷弁護士は、丁寧に一礼する。

「質問を変えます。平沼さんが、自身の遺産と相続について話したのを、証人は聞いたことがありますか？」

「はい、あります。平沼が、日高くんに話していました」

「どんな内容でしたか？」

「平沼が亡くなれば、自動的に相続人は日高くんになる。そうなったら、すぐに相続放棄するようにと言っていました」

法廷内が、ざわつく。どういうことだろうと、謙介も思った。千春の方を見ると、なぜか、うっすらと笑みを湛えているように見えた。

「相続放棄？　それは、なぜですか？」

本郷弁護士が訊ねる。

「もし平沼の遺産を相続してしまえば、借金も一緒に背負い込むからですよ」

藤枝は、暗い顔で言う。どこか怪談師のようなトーンだった。

「借金？　平沼精二郎さんには、借金があったんですか？」

本郷弁護士は、さも初耳のように、大きく声を上げる。

「あったどころじゃありませんよ。おそらく、知り合いという知り合いには軒並み借金をしていたと思います」

「ということは、証人も、お金を貸していたわけですか？」

「はい」

法廷内のざわめきが大きくなり始めた。それが、検察側の主張する殺人の動機を真っ向から否定する爆弾発言であると、ようやく気づき始めたのだろう。

石川検事が、同僚と小声で話し合ってから、あわてた様子で立ち上がる。

「裁判長。いったん休廷をお願いします」

「質問の途中ですよ。なぜ休廷にする必要があるんですか？」

本郷弁護士は、石川検事には視線も向けず、歯牙にもかけない態度だった。

「質問内容が、事前に通告があったものとは異なっています」

石川検事は、顔が紅潮して、頭から湯気が出そうな様子だった。

「本証人は、被害者がランオンに気づかずに車を離れたという被告人の証言を立証するために呼ばれたはずです。これは不意打ちであり、公判を愚弄するものです！」

「質問の途中で重要な事実がわかれば、関連して追加の質問をするのは、当然でしょう」

本郷弁護士は、蛙の面に小便という態度だった。

「途中でわかったんじゃない！　弁護人は最初から知っていたんです！　だからこそ、遺産と相続についての質問をしたんじゃないですか？」

石川検事は、すっかりヒートアップしていた。脳の血管が切れるのではないかと心配になるほどである。

「次回からは、立証の趣旨を、あらかじめ、あきらかにするようにしてください」

奥野裁判長は、本郷弁護士を諭した。

「ですが、裁判所としては、証言の続きを聞きたいと思います」

本郷弁護士は、裁判長に一礼して、質問を再開する。

「平沼さんには、相当額の借金があったということでしたが、被告人に遺産を放棄するように言ったのは、財産より借金の方が多かったからですか？」

「そうですね。計算上は一千万円以上の赤になっていたはずです」

藤枝は、即答した。

「どうしてそうなるのか、内訳を教えていただけませんか？　まず最初に、ご自宅の評価は、どのくらいですか?」

本郷弁護士の問いに、藤枝は、かすかに首を左右に振って答える。

「平沼の家は、百五十坪の土地付きですが、リバースモーゲージの担保に入っているために、遺産としての評価はゼロです」

「リバースモーゲージというのは、金融機関が、借主の自宅を担保に融資を行って、死亡時に清算する制度ですね」

本郷弁護士は、裁判員たちにわかるように要領よく説明する。

「それでは、他の財産はどうなんでしょうか? 真っ先に思い浮かぶのは、クラシックカーのコレクションですが」

「残っている三台——ランボルギーニ・エスパーダ、アストンマーチン・ラゴンダ、ポンティアック・ファイアーバード・トランザムは、状態もかなり良く、合計で、四千万円くらいにはなると思います」

藤枝は、メモも見ずに、すらすらと答えた。

「四千万円ですか。ネオクラシックカーは、そんなに価値があるものなんですね」

本郷弁護士は、感に堪えたように言う。

「しかし、ということは、借金は四千万円以上あったということですか?」

「私が貸したのが、ちょうど四千万円です。その他の借金が、合計で一千万円を少し超えると聞いたことがあります」

藤枝の答えに、傍聴席で驚きのざわめきが起こった。

「証人は平沼さんとは親しい友人だったということですが、だとしても、四千万円は大金です。よく貸そうと思われましたね?」

藤枝は、うっすらと笑った。

「あの三台の車が惜しいと思ったんですよ。平沼が売るつもりだと聞いて、それだったらと、彼の死後に私が車を引き取る約束で貸したんです」

「しかし、他に借金があるなら、債権者間の話し合いになるんじゃないですか？」

「現在は、まだ話し合いの最中ですが、抵当権の設定登記をしていますから、最終的には私が引き取れると考えています」

藤枝は、余裕綽々という態度だった。

ということは、抵当権設定契約を結び、陸運事務所で抵当権の登録手続きをしたのだろう。そんな面倒なことをするよりも、車の名義を変更をした方が簡単なはずだが、平沼精二郎は、生きている間は自分の名義にしておきたかったのかもしれない。

「平沼精二郎さんは、今の話も被告人にしていたんですか？」

本郷弁護士は、話を戻す。

「そこまで詳しいことは言っていませんでした。ただ、マイナスになるのは確実だったので、限定承認とか、変に遺産に色気を出さず、すっぱり相続放棄しなさいと言っていました」

「それに対して、被告人は、どういう反応でしたか？」

「うなずいて、『わかりました』と。平沼の説明に納得していたようですし、日高くんは元々、遺産に興味はなかったようです」

「それでは、被告人が、遺産目当てで平沼精二郎さんを殺害したという、検察側の冒頭陳述については、どう思いますか？」

「まったく、あり得ませんね。デタラメも、いいかげんにしてもらいたいですよ」

藤枝は、辛辣に言い放つ。

「少しでも調べれば、遺産よりも借金の方が多かったことはわかったはずですがね」

法廷内に、笑い声が木霊した。

誰もが、検察官に対して嘲るような視線を向けている。その中で、石川検事は、蒼白な顔で拳を握りしめていた。

「静粛に。静かにしてください」

奥野裁判長が、うんざり顔で注意する。

「質問は、以上です」

本郷弁護士は、さっさと座ってしまった。検察側は、痛撃を食らった最悪のタイミングで、尋問を行わなくてはならないのだ。将棋で言えば絶妙の手渡しというところだろう。

「では、検察官。反対尋問をお願いします」

奥野裁判長に促されて、石川検事はようやく立ち上がった。もう少し考える時間が欲しいという顔をしていたが、大きく深呼吸をして、藤枝を睨み付ける。

「証人は先ほど、三台の車の価値が、合計で四千万円くらいだと証言しましたね？」

どこから反撃の糸口を見つけるつもりだろうと思ったが、石川検事の口から出てきたのは、意外な部分だった。

「はい」

藤枝は、言葉少なに答えて、続く質問を待ち受ける。

「しかし、その価値は、まだ不確定なんじゃないですか？　本裁判の結果次第では、評価額が上下する余地があると思うんですが？」

石川検事が何を言っているのかがわからない。法廷内に、たくさんのクエスチョンマークが浮かんでいるようだった。

「どういう意味でしょうか？」

藤枝にも、よくわかっていないらしい。

「三台のうちで、平沼精二郎さんの死の原因となった、ポンティアック・ファイアーバード・トランザムのことを言ってるんです」

激しく叩きつけるような口調だった。

「平沼精二郎さんの死因が、事故であったのか、自殺なのか、あるいは殺人なのかによって、売却価格は大きく上下するはずでしょう？　違いますか？」

藤枝は、首をひねった。

「さあ……。どうでしょうか」

「単なる事故だったとしても、ランオンを引き起こしかねない危険な車ということになるし、自殺や殺人だった場合は、心理的瑕疵が加わります。そんな不吉な車を買いたいと思う人は、ごく限られると思いますが？」

石川検事は、藤枝を威圧しているように、厳しい表情で迫った。

「心理的瑕疵ですか？」

藤枝は、ピンとこないという顔だった。

「あんまり気にしたことはありませんね。不動産とは違いますから。特に、告知をする義務もありませんし」

「告知をしない？　だとすると、あなたの自動車整備工場では、事故車を中古車と偽って売ることもあるんですか？」

石川検事は、毒を吐く。

「異議あり。証人を不当に中傷しています」

これには、本郷弁護士も機敏に反応した。

「異議を認めます」

奥野裁判長は、眉間に皺を寄せる。

「検察官は、もう少し穏当な言葉遣いをしてください」

「いや、今の質問に答えさせてください」

藤枝が、決然と言う。石川検事の暴言に、一拍遅れて怒りが込み上げてきたようだ。

「うちは中古車販売業ではありませんが、お客さんに頼まれて売買を仲介することはあります。だが、事故車を隠して売るような汚い真似は、絶対にやりません!」

「不動産とは違って告知義務がないと言ったのは、あなたですよ? そうだったら、ふつうに中古車として売ってもかまわないということになりませんか?」

石川検事も、一歩も引かない。

「まず、事故車とは、交通事故を起こしたり、水没したりした車のことです」

藤枝の方が、一歩早く冷静さを取り戻していた。

「その場合は、当然、告知する義務があります。車体が損傷を受けて、修理しているんだし、水没した場合は、エンジンにも多大な影響がありますから」

「車体に影響を与えない心理的な瑕疵は、無視してもかまわないということですか?」

石川検事は、粘っこく絡みつく。

「たとえば、練炭自殺があったような場合、法的には告知する義務はありません」

意外だったのだろう。法廷内が、ちょっとざわついた。

「あとは業者の良心にまかされますが、うちは、過去にそういう類いの車を仲介したことは、一度もありません」

「でも、証人は、平沼さんから心理的瑕疵のある車を手に入れるわけですね？　それは、告知して売るんですか？」

もはや嫌がらせのような質問だった。

「私は、当面、あの三台の車を売るつもりはありません」

藤枝は、きっぱりと言い切った。

「程度の良い貴重なコレクションですし、ポンティアック・ファイアーバード・トランザムにしても、平沼が最後に乗った車なので、私にとっては心理的瑕疵などではなく、むしろ思い出ですから」

「とはいえ、いつかは売るかもしれませんね？　それに、あなたの遺産の相続人は、いつでも売れますよね？　そうなった場合、もはや事件のことは知らないと言えるわけです。事故物件ロンダリングと同じことですよ」

「異議あり！　質問の意図がわかりません。検察官は、ただ証人を困らせています」

本郷弁護士が、立ち上がる。

「検察官。今の質問の意図は何ですか？」

奥野裁判長が、ウェリントンの眼鏡を直しながら訊ねる。

「証人が、事件か事故かによって経済的な利益を得る立場にいることを、あきらかにしたいと思っています」

石川検事は、胸を張って答える。

「本件がランオンによる偶然の事故なら、ポンティアック・ファイアーバード・トランザムの評価は、さほど変わらないかもしれません。しかし、殺人であった場合は、心理的瑕疵により毀損されることになります。つまり、証人の証言は、大きくその信用性が揺らぐことになるのです」

「それは、どの証言のことですか？　平沼に金を貸していたことだったら、借用書だけでなく抵当権設定契約書もありますよ」

藤枝が、鋭く突っ込んだ。

「証人は、訊かれたこと以外、発言しないでください」

奥野裁判長の注意に、素直に頭を下げる。

「では、その借金のことですが、あなたは、なぜ最初から警察に供述しなかったんですか？」

「訊かれなかったからです」

藤枝は、一刀両断にする。

「しかし、事件を解明する上では、きわめて重要な事実ですよ？　あなたが自ら進んで話さなかったがために、警察の判断に重大な悪影響を与えたことは否めませんが？」

「私が平沼に金を貸していたことは、平沼の事故とは無関係です」

藤枝は、不当な言いがかりを付けられて、困惑しているようだった。

「関係があるかどうかは、捜査機関が決めることです！　あなたが判断すべきことではありません」

石川検事は、嫌みたっぷりに言う。

藤枝は、無言だったが、堂々とした態度を崩さなかった。

「裁判長。公訴棄却を求めます」

本郷弁護士が、立ち上がった。石川検事は、目を剝く。

「検察側が冒頭陳述において主張した殺人の動機なるものが、まったくの事実無根であることが判明した以上、本件は棄却されるべきと考えます」

「平沼精二郎氏の遺産に関しては、不明の部分が多く、未だ何も証明されてはいません！」

石川検事は、本郷弁護士の言葉をかき消すように叫んだ。

「それでは、遺産が債務超過であることが証明された場合は、検察側は公訴を取り下げるのでしょうか？」

本郷弁護士が、辛辣に言う。

「遺産が動機であるとは、起訴状に記載しておりません」

石川検事は、苦し紛れの言い訳をする。

「しかし、冒頭陳述では、はっきりと、そう述べられていたと思いますが？」

「被告人は、自分が平沼精二郎の遺産の唯一の相続人であることを知り、殺害しようと企てるに至りました……そう言ったのです。遺産が動機であるとは言っていません」

石川検事は、冒頭陳述要旨を睨みながら、強引きわまりない抗弁を試みた。傍聴席からは、くすくす笑いが起こる。

「検察官。それは通りませんよ」

奥野裁判長が、さすがに腹を立てたように釘を刺した。

「遺産が目的でなければ、被告人の動機は何だったのですか？」

「それについては、次回公判で明らかにしたいと思います」

「訴因を変更するということですか？」

「動機については、起訴状には記載しておりませんので、訴因変更にはあたらないものと思料します」

石川検事は、必死に強弁する。

「被告人が、被害者を殺害した行為があきらかである以上、たとえ動機が異なっていたとしても、公判は維持されるべきものと思料します」

裁判官たちは、鳩首会議を始めた。

# 13

「石川検事の顔を見ましたか？」

本郷弁護士は、愉快そうに笑った。

「あのまま法廷で憤死しても、おかしくないと思いましたよ。残念ながら、そうはなりませんでしたが」

弁護士としてはあまりに不謹慎な発言だった。よほど馬が合わないらしい。

「これで、裁判は終わるんでしょうか？」

千春が、期待を込めた顔で訊ねる。

「いいえ。石川検事が予告した通り、次回は、何か別の動機を出してくるだろうと思います。まあ、検察側の主張が変遷するのは珍しいことじゃありませんよ」

千春は、がっかりしたようだった。

「それより、証言は次回公判へ持ち越しになりましたけど、よろしくお願いします。やはり、あなたの証言に懸かっている部分が大きいと思いますから」

千春は、しっかりとうなずいた。

末廣さんが、三人にお茶を出してくれた。謙介は、一口飲んでから、気になっていたことを質問する。

「検察は、どんな動機を出してくるつもりなんでしょうか？　想像もつかないんですが」

本郷弁護士は、湯飲みを握ったまま、しばらく黙っていた。

「……説得力のある動機となると、おそらく恨みの線でしょうね」

「どんな恨みがあったというんでしょう？」

「恩人ではあったが、ひがみ根性から一方的に恨みを募らせていた。そんな脆弱な動機では、公判は維持できないでしょう。藤枝さんたちに関係が良好であった旨を証言してもらうこともできますし」

「じゃあ、まさか」

謙介が思わずつぶやくと、千春が見た。

「その、まさかですよ」

本郷弁護士は、歯を見せた。

「もし、平沼精二郎氏が十五年前の事件の真犯人であったとすれば、日高くんには強い動機が生まれます」

「あれは冤罪だったと、検察自らが主張するんですか？」

謙介は、茫然としていた。まさか、これが日高英之の最初からの狙いだったのか？

「いやいや、口が裂けても、向こうから冤罪とは言いませんよ。日高くんが、そう思い込んで犯行に及んだと主張するつもりなのでしょう」

検察としては、本来、十五年前の冤罪事件には触れたくもないはずである。だが、まんまと弁護側の罠にはまり、そうせざるを得ない状況に追い込まれてしまったのだ。

「でも、英之が、ただの思い込みで殺人を犯したなんて、いくら何でも説得力がないと思うんですけど」

千春が、顔をしかめて言う。

「その通りです。本気で平沼精二郎さんが真犯人だったと主張するつもりならば、状況証拠を積み上げれば、そこそこの信憑性は生まれます。しかし、真犯人ではなかったが、日高くんが勝手にそう思い込んだというのは、さすがに無理筋でしょう」

本郷弁護士は、余裕たっぷりな態度だった。ひょっとしたら、こうなることもすべて計画の内だったんじゃないかと、邪推したくなる。

「たぶん検察は、動機については可能性をにおわせるくらいで、お茶を濁すだろうと思います。犯行が証明できれば、多少動機が曖昧なままでも有罪に持ち込めると思っているのでしょう。石川検事は、大量の事件を流れ作業のように処理するのは得意ですが、詰めが甘い。今回は、たぶん、それが致命傷になると思いますよ」

「だとしても、平沼精二郎さんが真犯人だと思い込む根拠が必要になるんじゃないですか？検察は、どこにそれを求めるつもりなんでしょう？」

謙介は、疑問をぶつけてみた。

「警察は、事件より前の日高くんの行動についても、詳細に調べ上げているはずです。彼が、多田佳澄さんと沢村美羽さんに会っていることが、平沼精二郎さんを疑っていたという根拠になるかもしれません」

そこが、弁護側の弱点になるのか。

たしかに、同じように二人から話を聞いた後は、謙介も、平沼精二郎が真犯人だったのではという心証を抱いていた。

「でも、こちらは、どういう方針で弁護するんですか？」

千春が、心配そうに訊ねる。

「弁護側としては、二通りの戦術が考えられると思います」

本郷弁護士は、父親のように慈愛の籠もった眼差しで千春を見た。

「一つ目は、平沼精二郎さんが犯人であることを示す決定的な証拠は、どこにも存在しないと主張することです。疑いだけで恩人である叔父を殺害する人はいないでしょう」

なるほどと、謙介は思う。たぶん、それが一番ふつうの戦術だろう。

「検察側が、二人の証人に接触したとしても、多田佳澄さんは絶対に偽証を認めることはないでしょうし、沢村美羽さんも、送金したのが平沼精二郎さんという確信はなかったはずです」

強いて不安な点を挙げるなら、ＦＡＢ１という送金主の名前が、車好きだった平沼精二郎を思い起こさせることだが、決定的な証拠にはなり得ないだろう。

「もう一つの戦術って、何ですか？」

千春が、念のために聞いておきたいという顔で言った。

「検察側の主張を否定するのではなく、逆に乗るんですよ」

本郷弁護士の言葉に、二人はポカンとした。どういう意味なのだろう。

「十五年前の冤罪事件について、向こうから争点にしてくれるというわけですから、こちらも積極的に利用するんです。平沼精二郎さんが真犯人で平沼康信さんは無実だったということを、法廷で明らかにします」

「待ってください！」

千春の声は、悲鳴のようだった。

「そんなことをしたら、英之に犯行の動機があったということが、証明されてしまうじゃないですか？」

「そうですね。しかし、動機があったというだけで殺人罪で有罪になることはあり得ません。

それ以外の点においては、徹底的に争いますので」

「いや、やっぱり、マズいですよ!」

謙介も、千春に加勢する。

「本郷先生の責務は日高くんを無罪にすることですよ? 決定的なダメージにならないからと言って、日高くんの利益に反することをするのは、弁護士としての倫理規定に違背するんじゃないですか?」

本郷弁護士は、よくわかっているというように、二人を宥めるジェスチャーをした。

「ご懸念はよくわかります。おっしゃることは、もっともだと思います。でも、この戦術は、日高英之さんの強い希望なんですよ」

たとえ自分が有罪になる危険を冒しても、父親の冤罪をすすぎたいということなのか。

「日高英之さんは、一貫して、警察、検察の違法な取り調べこそが冤罪の温床であることを、訴えてきました。私は、彼の意思に応えたいと思っています」

謙介は、座っている固いソファがグズグズに崩れて沈み込んでいくかのような奇妙な感覚に囚(とら)われていた。

日高英之の公判の場において、検察側から十五年前の事件について触れざるを得ないように仕向け、冤罪であったことを暴く。

ひょっとしたら、それこそが、最初からの計画だったのだろうか。

我々の調査も、そのための布石にすぎず、ただ踊らされていただけだとしたら。

日高英之は、父親の冤罪をすすぐために、あらゆる方法を考え抜いて、最後に残ったのが、この捨て身の闘い方だったのかもしれない。

「でも、それって、やっぱり、筋が通らないんじゃないですか?」

千春も、危機感を覚えているようだった。

「お父さんの冤罪を告発することは、英之の希望なのかもしれませんけど、もし成功すれば、英之を有罪に近づけてしまう。そんな弁護を裁判所が許すでしょうか？」

本郷弁護士は、うなずいた。

「むろん、日高くんの無罪を勝ち取ることこそが唯一の目標です。十五年前の事件の告発も、その一環なんですよ」

「どうして、そうなるんですか？」

千春は、理解できないという顔だった。

「こちらの攻撃目標は、警察、検察の安易な見込み捜査と、違法で強引な取り調べなんです。十五年前に、それが平沼康信さんを冤罪に陥れ、獄死させてしまいました。今また同じことが行われていると訴えるんです」

そんなにうまくいくものかと疑問に思う。二つの別の事件を強引に結びつける弁護側の論理展開は、印象操作には有効でも、無罪の決め手になるとは思えない。

「……先生は、そうすることが英之の希望とおっしゃいますが、本当は、先生の希望なんじゃないんですか？」

千春は、意を決したように言う。眉宇(びう)には、悲壮な決意のようなものが見て取れた。

「先生は、過去にいくつもの冤罪事件に取り組んでこられました。でも、そのほとんどでは、有罪判決を覆せませんでしたよね？」

本郷弁護士は、鼻白んだ。

「英之のお父さんの事件にしても、先生の中では汚点として残っていたんじゃないですか？それが、ここで今リベンジする機会に恵まれて、たとえ有罪の危険を冒しても、警察、検察に一泡吹かせてやろうと思ったんじゃ……」

千春は、さすがに言いすぎたと思ったのか、言葉を切った。

本郷弁護士は、しばらくは無言だったが、口を開いたときには、口調が一変していた。

「たしかに、あの事件のことは、今も苦い記憶となって私の中に残っています。もっとうまいやり方があったんじゃないか。なぜ検察の杜撰な論陣を突き崩せなかったのか。思い出すのは、後悔ばかりですよ」

懺悔するような言葉に、千春も、それ以上追及できないようだった。

「リベンジしたいという気持ちは、もちろんありますよ。山積みになっている事件を効率よく片付けたいとか、検察庁で出世したいとか、そんなくだらない理由のために、人一人の人生をめちゃめちゃに破壊してしまうのは、万死に値する犯罪です。彼らのやったことが白日の下にさらされなければ、冤罪被害者、そして犯罪自体の被害者も浮かばれないと思っています」

本郷弁護士は、目を伏せ、低い声で言う。

「しかし、そのために、今助けを求めている被告人を危険にさらすというのは、本末転倒です。私にとってのリベンジとは、あくまでも、現在手がけている事件で正しく無罪判決を勝ち取ることなんです」

「つまり、日高くんの強い希望があるから、十五年前の事件に、あえて深入りするということなんですね？」

謙介は、黙り込んでしまった千春に代わって訊ねる。

「その通りです。リスキーな戦法ですが、日高くんが受けた取り調べについて糾弾する際は、ボディブローのように効いてくるはずですよ」

「ですが、もし先生ご自身が戦術を選ぶとしたら、あえて、そんな危ない橋は渡らないんじゃないですか？　そうだったら、むしろ日高くんを説得すべきなんじゃないでしょうか？」

「説得はしました」

本郷弁護士は、冷えたお茶を一口飲んだ。

「しかし、どうあっても十五年前の事件を争点にしてほしいとのことでした。やらないのなら、弁護士を解任すると」

謙介は、驚いた。

検察側が描いた絵は、動機に関するかぎり、脆くも崩れ去ってしまった。次回の公判で別の動機を持ち出してきたとしても、弥縫(びほう)策の印象は否めない。序盤は弁護側の思い通りの展開と言えるだろう。

日高英之にとって、父親の汚名をすすぐことは、長い間の念願だったはずだ。だからこそ、降って湧いたように現れた、この千載一遇の機会だけは逃したくなかったに違いない。

とはいえ、十五年前の事件は諸刃の剣である。平沼精二郎犯人説に深入りすると、検察側の主張を補強し、足を滑らせた相手を助け起こす結果になりかねない。自分が有罪になる危険を冒してまで過去の事件に固執するのは、いくら何でもやり過ぎという気がする。

しかも、唯一の味方と言っていい本郷弁護士を解任すると脅すのは、身体にダイナマイトを巻き付けて、火を付けると言っているようなものではないか。

まさか、そこまで思い詰めていたとは……。

謙介は、はっとした。

もしかしたら、最初から、それが目的だったのだろうか。

警察、検察を誤った動機に誘導して、罠にかけたのも、自分自身の無罪判決が最終目標ではなかったなら。初めから、すべてが、父親の冤罪を晴らすための計画だったとしたら。

だとすれば、自爆テロのような強硬姿勢もうなずける。

謙介は、背筋に冷たいものを感じていた。

すべてが、日高英之の計略だったとすれば、そもそもの出発点からそうだったということにならないだろうか。

日高英之は、父親の冤罪を晴らすために、あらゆる方策を検討して、その結果、最後の手段を選んだのかもしれない。

日高は、本当に、やっているのではないか。

彼は、多田佳澄、沢村美羽の二人に会い、平沼精二郎が十五年前の事件の犯人だったという心証を得たはずだ。その後さらに、確証となるものを発見したのかもしれない。平沼精二郎の自白か、家の中で発見した何か決定的なものを。

急に深刻な表情になり黙り込んでしまった謙介を、本郷弁護士が見つめていた。

その目を見て、謙介は、自分が考えていたことがバレてしまったと悟った。

千春だけは、まだ何も気づいていない様子だった。本郷弁護士に具体的な弁護方針について質問している。

待てよ……。

それは、稲妻のような啓示だった。

すべてが日高英之の計画だったとしても、何もかも一人で実行できるだろうか。

藤枝という証人を隠し球にして、動機について検察側に痛撃を与えたことは、本郷弁護士の戦術である。

だったら、本郷弁護士もまた、日高英之の共謀者と考える方が自然ではないのか。

さすがに、殺人を実行する前に知っていたとは思えなかった。弁護士である以上、もしも、その時点で計画を持ちかけられていたのなら、どんなことをしても止めたはずだ。だが、平沼精二郎を殺害後、日高英之が犯人であること、すべては十五年前の事件の真相を暴くためだったことを知らされたら、協力する気になってもおかしくない。

本郷弁護士の中で、かつて平沼康信を救えなかったことは、苦い悔恨になっているはずだ。性懲りもなく冤罪事件を繰り返す、警察、検察に対する怒りも、相当なものだろう。殺人を肯定はできないが、日高英之が味わったであろう、想像を絶する苦痛を考えるとき、彼を殺人罪で有罪にして、一生を棒に振らせることが正しいとは思えない。

本郷弁護士も、同じように考えた可能性は高いだろう。

だが、日高英之の計画に気づいてしまった今、このままサポートを続けるべきだろうか。

謙介は、我が身に思いを馳せた。

リストラ請負人として、良心にもとるような汚れ仕事ばかりさんざんさせられた挙げ句に、自らが首を切られた間抜けな男。

失業中のアルバイトとして調査を引き受けたが、本来は、縁もゆかりもない事件である。しかも、本郷弁護士の説明を聞いて、冤罪だと信じて疑わなかった事件が、まったく異なる様相を呈してきた今、あきらかな犯罪行為に加担し続けるべきなのか。

「先生。ちょっと申し上げにくいんですが」

謙介は、意を決して口を開いた。

本郷弁護士の視線が、謙介に向けられた。千春も、何を言い出すんだろうという顔をして、こちらを見つめている。

「私の仕事は、終わったと思うんです」

最初に結論を言うのは、サラリーマン時代の癖だった。

「私が請け負ったのは、日高くんの事件当日の足取りを確認することでしたよね。その仕事は、すでに完了しました。なので、ここまでとさせてください」

「ちょっと、待ってください！」

千春が、叫んだ。

「ここまで、ずっと一緒にやって来たのに、私たちを見捨てるんですか？」

「見捨てるっていうのは、ちょっと人聞きが悪いですね」

謙介は、苦笑した。そこまで頼りにされているとは思わなかった。

「ただ、私にできることはもう、ほとんどありません。後は、勝訴を陰ながらお祈りするしかないのかなと思ったんです」

「垂水さんには、いろいろと補充の調査をしていただこうと思っていたんですが」

本郷弁護士は、ほとんど表情を変えないで言った。

「次の仕事が決まったのであれば、無理にお引き留めはしませんが、もしそうでないのなら、引き続き力を貸していただけませんか？」

謙介は、一瞬、言葉を詰まらせた。

乗りかかった船だし、自分としても、この裁判の帰趨（きすう）を最後まで見極めたいという気持ちは充分にあった。

だが、それには、ためらいがある。

「本郷先生。一つ、お訊きしたいことがあるんですが」

「どうぞ。何でも訊いてください」

本郷弁護士は、ポーカーフェイスだった。

「平沼康信さんの事件を絡めるという話ですが、第一回の公判の休廷中にもされていましたね。

しかし、あのときは、これほど強いニュアンスではなかった。今は捨て身で検察と刺し違えるような話になってますから」

本郷弁護士は、うなずいた。

「あの時点では、検察側が主張する動機は、遺産目当てでしたからね」

「ええ。私は、あのときは、検察側が日高くんの動機が復讐だと主張を変えるとは、想像すらできませんでした」

謙介は、正直に言った。

「でも、あのとき、先生は、こうも言っておられました。遺産目当てというのは、噴飯ものの主張だから、公判で木っ端微塵にしてやると」

微妙な間が流れた。本郷弁護士は、思い出そうとするように眉間に皺を刻んでいる。

「もしかしたら、そういうふうに言ったかもしれませんが、それが何か？」

「つまり、あのときすでに、先生の中では、検察の主張する動機を完全に否定できる目算が、立っていたことになります。平沼精二郎さんの遺産が債務超過であり、その事実を日高くんも知っていたということは、藤枝さんの証言で証明できる自信があったんでしょう？」

本郷弁護士は、かすかに首を傾げた。

「だとしたら、どうだと言うんですか？」

「検察が、動機に関する主張を変えてくることは、あのときに、すでにわかっていたんです。……いや、そこまで考えていなかったとは、言わないでください。先生なら、そのくらいは、当然読んでいたでしょうから」

謙介は、先回りして釘を刺した。

本郷弁護士は、無言だった。

「つまり、先生にとっては、何もかも計画通りだったということになるんですよ。もちろん、日高くんにとっても」

千春が、きっと謙介を睨んだが、何も言わなかった。

「面会のたびに、日高くんとことん話し合った。先生は、そう言われました。今回の事件を奇貨として、平沼康信さんの事件について訴えることこそが、日高くんの強い希望なんだと」

「それが、いったい何なんですか？」

本郷弁護士の口調に、苛立ちが滲んだ。

「十五年前の事件を争点にしないと、先生を解任する……。日高くんがそう言ったというのは、先生の嘘です」

そこまで断定できるだけの根拠はないが、謙介は確信を持って言った。

「平沼康信さんの事件を争点にすることは、最初から、あなたたちの予定に入っていたんです。いや、というより、それこそが当初からの目的だった。違いますか？」

謙介は、そう言い放って、反応を見た。

本郷弁護士は、完全に表情を消していた。

しかし、完璧すぎるポーカーフェイスは、逆に後ろめたさの表れでもある。

「たしかに、日高くんが殺人罪で逮捕されて、私に弁護を依頼してきたときに、何か運命的なものを感じたのは事実です」

本郷弁護士は、相変わらず無表情なまま、ゆっくりと答える。

「今思えば、最初に接見したときから、暗黙の合意があったような気がしますね。日高くんの無罪を勝ち取ることに加え、平沼康信さんの事件が冤罪だったことも証明したいと」

「でも、そんなの無謀すぎます！」

千春が、叫んだ。

「生きるか死ぬかの場面で、二兎を追うなんて！　万一失敗したら、どうするんですか？」

失敗する確率は万一どころではないだろうなと、謙介は思う。せっかく優位に裁判を進めているのに、こちらから検察側に動機を進呈してしまえば、もはや勝機は五分五分かもしれない。

「起訴された時点で、無罪になるとは誰にも保証できないんです。検察側が好きな証拠だけを提出できる現在のシステムでは、有罪率は九十九・九パーセントと言われているのも、あながち都市伝説ではありません」

「だったら、なおさら……！」

本郷弁護士は、興奮した千春を宥めようとするように両手を前に上げる。

「検察側は、どちらにしても、十五年前の事件を持ち出してきます。それに対して、こちらが逃げに終始したら、かえって不利に陥るというのが、私の結論なんです」

末廣さんが、お茶のおかわりを持ってきたが、ただならない空気を感じたのか、緊張気味に三人の前に茶碗を置いて、そそくさと引っ込んでしまう。

「こちらが引けば、相手はその分だけ前に出て来ます。特に、石川検事はそういう性格です。一歩も後に下がらず、むしろ押し返すためには、反撃する以外にはありません。そのために、十五年前の事件が冤罪であったと裁判員にアピールするんです」

本郷弁護士の発言もまた変遷していると、謙介は思った。

千春の不安を多少なりとも和らげるためか、二つの事件を絡めるのを、やむを得ない選択のように言い始めているが、さっきまでは、そうは言っていなかったはずだ。

いや、待てよと思う。

千春は、本当に不安に思っているのだろうか。

第一回の公判で垣間見た、千春の表情が、謙介の脳裏に浮かんだ。

石川検事から『ライトハウス』というコンビニに通っている理由を問われて、日高英之が、『アルバイト店員さんに、会いたくて』と答えたときのことだ。

千春は、まるで嗚咽しているように身体を揺らしていたが、よく見ると、押さえていたのは口元で、目頭ではなかった。

あのとき、俺は、千春は笑っているのではないかと直観した。

そんな馬鹿なと否定したものの、もしも、あのときの直観が正しかったとすれば、千春は、日高のストーカー疑惑が茶番であることを最初から知っていたことになる。

日高と本郷弁護士に加え、千春もまた、確信犯だったとしたら。

謙介は、口にするつもりのなかった質問をあえてしてみようと思った。

「平沼康信さんの事件を争点にすることは、最初から、あなたたちの予定だった」

謙介は、さっき言った台詞をもう一度口にしてみた。本郷弁護士と千春が、驚いたように、こちらを見る。

「最初からというのは、最初に接見したときからという意味ではありません」

本郷弁護士の目が鋭くなる。もはや、味方を見る目というより、石川検事に向けていたのと変わらない冷徹な視線である。

「この事件の、そもそもの始まり……すなわち、平沼精二郎さんが殺害されたときからという意味です」

「日高くんを、殺人犯だと告発しているように聞こえますが」

本郷弁護士は、低い声で言った。謙介は、ぞくりとした。これ以上不用意な発言をすると、ただではすまさないと恫喝されているような気がしたのだ。

「それを、先生にお訊きしているんです」

謙介は、慎重な言葉遣いで続ける。

「ひどい！」

千春が、叫んだ。

「垂水さんは、英之が人殺しだって言うんですか？　味方だと思ってたのに！」

「味方のつもりでした」

謙介は、静かに千春を見やる。

「十五年前に、お父さんが冤罪事件で獄死し、今、息子も無実の罪に陥れられようとしている。そう思っていました。でも、重大な疑問が生じたんです」

「その重大な疑問というのは、日高くんが平沼精二郎さんを殺害したんじゃないかということですか？」

本郷弁護士が、眉を上げて訊く。

「ええ」

謙介は認めた。

「十五年前の事件について、調べれば調べるほど、平沼精二郎さんが真犯人だったんじゃないかと思うようになりました。決め手は、沢村美羽さんの証言です」

「石田うめさんの遺族が、何者からか送金を受けていたという話ですか？」

本郷弁護士は、呆れたように言う。

「でも、送金したのが平沼精二郎さんだったという根拠は、何もないでしょう？」

「送金人の名前がＦＡＢ１で、昔の人形劇に出てくる自動車の名前だからというんですか？そんなの、垂水さんの妄想じゃないですか？」

千春も加勢する。

さっきまでは、本郷弁護士と千春は対立しているように見えたが、それすら疑わしくなってくる。

「沢村さんの証言を覚えていますか？」

謙介がそう言うと、千春は沈黙した。

「沢村さんは、こんなふうに言っていました。送金のことを説明したとき、日高くんの顔色が急に変わり、眼光が鋭くなったと」

「それが、何なんですか？」

千春は、今や明白な敵意の籠もった視線で言う。

「つまり、日高くんは、送金は殺人犯からのものであると確信したんでしょう。彼は、それが誰なのかを、突き止めようとしたはずです。そして、その結果、明白な証拠をつかんだんです。それが何だったのかが、どうしてもわかりませんでした」

本郷弁護士と千春は、微妙な空気感で結ばれながら、こちらを注視している。

「平沼精二郎さんが、日高くんに犯行を告白したとは思えません。それを言ってしまったら、殺人の罪だけでなく、平沼康信さんの獄死についても責任を負わなくてはならなくなります。康信さんが冤罪によって苦しんでいた間も、自分に疑いが向けられていないのをいいことに、罪には頰被りして奪った金を元手に事業を始めていたことも、知られてしまいます。それは、平沼精二郎さんにとっては、とうてい耐えられないことだったでしょう」

謙介の舌鋒は、自然に鋭くなった。

「平沼精二郎という人は、小心者で、小狡い性格だったんじゃないかと思います。根っからの冷血漢というわけではなく、石田うめさんの遺族に送金するくらいの良心はあったんですが、自らを危うくするようなことはいっさいしていませんし、クラシックカーに大金を投じるなど人生を楽しんでいたように見えます。少なくとも、良心の呵責に苦しんでいる人間の行動とは思えませんね」

その点については、特に反論はないらしく、本郷弁護士も千春も黙ったままだった。

「平沼精二郎が、日高くんに対して、肉親の情のようなものを感じていたのは事実でしょう。そのために資金援助を行い、就職の世話もしました。だが、殺人について告白なんかしたら、日高くんが自分に向ける視線は百八十度変わるでしょう。恩人から、父親に濡れ衣を着せて、家族を不幸のどん底に突き落とした、憎むべき凶悪犯へと」

いつのまにか平沼精二郎を呼び捨てにしていたが、それが当然という気がする。そもそも、この男が金目当ての殺人など犯さなければ、多くの人が不幸になることもなかったのだ。

「たぶん、平沼精二郎は、殺人のことは墓場まで持って行くつもりだったでしょう。しかし、うかつなことに、日高くんの頭脳を過小評価していたんです。そうでもなければ、日高くんをそばに置いておくようなことはしなかったはずです」

謙介は息を継いだ。二人は、気を呑まれたように黙ったままだった。

「日高くんは、自力で殺人犯の正体を突き止めました。そして、復讐したんです」

「どうやって、突き止めたんですか？」

本郷弁護士が、訊ねる。

「平沼精二郎が告白しなかったのなら、何か物証があったとしか思えません。でも、凶器など、殺人の直接の証拠となるものを記念に取っておくような神経はなかったはずです。だったら、想像できるのは、送金の記録です」

「送金の記録……振込証明書とか、『ご利用明細書』ということですか？」

本郷弁護士は、考える様子もなく訊ねる。

「そうですね。あるいは、通帳そのものかもしれませんが」

「でも、そんなものを、どうして取っておいたんですか？」

千春は、納得できない様子だった。

「平沼精二郎が何を考えていたのかまでは、わかりません」

一度も会ったことのない男の心中に思いを馳せながら、謙介は言った。

「でも、徹底的に自己中心的な性格でありながら、うめさんの遺族にこっそり送金するような人間性のかけらも残っていたとしたら、送金の記録を見て、良心の呵責を和らげていたのかもしれませんね」

「そういう文学的な解釈は、作家にまかせておきましょうか」

本郷弁護士は、皮肉な口調で割り込んだ。

「垂水さんは、平沼精二郎邸に送金記録があった確証のようなものをつかんでるんですか？」

「いいえ。今のところは、ただの私の想像にすぎません」

何一つ物証がない以上、今の推理を公判で披露しても一蹴されるだけだろう。

「ただ、日高くんが送金の記録を発見したとしても、たぶん破棄はしていないんじゃないかと思います」

「それは、なぜですか？　あなたが言うように、そんなものが残っていて、かつ、日高くんが平沼精二郎さんを殺したのなら、危険な物証は始末するのが当然だと思いますが？」

本郷弁護士は、法廷にいるときのような戦闘モードに入っているようだ。

「たしかに、殺人罪で無罪になることだけが目的だったら、ためらわずに送金記録を抹消していたでしょう。ただの紙ですから、燃やしてしまえばおしまいです」

謙介は、反論する。

「でも、彼の目的は違っていた。どんなことをしてもお父さんの冤罪を証明したいのならば、平沼精二郎が真犯人である有力な証拠を、みすみす捨ててしまうはずがありません」

二人は押し黙ったが、千春と本郷弁護士がアイコンタクトのように目を見交わしたことに、謙介は気がついた。

「それでは、まず、その送金記録を発見してください。話はそれからです」

本郷弁護士は、議論に決着をつけるように言った。

「先生は、今の私の想像を聞いて、どう思われたんでしょうか？」

そう簡単には、幕は引かせない。

本郷弁護士は、うっすらと笑った。

「どう思うも、すべては垂水さんの想像でしかありませんね。まあ、一つの可能性としては、ただちに否定はできないという程度です」

「でも、今のところ、唯一の筋の通った説明ではないでしょうか？」

謙介は、なおも食い下がる。

「たしかに、一応は、自己完結しているように見えますね。とはいえ、それは、自分の尻尾をくわえている蛇のような形の自己完結です」

ウロボロスの蛇のことを言ってるらしい。たしか、永遠を表す古代ギリシャの紋様だったと思うが。

「どういう意味ですか？」

「私は、日高くんが平沼精二郎さんを殺したという根拠は何なのかお訊きしました。すると、あなたは沢村美羽さんから聞いた話を持ち出しました。日高くんが送金について聞いたとき、ただならぬ様子であった云々と」

本郷弁護士は、言葉を切ると、自信満々な様子で謙介の目を見た。

「そのとき、日高くんは、送金は殺人犯からのものだと確信した。当然、それが誰だったのかを突き止めようとした。そして、明白な証拠をつかんだ。それが、あなたの推理です」

「そうですね」

「疑いを持ったところまでは、まあ、いいとしましょう。送金の主が誰なのか調べたかもしれません。しかし、なぜ、日高くんが明白な証拠をつかんだと言えるのですか？」

本郷弁護士は、ぐっと身を乗り出した。相当な迫力があり、謙介は気圧されるような感覚を覚えていた。

「それは、そう考えなければ、筋が通らないと思ったからですが」

謙介は、へどもどしてしまう。

「筋が通らない？　どこがどう筋が通らないんでしょうか？」

本郷弁護士は、明晰な声で追及する。

「明白な証拠がなかったら筋が通らないというのは、あなたが最初から、日高くんが殺人犯であると仮定しているからですよ」

頭を殴られたような衝撃だった。

「だとすれば、何か明白な証拠がなければ殺人にまでは踏み切れないだろうと想像するのは、当然のことです」

謙介は、言葉を失っていた。

「送金のことを知った日高くんは、犯人からではないかと疑ったことでしょうが、調べようとしても高い壁に阻まれたはずです。銀行が、個人情報に関して、何の資格もない一個人からの照会に応じるはずもないからです」

　本郷弁護士は、涼しい声で続けた。

「警察に情報を提供して、調べてもらったらいいんじゃないですか？」

　千春が、口を挟んだ。

「すでに判決が確定した事件ですし、自らの捜査を否定するようなものですから、まず絶対に取り合わないでしょう」

　本郷弁護士は、笑って首を横に振る。

「日高くんが、平沼精二郎邸で何かの証拠を発見したというのは、結局、想像の域を出ません。おそらくは、何も見つけられなかったのでしょう。そして、平沼精二郎氏が事故か自殺で亡くなったとしても、何の矛盾もありません」

　本郷弁護士は、今度こそ議論は終わりだという顔だった。

　本当に、そうだろうか。何かがおかしいという気がする。

　謙介は、懸命に頭を働かせた。

「……日高くんには、もう一つだけ選択肢があったんじゃないですか？」

　謙介の質問に、本郷弁護士は眉を上げた。

「もう一つの選択肢？　何ですか？」

「先生に依頼することです」

　本郷弁護士は、無言だった。

「弁護士さんが銀行に質問したら、答えてもらえるんですか？」と千春。

「そのはずです。先生、違いますか？」

　謙介は、質問を本郷弁護士に振った。

「弁護士会照会制度といって、弁護士に質問を受けた官庁や企業は、弁護士法第二十三条に基づき、原則として回答する義務があります」

本郷弁護士は、不承不承答えた。

「ですが、私は、日高くんから、いっさい、そうした依頼は受けていません」

「でも、それは、おかしくないですか？」

謙介は、逆襲に転じる。

「日高くんは、何としても送金した人間が誰だったのか知りたかったはずです。でも、彼には調べるすべがありませんでした。だったら、先生に相談を持ちかけたはずでは？」

「それは、一つの可能性にすぎませんね」

本郷弁護士は、受け太刀だった。

「日高くんが先生に相談しなかった理由は、私には一つしか考えられません」

謙介は、ここぞとばかり追及する。

「先生は、先ほど、想像の域を出ないと切り捨てましたが、もし彼が自力で証拠を発見したとしたら、先生に調査を依頼する必要もなかったはずです」

本郷弁護士は、首を横に振った。

「可能性は、もう一つあると思いますよ。送金した人間は、身元がバレないよう細心の注意を払っていたでしょうから、私が銀行に照会したとしても、誰なのか突き止めるのは難しかったはずです」

「そう考えて、相談する前に諦めたと言うんですか？　ダメ元でやってみるのが、ふつうだと思うんですが」

本郷弁護士は、溜め息をついた。

「垂水さんは、弁護士になるべきでしたね。今の議論には何一つ証拠はありませんが、法廷でされていたら、かなり厄介だったかもしれません」

「垂水さん。もしかして、今の話を検察にするつもりなんですか？」

千春が、切羽詰まった声で叫んだ。

「お願いしますから！　どうか、それだけはやめてください！」

「そんなつもりは、いっさいありません」

謙介は、辟易(へきえき)して言った。

「冤罪を作り続ける、警察、検察のやり方には、私も非常に怒りを感じています。ですから、タレ込んだりはしません。ただ」

謙介は、少し言いよどんだが、続ける。

「ここまで調べてきて、この裁判の行方に、私も強い関心を持っています。できることなら、本当のことを教えてほしいんです」

「本当のことと言われるのは、日高くんが平沼精二郎さんを殺害したか否かですか？　そして、私がそれを知っていたかどうかということですか？」

本郷弁護士は、再び表情を消した。

「その通りです」

謙介がそう答えると、本郷弁護士は、口を開きかけたが、思い直したようだった。

「しかし、垂水さんは、この仕事をお辞めになりたいということでしたよね？　だとすると、あなたの好奇心を満足させるために、質問に答えろということですか？」

「そういうわけではありません。たいへん勝手ですが、お答えを聞いてから、辞めるかどうか決めたいと思っています」

「なるほど」

本郷弁護士は、考え込む顔になった。

## 14

第三回の公判は、冒頭から検察側が釈明を行う異例の展開となった。

石川検事が、メガネを直して立ち上がる。

「冒頭陳述において、被告人が平沼精二郎を殺害した動機が、あたかも同人の遺産であるかのように誤解を招く表現がありましたので、ここに慎んで訂正させていただきます」

さあ、何を言うつもりなのか。

ここが裁判の分岐点になることは、あきらかである。謙介は、思わず身を乗り出していた。千春も、傍聴席にいる全員も、固唾を呑んで待ち受けている。

「被告人である日高英之は、父親である平沼康信が殺人罪で有罪となって獄死した後、叔父の平沼精二郎に物心両面の支援を受けたことを深く感謝してきました。しかしながら」

石川検事は言葉を切って、法廷内を見回した。公判を担当する検事としては、こんな釈明を余儀なくされたのは恥ずべきことであるはずだが、千両役者になったように見得を切っているのはなぜだろう。

「被告人は、かねてより、平沼康信は冤罪の被害者であると訴えており、真犯人は別にいると信じてきました。しかし、平沼康信が犯人であったことは、種々の証拠からあきらかであり、一審で有罪が確定しております」

やった。謙介は、拳を握りしめた。

検察は、自ら危険な罠の中に飛び込んだ。

日高英之は、自ら死地におもむくことで、検察を誘い込んだのだ。

謙介は、前に本郷弁護士がウサギについて語ったことを思い出していた。

冤罪の『冤』という字は、ウサギが覆いの下で身を縮めている様を示している。拘束されることによって人は精神が萎縮し、絶望から諦めを選んでしまうのだという。

だが、日高英之は、まったく萎縮などしていなかったようだ。

自ら危険な薄氷の上を駆けて、追いすがる猟犬を誘い込んだ。氷が割れて呑み込まれるのは、恐れた様子もなく氷を蹴るウサギか、それとも、体重の重い猟犬の方だろうか。

「しかるに、被告人は、平沼精二郎が真犯人であり、同人が支援してくれたことも贖罪のためだったという妄想に取り憑かれ、ついに平沼精二郎を殺害するに至ったものである。以上」

たちまち、法廷内は騒然とした。

「検察官。『妄想に取り憑かれ』というのは、被告人は精神に異常をきたしていたという意味でしょうか？」

奥野裁判長が、眉間に皺を寄せて訊ねる。

「いいえ。あくまでも誤った考えに取り憑かれていたというだけで、責任能力があることには疑いを容れないと考えます」

「弁護人。責任能力の有無について、争うつもりはありますか？」

「ただ今の検察官の主張そのものが、まったく事実無根ですから、責任能力云々という問題は生じないものと考えます」

本郷弁護士の答えに、石川検事は満足げにうなずいた。

有罪率九十九・九パーセントの刑事裁判で、検察側の唯一のアキレス腱と言えるのが心神喪失と心神耗弱だからだろう。その可能性もこれで消えたと、ほくそ笑んでいるのだ。

「検察官。被告人が誤った考えに取り憑かれていたという今の推定ですが、立証可能なのですか？」

奥野裁判長は、むしろ、検察官の勇み足を危惧するような顔だった。

「はい。充分に立証可能です。今後、順次あきらかにしていく予定です」

石川検事は、自信を見せた。

次は、第二回の公判で予定されていたが延期となっていた、千春の証人尋問だった。

千春は、これまで以上に緊張した面持ちで立ち上がって、証言台へと向かう。

まず、証人が誰なのかをあきらかにする人定尋問が行われたが、口頭で住所、職業を述べるのではなく、事前に用紙に書いた内容で間違いがないかと訊ねられる。証人のプライバシーを守る運用なのかもしれない。千春は、はい、間違いありませんと答えた。それから、千春は、良心に従って真実を述べ、何事も隠さず、また何事も付け加えず偽りを述べないという宣誓を行う。裁判官が、違反した場合には偽証罪として処罰される可能性があると述べて、いよいよ弁護側による主尋問に入った。

本郷弁護士は、励ますような笑みを浮かべながら、千春に向き合う。

「だいじょうぶですか？　ちょっと緊張していますね」

「はい、少し」

千春の脚が震えているのが、傍聴席から、はっきりとわかった。

「それでは、一度、深呼吸してください」

本郷弁護士は、優しく促す。

千春は、言われた通りに深呼吸をする。法廷内に好意的な微笑みが広がった。それを苦虫を嚙み潰したような顔で見ているのは、検察側だけだった。

「最初に、あなたと被告人の関係について、教えてください」

本郷弁護士が水を向ける。

証言台の椅子に腰掛けた千春は、マイクの位置を気にしながら、少し前傾して答える。

「わたしたち、付き合っています」

「それは、恋人という意味ですね？」

「はい」

法廷内の視線は、千春に集まっていた。殺人罪の被告人の恋人という、センセーショナルな存在であり、うら若い美男美女のカップルという点でも耳目を惹き付けているようだ。

「それでは、昨年十一月三日の晩のあなたの行動について、説明してください」

「はい」

千春は、まだ緊張が取れないようだったが、大きく息を吸い込んで話し出す。

「午後十時のちょっと前だったと思います。英之——被告人が、わたしのアパートを訪ねてきました」

アリバイの証言に、傍聴席がざわついた。裁判員たちもみな、目が覚めたような顔になり、身を乗り出し始めている。

「英之でいいですよ」

本郷弁護士は、千春の親戚の小父(おじ)さんのような柔和な表情で言った。

「被告人が訪ねてくる前に、電話か何かありましたか？」

「いいえ。いつも、突然来るんです」

千春は、愚痴るような口調だった。傍聴席からは見えないものの、口を尖らせているような気がする。

「それは、なぜですか？」

「英之はサプライズって言うんですけど、本当は違うと思います。わたしが、浮気してないか、チェックしてるんです」

法廷内に、うっすらと笑い声が響いた。

「なるほど、そうですか。あなたは、浮気をしたことがあるんですか？」

「ありません！　わたしが愛しているのは、英之だけですから！」

千春は、気色ばむ。

「いや、わかりました。それで、被告人は、あなたの部屋にいつまでいましたか？」

本郷弁護士は、静かに訊ねた。

「十一時くらい……だったと思います」

一瞬、傍聴人たちは呆気にとられていた。

「十一時ですか？　ということは、たったの一時間しかいなかったわけですね？」

「違います」

千春は、ちょっと恥じらいを見せる。

「翌朝の……十一時です」

「つまり、あなたたち二人は、一晩中一緒にいたわけですね？」

「はい」

法廷内は、また、ひどくざわつき始めた。

「静かにしてください！　静粛に！」

奥野裁判長が、ややうんざりした表情で、傍聴人たちを注意する。

「つまり、翌日十一月四日の午前十一時に、被告人は帰ったということですね？」

「いいえ」

千春は、かぶりを振る。

「二人で、朝ご飯を食べに出かけました」

「どこに行ったんですか？」

「近所のサイゼリヤです」

また、ざわめきが起きた。

「あなたたちが、そのお店を訪れたということは、証明できますか？」

千春は、少し首を傾げた。

「レシートがあります。探したら出てきましたから。それから、ひょっとしたら、店員さんが覚えているかもしれません」

本郷弁護士は、三人の裁判官と裁判員らが座っている法壇に向かい、クリアファイルに挟んだサイゼリヤのレシートを掲げた。

「ここに、証人より提出されたレシートを、弁十五号証として申請します」

「検察官。ご意見は？」

奥野裁判長の質問に対して、石川検事は、面倒くさそうに答える。

「不同意です。意味がありません」

「意味がないとは、どういう意味ですか？」

奥野裁判長は、眉をひそめる。

「レシートには、人数は示されておりますが、本当に証人と被告人が一緒だったのどうかは、判断できません。さらに、翌日十一時の被告人の所在は本件とは関係ありません。犯行の後で店を訪れることは、充分に可能だからです」

結局、レシートの証拠採用は見送られた。

「では、被告人が、あなたの部屋で過ごした時間についてお訊きします」

本郷弁護士は、笑みを湛えて言う。

「被告人は、昨年十一月三日の午後十時前に、あなたのアパートを訪問しました。部屋に入り、翌朝十一時まで、ずっと一緒にいたわけですね？」

「そうです」

千春は、消え入りそうな声で答えた。

「できれば、もうちょっと大きな声で答えてください」

本郷弁護士は、優しく促す。

「だいじょうぶです。けっして、恥ずかしいことではありませんよ」

「はい」

千春は、背筋を伸ばし、はっきりした声で答えた。

「被告人があなたのアパートにいたのは十三時間ほどになりますが、その間、あなたたちは、何をしていたんですか？」

法廷内が、少しざわついた。下世話な話を期待している向きもあるようだったが、多くは、女性に対する公開セクハラではないかという批判的な態度に見える。

「いろいろです。……話をしたりとか、テレビを見たり、ちょっとお酒を飲んだり、途中で、友達からＬＩＮＥが来たので、電話したりもしました」

法廷内は、固唾を吞んで千春の答えに聞き入っていたが、どうやら肩透かしのようだった。

「いろいろ、ですか」

本郷弁護士は、首を傾げてみせる。

「先ほど、あなたたちは、付き合っていると証言しましたね？　恋人だとも」

「はい」

「それでは、正直に答えてください。あなたたちは、いったい何をして十三時間も過ごしたんですか？」

ざわめきが、さらに大きくなる。千春は弁護側の証人だというのに、本郷弁護士が、まるで敵性証人のように扱っているからだろう。

石川検事は、異議を唱えようか迷っているようなそぶりだったが、罠ではないかと警戒したらしく、成り行きを見守ることにしたようだった。

「今、言った通りです」

千春も、心なしか反抗的に答える。

「困りましたね。正直に答えてくれないと、あなたの証人としての信用性にかかわってくるんですよ」

本郷弁護士は、顔をしかめた。

「今、言った通りです」

千春は、頑固に繰り返す。

「わたしは、正直に答えています」

本郷弁護士は、腕組みをして、千春の顔を覗き込むようにする。

「あなたは、先ほど、宣誓をしましたね」

本郷弁護士は、溜め息交じりに言う。

「良心に従って、真実を述べ、何事も隠さず、偽りを述べないことを誓います……と。何かを隠して証言しないのは、嘘をつくことと同じなんですよ」

「わたしは、何も隠していません」

千春は、自分の殻に籠もってしまったかのような態度だった。

「異議あり！」

ここで、ようやく石川検事が介入した。

「弁護人は、証人に、無理矢理意に沿わない証言をさせようとしています」

「異議を認めます」

さすがに、奥野裁判長も呆れ顔だった。

「弁護人は、誘導尋問や、証人を困惑させるような質問は、慎んでください」

「わかりました」

本郷弁護士は、すっかり苦虫を嚙み潰したような顔になっていた。

「それでは、単刀直入にお聞きします。証人は、その十三時間の間に、被告人と性行為を行いましたか？」

法廷内は、騒然となった。

「静粛に！　静粛にしてください！」

奥野裁判長は、今まで以上に大きな声で、注意を与える。

「異議あり！　弁護人は、女性である証人の尊厳を不当に冒しています！」

石川検事は、良識派に鞍替えするチャンスを逃さなかったようだった。

「……していません」

千春が、小さな声でつぶやく。

法廷内のざわめきが、千春の声を聴き取ろうとして、自然に小さくなっていく。

「今、何と言いましたか？」

本郷弁護士が、すかさず訊ねる。

「していません」

千春は、繰り返す。

「わたしは、あの晩、英之とそういうことはしていません。あの晩だけじゃなくて、その前も、ずっとそうでした」

「それは、なぜですか？」

本郷弁護士は、理解できないという顔で、再度訊ねる。

「怖かったんです」

千春は、ぽつりと言う。

「何が怖かったんですか？」

本郷弁護士は、たたみかけた。

「そういう関係になったら、もうわたしに興味がなくなるんじゃないかと思いました」

「わかりませんね。どうして、そう思うんでしょうか？」

謙介の目には、本郷弁護士は、物わかりの悪い中年男をあえて演じているように見えた。

「蛙化現象って、ご存じですか？」

千春は、反問する。

「自分が片思いしている間はいいんですけど、相手がそれに応えて、両思いになった瞬間に、相手に嫌悪感を抱いてしまうんです。彼は、ちょっと、そういうところがあって」

そういえば、千春は蛙化現象のことを言っていたなと、謙介は思い出していた。日高英之が、コンビニ店員の伊東陽菜や三井希子に好意を抱き、ストーカー行為を行っていたという話のときだった。

「異議あり。質問の意図が不明確です！」

それまでは黙って聞いていた石川検事が、業を煮やしたように言う。

「弁護人は何を立証しようとしているのか、趣旨をあきらかにしてください」

奥野裁判長が、注意を与えた。

「被告人と証人の関係性について、よりよく理解してもらうには、証人の口から説明してもらうことが不可欠と考えました」

本郷弁護士は、そう弁明したが、傍聴人や裁判員たちには、今ひとつピンときていないのがあきらかだった。

「それでは、具体的にお訊きしていきます。被告人が証人のアパートにいたことを、証明できる人はいますか？」

「いません」

千春は、困ったような顔になった。

「その間は、誰にも会っていませんし」

「あなたは、友達からＬＩＮＥが来たので、電話したと証言しましたね。被告人は、その間、何をしていたんですか？」

「何でしょうか……よく覚えていません」

千春は、困惑の態だった。

「その晩、それ以外に、何か特別な出来事はありませんでしたか？」

その質問を聞いて、千春は、はっとしたようだった。

「そういえば、夜中に、救急車のサイレンが聞こえました」

「それは、何時頃ですか？」

本郷弁護士は、手元の資料に目を落として質問した。

「たぶん、夜中の二時頃だったと思います」

千春が答えると、本郷弁護士はうなずき、裁判員に向かって言う。

「当日、午前一時五十一分頃、救急車が出動しているという記録を確認しています」

石川検事が、それが何の証明になるんだという顔で首を横に振った。

「それでは、今あなたがした証言を裏付けるものは、何か存在しますか？」

本郷弁護士がそう言うと、意外なことに、「はい」と千春は答えた。

「それは、何でしょうか？」

「前からうちにあったビデオです。その晩、英之がずっと撮っていました」

それを聞いた石川検事は、飛び上がるような反応を見せた。

「証人より提出されたビデオテープの映像を、弁十六号証として申請します」

「不同意です！」

間髪を入れず、石川検事が叫ぶ。

「検察官の不同意の理由は、何ですか？」と、奥野裁判長が訊ねる。

「ビデオの存在は、今初めて知らされました。弁護人が、公判前整理手続きの際にも、あえて開示しなかったからです。このような不意打ちは、許されるべきではないと考えます！」

石川検事がそう非難すると、本郷弁護士も反論する。

「ビデオについては、弁護人も、つい最近、その存在を知ったばかりです」

「弁護人は、公判のかなり以前から証人と打ち合わせをしていたはずです。今頃知ったというのは、不自然で信用できません！」

石川検事は、激しく嚙み付く。

「証人が弁護人に対して、ごく最近までビデオの存在を打ち明けなかった理由なら、ビデオを見れば、よくわかるはずです」

本郷弁護士は、余裕綽々という態度だった。

奥野裁判長は、頭を寄せ合って、右陪席、左陪席と協議していたが、ビデオを見たいという誘惑は強烈なはずである。

案の定、証拠として採用するという裁定になり、石川検事は怒りに震える。

弁護側が提出したのは、かなり古い小型のテープを入れるビデオカメラだった。

法廷内の大型モニターに、千春のアパートとおぼしき映像が映し出された。

頭にタオルらしきものを巻いた千春の顔が、画面いっぱいに映った。スピーカーを通して、声が法廷に流れ出す。

「止めてよ。もう、映さないでって」

「別に、いいじゃん」

今度は、若い男性の声。ビデオを撮影している日高英之らしい。リラックスしているため、法廷で証言したときの声とは、かなり違って聞こえる。

「もう、やだって」

カメラが少しズームアウトすると、椅子に座っている千春の姿が見えた。

どよめきが起きた。

千春は、胸にバスタオルを巻いただけで、他は一糸まとわぬ姿だった。露出している面積はワンピースを着ているのと同程度だったが、まるで恋人たちのプライバシーを覗き見しているような背徳感がある。

「止めてって、言ってるでしょう？」

千春は、立ち上がってキッチンに行った。冷蔵庫を開けると、ポットからお茶らしきものをコップに注いで、ごくごくと飲み干す。

女性なので喉仏は目立たないが、かすかに喉が上下しているのがわかる。

「いいねえ。絵になるよ」

日高英之は、千春を追いかけて、すぐ横に陣取り、下から舐めるように撮影を続ける。

「……もう！」

怒ろうとしたようだったが、笑ってしまい、千春は笑顔を見せる。

「あんまりしつこいの、嫌いだって」

日高英之は、千春の周りをぐるりと回るが、途中で、食器棚のガラスに撮影者の姿が映った。彼もまたトランクス一枚の半裸である。

いったい何を見せられているんだ。

謙介は困惑していた。裁判官や裁判員、他の傍聴人たちも同じような心境らしい。誰もが、苦笑を浮かべたり、照れ隠しに腕を組んだりしている。

「いいかげんにしなさい！」

石川検事が、とうとう業を煮やしたのか、机を叩いて立ち上がる。

「何ですか、この映像は？　こんなものが、何の証拠になる？」

「これは、昨年十一月三日の深夜から四日未明にかけての、被告人および証人の行動を映した記録です」

本郷弁護士は、落ち着き払っていた。

「この少し先に、アリバイを証明する映像があります」

「……では、肝心な部分まで早送りしてください」

奥野裁判長が、命じる。

二人の姿が早回しで動く。日高英之は、あいかわらずビデオカメラを持ったままだったが、ウロウロしている。千春も、いっこうに服を着ようとはしていなかった。

法廷内に、失笑が漏れる。

若さゆえの愚かしさにも映るが、やはり、第三者に見られる可能性をまったく意識していなかった映像にしか見えない。

映像が止まった。

「この後でテレビの画面が映りますので、ご注目ください」

映像が再びノーマルスピードで動き出す。

予告した通り、テレビの画面が映った。ビデオ撮影に特有の走査線の縞模様と、どことなくホラーっぽいアニメーションが見える。

「これは、十一月四日午前〇時から一時まで放映された、『ホーンテッド・スクール』という番組です」

本郷弁護士が、解説を加える。

「馬鹿馬鹿しい。そのとき放映されたものだという証明が、どこにあるんですか？」

石川検事が、嘲弄した。

「ビデオでは映らない位置にレコーダーを置いて、録画した番組を流しているだけかもしれないじゃないですか？」

「この後、ＬＩＮＥの着信があったために、大政千春さんはビデオ通話をします」

本郷弁護士は、石川検事の言葉は無視して、再び映像を早送りする。止まると、千春が、スマホを眺めているところだった。それから、スマホ画面をタッチして、ビデオ通話を始めたらしい。

「……なーに、その恰好」

スマホの音声が、ビデオに記録されていた。千春の女友達のようだ。

「今、お風呂から出たとこ」

千春は、嘘をつく。

この部屋は、よほどよく暖房が効いていたんだろうなと、謙介は思った。十一月の深夜に、ずっとバスタオルを巻いただけの姿でいたら、ふつう、かなり寒いはずだが。

千春は、しばらくビデオで通話していた。日高英之は、その間ずっとそれを撮影していたが、自身がスマホのカメラに映されないように、慎重に位置取りしているようにも見える。

ビデオ通話が終わったときに、置き時計が映った。時刻は午前一時半だった。

千春は、ようやくパジャマに着替えた。冷蔵庫から出してきた梅酒でオンザロックを作り、一人で飲み始めた。

日高が「俺にも」と言うので、作ってやる。二人で乾杯し、だらだらしたと会話が続いた。

日高は、その間もビデオ撮影を止めようとはしなかった。

救急車のサイレンが聞こえてくる。

「火事かな」と、千春。

「サイレンが違う」と、日高が答えた。

「ピーポー、ピーポーっていうのは救急車」

「消防車は？」

「ウー、カンカンカン」

「あれ、そうだっけ。だけど、よく、そんな細かいこと覚えてるね」

「小学生の頃、働く車が大好きだったんだ。救急車、どのへんだろう？」

日高は、ビデオカメラを構えた姿勢のまま立ち上がる。ガラリという音を立て、アパートの窓を開けた。

「やめなよ、そういうの」

千春は、近所の目を気にしているようだ。

「……見えないな。もう行っちゃったかな」

サイレンの音は次第に小さくなっていき、ほとんど聞こえなくなってしまった。

ビデオの映像は、千春のアップに変わる。

「もう、本当に、いつまで撮ってるの？」

千春は、呆れたような表情だった。

「ちょっとさ、上脱いでみてよ」

日高は、低い声で言う。

「えぇー？　馬っ鹿じゃないの？」

千春は、日高を睨んだが、その視線には、どこか媚びを含んでいた。

「いいじゃん。ちょっとでいいからさ」

ここで、映像が止められる。

無意識に先を期待していた傍聴者たちは、肩透かしを食って苦笑する。

「今見ていただいたのが、昨年十一月三日、深夜に、被告人が撮影した映像です」

本郷弁護士は、裁判員たちに向かって語りかけた。

「被告人には確固としたアリバイがあり、あきらかに無実であることは、わかっていただけたことと思います」

次は、石川検事による反対尋問だった。

「あなたは、被告人の恋人であると証言しましたね？」

千春を見ながら、硬い声で質問する。

「はい、そうです」

千春もまた、ぎこちない様子だった。

「だとすれば、被告人が無罪になることを、何より望んでいるはずですね？」

石川検事は、不自然に平板な声で言う。

「はい」

千春は、必要最小限の答えしか返さなかった。余計なことをしゃべると、揚げ足を取られる危険性が増すのではないかと警戒しているようである。

「ということは、あなたには、嘘をついても、被告人のアリバイを証言する動機があることになりますね？」

「異議あり！」

本郷弁護士が、立ち上がる。

「検察官は、理由もなく、証人が嘘をついているとほのめかしています」

「検察官は、証人に配慮し、充分に訊き方に気をつけてください」

奥野裁判長は、うんざりしている様子で、型通りの注意を与える。

「……先ほど流れたビデオ映像ですが、あまりにも唐突に提出されたという印象を持たざるを得ません」

石川検事は、不機嫌に咳払いをする。

「あなたはなぜ、この公判の直前になって、初めてビデオの存在を明かしたんですか？」

千春の背中が、緊張するのがわかった。

「できれば誰にも見せたくなかったんです。……すごく、プライベートな映像ですから」

「恥ずかしかったということですか？」

「はい」

「しかし、この裁判におけるアリバイ証言の重要性は、わかっていたはずですよね？」

石川検事は、脅しつけるような不穏な声で迫った。

「もし、今の映像が真実だと認められれば、無罪判決も充分に有り得ます。恥ずかしいからといって、出し惜しみしている場合じゃないでしょう？」

「ですから、……いろいろ考えたんですが、提出しました」

千春は、身を縮めて、嵐をやり過ごそうとしているようだった。

「しかし、それまでは、このビデオの存在をずっと秘密にしていた。そこが不自然だと言っているんです！」

石川検事は、さらに厳しい声になった。

「今、法廷内で堂々と流された映像ですが、本当は、いつ撮影されたものですか？」

一語一語、わざとらしいくらいはっきりと発音して訊く。眉根を寄せ、目を見開いており、石川検事の大きな顔がさらに大きく見えた。

「去年の、十一月三日の夜です」

千春は、か細い声で答えた。

「本当に、そうだったんですか？　あなたは、本当に一点の曇りもなく、真実を述べていると誓えますか？」

石川検事の表情は、前から顔芸の域だったが、ますます迫力が増している。ひょっとすると、テレビのドラマを参考に鏡の前で練習したのだろうか。

「異議あり！　検察官は、証人を威嚇して、証言を妨げています！」

本郷弁護士は立ち上がり、怒気をはらんだ声で抗議する。

「あなたは、法廷において真実を述べる旨の宣誓をしています。あえて虚偽の事実を述べると、偽証罪に問われることをわかっていますか？　さらに、日付を改ざんしてあるビデオテープを証拠として提出した場合には、証拠偽造罪も適用されるんですよ？」

石川検事は、異議も意に介さなかった。

「検察官。止めなさい！」

奥野裁判長が突然大声を発したことに対して、左右陪席や裁判員、傍聴人は、一様に驚きの表情を浮かべた。

「……いません」

千春が、消え入りそうな声を絞り出す。

「何ですか？」

石川検事は、かさにかかって言う。

「わたしは、嘘なんかついていません！」

千春は、しゃんと背筋を伸ばすと、まっすぐに顔を上げた。傍聴人は後ろから見ているので表情はわからないが、石川検事を睨み付けているらしく、石川検事が怯んだ様子を見せたのが痛快だった。

「わたしは、本当のことを話しています。ビデオも、まちがいなく、英之が三日の晩に撮ったものです。それが嘘だと言うなら、かまいませんから、どうぞ訴えてください！　わたしも、脅して嘘の自白をさせて、冤罪で刑務所に入れるんですか？」

千春の剣幕の激しさに、誰もが呆気にとられていた。

「証人は、落ち着いてください。訊かれたこと以外は、発言しないように」

奥野裁判長は、千春に注意したが、口調は意外に優しかった。

「すみません……」

千春は、法壇に向かって深々と頭を下げる。

法廷の中の雰囲気は、総じて千春に同情的であり、石川検事に対しては厳しいようだった。

それを敏感に察知したらしく、石川検事は、落ち着かない様子で書類をめくる。

「ビデオの中で、テレビの画面が映っていましたね。アニメーション番組ですが」

さっきまでの脅迫的な態度はどこへやら、しれっと質問を続ける。

「はい。いつも見ていたんで」

千春も、矛を収めたようだった。

「ええと、『ホーンテッド・スクール』ですか？　最近は、成人になってからもアニメを見るんですね？」

「別に、ふつうだと思いますけど」

どこから攻めてくるのかわからないため、千春は慎重に答える。

「映っていたのは、オープニングではなくて、この日放映された話の途中ですね」

「だったと思います」

「だとすると、これは大問題ですよ」

石川検事は、顔を上げた。猫を被っていたのはほんの一瞬だけで、また白刃を振り上げたという気がする。

「このビデオが、本当に昨年十一月三日の深夜に撮影されたものであればいいですが、もし、そうでないとするると、あなたたちは、あらかじめ、この晩放映されたアニメを録画しておいたことになる」

　石川検事は、法廷内を見渡した。

「必然的に、あなたは、被告人の計画殺人に加担していたということになるんです！」

　法廷内は、騒然となった。

「異議あり！」と叫ぶ本郷弁護士の声すら、かき消されてしまう。

「検察官！　弁護人！　こちらへ」

　奥野裁判長が、二人を前へと呼び寄せる。石川検事に、厳しく注意を与えているようだ。

　謙介は、どうなることかと思っていたが、ほどなく検察側の反対尋問が再開された。

「証人が計画殺人に加担していたかのような発言については、撤回します」

　石川検事が、神妙に頭を下げる。

「しかしながら、このビデオ映像には数多くの不審な点が見受けられますので、検察側より、あらためて鑑定を申請します」

　石川検事の捨て台詞に、聞き捨てならないとばかり本郷弁護士が嚙み付いた。

「こちらで行った鑑定では、ビデオ映像は、真正なものという結論が出ていますが。検察官の言われる不審な点とは、たとえば、どのあたりのことでしょうか？　例を挙げてもらえれば、この場で、きちんと説明できるかもしれませんが」

　てっきり答えに窮するだろうと思ったが、石川検事は、真正面から本郷弁護士を見据えて、堂々と言い放つ。

「今後争点となる可能性があるので、すべてを明かすことはできませんが、一点だけ、ここで疑問を呈しておきたいと思います」

石川検事は、裁判員たちの方に向き直る。

「私が最も違和感を覚えたのは、救急車のサイレンです。お聞きになり、おかしいと思われた方も、多数いらっしゃるのではないでしょうか？」

好きにやらせておけば、裁判員たちに挙手を求めそうな勢いだった。

「サイレンの音の、いったいどこがおかしいんでしょうか？」

本郷弁護士が、冷水を浴びせるような声で突っ込む。

「最初に救急車のサイレンが聞こえてきましたが、証人と被告人が、緊急自動車の音について話している間、ほとんど変化はありませんでした。そこがまず、第一点です」

あっ、まさか。石川検事が言いたいことに気がついて、謙介は、ひやりとした。

もし、その指摘が正しければ、ビデオは、偽造されたものだということになってしまうかもしれない。

その場合、千春が最初から計画に加担していたという石川検事の非難が、やにわに真実味を帯びてくるのだ。

「それから、被告人は、救急車はどのへんにいるんだろうと言いながら、窓を開けています。その直後なんですが、サイレンの音は、それほど大きくなっていないように感じられました。これが二点目です」

裁判員たちは、真剣な表情で、石川検事の話に聞き入っている。

「最後に、サイレンの音は次第に小さくなって、聞こえなくなってしまいました。このときの音の変化が、第三点です」

「検察官は、どこがおかしいと思ったのか、もう少し具体的に述べてください」

奥野裁判長が、注文を付けつつも、石川検事の話に引き込まれているのか、大きく身を乗り出しているのが目についた。

「わかりました」

石川検事は、自信ありげにうなずく。

「ここで、中学校の理科の授業を思い出してほしいんです。『ドップラー効果』については、覚えておられるでしょうか？」

やはり、そういうことだったか。謙介は、思わず天を仰いだ。

もしも、あのビデオが、日高英之と千春がでっち上げたものだったとしたら、二人は重大な見落としをしていたのかもしれない。無実の人間が、わざわざ偽の証拠を作るとは考えにくいから、これは、悪手と言うより致命傷になる可能性すらある。

「理科の授業でも、まさに救急車のサイレンを例にしていたはずです。先ほどの第一点ですが、救急車が近づいてくる場合は、発せられる音波が圧縮されて、音が高くなるように感じられるはずです。しかし、今のビデオにおいては、そうした変化は感じられませんでした」

謙介は、証言台の前にいる千春を見やり、眉をひそめた。

さっきまでは背中に強い緊張が感じられたが、今は肩を落としてうつむいている。かすかに震えているようにすら見えるのは、はたして気のせいだろうか。

「二点目は、さらに単純な話です。窓を開ければ、救急車の音は、大きくなるはずではないでしょうか？　ところが、ほとんど変わらないように聞こえました」

石川検事の舌鋒は鋭かった。

「第三点は、第一点の裏返しです。救急車が遠ざかるときは、ドップラー効果により音は低くなるはずです。実際に音は小さくなっていきましたから、遠ざかっていったと想像できますが、音が低くなった感じは、まったくありませんでした」

「つまり、どういう結論になると、検察官は言われるのですか？」

左陪席の井沢七子判事補が、質問する。

「つまり、ビデオに入っている救急車の音は、そのとき外から聞こえてきたものではなくて、あらかじめ別の機器に録音された音を流したものだと考えられるのです」

石川検事は、自信たっぷりに断言した。

謙介の脳裏に、日高英之と千春がビデオを撮影している光景が浮かんだ。

日高は、好き勝手にやっているようだが、実際は綿密に計算されたアングルを守っている。日高が、ビデオカメラを構えて立ち上がると、ガラリと音を立てて窓を開けた。そのときに、背後でフリーになった千春が、死角になる位置に置いてあった録音機器をこっそりと操作する。

「見えないな。もう行っちゃったかな」と日高が言うのを合図に、千春は、録音機器の音量を徐々に絞っていき、あたかも救急車が遠ざかったかのように偽装するのだ。

「たしかに、音量を絞れば、遠ざかっているかのように聞こえるかもしれませんね。しかし、おそらく音の変化にまでは考えが及ばなかったのでしょう」

石川検事は、すっかり勝ち誇り、鬼の首でも取ったような顔になっていた。

「ちょっと、待ってください。先ほどより、単なる検察官の主観で、ビデオが偽物であるかのように断定するのはいかがなものでしょうか？」

本郷弁護士は、石川検事の独演会に冷水を浴びせる。

「私には、救急車のサイレンの音に対し、何一つ不審な点は感じられませんでした。弁護側の鑑定でも、検察官が今言ったような点は、いっさい指摘されておりません」

おや、と謙介は思った。

本郷弁護士の態度はいたって冷静で、ピンチを招いたような焦りはまったくなかったからである。

「いずれにせよ、検察側が独自に鑑定を行いたいということなら、その結果を待ちたいと思います」

本郷弁護士は、堂々と胸を張っている。

謙介は、もう一度、千春の様子を観察してみた。

あいかわらず、緊張は見て取れるものの、それほど衝撃を受けた様子はなく、本郷弁護士と石川検事を交互に見比べている。

さっきは、がっくり肩を落としているように見えたが、あれは気のせいだったのか。

これで千春の証言が終わり、裁判長に労をねぎらわれて退出する。

こうして、第三回の公判は終了した。

## 15

「あのビデオが捏造だというのは、本当なんですか？」

謙介は、単刀直入に本郷弁護士に訊ねる。

「いったい、どうしたんですか？」

本郷弁護士は、苦笑した。

「まさか、垂水さんまで、石川検事の話を真に受けるとは思いませんでしたね」

「しかし、救急車のサイレンのドップラー効果に関する話は、とうてい無視できないと思ったんですが」

うやむやにされてはたまらない。謙介は、食い下がった。

「大通りをサイレンを鳴らしながら近づいてくる救急車の音は、たしかに音が高くなるように聞こえます。そして、目の前を通過した後は、一転して、徐々に低くなりながら小さくなっていきます」

本郷弁護士は、笑みを湛えていた。

「とはいえ、それは、救急車が一定以上の速度で直線運動をしているときの話です。実際は、そうじゃない場合の方が多いとは思いませんか？」

「そうじゃない場合というのは？」

謙介は、戸惑った。

「たとえば、救急車が細い路地に入った場合などです。当然ながら、最徐行していますから、ドップラー効果が感じ取れるほど音波が圧縮されることはありません」

「しかし、それでは、音が小さくなることもないんじゃないでしょうか？」

謙介の反論にも、本郷弁護士は動じない。すべて想定問答の範囲内のようだ。

「ところが、さにあらずです。音は段階的に小さくなっていくんですよ」

本郷弁護士は、にやりとする。

「なぜなら、救急車が路地の角を曲がると、こちらに届く音は著しく減衰するからです」

あっ、そうかと、謙介は思った。

そこそこのオーディオマニアだったので、音の性質はよく知っているつもりだった。

音には、障害物を回り込む回折という現象があるものの、基本的には、まっすぐに伝わる。

周波数の高い音——つまり高音ほど、直進する傾向が強いために、音の出所がわかりやすい。対照的に、低周波は、どこから聞こえてくるのかがわかりにくいのだ。

だから、救急車のサイレンのような周波数の高い音は、路地の角を曲がるたびに半分以下になるのである。

「十一月三日の晩、救急車が出動した先は、狭く入り組んだ路地の奥にあるアパートでした。高齢男性が、深夜に飲酒していて、心臓発作を起こしたんです」

本郷弁護士は、リラックスしている様子で、事務所のソファに深くもたれながら解説した。

「現場に行って、救急車がたどったと思われる経路を確認しましたが、行き帰りともに、何度も路地の角を曲がっているようでした。だから、最徐行しているのに、そのたびに、サイレンの音が大きくなったり小さくなったりしたんですよ」

なるほどと、謙介は思う。

最近はクレームも多いから、深夜に路地に入って、サイレンを鳴らす必要があったのかとは思うが、正確な場所がわからなかった場合、救急車の到着を知らせたり、もしかしたら邪魔な車を移動してもらうためだったのかもしれない。

いずれにせよ、そういう事実を把握していたとすれば、法廷で弁護側があわてなかったこともうなずける。

だが、それと同時に、まったく別の疑惑が持ち上がってきた。

「先生は、救急車のサイレンの音が不自然な点を、石川検事が指摘するだろうと見越していたんですね？」

「別に、予測していたわけじゃありません。ただ、あの検事なら、そういう可能性があるかもしれないとは思いましたが」

本郷弁護士は、どこか含みを持たせた言い方をする。

「そして、石川検事は、まんまと罠にはまったわけですね」

本郷弁護士は無言だったが、表情は疑惑を肯定しているようでもある。

「そう聞くと、さらに疑問が湧いてきます」

謙介は、身を乗り出した。

「あのビデオには、たまたま、検察側の勇み足を誘うような部分が含まれていたんですか？　私には、少々偶然が過ぎるような気もするんですが」

「どういう意味ですか？」

「あのビデオには、不自然なくらい突っ込みどころが多いという印象を受けたんです。もしかすると、検察を罠にかけるために作られたものなんじゃないかって」

だとすると、必然的にフェイクだったということになるが。

本郷弁護士は、手を振って否定する。

「とんでもない。それは考えすぎですよ」

「そもそも、先生は、どうして現場に足を運ばれたんでしょうか？　犯行現場でもないのに、わざわざ出向くというのは、よほどの場合に限られると思うんですが」

同時に複数の事件を抱えていることが多い弁護士は、悠長に一つの事件にかかずらっている余裕はないはずである。まして、小説やドラマのように、探偵の真似事をするのは、ごくごく稀だろう。

「初めてビデオを見たとき、サイレンの音がフラットに減衰していくのに疑問を感じたんです。それで、たまたま近くを通りかかったときに、調べてみただけですよ」

本郷弁護士は、謙介の追及にも、のらりくらりと言い逃れる。

「ですが、先生がビデオの存在を知ったのは、ごく最近ということですよね？」

「そうですが、それが何か？」

「現場を確認したいだけであれば、私にそう命じればよかった。お忙しい先生が、じきじきに行く必要はなかったはずです」

本郷弁護士は、無表情に首を傾げた。

「ですから、今言った通りですよ。たまたま所用で近くを通りかかったとき、ついでに覗いてみただけです」

「それは、納得しがたいですね」

謙介は、腕組みをした。

「たまたま近くを通りかかったとおっしゃいますが、救急車の目的地がどこであったのかは、あらかじめ照会しておかなければわからないはずです。いつ、目的地を確認したんですか？　それに、近くを通りかかった先生の所用というのは、何だったんでしょうか？」

本郷弁護士は、苦笑いを浮かべた。

「困りましたね。まるで検察官の尋問を受けているような気がするんですが」

「失礼な物言いについては、重々お詫びします。ですが、私としては、どうしても、はっきりさせておきたいんです」

「なぜ、そこまで？」

本郷弁護士は、探るような目を向ける。

「この前のご質問の答えが、まだでしたね。この仕事を続けるかどうかですが、私には、まだ決心がつかないんです」

「しかし、疑問を感じておられるのなら、辞めればいいだけじゃないですか？　私としては、ないはずだ」

引き続き助けていただきたいとは思いますが、垂水さんにとっては、所詮はアルバイトにすぎ

謙介は、ぐっと詰まった。

たしかに、今やっている調査というのは、まともな就職先が見つかるまでのつなぎであり、アルバイトにすぎないと言われてしまえば、それまでかもしれない。

今この場で辞任したとしても、美奈子の視線は多少冷たくなるかもしれないが、ただちに、経済的に困るということもない。

だが、いつのまにか、それでは気が済まなくなっていた。

平沼康信が冤罪の犠牲者であることは、すでに確信していた。警察により自白を強要され、弱者であることを徹底的に利用されて、体よく犯人に仕立て上げられてしまったに違いない。そして、家族は想像を絶するような辛酸をなめ、日高英之は人生を狂わされてしまった。

そして今度は、日高自身が、殺人の冤罪を着せられようとしている。そう思ったからこそ、少しでも彼を救う助けになれればと思った。

だが、調べれば調べるほど、事件の図式はそう単純ではないという気がしてきたのだ。

「わけもわからないままで、ここで逃げだしたくないんです」

謙介は、ぽつりと言った。本郷弁護士は、黙って続きを待っている。

「私は、サラリーマン時代に、目をつぶって不正に加担してきました。違法ではありませんが、真面目に働いてきた人たちの弱みを探り出して、リストラする口実を会社に提供したんです。挙げ句の果てに自分自身がリストラされるという間抜けな結末になりましたが、それで自分のしたことが許されるとは思いません」

本郷弁護士は、同情するように深くうなずいた。

「ですから、これ以上、不正がのさばって、善良な人間が苦しめられる姿は見たくないんです。もしも日高くんの事件が冤罪であると証明できたら、今よりもう少し、自分に誇りが持てるようになるかもしれません」

「あなたは、充分に使命を果たしてくれましたよ。これまでの弁護も、あなたの調査なしでは難しかったと思います」

　本郷弁護士は、謙介を励ますような笑みを浮かべる。

「それから、弁護方針に対するあなたの疑問も、たいへん役立ちましたよ。はっきり言って、石川検事より鋭かったですからね」

　本郷弁護士は、白い歯を見せた。

「どうでしょう？　引き続き調査に協力していただけませんか？」

「むろん、そうしたいのは山々ですが」

　謙介は、唇を舐める。

「そのためには、見過ごせない疑問があります。あなたたちは、いったい、何をやっているんですか？」

　本郷弁護士は、笑みを消した。

「私は何度も質問しましたが、納得のいく答えは、とうとういただけませんでした」

「こちらとしては、話せる範囲で、なるべく丁寧に説明してきたつもりですが」

　本郷弁護士は、溜め息をつく。

「ここで垂水さんが抜けるのは、残念です。大政千春さんも、あなたをとても頼りにしていましたから」

「私は、あなたたちは何をやっているのかとお聞きしましたが、その中には大政さんも入っています」

　謙介は、最後のカードを切った。

「彼女もですか？」

　本郷弁護士は、目を丸くしたが、本心から驚いているようには見えなかった。

「要するに、こういうことでいいですか？　日高くんは、計画的に平沼精二郎さんを殺害し、大政さんも、アリバイ作りに協力していた。さらには、公判で検察を罠にかけるために、私もそれに共謀した」

「どうしても、そういう疑いを払拭できないんです」

　謙介は、じっと本郷弁護士の目を見つめ、返答を待った。

「わかりました。そういうお考えであれば、これ以上は、お引き留めしません」

　本郷弁護士は、あっさりと言う。

　やはり、これまでだったか。謙介は瞑目する。そんなに簡単に、答えが得られるとは思っていなかったが。

「……ですが、別のやり方もありますよ。もし最後までこの裁判にお付き合いいただければ、真相は自ずと見えてくるはずです」

　本郷弁護士は、にやりとする。

　まるで、魚釣りのようだと思った。糸を緩めたり、一転して強く引いたりして、魚の疲れを待ち、最後に釣り上げるのだ。釣るのは好きだが、釣られるのは初めての体験である。

「でも、どうして、そこまで私を慰留されるんですか？」

　ふと疑問が湧いて、謙介は訊ねる。

「私が検察側に密告すると心配されているのなら、それは杞憂ですよ」

本郷弁護士は、にっこりと笑った。

「その点は、心配していません。垂水さんに、検察側に協力する理由はありませんし」

たしかに、今でも心情的には、日高英之を応援しているが。

「先ほど、垂水さんがおっしゃったことは、たいへん興味深く、また嬉しくお聞きしました。組織に属していれば、不正に加担させられることは、ままあるでしょう。しかし、心の底まで不正に染まってしまうかどうかは、その人の人間性によります。垂水さんは染まらなかった。かつてのご自分の行為を恥じて、その埋め合わせをしたいと願っておられる。そうじゃないんですか?」

本郷弁護士は、真剣な表情になって、謙介の目を見る。

「それは、その通りですが」

謙介は、迫力に気圧されて口ごもる。

「ですが、今迷われている理由も、たいへんよく理解できます」

本郷弁護士は、少しためらって、続けた。

「二つの悪の間で、どちらも選べないと思うのは、ある意味当然の反応でしょう」

二つの悪……。それは、さっきの質問に、イエスと答えたのと同じではないか。

謙介の表情を読み取って、本郷弁護士は、うなずいた。

「我々刑事弁護士は、常日頃から本音と建て前を使い分けなければなりません。どんなときも依頼人を信じるという建て前に準ずるなら、依頼人がやっていないと言うかぎり、信じるしかないんです。客観的にはクロだと思う場合でも、シロだと信じて最後まで闘い抜く。それが、弁護士の使命です」

それが、さっきの質問に対して認められるギリギリの線ということなのか。

「しかし、弁護士さんがクロと思う状況ならば、裁判官や裁判員も、当然そう思うでしょう。勝つのはまず無理なんじゃないですか？」

　本郷弁護士は、うなずいた。

「ですから、一つの戦術として、主張を変えてはと提案することはあります。有罪を認めても執行猶予が付くケースもありますから。……しかし、依頼人が、あくまで無罪を主張したいと言えば、それを尊重して闘うしかないんです」

　本郷弁護士は、眉間に皺を寄せた。

「平沼康信さんの事件のときも、そうでした。今考えると、それが正しかったのかどうかは、疑問が湧いてきますが」

「平沼康信さんは、クロだったかもしれないということですか？」

　まさかの発言に、謙介は驚いた。

「いいえ。彼がシロであることに、疑いを容れませんでした。私の心証においても、客観的な証拠から見ても、平沼さんが犯人であるとはとうてい思えませんでした」

　本郷弁護士は、力強く否定したので、少し安心する。

「平沼康信さんを犯人に仕立て上げたのは、強要された供述調書だけです。本来なら、そこを突けば無罪判決が得られるべき案件でした。ところが、現実には、そう簡単ではありません。というより、検察側の主張を完全否定する無罪判決は、きわめてハードルが高いことはわかっていました。以前は判検交流などという制度もありましたし、検察のメンツを潰すことには、裁判官も及び腰だったからです」

　本郷弁護士は、一気にまくし立てた。

「なので、検察側と全面対決するより、別の道もあったのではないかと思うんです。その後、平沼さんが獄中死したことを知って、後悔に苛まれました」

「でも、別の道って何ですか？」

「心神喪失ないし心神耗弱の主張ですよ」

当時の苦渋の決断を思い出しているのか、本郷弁護士は、辛そうな顔になった。

「真正面から闘い、検察の主張をひっくり返して勝つ。そんなのは、おとぎ話です。そもそも、証拠はすべて向こうが握っていて、こちらが執拗に開示請求をしないと出してくれないんです。それも、こういう証拠があるはずだから出せと特定する必要があります。実際にどんな証拠があるのかは、裁判所さえ知りません。知っているのは、訴追側だけなんです。そんな状態で、いったい、どうやって闘ったらいいんですか？」

謙介には、返す言葉がなかった。

「ですが、圧倒的な弱者にも、たった一つだけ有効な戦術があるんです。それが、心神喪失、心神耗弱の主張なんですよ」

だが、それを主張するためには、まず犯行を認めなくてはならなくなるが。

「刑法第三十九条は、大きな問題を抱えています。安易に乱用されることで、凶悪犯が大幅に減刑されたり無罪判決を受けたりすることもあります。しかし、現実の、あまりにも非対称な闘いにおいては、弁護側の最後の頼みの綱なんです」

個々の人間の責任能力に応じ、心神喪失者は罰しない、心神耗弱者は減刑するというのは、法体系の根幹である。自分の行為の善悪がわからない人間を罰することには意味がないという考え方であり、それ自体は、健全で理にかなっているような気がする。

中世ヨーロッパで行われていた動物裁判では、人間に危害を加えた動物を、わざわざ裁判にかけてまで刑罰を与えたが、一神教特有の病的なまでの不寛容さに、謙介はゾッとした記憶があった。

　しかし、人間の思想や制度は跛行するものだ。何かのゆがみを正すために改革が行われると、しばしば行き過ぎになり、今度は逆方向への手直しが必要になる。

　日本の司法の歩みも、戦前の暗黒裁判から加害者の権利を守る方向へとシフトしたが、反面、被害者の救済がおろそかになっていたのは事実だろう。

　そもそも、殺人の被害者や遺族にすれば、殺人者が責任能力の有無によって減刑されたり、無罪になったりするのは、理不尽極まりない制度に映っているはずだ。心神喪失、心神耗弱は、飲酒や薬物によるものも含まれるが、自分の意思で、酒を飲んだり薬物を摂取しているのに、それで罪が免じられるというのは、とうてい納得がいかないだろう。

　とはいえ、安易な免罪符との批判があっても、ろくな武器も持たずに闘わなくてはならない弁護人には、心神喪失や心神耗弱の主張は、抗しがたい誘惑だろうが。

「でも、先生は、平沼康信さんの責任能力については争いませんでしたよね？」

　謙介が訊ねると、本郷弁護士は少し表情を動かした。目の中にあるのは、後悔の色なのか、それとも悲しみだろうか。

「平沼さんの軽度の知的障害は、警察により徹底的に悪用され、嘘八百の供述調書を作られてしまいましたが、心神喪失や心神耗弱を主張する場合には、むしろプラスに働きます。弱者の戦略ですが、そんな計算があったのも事実です」

　本郷弁護士は、深い溜め息をついた。

「しかし、平沼さんは、自分は無実であると私に明言したんです。過酷な取り調べに屈して、供述調書にサインしてしまったが、自分は誰も殺していない。そのことだけは裁判であきらかにしたいと。平沼さんの意志は固かったので、私も、ようやく正面から争う腹を決めました」

「殺人の濡れ衣を晴らしたいと思ったのは、やはり、平沼さんのプライドによるものだったんでしょうか？」

謙介は、わけもわからないまま逮捕され、身に覚えのない罪を着せられた男の心中に思いを馳せた。彼を突き動かしたのは、怒りだったのだろうか。

「違います」

本郷弁護士は、きっぱりと首を横に振った。

「平沼さんは、自分はどうなってもいいと言いました。ろくな職にも就いていないし、どうせこの先、たいした人生は送れないだろうと。でも、家族——特に英之にだけは、どんなことがあっても殺人者の息子という汚名を着せたくないんだと」

そうだったのか。

謙介は、今さらながら強い衝撃を受けていた。子供のいない自分にはわからないが、それが父親の愛の深さなのだろう。

そして、罪に陥れられた人だけではなく家族の人生まで破壊してしまう、冤罪という犯罪の底知れぬ罪深さを思う。

「そのことは、日高くんには？」

「もちろん、伝えましたよ」

本郷弁護士は、遠くを見る目になった。

「日高くんは何も言葉を発しませんでした。ですが、あのときの彼の表情は、今でも忘れられません。怒りでも悲しみでもなく、ただ、ひたすら何かに耐えているような……。おそらく、あのときに」

本郷弁護士は言葉を切ったが、何を言おうとしたのかは、謙介にはわかった。

日高英之は、そのときに決意したのだ。

父親のために復讐することを。

殺人の真犯人に対して。

そして、父親を冤罪に陥れたシステム――警察、検察に対して。

「先生は、日高くんが平沼精二郎さんを殺したんだと思いますか？」

謙介がそう訊ねると、本郷弁護士は無表情に答えた。

「さっきも言ったように、依頼人が無実だと言うなら、私はそれを信じます」

やはり、そうなのか。これで納得がいった。日高英之は同情に値するが、協力できるのは、ここまでだ。謙介が口を開きかけたときに、本郷弁護士が機先を制するように言う。

「垂水さんにお願いしたいことがあります。最後に、もう一つだけ、仕事をしていただけないでしょうか？」

## 16

第四回の公判では、まだ、被告人が撮影したというビデオの鑑定が完了していなかったため、検察側の請求した証拠調べが行われることとなった。

「検察官証拠等関係カード記載の甲一号証を証拠調べ請求します」

検察側にとっては切り札となる証拠であり、石川検事は高らかに宣言した。

「平沼精二郎さんが死亡する原因となった、ポンティアック・ファイアーバード・トランザムのキーです。平沼邸を現場検証した際に発見されたものです」

「弁護人。ご意見は？」

奥野裁判長の質問に、本郷弁護士は「しかるべく」と答えた。都合の悪い証拠であっても、何でも異議を唱えて排除できるわけではないのだ。

石川検事は、キーが発見された際の状況を説明するため、現場検証に当たった警察官を証人申請した。

「それで、このキーが発見されたのは、どこだったんですか？」

石川検事の質問に、佐野（さの）という若い刑事は、緊張した面持ちで答える。

「平沼邸の母屋の二階のリビングに、キーボックスがあり、その中に掛かっておりました」

「甲二十七号証、キーボックスの写真です。ご覧ください」

石川検事は、日高英之の被告人質問の際に持ち出した写真をモニターに映した。

見覚えある木製のキーボックスの写真だ。扉にはレトロなチェッカーガラスが嵌まっており、ビンテージものという雰囲気を漂わせている。

「この中に掛かっていたわけですね？」

「はい」

佐野刑事は、強くうなずきながら答えた。

佐野刑事には、弁護側の反対尋問はなく、そのまま退出する。

次に、長谷部（はせべ）という科学捜査研究所の職員が呼ばれた。キーの写真をモニターに映し出し、ベテランらしい淡々とした口調で報告する。

「キーのつまみの片面からは、はっきりした拇指（ぼし）の指紋が検出されました」

「拇指というのは親指のことですね。その指紋が検出されたのは、キーのどちらの面だったんですか？」

石川検事は、細かい点を確認する。

「キーの刻み目を下にしたとき、左側に来る面ですね」

打ち合わせ通りの質問らしく、長谷部は即答した。

「つまり、キーを右手でつまんで挿し込んだ際に、ちょうど親指で押さえる位置にあったわけですね？」

「その通りです」

長谷部は、しかつめらしくうなずく。

「反対側の面は、どうだったんですか？」

石川検事は、あらかじめ反対尋問の余地をなくすように詰めていく。

「掌紋の一部が検出されましたが、不鮮明でした。キーをつまんだとき、右人差し指の側面に当たる位置ですので、別段不思議はありません」

「なるほど」

石川検事は、裁判員らにアピールしているように何度もうなずいた。

「それで、はっきりした親指の指紋ですが、誰のものか特定されましたか？」

「はい。被告人である日高英之の右手拇指の指紋と一致しました」

長谷部は、ここで石川検事の求めに応じ、指紋の照合方法について説明した。

テレビドラマでよく見る二つの画像を重ね合わせて判定する手法は、重合法と呼ぶらしいが、指紋は伸縮するために、現実には、ぴったりと合わさることはまずないらしく、逆に、完全に画像が重なった場合は、偽造を疑わなくてはならないのだという。

各国の捜査機関で実際に行われているのは特徴点抽出法と呼ばれる方法であり、指紋の持つ特徴的な部分――線の長さや、結合、分岐、カーブなどの部分を比較して、相違点が一つでもあれば同一指紋であることは否定されるが、相違点がなく、特徴点が十二個以上一致すれば、同一の指紋と判定されるということだった。

「車のキーから検出した指紋と、被告人である日高英之の右手拇指の指紋を比較したところ、ちょうど十二個の特徴点が一致したのです。これにより、同一指紋と判定しました」

長谷部は、専門家然として答える。

「でも、たった十二箇所では、偶然の一致ということもあるんじゃないですか？」

石川検事は、あえて疑問を呈した。

「二つの指紋を比較して、十二個の特徴点が一致した場合、偶然である確率は、一兆分の一と言われています」

長谷部は、ハーフリムの黒縁眼鏡を直しながら答える。

「これは、世界の人口八十億人と比較して、百倍以上ですから、統計的に、偶然の一致という可能性は排除されます」

傍聴人たちは、みな感銘を受けたようだった。裁判員の中にも、何人か深くうなずいている人たちがいる。

「なるほど。統計的に、偶然の一致ということはありえないと」

石川検事は、念を押すように繰り返す。

「ということは、キーを最後に使ったのは、被告人と断定していいわけですね？」

「その通りです」

長谷部は、明快に言い切った。

ちょっと前まで法廷を覆っていた懐疑的な空気は、車のキーという物証一つで、一掃されてしまった。

平沼精二郎が、自宅の車庫で車を止めたが、ランオンによってエンジンが動き続け、結果、一酸化炭素中毒で死んだというシナリオは、キーに日高英之の指紋が付着していたことにより、完全に成り立たなくなった。

これが、検察側の切り札だったのだ。その破壊力の前では、遺産目当てだったという当初の検察側の主張が崩れてしまったことや、千春のアリバイ証言とビデオテープなどは、すっかり霞んでしまう。

しかし、本郷弁護士には、あわてたような様子は微塵も見られなかった。反対尋問に立ち、穏やかな調子で長谷部証人に語りかける。

「証人は、科学捜査研究所で、永年、研究に携わってこられたということですね？」

「はい。三十年間、主に指紋について研究してきました」

長谷部は、自信たっぷりに答える。

「なるほど。指紋のことは、すべて知り尽くしておられるわけですね。検察側の証人ですが、これ以上信頼できる方はいないでしょう」

本郷弁護士は、長谷部のプライドをくすぐるように言ってから、本題に入る。

「では、お伺いしますが、ポンティアック・ファイアーバード・トランザムのキーに付着していた指紋は、いつ着いたものか判別できるのでしょうか？」

「いいえ。それは不可能です」

長谷部は、難しい顔になった。

「指紋が付着した時期は、現代の科学では特定不可能です」

「なるほど。つまり、当該の指紋は、昨年の十一月三日より以前に付いたものかもしれないということですね？」

石川検事が、何か言いたそうな顔で立ち上がりかけたが、そのまま着座した。下手に異議を申し立てるよりも、歯牙にもかけない態度でいた方が得策だと思ったのだろう。

「その可能性は、否定できません」

長谷部は、認める。

「そうですか。だとすると、指紋が付着した可能性のある時期を特定していただけないでしょうか？」

「時期ですか……？　正確に特定するのは、かなり難しいですが」

想定外の質問だったのか、証言台に立って初めて、長谷部は、考え込んだ。

「質問を変えましょうか。指紋というのは、一般に、どの程度の期間保つものなんでしょうか？」

「それは、条件によって違います」

長谷部は、正確を期そうとしているように証言台のマイクを口に近づけた。

「まず、指紋が付着している素材によって、検出が可能な期間は大幅に変わってきますので。指紋が最もよく保たれるのは紙で、ふつう、二、三年は検出できます。保存状態が良ければ、十年前の指紋でも採れる場合があります」

傍聴席が、少しざわついた。そんなに長く残るのかという反応だった。何も犯罪者側に立っているわけではないだろうが。

「それでは、問題のポンティアック・ファイアーバード・トランザムのキーについては、どうでしょうか？」

「一般的な硬質の素材、ガラス、鉄、プラスチックなどでは、通常二、三ヶ月は残っています。ただし、屋外の場合は、風雨にさらされたり、紫外線によって分解されたりするので、ずっと短くなります」

またもや傍聴席がざわつくが、さっきとは逆で、紙と違ってずいぶん短いものだという反応だろう。

「なるほど。それでは、保存状態が特に良かった場合は、どうでしょうか？　紙の場合だと、三倍から五倍くらい長く保たれていたようですが」

「それは、ケースバイケースですね」

長谷部は、首をひねっていた。

「なるほど、ケースによると……」

本郷弁護士は、少し笑みを含んで続ける。

「たとえば、屋内のガラスケースに入れられていたような場合は、どうでしょう？」

長谷部は、ジロリと本郷弁護士を見やる。ふざけたような物言いが気に入らなかったらしい。

「その場合は、通常より長持ちする可能性はありますね」

ぶっきら棒に答えたものの、やはり、正確を期したいという職人気質が勝ったのか、丁寧に補足する。

「指紋は人の指の水分と油分から成っていますから、完全に蒸発してしまうと、検出不能になります。先ほど述べたように、屋外で風雨や紫外線にさらされると、急速に劣化が進みますが、屋内で、それも、あまり空気の流通のない密閉空間に置かれた場合、紙に残った指紋と同様、一、二年残っても、特に不思議はないだろうと思います」

そこまで言質を与えないでほしいと思っているのか、石川検事があわてた様子になったが、特に異議は唱えなかった。

「いずれにせよ、指紋がどのくらいの期間残るのかは、細かい条件により千差万別ですから、ここで確定的なことは言えません」

「なるほど。……一年以上残る可能性もあるということですね」

本郷弁護士は、欲しい証言は引き出したとばかり、大きくうなずいた。

「それでは、当該のキーに付着した指紋ですが、鑑識が検出したのは、いつのことだったのでしょうか？」

長谷部は、眉をひそめたが、手元の資料を確認した。

「鑑識班が臨場し、ガラスケースの中にあるキーを発見し指紋を採取したのは、昨年の十一月六日のことです」

平沼精二郎は、十一月三日の深夜——四日に死去しているから、その二日後のことである。

当初は事件性の有無も不明だったはずだから、かなり迅速に動いた方かもしれない。

「弁護側の質問は、何を意図しているのか、きわめて不明確です」

石川検事が、奥野裁判長に向かってアピールする。

「犯行があってから指紋が採取されるまでは、わずか二日ですから、指紋の残存期間を問題にする必要はないと考えます」

石川検事の声は、勝ち誇っていた。

「弁護人。立証趣旨をあきらかにしてもらえますか？」

奥野裁判長が、質問する。実際のところ、かなり不思議に感じているような顔だった。

「わかりました」

本郷弁護士は、大きくうなずき、法廷中に聞こえるような声で宣言する。

「弁護側は、ポンティアック・トランザム・ファイアーバードのキーより検出された指紋は、昨年十一月三日に付着したものではないと主張します」

一拍おいて、法廷内は騒然となった。

「静かに！　静粛にしてください！」

奥野裁判長は、またかという顔で注意を与えると、本郷弁護士に向き直って質問する。

「それは、どういう意味でしょうか？　もしも、十一月三日に付いたものではないとしたら、いつ付いたというんですか？」

「昨年、十月九日のことです」

本郷弁護士は、澄ました顔だった。

「指紋が検出された二十八日前のことになります。先ほど、ガラスケースの中ではどのくらい検出可能なのかという質問をして、一、二年残っても不思議ではないとの証言を得ましたが、これは、指紋がきわめて鮮明であったことを説明するためには必要な質問であったと考えます」

「いや、私が質問したのは、そういうことではありません」

奥野裁判長は、法壇から身を乗り出した。

「その昨年十月九日に、どういう経緯によって、キーに被告人の指紋が付着したのですか？　また、そのキーは、十一月三日、平沼精二郎氏がエンジンをかける際に使われているはずです。そのとき、それ以前の指紋は消えてしまうのではないですか？」

もっともな質問だったが、本郷弁護士は、ニヤリとした。それを訊かれるのを待っていたのだろう。

「昨年の十月九日に指紋が付着した経緯は、すでに、検察官が、被告人質問の際にあきらかにしております」

石川検事は、ギョッとした顔になったが、まだ何のことだかピンときていないだろう。

「よくわからないのですが、それは、どういうことですか？」

奥野裁判長も、石川検事と同様らしい。

「平沼精二郎氏が、バーで酔い潰れたとき、電話で、被告人に迎えに来てほしいと頼みました。指紋は、そのときに付いたものです」

奥野裁判長は、啞然とした顔になった。

「では、昨年十月九日に、被告人の指紋がキーに付着したとしましょう。十一月三日にキーが使用された際に、どうして古い指紋は消えてしまわなかったのですか？」

そう訊ねてから、混乱したように額に手を当てて補足する。

「いや、それだけじゃありませんね。そのキーは、それ以降も、何度も使用されていたのではないのでしょうか？」

本郷弁護士は、たいへんもっともな質問だというように、うなずいた。

「十一月三日も含めてですが、昨年十月九日以降、平沼精二郎氏が使ったのは、そのキーではなかったんです」

「そのキーではなかった？　それでは、別のキーがあったということですか？」

「その通りです」

法廷内は騒然となったが、奥野裁判長は、しばらくの間、注意することも忘れ本郷弁護士を凝視していた。

「……静粛に。私語は慎んでください」

奥野裁判長は、右陪席から何か囁かれて、ようやく我に返ったようだった。

「弁護人がおっしゃる別のキーというのは、どこにあるんでしょうか？」

「おそらく、現在、警察の保管庫にあると思われます」

再び、どよめきが起きる。

「警察は、ポンティアック・ファイアーバード・トランザムを調べた際に、スペアキーを発見したはずです。にもかかわらず、それが検察側にとって不利な証拠となることから、隠蔽しているのです」

法廷内は、ますます騒然とするかと思ったが、あまりに意外すぎたのか、逆に、水を打ったように静まり返った。

「弁護人が言っているのは、とんでもないデタラメです！」

石川検事が、顔を真っ赤にして怒鳴った。

「そのようなキーが発見されたという報告は、私は、一度も受けておりません！　だいたい、いったい何を根拠に、スペアキーが存在するなどという……」

「検察官。少し落ち着いてください」

奥野裁判長は、厳しい表情で、石川検事を制止する。

「弁護人。私からも質問します。そのスペアキーなるものを、あなたは見たのですか？」

「いいえ」

本郷弁護士は、かぶりを振った。

「それでは、なぜ、スペアキーが存在すると断言できるのですか？」

奥野裁判長の追及に、本郷弁護士は平然としていた。

「スペアキーの存在については、被告人から聞いておりました。平沼精二郎氏は、ふだんは、オリジナルのキーは使わずに、スペアキーを用いていたと」

「それは、なぜですか？」

「オリジナルは、たいへん貴重なだけでなく、少し曲がっているため、挿しづらいということでした」

「デタラメだ！　被告人の証言など、信用できません！」

石川検事が、叫んだ。

「罪を逃れようとして、ありもしないキーをでっち上げているだけです！」

「スペアキーの存在と、平沼精二郎さんが日頃はスペアキーを使用していたことについては、すでに本法廷に証人として出廷している、フジエダ・カー・ファクトリーの藤枝淳さんも証言していいます」

本郷弁護士は、冷ややかに言う。

「必要なら、再度藤枝さんを喚問して、証言してもらいますが」

「話が根本的におかしいだろう？」

石川検事は、法廷にいるのを忘れたように、直接論戦を挑む。

「もし、スペアキーが車にあったのなら、被告人は、昨年十月九日、車を出してくれと頼まれたときにも、オリジナルのキーを使う必要はなかったはずだ！」

「被告人は、車のどこかにスペアキーがあるはずだと思い探したものの、見つからなかったと言っています。それで、やむなく母屋に上がって、オリジナルのキーを持ち出したと」

「そんな証言は、一度も聞いていない！」

石川検事は、怒号する。

「警察でも、検察庁でも、被告人の言葉は、まったく耳を傾けてもらえませんでした」

本郷弁護士は、慨嘆しているように言い、法廷内を見回した。

「取り調べにあたった警察官も、検察官も、被告人が有罪であるという強い予断の下、供述を誘導することしか考えませんでした。キーについては、一度も訊かれていないため、死活的に重要な証拠であるスペアキーの存在は、供述調書に含まれなかったのです」

本郷弁護士は、淡々と陳述した。

「さっきから、スペアキーが存在することが前提になっているようですが、かつてはあったという伝聞でしかありません。現物が、証拠として法廷に提出されない以上、机上の空論でしかありません」

石川検事は、ようやく冷静さを取り戻したようだった。

「警察の保管庫にあるとかいう話も、単なる想像というか、弁護人の空想の域を出ていません。まずは、その現物を見せてください」

「スペアキーは、確実に存在し、車内にありました」

本郷弁護士は、力強く断言する。

「しかも、それは、毎回使用されては、車内の特定の場所に隠されていたのです。被告人は、その場所を知らなかったため、オリジナルキーを使わざるを得ませんでしたが、藤枝淳さんは知っていました」

「だから、話だけでは……」

本郷弁護士は、石川検事の言葉を遮った。

「スペアキーが、現在、警察の保管庫にあるはずだというのは、単なる推測ではありません。ポンティアック・ファイアーバード・トランザムは、事件後に警察が押収して、内部を詳しく捜索しているはずです。当然、スペアキーは発見され、警察が保管しているはずだというのは、突飛な空想なのでしょうか？」

「しかし、それは」

「ですが、もし万一警察がスペアキーを発見していなかったとしたら、それこそ大問題です。

捜査機関として、怠慢無能のそしりは免れませんし、そのような捜査に依拠する起訴もまた、信用性を完全に失います」

　本郷弁護士は、法廷の中を見回しながら、大胆に警察を挑発する。

「しかし、弁護側は、今後、どのようにして、そのスペアキーの存在を立証するつもりなのですか？」

　奥野裁判長は、どちらかというと弁護側を心配しているような表情だった。

「弁護側の主張を立証するために、まずは、フジエダ・カー・ファクトリー社長藤枝淳さんに、スペアキーの存在について証言してもらいたいのですが」

　検察側は、あらゆる口実で抵抗し、時間を稼ごうと試みたが、藤枝氏がすでに傍聴席にいることを知ると、法廷内では証言を聞きたいという空気が支配的になっていた。

　奥野裁判長が、左右陪席と相談して裁定を下した。通常、申請した当日に証言が行われることはないらしいが、藤枝氏が急遽、証言台に立つことになった。

　藤枝氏は、落ち着いた表情で質問を待つ。二度目になると、かなり慣れてきたらしい。

「ポンティアック・ファイアーバード・トランザムには、スペアキーがありましたか？」

　本郷弁護士は、単刀直入に訊いた。

「はい。あのスペアキーは、平沼に売る前にうちで作ったものです」

　藤枝は、錆びた声で答える。

「では、なぜスペアキーを作ったんですか？」

「先ほど先生がおっしゃった通りです。オリジナルのキーは、一本しかありませんでしたし、少し曲がっていて、抜き挿しに難がありましたので」

「なるほど。それで、平沼精二郎さんは日頃、スペアキーの方を使われていたんですね？」

すでに百も承知の事実だが、本郷弁護士は、大げさに感心してみせる。

「では、オリジナルのキーは、ほとんど使うことはなかったんでしょうか？」

「はい。キーボックスに入れて、リビングに飾ってありました」

藤枝は、しばし瞑目する。亡き友を偲んでいるような表情だった。

「スペアキーの方ですが、ふだんは、どこに置いてあったんでしょう？」

「ポンティアック・ファイアーバード・トランザムの車内です」

「ですが、被告人は、発見できなかったようですが？」

「車上荒らしを警戒して、すぐにはわからない場所に隠してあったんですよ」

藤枝は、即答する。法廷内に、声にならない声が流れた。

「それは、どこですか？」

本郷弁護士は、身を乗り出した。

「運転席の座席の下です。マグネットで、貼り付けてありました」

この証言を聞いたときの石川検事の顔は、見物だった。憤怒で眉がピクピクと痙攣している。

今回、怒りの対象は、まちがいなく警察であるはずだ。

「では、車両が警察に押収されたときも、スペアキーは、そこにあったはずですね？」

「そのはずです」

藤枝は、すまし顔で答えた。

「警察は、ポンティアック・ファイアーバード・トランザムを調べた際に、スペアキーを発見したと思いますか？」

本郷弁護士は、藤枝の目を見ながら訊ねる。

「間違いなく、発見したでしょうね」

藤枝は、自信を持って即答する。

「なぜ、そう思われるんでしょうか？」

「スペアキーは、念入りに隠してあったわけではないので。使ったら、マグネット付きのキーケースに入れて座席の下に貼り付けるだけです。いくら杜撰な捜索でも、あれが見つからないとは考えられません」

警察を揶揄（やゆ）しているとも取れる証言だが、石川検事は、反応しなかった。

「ありがとうございました。こちらの質問は以上です」

石川検事が、メモに目を落としながら反対尋問に立った。

「あなたは、その、スペアキーなるものが、運転席の下に隠してあったところを、実際に見たのでしょうか？」

「はい」

藤枝は、こともなげにうなずいた。

「なるほど。あなたは、法廷で宣誓して証言しています。その意味については、よくご存じですね？」

「よくわかっています」

藤枝は、びくともしなかった。

「刑法第百六十九条の規定によると、『法律により宣誓した証人が虚偽の陳述をしたとき』に、偽証罪が適用されます。法定刑は三ヶ月以上十年以下の懲役で、罰金刑はありません。つまり、必ず懲役刑になる重い罪です」

石川検事は、千春を脅したときのように、偽証罪を振りかざして、証人を威嚇しているようだった。

「私は、いっさい偽証はしていません！」

藤枝は、堂々と宣言する。

「スペアキーがあったことなら、私だけでなく、『フリス』のマスターもよく知っています。捜せば、他にも証人はいると思いますよ」

「証人ですか……あなたの友人ですね」

石川検事は、独り言のように言い、藤枝が反論する前に次の質問に移る。

「しかし、警察が車を押収した時点で、スペアキーが車内にあったかどうかは、わからないんじゃないですか？」

藤枝は、ぽかんと口を開けた。

「あったはずです。……誰かが持ち去らないかぎりはですが」

「誰かが持ち去らないかぎりは。なるほど、そういう可能性を残しておけば、車の中からキーが発見されなかったとしても、偽証罪に問われずにすみますね」

石川検事は、嫌みたっぷりに言う。

「検察官！　証人に対して、誹謗するような発言は慎んでください」

奥野裁判長が、注意を与える。

「そのような意図はありませんでした」

石川検事は、そう言い訳して、方向転換を図る。

「しかし、かりに今の証言通りならば、スペアキーを誰かが持ち去った可能性はありますね。被告人が持ち去ったということは、考えられませんか？」

質問の趣旨がわからず、藤枝は、戸惑った顔になった。

「ないとは言えませんが。日高くんは、スペアキーの隠し場所を知りませんでしたから」

「それは、少々不自然ではありませんか？」

石川検事は、ようやく攻勢に立てると思ったらしく、厳しく追及する。

「被告人は、被害者からは信用されていました。車に関しては、運転の代行を頼まれるくらい頼られていたわけですよね？　なのに、証人や他の友人もご存じだったスペアキーについて、なぜ、被告人だけは知らなかったのでしょうか？」

「それは、私には、よくわかりませんが」

藤枝は、困惑しているようだった。

「実際、車を出して迎えに来てくれと頼まれたときも、スペアキーのありかがわからなくて、わざわざオリジナルのキーを持ち出したくらいですから」

「それが、被告人の嘘だったということも、考えられますよね？」

「異議あり！　まったくの憶測であり、証人には答えようがありません！」

本郷弁護士が、立ち上がる。

「そもそも、検察官の質問の意図が不明です。被告人がスペアキーを持ち去ったとするなら、エンジンはスペアキーでかけられますから、オリジナルのキーに付着していた被告人の指紋は、完全に意味を失います！」

たしかにその通りだと、法廷にいる誰もがうなずいているようだった。

「検察官。いかがですか？」

奥野裁判長の質問に対して、石川検事は、不機嫌に咳払いをした。

「今の質問は、真実を知るためのものです。検察側としては、いたずらに主張に固執することなく、あらゆる可能性を考慮しながら、公判に臨んでおります」

石川検事は、しゃあしゃあと答える。

よく言えたものだなと、謙介は、ある意味感心するしかなかった。日高英之が有罪であるという主張をゴリ押しするため、ありとあらゆる強引な手段に訴えた人間の口から出る言葉とは、とても思えない。

だが、その一方で、一つ大きな疑問が湧いてきた。

言うまでもなく、オリジナルのキーに付着していた日高英之の指紋は検察側の主張の根幹を成すものだ。それを否定するようなシナリオに言及するのは、なぜだろうか。

石川検事の反対尋問は、それで終わった。

「警視庁捜査一課の山際準一巡査を、証人として申請します」

本郷弁護士の言葉が終わるのを待たずに、石川検事は立ち上がった。

「反対です！　必要性がありません！」

「山際巡査は、警察がポンティアック・ファイアーバード・トランザムの押収捜索をした際に立ち会い、実際に作業に携わりました。スペアキーの所在についても、おそらくは、何らかの事情を知っているはずです」

本郷弁護士は、力強く断じる。たちまち、法廷内の空気は、新しい決定的な証言を聞けるのではないかという期待に包まれた。

「証人申請を認めます」

奥野裁判長も、今回は、即座に断を下す。

石川検事は、歯軋りしているようだったが、それ以上、抵抗しようとはしなかった。

証言台に立ったのは、謙介にも見覚えのある若い警察官だった。見るからに緊張しており、一刻も早くこの場から解放されたいというように、キョロキョロしている。

証人の人定質問が終わると、本郷弁護士は、穏やかに語りかける。

「証人は、職務として、ポンティアック・ファイアーバード・トランザムの車内の捜索を行いましたね？」

「はい」

山際巡査は、そう言って、助けを求めるように石川検事の方を見た。

石川検事は、あえて山際巡査とは目を合わさなかった。

「車内からは、何が発見されましたか？」

そうかと、謙介は、ようやく納得がいった。

石川検事が、検察側のシナリオに反してまで、日高英之がスペアキーを持ち去ったという、荒唐無稽なシナリオについて言及したのは、山際巡査の証言を牽制するためだったに違いない。

つまり、車内では何も見つからなかったというふうに偽証させたいのだろう。

だが、自らが偽証罪に問われる可能性があるのに、この若い巡査に、あえて嘘をつく覚悟があるとは思えなかった。

「車内で発見されたものですか。……ええと、いろいろありますが」

山際巡査は、その場しのぎの答えをする。

「では、具体的にお聞きします。あなたは、運転席の下を確認しましたか？」

「それは、まあ」

山際巡査は、進退窮まっているようだった。法廷の中を見回し、謙介と目が合う。

謙介は、深くうなずいた。

先日会ったときも、山際巡査は同じ表情をしていた。

最初は、警察官としては当然の反応だが、いっさい質問には答えられないと突っぱねていたものだが。

「もう一度、伺います。あなたは、運転席の下を確認しましたか？」

「……はい」

「そこで、何かを発見しましたか？」

石川検事が、一瞬、立ち上がりかけたが、異議を申し立てる理由がないことに気づいたのか、そのまま座ってしまう。

「マグネット付きの、ケースがありました」

山際巡査は、観念したように白状する。

法廷内に、驚きのどよめきが広がった。

「ケースの中には、何がありましたか？」

「車のキーです」

どよめきは、さらに大きくなった。

「静粛に。静粛にしてください！」

奥野裁判長が、苛立たしげに言う。

「それは、ポンティアック・ファイアーバード・トランザムのスペアキーですね？」

「そこまでは、わかりません」

山際巡査は、消え入りそうな声で答える。

「何のキーだったのかは、確認していませんので」

「確認していない？」

本郷弁護士の声が大きくなった。

「なぜ、すぐに、それが何のキーだったのか確認しなかったのですか？」

本郷弁護士の質問に、山際巡査は、むっとした表情になった。

「私が、ケースを発見して、そのまま鑑識に渡したんです」

山際巡査は、口を尖らせて抗弁する。

「ですから、その後のことはわかりません。ケースを開けたことさえ、余計なことをするなと怒られたくらいです」

「なるほど、そうですか」

本郷弁護士は、うなずき、山際巡査には、それ以上の興味を失ったようだった。

「弁護側の質問は、以上です」

「反対尋問はありません」

間髪を容れずに、石川検事が言う。不機嫌な態度を目の当たりにし、山際巡査は、心配げな顔になったが、裁判長に促されて退席した。

「それでは、次に、警視庁捜査一課の松根明警部補を、証人として申請します」

傍聴席に、ざわめきが起こった。

だが、ここにいる何人が、松根刑事が日高英之の取調官だったことを知っているのだろうと、謙介は思う。

「それには、検察官としては、強く反対し、また抗議いたします！」

石川検事は、声を荒らげた。

「予定にない証人を、次々に申請するのは、不意打ちを意図した弁護側の戦術に他なりません。このような公判を愚弄する証人申請は、何卒却下していただきたい！」

「このように、急遽、証人申請をすることになったのは、スペアキーの存在について、警察、検察が秘匿していたからです」

本郷弁護士は、語気鋭く反論する。

「捜索に当たった山際巡査の証言によって、ポンティアック・ファイアーバード・トランザムから、スペアキーとおぼしきものが発見されたことがあきらかになりました。それが当該の車のスペアキーだったのか、さらに、現在、どこにあるのかを確認するためには、証人より話を聞く必要があります」

奥野裁判長は、両側の陪席と、二言三言、言葉を交わしていたが、結論はすぐに出た。

「裁判所としても、話を聞いてみたいと思います。弁護側の証人申請を認めます」

傍聴席にいた男が、静かに立ち上がった。

中肉中背だが、身体は引き締まっている。周囲の注目が集まった。

松根は、証言台に進み出て、出頭カードに住所、氏名などを記入し、宣誓を行った。

「証人は、本公判における事件の捜査を担い、また、被告人、日高英之の取り調べを担当しましたね？」

本郷弁護士の質問に対し、松根は短く「はい」と答える。藤枝のように錆びた声だったが、よりエネルギーに満ちており迫力があった。

「先ほど、山際巡査より、ポンティアック・ファイアーバード・トランザムを捜索した際に、ケースに入ったスペアキーを発見したという証言がありました。証人は、そのことについて、ご存じですね？」

松根は、少しためらったものの、また「はい」とだけ言う。

「では、そのスペアキーがどうなったのかを、教えていただけますか？」

「……証拠品として、保管しました」

松根は、じっと本郷弁護士を睨んでいるようだった。

「その後、どうなりましたか？」

本郷弁護士は、言葉こそ柔らかいものの、ほとんど不倶戴天（ふぐたいてん）の敵を見るような目で、松根を凝視している。

「その後と言うのは？」

「刑事訴訟法により、事件の証拠品は検察官に送致しなければならないと定められています。スペアキーとおぼしきものは、検察官に送られたのでしょうか？」

松根は、苛立たしげに「いいえ」と言う。

「送っていない？　それは、なぜですか？」

本郷弁護士は、ひときわ声を大きくする。

謙介は、ちらりと石川検事の方を見やった。この公判では、幾度となく弁護側から煮え湯を飲まされていたが、そのときですら見たことがないくらい険悪な表情になっていた。

「現場から発見、押収された物品は、膨大な数に上るんですよ。それらを全部送っていたら、検察庁がパンクしますから」

「しかし、スペアキーは、この裁判において、きわめて重要な証拠ではありませんか！」

松根は、傲然と答えたが、背後から見ると、しきりに貧乏揺すりをしているのがわかった。

本郷弁護士は、鋭く糾弾する。

「その時点では、まだ、スペアキーかどうか判別がつきませんでしたから」

松根の貧乏揺すりが、激しくなった。

「では、スペアキーであることは、いつわかったんですか？」

本郷弁護士は、静かに訊ねる。

「正確に、いつスペアキーだとわかったかというのは、ちょっと、お答えするのが難しいんですがね」

松根は、小さな声で答えた。

「なぜでしょうか？　その場でキーシリンダーに挿し込んでみたら、すぐにわかる話じゃないですか？」

本郷弁護士は、呆れたように叫んだ。

「その場では、なかなか、迂闊なことはできんのです」

松根は、苦しげな言い訳をする。

「車は、この事件で最も重要な証拠ですから、万が一にも壊してしまうようなことがあってはいけませんので」

「どういうことでしょうか？　意味がよくわからないんですけど、キーを挿し込んだだけで、車が壊れるんですか？」

本郷弁護士は、半笑いになって、どう思いますかというように法廷を見回した。

「まさか、爆弾が仕掛けられているとでも思われていたんでしょうか？」

「いや、とにかくですね、いったん証拠を保全した上で、それが何なのか確認するというのが手順になってますので」

松根は、低姿勢な言葉とは裏腹に、声には怒気が籠もっていた。

「ですから、その場ですぐにやらなかったとしても、そのキーが何だったのかは確認したわけですよね？　それがいつの時点だったのかを、お訊きしたいんですが？」

「正確には、ちょっと記憶していません。翌日か、それ以降だったかもしれませんが」

松根は、ポケットからハンカチを取り出し額を拭った。どことなく気弱な動作に映るので、裁判員の心証にはマイナスだろう。

この男が、日高英之を取り調べていた際には、どれほど強引で居丈高な追及をしたのかは、謙介も本郷弁護士を通じて聞いていた。

だが、強者の立場で弱者を追い詰めるのは得意でも、いざ自分が追及される側に回ったら、からっきし覇気がなくなるようだ。

「どうも、証言が曖昧で不安になりますね。大切なことだと思うのですが」

本郷弁護士は、苦言を呈する。

「しかし、翌日か、翌々日には、わかったということでよろしいですね？」

「いや、ですから、日付は、はっきり記憶していません」

松根は、また汗を拭った。

「わかりました。日付のことは、けっこうです。しかし、ケースに入ったキーが発見されて、早い時点で、それがポンティアック・ファイアーバード・トランザムのスペアキーであると、わかったわけですね？」

「それは、まあ……はい」

松根は、何か抗弁しかけたが、諦めてうなずいた。

「では、なぜ、それを、検察庁へ送らなかったんですか？」

本郷弁護士は、戦う前の格闘家のように、松根に正対した。

「そのことは、検討したんですが、すでにキーは発見されていたために、重要性が低いものと判断しました」

証言を聞いていた石川検事が、がっくりとうなだれるのが見えた。おそらくだが、まったく知らされていなかったのだろう。

「重要性が低い……？」

本郷弁護士は、信じられないというように叫んだ。

「どちらのキーが使われたのかがわからない状態で、どうして、一方のキーは重要ではないと判断できるんですか？」

「その時点ですでに、メインのキーからは、被告人の指紋が検出されていましたから」

松根は、何とか反論しようとする。

「ですから、犯行に使われたのは、メインのキーであると断定されていたんです」

「メインのキーとは、オリジナルのキーという意味ですね。まるで、そちらが主に使われていたかのような言い方ですが、現実には、平沼精二郎さんは日頃スペアキーを使用していたのは、先ほどの藤枝淳さんの証言の通りです」

本郷弁護士は、裁判員たちに向かって説明してから、松根に向き直った。

「つまり、あなたの証言によれば、警察は、きわめて重要な証拠であるスペアキーが発見されたにもかかわらず、それを重要ではないと見なし、悪質な証拠隠しを行った訳ですね？」

松根が何か言いかけたが、本郷弁護士は、かまわずに続ける。

「最後にオリジナルのキーが使われたという警察の推定は、二つの思い込みに基づいています。第一に、オリジナルのキーには事件の当夜以外に被告人の指紋が付く機会がなかった。そして、被告人が平沼精二郎さんを殺害したという！」

本郷弁護士は、獅子吼した。

「弁護人は、少し冷静に。法廷では、大声は慎んでください」

奥野裁判長が、注意を与えたが、穏やかな調子で、叱責という感じではなかった。

本郷弁護士は、一礼してから続ける。

「実際には、最後にポンティアック・ファイアーバード・トランザムのエンジンがかけられ、そして切られたのは、スペアキーによってだと思われます。車内にスペアキーを常備しているというのに、わざわざ母屋の壁に飾られているオリジナルのキーを使う必要はありません」

本郷弁護士は、自分の話が浸透しているかどうか量るように、法廷内を見回した。

「さらに、先ほどの藤枝淳さんの証言によれば、オリジナルのキーは少し曲がっているため、抜き挿しに難があったそうです。だとすればなおさら、日頃の運転ではスペアキーが使われていたはずと、強く推定できます」

石川検事は、文句を言いたそうだったが、瞑目して、ぐっと堪える。

「つまり、警察の根拠のない仮定は、スペアキーが車内から発見されたことによって根底から打ち砕かれたのです。本来は、その時点で、捜査の方針を百八十度転換すべきでした。被告人、日高英之が殺人犯であったという根拠は、オリジナルのキーに付着していた指紋以外に何一つなかったからです。ところが、警察は、なおも破綻したシナリオに固執しました」

「弁護人は、証人への質問ではなく、自らの主張を演説しています」

石川検事が、やっと立ち上がったものの、声音にはあまり力がなかった。

「質問がないのであれば、すみやかに終了するよう求めます」

「弁護人。いかがですか？」

奥野裁判長が、訊ねる。

「今の発言は、ここまでの論点をわかりやすくまとめたものでした。質問はまだありますので、続けます」

本郷弁護士は、そう言って松根の方に向き直った。

「もう一度、整理してみましょう。警察は、被告人がオリジナルのキーを使いエンジンをかけ、切ったと推定しました。その根拠は、オリジナルのキーに付着していた被告人の指紋でした。その点は、間違いありませんね？」

「……はい」

松根は、半ば観念したようにうなずく。

「ですが、その推定は、スペアキーの発見により、崩れたのではありませんか？」

松根は、宙を見上げて、少し考えているようだったが、ボソボソとした声で言う。

「推定が崩れたということは、ありません。推定を否定するような証拠が見つかったわけではありませんから」

「たしかに、以前の推定があり得なかったという証拠が見つかったわけではありません」

本郷弁護士は、嚙んで含めるように話す。

「しかし、エンジンをかけたり切ったりという行為は、スペアキーを使ってもできたわけです。そうですね？」

「異議あり。誘導尋問です」

石川検事が、あまりやる気のない様子で、立ち上がって抗議する。

「敵性証人と考えられますので、この場合、誘導尋問とは認められません」

奥野裁判長は、にべもなかった。

「証人は、質問に答えてください」

「はい」

松根は、不承不承うなずいた。

「今の『はい』というのは、私の質問に対する答えでしょうか？　それとも、裁判長の説諭に対するものですか？」

本郷弁護士は、辛抱強く訊ねる。

「スペアキーを使って、エンジンをかけたり切ったりすることは、可能でした」

松根は、仕方ないという声だった。

「スペアキーが車内で見つかった以上、オリジナルのキーが使用された可能性は小さくなったとは、考えませんでしたか？」

「必ずしも、そうとは……」

松根は、苦慮しているように言葉を切る。

「メインのキーでも、エンジンをかけたり、切ったりは、できたわけなので」

「だが、少なくとも――少なくともですよ、スペアキーが使われたという可能性はあるわけですよね？　だとすれば、被告人の犯行と断定する根拠はなくなったのではありませんか？」

「メインのキーから指紋が検出された以上、まだ疑いは濃厚に残ります」

松根は、頑固に言い張った。

「疑いが、百パーセント晴れたと言っているわけではありません。でも、被告人が無実である可能性も出てきたわけですよね？」

「それは……どんな事件だって、無実の可能性はあるでしょうから」

松根は、なおも粘る。

だが、意味のある粘りとは、謙介にはとうてい思えなかった。裁判員たちも、呆れたような渋面になっている。

「裁判所からも、質問させてください」

そう言ったのは、左陪席の井沢七子判事補だった。

通常、主尋問や反対尋問が終わる前に裁判所が質問を挟むことはない。よほど我慢できなくなったのだろうか。奥野裁判長は、驚いたように左陪席を見たが、何も言わなかった。

「警察が、スペアキーの重要度を低いと判断した理由が、よくわかりませんでした。その点を、もう少しわかりやすく説明していただけますか？」

松根は、ぐっと詰まる。助けを求めるような目で検察官席を見たが、石川検事はというと、苦虫を噛み潰したような顔で、松根と視線を合わせようともしなかった。

「先ほど、説明した通りです」

松根は、じろりと井沢判事補を見やると、木で鼻をくくったような答えを返した。

「ですから、それが、よくわからなかったと言っているのです」

井沢判事補は、カチンときたようだった。切り口上で言い返す。

松根も、若い女のくせにという目で睨み返したが、さすがにマズいと思ったのか、一転しておとなしく答える。

「まあ、すでに一本目のキーが存在し、そこから被告人の指紋が採取されていたわけなので、二本目のキーが発見されても、重要度は低いという判断に至ったわけです」

「実際に使用されたのが、二本目のキーであったという可能性は、まったく考慮しなかったのですか？」

井沢判事補は、納得せずに追及する。

「いや、だから、一本目のキーから、被告人の指紋が検出されているわけなんでね」

松根は、何度言ったらわかるんだという横柄な口調になる。法廷がざわついた。

「指紋が検出されても、そちらが使われたとは限らないでしょう？」

「いや、指紋があったということは、それを触ったということですよ」

松根は、半笑いで答える。

「わたしは、そんなことを言っているのではありません！」

井沢判事補は、その瞬間、激高していた。

「指紋が検出されても、それが、問題の晩、十一月三日に付いたものかどうかは、わからないでしょうとお訊きしているんです！」

奥野裁判長が、少し心配げな顔で左陪席を見やったが、何も言わなかった。

「それは、まあ……そうかもしれませんが、その確率は低いものと判断しました」

松根は、井沢判事補を甘く見すぎたと気づいたらしく、またハンカチを出して汗を拭う。

「確率というのは、一本目のキーの指紋が、十一月三日よりも前に付いたという確率のことでしょうか？」

井沢判事補は、もはや完全に戦闘モードに入っているようだった。

「そうです」

松根は、神妙に答えたが、はからずも往年のコメディアンを思わせるような声音になって、かすかな笑い声が響いた。

「なぜ、その確率が低いのでしょうか？」

井沢判事補だけは、ニコリともせずにたたみかけた。どこまでも追及するぞという決意が、表情と姿勢に表れているようだ。

「それは……だから、実際に、凶器に指紋が」

途中で言い間違いに気づいたが、松根は、開き直ることに決めたらしかった。

「この事件の場合、車のキーは凶器です。一本目の凶器が、指紋が付着した状態で発見された場合、二本目の包丁が見つかっても、重要度は低くなる。それと、まったく同じことです」

「話をすり替えないでください。車のキーと包丁とでは、全然違います」

井沢判事補の口調は、むしろ、被告人を追及する検事のようだった。

「包丁であれば血痕が残りますが、車のキーは、どちらが使われたのか、判別ができません。

この場合、二本のキーは、どちらも使われた可能性があるはずです。にもかかわらず、なぜ、二本目のキーが使われた可能性だけを排除したのですか？　答えてください」

松根は、進退窮まったようだった。

「警察は、最初から被告人が犯人であるとの予断を持っていました。一本目のキーを使って、車のエンジンをかけたと推測したからです。二本目のキーは、シナリオにそぐわなかったため、あえて無視することにしたのではないのですか？」

井沢判事補は、なおも追い打ちをかける。

「いや、わざと無視したわけでは……」

松根は、脂汗で光る顔を、ハンカチで拭う。

「ですが、振り返ってみると、判断に甘さがあったかもしれないと思います。二本目のキーの重要度を、不当に低く見積もりすぎたのかもしれません。その点は深くお詫びいたします」

「裁判長！」

本郷弁護士が、勢いよく立ち上がる。

「警察が保管しているスペアキーに対する、提出命令をお願いします」

「検察官。いかが思われますか？」

奥野裁判長は、検察官席を見る。

石川検事は、憮然とした顔で立ち上がった。異議を申し立てるのかと思ったが、声からは、すでに闘志が失われていた。

「……しかるべく」

松根は、愕然としている。その様子は背中からも伝わってきた。

「わかりました。それでは、警視庁に対し、当該スペアキーの提出命令を発出します」

奥野裁判長は、きっぱりと言う。

「弁護人。証人への質問は、以上ですか？」

「いいえ。まだ、訊くことがあります」

本郷弁護士は、咳払いして立ち上がった。石川検事とは対照的に闘志満々の表情で、ここへ来ても、まったく手を緩めるつもりはないようだった。

「証人は、被告人、日高英之の事情聴取を、担当していましたね？」

「はい」

松根は、不機嫌に答えたが、声には張りがなく、肩が落ちている。

「あなたは、今でも、被告人が有罪であると思っていますか？」

「異議あり。捜査関係者に、個人的な意見を求めるのは、不適切です」

石川検事が、面倒くさそうに言う。

「個人的な意見ではありません。事情聴取を行った取調官が、どんな心証を持っていたのかは、この裁判においては、きわめて重要なポイントです」

「異議を却下します。証人は、質問に答えてください」

奥野裁判長は、松根を促す。

「私は、被告人は有罪であると、今も思っております」

松根は、低い唸り声を出した。おやっと、謙介は思う。落ちていた肩が持ち上がって、今や怒り肩になっている。どうやら闘志が復活してきたようだ。

「そうですか」

てっきり、ここで理由を問いただすのかと思ったが、本郷弁護士は、スルーする。

「では、あなたは、いつから、被告人が有罪であると思っていたのでしょうか？」

「いつから？　それは、もちろん、被告人を取り調べたときからです」

松根は、傲然と答えた。

「取り調べの過程で、徐々に、有罪であるという心証が形成されてきたわけですか？」

本郷弁護士は、優しいと言ってもおかしくないような口調で訊ねる。

「そうです」

松根は、いつ厳しい質問が飛んでくるかと、身構えているようだった。

「それは、被告人の供述の中に、何か具体的な不審点があったからでしょうか？　それとも、被告人の様子や態度を見て、そう思ったのですか？」

「……すべてです。全体を見て、総合的に、有罪だろうと判断するに至りました」

松根は、強い口調で答えた。

「すべて？　ずいぶん曖昧な答えですね」

本郷弁護士は、うっすらと笑う。

「つまり、具体的に、この点が有罪の心証の決め手だったということは、言えないというわけですね？」

「そんなことは、言っていません！」

松根は、気色ばんだ。

「具体的に言えというんだったら、いくらでも言えますよ！」

「では、お願いします」

本郷弁護士は、松根の勢いをすかす。

「それは……」

松根は、一瞬絶句した。ついかっとなり、売り言葉に買い言葉のように言っただけだろうが、今さら引っ込みが付かない。

「たとえばですが、事件当日に、コンビニに行ったことについても、最初は、『家から一歩も出ていない』などと嘘をついていました。それがバレても、今度は、わざわざ自宅から離れたコンビニに行った理由を言いませんでした。無実だったら、嘘をついたり、誤魔化したりする理由はありませんから」

本郷弁護士は、笑みを消した。

「それが、有罪の心証の決め手ですか？」

「決め手というか、一つの材料です」

「ほんの小さな言い間違いとか、思い違い、あるいは、隠し事があった場合、それで有罪だと断定するのですか？　被告人にかかっていた容疑は、殺人罪なんですよ？」

「だから、総合的に判断したと、言ってるだろうが？」

松根は、立ち上がって怒号した。

「取り調べっていうのは、そういうもんなんだよ！　最初から、私がやりましたっていう奴はいねえんだよ！　小さな間違いとか嘘を見抜いて、そこを突破点にするんだ！」

我を忘れて喚き散らす松根を、本郷弁護士は、ただ黙って見つめている。石川検事の方は、目を背け、頭を抱えているようだった。

このとき、誰の頭にも、同じ考えが浮かんでいたことだろう。法廷に証人として呼ばれて、ここまで激昂するような人間だったら、密室である取調室では、さぞかし居丈高に振る舞っていたに違いないと。

奥野裁判長も、あえて注意することなく、松根を見据えていた。

「小さな齟齬(そご)を見つけ、そこを突いていき、追い詰めるわけですか」

本郷弁護士は、深い溜め息をつく。

「犯人を自供に追い込むためには、そういう手法もやむを得ないということですね？」

松根は、ようやく、少しだけ冷静さを取り戻したようだったが、相変わらず戦闘的な口調を続けていた。

「俺たちの仕事は、綺麗事じゃすまないんですよ。誰かがやらなきゃ、社会は犯罪者だらけになってしまう」

「なるほど。取り調べは汚れ仕事であると、こういうことですね？」

「異議あり！」

石川検事が、立ち上がる。

「撤回します」

論争になりそうだったが、本郷弁護士は、付き合わずに次の質問に移る。

「被告人は、証人の質問に対して正直に答えても、いっさい聞く耳を持ってもらえなかったと言っています。警察が作ったシナリオに合わない回答は徹底的に無視されて、強引に、求める答えを引き出そうとされたと。これは事実なのでしょうか？」

松根は、再び激昂しかけたものの、今回はギリギリのところで自制したようだった。

「そんなことは……ありません。被告人の話は、きちんと聞いた上で、疑問点がある場合は、問い質しただけです」

不自然なくらい硬い声で言う。

「そうですか。証言が百八十度食い違っているようですね。その点について明白にするため、証人が被告人を取り調べた際の映像記録を、証拠として申請します」

「必要ありませんし、不適切です！」

石川検事は、ただちに異議を唱えた。

「映像記録は膨大な長さです。その中から、弁護側に都合の良い部分だけを切り取って証拠とするのは、裁判員に対し誤った印象を与えることになります」

奥野裁判長は、右陪席、左陪席と協議をしているようだった。

「……証拠申請については、後日判断します。弁護人は、質問を続けてください」

本郷弁護士は、丁寧に裁判長に一礼して、松根の方に向き直る。

「証人は、被告人から事情聴取をする際に、有形力の行使を行いましたか？」

松根は、一瞬唖然としていた。意味がよくわからなかったらしく、法廷内がざわつく。

有形力とは、物理的な力という法律用語であり、要は暴力のことだ。

「そんなことはしておりません！」

松根は、嗄（しわが）れた声で叫ぶ。

「有形力の行使とは、必ずしも、殴る、蹴るだけではありませんよ？」

本郷弁護士は、裁判員に聞かせるように、説明する。

「相手に苦痛を与えたり、畏怖（いふ）させたりする行為も、有形力の行使にあたるんです。被告人は、証人に髪の毛をつかまれて、机に頭を叩きつけられたと訴えていますが、これは、事実なのでしょうか？」

「そんなことは……事実無根です！」

松根は、必死になって否定する。後ろから見ても呼吸が荒くなっているのがわかった。

「やるわけがないでしょう？　取り調べは、すべて可視化されているんだから！」

「ということは、可視化されていなかったら、やっていたということですか？」

「異議あり。いたずらに証言の揚げ足を取り、証人を困惑させています！」

石川検事が、松根を助けようと介入した。

「裁判長。暴行の有無を確認するためにも、警察に取り調べの記録映像を開示させるように、お願いします」

「不必要です。被告人には、暴行の結果と思われる怪我もありませんし、診断書も提出されておりません」

石川検事は、頑強に抵抗する。

「傷害罪ではなく、単なる暴行罪であれば、怪我の有無は関係ありません」

暴行罪という言葉を聞かされて、松根は、身体をびくりと動かした。

「ですが、問題は、そこではありません」

本郷弁護士は、ひときわ声を励ました。

「有形力の行使により得た供述には、証拠能力が無いという点です。証人は、長時間にわたる取り調べで、被告人を疲労困憊させただけでなく、暴力で供述を引き出したのです」

本郷弁護士は、ゆっくり法廷内を見回し、一人一人に対して語りかけるように続ける。

「これが、日本の警察の現状であり、二十一世紀となった現在でも、冤罪事件が後を絶たない理由でもあるのです」

法廷内は静まり返り、本郷弁護士の言葉に耳を傾けている。

「別件逮捕を駆使して、容疑者を長期間勾留する人質司法は、国際的にも批判を浴びています。さらに、充分な睡眠や休息を与えないことによって、容疑者の意識を朦朧とさせて、捜査官の言葉を刷り込み、警察が望むような供述をさせる。このやり方は、カルト教団によるマインドコントロールと、何ら変わりがないと言っても過言ではありません」

「弁護人は、質問をするのではなく、一方的な主張を演説しています。裁判長より、ご注意をお願いします！」

石川検事が、たまりかねたように言ったが、本郷弁護士は意に介した様子はなかった。

「しかも、事情聴取と称する場においては、有形力――暴力の行使さえ、未だに行われているのです！　これが、法治国家の警察のすることでしょうか？　拷問で口を割らせるのならば、独裁国家の秘密警察か、江戸時代の岡っ引きと同じではありませんか！」

「裁判長！　ご注意を！」

石川検事が、叫ぶ。

「弁護人。質問は終わったのでしょうか？」

奥野裁判長が、とうとう口を挟んだ。

「終了したのなら、検察官の反対尋問に移りますが」

「質問は、あと少しあります」

本郷弁護士は、軽く頭を下げる。

「その前に、取り調べ映像に対する提出命令を、重ねて要請します」

「その点については、本公判終了後に、判断したいと思います」

奥野裁判長は、言葉を濁す。

取り調べの可視化が謳(うた)われるようになってからも、証拠映像は法廷にはめったに出てこない。検察が、異議申し立てなどにより頑強に抵抗するからだが、実際に見ることができないなら、そもそも録画する意味がないだろうと、謙介は思った。

「松根明証人に、お伺いします」

本郷弁護士は、フルネームで呼んだ。

「証人は被告人の髪の毛をつかんだことはありませんか？　また、机に頭を叩きつけたことはないのでしょうか?」

「異議あり! その質問には、証人はすでに答えています」

石川検事が、さっそく介入する。

「それでは、質問を変えます」

裁判長の注意を待たずに、本郷弁護士は、さっさと先に進む。

「証人は、取り調べの間に、被告人の身体に手をかけたことはありませんでしたか?」

松根は、落ち着かない様子で、椅子の上で身じろぎした。

「まあ、まったく手が触れなかったとまでは言えないかもしれませんが」

「証人の手が、被告人に触れたことはあるということですね」

本郷弁護士は、うなずいた。

「では、被告人の頭部や髪の毛に触れたことはありませんでしたか?」

「……それは」

松根は、あきらかに発言をためらった。

「どの部位に手が触れたかは、はっきりとは覚えていません」

「なるほど。たまたま触れたとすれば、そうでしょうね。思い出せなかったとしても、無理はありません」

本郷弁護士は、物わかりがいい顔で、深くうなずいた。

「しかし、意図的な動きなら思い出せるのではありませんか? たとえば、被告人の髪の毛をつかむとか、ですが」

「異議あり! 有形力の行使という点では事実無根であると、証人は明確に否定しています」

石川検事が、食ってかかる。

「証人は、その行動は、有形力の行使とは認識していなかったのかもしれません」

本郷弁護士は、涼しい顔だった。

「弁護側としましては、髪の毛をつかんだのかどうかだけ、事実関係を、はっきりさせたいと思います」

「その点は、裁判所としても聞きたいと思います。証人は、質問に答えてください」

奥野裁判長が、後押ししてくれる。

「それは……」

松根は、話しかけて、ためらった。

どう答えるつもりなのだろうか。謙介は、固唾を呑んで、続きを待ち受ける。

「証言を拒否します」

法廷内が、一気にざわついた。

「それは、どういう理由からですか?」

本郷弁護士は、追及する。

「理由……?」

後ろから見ていて、松根の背中が、一瞬、硬直するのがわかった。

「あなたは、法廷で宣誓を行っているんですよ。『良心に従って真実を述べ、何事も隠さず、偽りを述べない旨を誓います』と」

本郷弁護士は、噛んで含めるように言う。

「しかし、それは……わかるでしょう?」

松根は、口ごもった。

「まったく、わかりませんね。どういう意味なのか、具体的に言ってください」

本郷弁護士は、にべもない。

「証人に、申し上げます」

奥野裁判長が、身を乗り出した。

「正当な理由がないのに、宣誓又は証言を拒んだ者は、宣誓証言拒否罪に問われます。証言ができないというのなら、その理由を述べてください」

「それは……」

松根は、進退窮まった様子だったが、ついに逆ギレしたように叫んだ。

「罪に問われる可能性があるときには、証言しなくてもかまわないはずだ！」

「……なるほど。証言すれば、あなたが罪に問われる可能性があるということですね？」

本郷弁護士は、法廷の中を見回しながら、ゆっくりと言った。

すでに、充分すぎるほどの言質を取ったという判断だろう。松根は証言を拒否したものの、誰がどう聞いても、日高英之の髪の毛をつかんだという事実を認めたとしか思えない。

だが、奥野裁判長は、まだ納得していないようだった。

「証人の証言拒否は、被告人の髪の毛をつかんだかどうか述べた場合には、暴行罪ないしは、特別公務員暴行陵虐罪が成立する虞(おそれ)があるという意味ですね？」

そこまで念を押すことはないだろうという顔で石川検事が立ち上がりかけたが、諦めたように座り直す。

「……そうです」

松根は、肩を落として認めた。

「では、次の質問です」

本郷弁護士がそう言うと、まだ終わりじゃないのかというように、松根は顔を上げた。

「あなたは、藤林清造という人物をご存じですね？」

松根は、あきらかに絶句していた。

「いかがですか？」

本郷弁護士は、答えを促す。

「それは……知ってますが」

松根は、舌がもつれたようだったが、再び猛然と反発する。

「それが、どうしたんですか？　本件には、関係ないでしょう？」

石川検事は、異議を申し立てようか迷っているそぶりで、腰を浮かせかける。

「関係があるかどうかは、証人が判断することではありません。……証人は、藤林清造氏とはどのような関係でしたか？」

松根は、怒りを堪えているように、深呼吸してから答える。

「私が新人のときに、たいへんお世話になった先輩です」

「藤林氏は、永年刑事畑で奉職し、特に事情聴取が得意で、落としの名手という異名を取った警察官ですね。今はすでに退職されていますが、あなたは、藤林氏から、事情聴取のやり方を教わったのではありませんか？」

「異議あり！」

ようやく質問の意図を悟って、石川検事が立ち上がった。

「証人の指摘する通り、本件とは無関係と考えます」

「関係はあります」

本郷弁護士は、間髪を容れず言い返す。

「弁護人。どういう関係があるのか、質問の意図をあきらかにしてください」

奥野裁判長が、当惑顔で訊ねる。

「本件が、警察、検察による、でっち上げの冤罪事件であると、あきらかにしたいと思います。その大きな要因は、証人らによる違法な取り調べです」

本郷弁護士は、声のトーンを上げた。

「容疑者に対し、長時間休息を許さず、ひたすら責め立て、認めればすぐに帰れると嘘をつき、さらには有形力の行使によって、捜査側の望む供述をさせるのです」

「異議あり！」

石川検事は、激しく反発する。

「弁護人が言っているのは、何ら根拠のない言いがかりです！」

「言いがかりではありません」

またもや、間髪を容れない反論だった。

「日本の冤罪事件について調べると、特定の取調官に集中している傾向があるとわかります。一人の刑事が、何件もの冤罪事件を作り出しているという構図です。そして、藤林清造氏は、その代表的な一人であると思われます」

本郷弁護士は、強く踏み込んだ。

「異議あり！」

石川検事は、叫んだ。

「藤林清造氏はすでに定年退職しており、本件とは、まったく関連がありません！　弁護人の、一方的な警察、検察批判のための質問であり、本公判を愚弄するものです！」

「関連なら、あります」

本郷弁護士は、喰い気味に発言する。

「第一に、松根刑事による強引な取り調べの手法が、藤林氏の教えによるものだという点が、挙げられます」

「それは、単なる弁護人の憶測で……」

石川検事が言いかけたが、本郷弁護士は、それ以上しゃべる隙を与えなかった。

「それだけではありません。藤林清造氏は、十五年前、被告人の父親、平沼康信の取り調べを行った人物でもあるのです」

たちまち、法廷内は騒然となった。

「それこそ、無関係だ！　十五年前の事件は、すでに決着がついている！」

石川検事の言葉は、絶叫に近かった。

「弁護人、検察官、こちらへ！」

奥野裁判長も、いつになく声を荒らげて、二人を呼び寄せる。

何を言っているのかはよく聞き取れなかったが、奥野裁判長の説諭にも、本郷弁護士が冷静に受け答えをしているのに対し、石川検事は、かなり頭に血が上っているようだった。

それでも、ようやく話し合いが終わると、本郷弁護士は質問を再開する。

「先ほど、証人は、こう言いましたね」

本郷弁護士は、メモに目を落とした。

「『取り調べっていうのは、そういうもんなんだよ。最初から、私がやりましたっていう奴はいねえんだよ。小さな間違いとか嘘を見抜いて、そこを突破点にするんだ』と」

松根は、無言だった。

「これは、あなたの師匠であった、藤林氏の教えなのでしょうか？」

「いや、すべて私の考えです」

松根は、小さな声で答える。

「なるほど。では、こちらはいかがですか？『俺たちの仕事は、綺麗事じゃすまないんですよ。誰かがやらなきゃ、社会は犯罪者だらけになってしまう』というのは？」

「それも、同じです」

「そうですか。それでは、藤林氏は、証人に、どのように教えたのでしょうか？」

「それは、一言では言えません」

松根は、苦しげに言う。

「小さな間違いや嘘を見抜いて、そこを突破点にするという部分は、どうなんでしょうか？藤林氏は、そういう手法には、反対だったんでしょうか？」

「いや、それは、取り調べの基本ですから」

松根は、何を言ってるんだという顔だった。

「なるほど。それでは、取り調べのやり方全般に関して、証人は藤林さんからの教えを忠実に受け継ぎ、実行してきたということなんでしょうか？」

「まあ、まったく、そのままというわけじゃありませんが」

松根は、何を言われるのかと心配になったらしく、留保を付ける。

余計なことは言わなければいいのにと、謙介は思う。追及する側は、当然ながら、そういう小さな点を衝いてくるだろう。

「どこが、どう変わったのですか？」

てっきりここで、石川検事が異議を述べるかと思ったが、動きはなかった。

「それは、やっぱり、時代の流れってものがありますから」

「なるほど。時代の流れにそぐわなくなったことは、しなくなったということですね？」

「それは、まあ……」

「具体的には、どのような行為ですか？」

ようやく、石川検事が立ち上がった。

「異議あり。質問の意図が不明です」

「有形力の行使も含め、以前から違法な取り調べがなされていたのかどうかは、きわめて重要な問題です」

奥野裁判長は、うなずいた。

「異議を却下します。証人は、質問に答えてください」

松根は、口を開こうとしたが、そのまま、固まってしまった。

「どうしたんですか？　取り調べで、以前は行われていたが証人はやらなくなった行為には、どういうものがあったかという、シンプルな質問なんですが」

本郷弁護士は、追い打ちをかける。

すると、松根は、驚くべき反応を見せた。

「証言を拒否します」

石川検事は、頭を抱えてしまう。こんなに打たれ弱いとは思わなかったのだろう。

「どういう理由によって、証言を拒否されるのですか？」

本郷弁護士は、静かに迫る。

「それは……先ほどと同じです」

松根は、苦し紛れに、そう口走った。

「先ほどと同じ？」

本郷弁護士は、不思議そうに繰り返す。

「つまり、今の質問に答えた場合、証人は、特別公務員暴行陵虐罪に問われる虞があるということですか？」

「……そういうこともあるかと」

松根は、うつむいて、小声で答える。

「おかしいですね」

すでに充分目的を達したかと思われたが、本郷弁護士は、追及を止めない。

「私は、取り調べで、以前は行われていたが証人はしなくなった行為には、どういうものがあったかとお訊きしたんですよ。つまり、証人はやっていない行為についての質問ですから、それが何であれ、証人が罪に問われることはありませんが」

松根は、助けを求めるように石川検事を見たが、視線を外されてしまう。

「それは……私だけの話ではなく、先輩方に迷惑がかかるかもしれませんので」

石川検事は、またもや頭を抱えていた。

松根刑事は、保身から言わなくてもいい一言を口にしたばかりに、弁護側からの追及を招き、そして、さらに、マズい方向に迷い込んでしまったのだ。

「なるほど。証人が証言を拒否する理由は、先輩刑事が罪に問われる可能性があるということですか？」

本郷弁護士の確認を助け船と捉えたのか、松根は、うなずいてしまう。

「そうです」

「それは、証言拒否の理由になりませんね」

本郷弁護士は、罠にかかった獲物を見るような目で、松根を見る。

「刑事訴訟法では、以下の場合証言を拒否できると規定しています。自己や自己の一定範囲の親族等が刑事訴追を受け、又は有罪判決を受ける虞があるときです」

松根は、しまったと思ったらしく、身体をこわばらせた。

「つまり、あなたの先輩刑事を守るために、証言拒否をすることはできないんです」

「証人は、質問に答えてください」

奥野裁判長が、お墨付きを与えてくれる。

「……その、昔は、多少、手荒な取り調べをすることもあったと聞いています」

松根は、本郷弁護士の思うつぼにはまってしまったようだ。弁護側にとっては、夢のような展開である。適当に答えておけば、何ということのない質問だったのにと、謙介は思う。

「手荒な取り調べとは、たとえば、どういうものでしょうか？」

本郷弁護士は、さらに、松根をじっくりと追い込んでいく。

「それはまあ、小突いたりとかだと思います。その場にいたわけじゃないので、はっきりとはわかりませんが」

「頭を小突くんですか？」

松根は、先輩に睨まれても、自分の保身を優先することにしたらしい。

「ええ、まあ」

「あなたは、やったことはないんですか？」

「……ですから、それは、昔の話で」

「はっきりと答えてください！」

本郷弁護士は、厳しい声を出す。

「ただし、もし、ここで嘘をついて、後になって取り調べ映像が公開されたときに、あなたが嘘をついていたことがわかったら、あなたは偽証罪に問われますよ？」

「異議あり！」

石川検事が、立ち上がる。

「証人を脅しています」

「脅しているわけではありません」

本郷弁護士は、直ちに言い返す。

「偽証罪について警告をするのは、証人に、正しい証言を促すためです」

「異議を却下します」

奥野裁判長も、即断だった。

「もう一度、お伺いしましょう。あなたは、被疑者の取り調べをする際に、頭を小突いたことはありませんか？」

松根は、開き直って、ふてぶてしさを取り戻したようだった。

「はっきりとは、覚えていません」

「被告人の取り調べをしたのは、そんなに前のことじゃありませんよ？　頭を小突いたかどうかくらい、覚えているはずですが？」

松根は、口の中で「糞！」とつぶやいた。おそらく、相当数の人に聞こえただろう。

「今、何と言いましたか？」

本郷弁護士は、険しい表情になった。

「いや、……その、ちょっと小突いたことは、あったかもしれません」

松根は、ふてぶてしさも一瞬で、あわてた様子で答える。

「被告人の頭を、小突いたんですか？」

本郷弁護士は、とても信じられないという調子で言う。

「つまり、本裁判の自白調書は、そうやって取られたものなわけですか？」

松根は、むっとした様子を見せた。

「いや、自白調書は、あくまでも適正に取ったものです。ただ、その途中で、ほんのちょっと小突いたってだけで」

「ほんのちょっと、小突いただけ？」

本郷弁護士は、大きな声を上げる。

「暴力をふるっておいて、ほんのちょっと小突いただけだと言うんですか？　被害者は、そうは思っていないようですよ。そもそも、それが警察官の言うべき台詞ですか？　暴力の程度は、加害者が判断すると？」

「いや、だから、怪我をするほど強くやったわけじゃありませんし」

「まるで、暴力団員の言い訳ですね」

本郷弁護士は、冷笑する。

「特別公務員暴行陵虐罪は、たとえ怪我をしていなくても、成立するんですよ」

「異議あり」

石川検事は、さすがにちょっと疲れた様子だった。今日だけで、いったい何度、異議を唱えただろうか。

「不当に証人を侮辱しています」

「弁護人は、言葉に気をつけてください」

奥野裁判長も、うんざりした様子だった。

本郷弁護士は、頭を下げてから続ける。

「刑事訴訟法三百十九条第一項では、このように規定されています。……『強制、拷問又は脅迫による自白、不当に長く抑留又は拘禁された後の自白その他任意にされたものでない疑のある自白は、これを証拠とすることができない』と」

本郷弁護士は、裁判員たちの方を向いて、アピールする。

「証人は、被告人に対し暴行を加えたことを認めています。違法な方法で得られた自白調書は、無効です！」

石川検事が立ち上がると、本郷弁護士は、異議を唱えられる前に「以上です」と言って、質問を終えた。

引き続き反対尋問に立った石川検事は、自白の大半が「有形力の行使も威圧もない状態」で自発的に得られたものだという証言を引き出しはしたが、インパクトに乏しく、妙に白々しく響いた。

本郷弁護士は、最後に、次回公判において藤林清造を証人として呼ぶことを求める。

今回は、検察側がさらに頑強に抵抗したため、裁判所は判断を留保した。

こうして、異例の長丁場となった第四回の公判は終了した。

# 17

「これもすべて、垂水さんのおかげですよ」

本郷弁護士は、笑顔で礼を言う。

「いや、たいしたことはしてませんから」

謙介は、一応は謙遜したものの、内心はその通りだと自負していた。

警察関係者の間で地道な聞き込みを続けるうち、例のポンティアック・ファイアーバード・トランザムを実際に調べた警察官——山際準一巡査まで行き当たったのは、幸運だったと言うほかはない。

とはいえ、正面からぶつかっても、捜査上の秘密を明かしてくれるとは思えなかったので、山際巡査の高校の友人を通じて山際巡査に接近し、週刊誌のルポライターだと偽って、何度か話を聞くことに成功した。最後はサラリーマン時代に接待で培ったテクニックで酒を飲ませて、キーを発見したという事実を突き止めたのは、我ながら大金星だったと思う。

「しかし、これで、裁判は、俄然有利になったんじゃありませんか？」

謙介が訊ねると、本郷弁護士はうなずく。

「アリバイのビデオテープは、けっこうつけ込まれる余地はありますが、検察の主張は、今やボロボロですからね」

最初に、遺産目当てだったという動機が否定されたため、検察は、日高英之は平沼精二郎が真犯人だという妄想に取り憑かれて殺人を行ったという、苦しいシナリオに路線変更せざるを得なかった。

さらに、唯一にして最強の物証となるはずだったキーも、実はスペアキーが発見されており、それを警察が隠していたことが暴露されるにおよび、証拠能力が完全にボケてしまった。

そうなると、自白調書だけが検察の頼みの綱だが、その信憑性すら、脅しと暴力によるものだったという弁護側の主張により、大幅に損なわれたとみるべきだろう。

「検察は、どうやって公判を立て直すつもりなんでしょうか？」

謙介は、疑問をぶつけてみた。

「検察が今から公判を立て直すというのは、まず無理だと思いますよ」

本郷弁護士は、自信たっぷりに言う。

「向こうの主張が穴だらけであることは、すでに裁判員の意識に刷り込まれています。それに、無理に公判を維持しようとすれば、さらに傷口が広がりますから」

「どういうことですか？」

千春が訊ねる。裁判の行方を楽観しているのは、表情を見ればわかる。以前よりも、ずっと柔らかくなっているのだ。

「こちらは、取り調べ映像を開示するよう請求しました。認められるかどうかは不透明ですが、今後も、しつこくやっていくつもりです。検察側は、法廷で映像を見せる前例が増えることは、何としても避けたいでしょうね」

本郷弁護士は、すでに勝ちましたという表情になっていた。

「それ以上に、藤林清造氏を証人として申請したことは頭が痛いはずですよ。第四回の公判で、松根刑事がさらした醜態を見ると、もっとひどいことになってもおかしくないですからね」

「藤林という刑事は、松根刑事と似たタイプなんですか？」

謙介が聞くと、本郷弁護士はうなずいた。

「絵に描いたような、昭和のパワハラオヤジですよ。暴力的で無茶苦茶な取り調べにおいては、松根刑事の比ではありません」

笑みを浮かべていた本郷弁護士の横顔に、憤りの色が走った。

「平沼康信さんの公判では、その点をしっかりと衝くことができませんでした。それだけが、未だに心残りなんです。でも、今一度リベンジの機会が与えられるのなら、今度は徹底的にやりますよ。……平沼さんの無念を晴らすためにも」

「検察はやっぱり、警察が大恥をかく事態は避けたいんでしょうね？」

「それは、そうです。これからの刑事裁判全部に影響が出かねないですからね。……しかし、石川検事自身は、今頃は、警察に対しても怒り心頭のはずですよ」

本郷弁護士は、詳しく説明する。警察は、スペアキーが発見されたことを、検察にすら報告していなかった。そのために、石川検事は公判で不意打ちを食らい、挙げ句の果ては、公判の維持も危ぶまれる事態に追い込まれてしまったのだから。

「だけど、公判の維持ができなくなったら、どうなるんですか？」

千春が、身を乗り出した。

「囲碁だったら、相手のアゲハマを一個盤上に置きます。将棋の場合なら、駒台に手を載せ、チェスならキングを倒すことになります」

本郷弁護士は、笑みを浮かべた。

「どういう意味ですか？」

千春は、囲碁や将棋などには疎いらしく、キツネにつままれたような表情だった。

そのとき、パーティションをノックして、末廣さんが応接スペースに顔を出した。

「先生。裁判所からです」

末廣さんは、そう言って、開封された茶封筒を本郷弁護士に手渡す。

本郷弁護士は、中に入っていた書類に目を落とした。

「来ましたよ……！　我々の勝ちです！」

本郷弁護士の高揚した口調は、凱歌(がいか)を揚げるようだった。

「勝ちって、それ、どういうことですか？」

千春が、立ち上がって、本郷弁護士の方に歩み寄る。

「検察側は、起訴を取り消しました！」

本郷弁護士は、書類を高く掲げる。

「つまり、彼らは、いったんは日高くんを起訴したが、公判の維持ができないため、なかったことにしたいということです」

なかったことにする……？　謙介は呆気にとられた。人の人生を滅茶苦茶にしかけておいて、ずいぶん勝手な言い草だと思う。

「英之は、無罪になったんですね？」

千春が、喜びの声を上げた。

「いや、無罪というのとは、ちょっと違います。あくまでも起訴そのものの取り消しなので、公判自体が、最初からなかったことになるんですよ」

「だったら、英之は、無罪でも有罪でもないグレイな状態になるってことなんですか？」

千春の表情が、みるみる曇った。

「いや、そういうわけじゃありません」

本郷弁護士は、笑顔で説明する。

「最初から起訴するに足る嫌疑がなかったということなので、一般人――私たちと同じ立場に戻るということです。ある意味では、無罪判決以上に真っ白になったと言えるでしょうね」

千春は、ようやく、安心したようだった。

大勝利に喜びがないわけではなかったが、謙介は、どこか引っかかるものを感じていた。

本郷弁護士が、立ち上がる。

「では、行きましょうか！」

「どこへ行くんですか？」

本郷弁護士は、謙介の言葉にニヤリとして、千春の方を見る。

「検察が起訴を取り消したので、裁判所はすぐに公訴棄却の決定を行いました。したがって、勾留状はすでに失効しています」

千春は、息を呑んで立ち上がった。

「じゃあ、英之は？」

「日高くんは、文字通り、釈放されます」

千春は、跳び上がって喜んだ。

「先生！　ありがとうございます……！」

それ以上は、言葉にならない。

書類を持ってきてからずっと見守っていた末廣さんが、千春の肩を抱いて優しく叩く。

千春は、声を上げて泣き始めた。

「さあ、日高くんが待ってると思いますよ」

本郷弁護士は、千春の背中を押して部屋を出る。

「私も一緒に行って、かまいませんか？」

謙介が遠慮がちに聞くと、本郷弁護士は「もちろんです」と言って、うなずいた。

末廣さんが、電話でタクシーを呼んだら、すぐに来た。謙介は、助手席に座る。

「起訴の取り消しで、公訴棄却っていうのは、よくあることなんですか？」

タクシーが走り出すと、千春が本郷弁護士に質問した。

「いや、めったにないです。検察としては、やっぱり、メンツに関わりますからね」

本郷弁護士は、笑った。

「公訴が棄却されたケースで一番多いのは、被告人が死亡した場合です。起訴の取り消しは、検察官の裁量ですが、だったら、そもそも不起訴にすべきだったということになりますから、検察官としては経歴に汚点を残したことになります」

そもそも検察側の主張は穴だらけだったが、決め手となったのは警察の証拠隠しだったから、石川検事には気の毒な結果かもしれない。

とはいえ、まったく可哀想な気はしなかったが。

「あの、一つだけ気になっていることがあるんですが」

謙介は、助手席から振り返って訊ねる。

「起訴の取り消しというのは、不起訴と同じことですよね？　だったら、もう一度起訴される可能性はあるんでしょうか？」

千春の表情に、緊張が走った。

「いったん検察が起訴を取り消しておいて、再度起訴した例というのは、ほとんどないと思いますよ」

本郷弁護士の答えに、千春は、少し安心したようだった。

「それに、新しい証拠が見つからないかぎりは、再起訴はできないことになっていますから、安心してください」

千春は、ほっとしたような笑みを見せた。

拘置所に着くと、本郷弁護士が日高英之を迎えに行き、謙介と千春はソファが並ぶ待合室のような場所で待つことになった。

「よかったですね」

謙介は、千春に向かって心から言った。

「これで、日高くんは青天白日の身ですね。もう、何の心配もいりませんよ」

「そうですね……」

千春は、なぜか、かえって心配そうな顔になった。

「どうしたんですか？」

千春は、謙介を見る。

「これで、本当に全部終わったのかどうか、よくわからないんです」

「どういう意味ですか？」

謙介は、呆気にとられた。

「裁判は、もう終わったんだし、本郷先生も、新しい証拠が見つからないかぎりは、再起訴はされないって言ってたじゃないですか？」

石川検事は、いかにも執念深そうだったが、さすがに、ここから逆襲することまでは考えていないだろう。

「ええ……でも」

千春は、口ごもる。

「もしかしたら、まだ満足していないかもしれないって思って」

「満足？　誰がですか？」

「英之です」

千春は、つぶやく。

「えっ？　無罪判決が出たわけではなくても、そもそも嫌疑が不充分だったということなら、晴れて無実が証明されたのと同じことでしょう？　なぜ、それじゃ満足できないんですか？」

そう言ってから、謙介は、気がついた。

ひょっとしたら、日高英之の目指していたゴールは、そこではなかったのかもしれない。

自身が無罪を勝ち取ることよりも、父親の冤罪をすすぐことが究極の目的だったとしたら、検察の起訴取り消しによる公訴棄却は、むしろ肩透かしだったということも。

「あ!」

そのとき、千春が顔を上げた。たちまち表情が輝く。

謙介は、彼女の視線の先に目をやった。

こちらに向かって歩いてくる本郷弁護士と日高英之の姿が見えた。日高英之は、法廷で見たときより、さらに痩せたようだったが、足取りはしっかりしており、元気そうだった。

「千春……」

そう言って、手に持ったボストンバッグを置き、両手を広げる。

千春は、彼の腕の中に飛び込んでいった。

二人は、固く抱き合った。

感動的な光景だったが、謙介がよく見ると、日高英之は千春の耳元で何事か囁いているようだった。

抱擁を解くと、日高英之は笑みを浮かべて謙介の方に近づいてきた。

「垂水さんですよね? 本郷先生から伺いましたが、本当にいろいろ、お世話になりました。ありがとうございます」

「いや、別に、そんなにたいしたことはしてませんよ」

謙介は、差し出された手を握る。指が長く、握力は力強い。

「さあ、ここで立ち話も何だから、どこかでお茶でも飲もうか」

本郷弁護士に促されて、三人は拘置所の建物を出た。日高英之は、抜けるような青空を振り仰いで、眩(まぶ)しそうに目を細めた。

久方ぶりの自由を満喫しているのだろう。見ているだけでも、胸が熱くなるような気がした。

四人は、喫茶店に入った。ちょうど空いていた四人掛けのボックス席に陣取る。

本郷弁護士と謙介はコーヒーを、千春は、ミルクティー、日高英之は、オレンジジュースを注文した。甘いものを欲しているのかもしれないと思う。

「英之、だいぶ痩せたよね?」

千春はずっと、日高英之から視線を外そうとはしなかった。

「まあね。拘置所じゃやることがないんで、毎日、自重トレーニングをしてたから」

腕を曲げて、筋肉をアピールする。

「そういうのって、刑務官から文句を言われたりしないんですか?」

謙介が訊ねると、日高英之は笑った。

「だいじょうぶですよ。万一収監されたら、気兼ねなくやってください」

ずいぶん大人びた子だなと、謙介は思う。今の二十二歳は子供という印象しかないのだが、日高英之は、自分が二十二歳だったときより、ずっと老成した感じがする。

身に覚えのない殺人罪で逮捕、収監され、起訴されるという辛い体験のためだろうか。

いや、それより前に、父親が冤罪の被害者となって、一家が辛酸をなめたときから、彼は、ふつうの青年とは異なる成長過程を経なければならなかったはずだ。

「まあ、日高くんも、しばらくは、のんびりした方がいいんじゃないかな」

本郷弁護士が、優しい口調で言う。

「身体を鍛えるのも重要だけどね、心と体を癒やす時間も必要だよ」

「なるほど、そうですね。先生は、かなり心と体を癒やされているみたいですね」

本郷弁護士のビール腹を見ながら言う。

「いやいや、これは、単なる不摂生だから」

本郷弁護士は、自嘲するように笑った。

ずいぶん辛辣だなと、謙介は思う。

日高英之は、ずっと笑顔で余裕のある態度に見えるが、発言には微妙な棘が感じられる。ちょっと前までは、生きるか死ぬかの闘いの渦中にいたのだから、多少は攻撃的になるのも無理はないかもしれないが。

日高英之は、運ばれてきたオレンジジュースのグラスに手を触れたが、なぜか口を付けようとはしなかった。

「先生。それより、これからのことをご相談したいんですが」

日高英之がそう言うと、本郷弁護士は深くうなずいた。

「フジエダ・カー・ファクトリーでは、当分の間、仕事は休んでいいと言ってたよ。休養して、体調が万全になってから出勤してくれたらいいって」

日高英之は、首を横に振った。

「そういう話じゃないんです。この裁判は、まだ終わっていませんから」

謙介は、はっとして千春を見た。さっき、彼女が言った通りだったからだ。

日高英之は、けっして満足していない。

だが、何を望んでいるのだろう。

「しかし、裁判そのものは、公訴棄却となって、終了しているんだ。再起訴というのは、まず考えられないしね」

本郷弁護士は、コーヒーを一口飲んでから続ける。

「後は、国家賠償請求をやるかどうかだけど、本件では、あまりお勧めはできないな」

本郷弁護士の説明によると、拘置所などで拘束されてから、後に無罪判決を受けた場合は、刑事補償法に基づいて国に賠償を請求できるのだという。

「条文では、『無罪の裁判を受けた者が』となっているけどね、起訴が取り消された場合も、当然含まれる。国に対し、不当な拘束や、それに伴う経済的損失、精神的苦痛などへの補償を求めるわけだけど」

本郷弁護士は、椅子に深くもたれて腕組みをした。

「補償金は、身柄拘束の日数に応じて、一日千円以上、一万二千五百円以下と決められているから、かりに勝訴したとしても、何年も拘束された人でなければ、たいした金額にはならないんだ」

一日あたり、千円？　謙介は、唖然とした。法律が制定されたときの物価に応じて決められたのだろうが、それにしても、人を舐めた金額だと思う。

「だが、そもそも、国家賠償訴訟は勝率が低いことで知られているんだよ。冤罪事件や違法な職務質問に関する訴訟で、勝ったのはわずか六パーセントにすぎない。よほど悪質な人権侵害があった場合は話が別だが、弁護士にとって、まず手を出すべきじゃない訴訟の代表とされているくらいだ」

「でも、英之は、警察から、ひどい目に遭わされたじゃないですか？」

千春は、我慢できなくなったようだった。

「たしかに、ひどい。しかし、あの程度では、本当にひどい範疇(はんちゅう)には入らないんだ」

本郷弁護士は、苦い顔になった。

「その意味では、平沼康信さんの場合こそ、国家賠償訴訟をすべき案件だったろうと思うよ。勾留は長期間に及んだし、あからさまな暴力にもさらされているからね。しかし、有罪判決を受けているから、対象にはならない」

「俺は、それでもかまいません」

日高英之は、あいかわらずオレンジジュースのグラスを眺めながら言った。

「勝てなくてもいいんです。補償金なんか、どうでもいい」

「じゃあ、何のために、訴えるの？」

千春は、日高英之の目を見て訊ねる。

「あいつらを証人として呼び出して、実際に何があったのかを法廷であきらかにしたいんだ。あいつらが、取り調べと称し、どんなことをしてきたのか。……そして」

日高英之は、静かに三人の顔を見る。

「親父が、ひどい拷問で自白させられたこと。そして、そもそもが冤罪だったことを」

日高英之の言葉に、三人は沈黙した。

気持ちは、痛いほどわかった。とはいえ、そんなことが現実に可能であるとは、とても思えなかった。

「でも、それは無理だよ」

千春が、ぽつりと言う。

「どうして？」

日高英之は、不思議なものを見るような目で千春を見た。

「わかってると思うけど、裁判って、ものすごくお金がかかるんだよ？　ここまでは最低限の報酬でやっていただいたけど、本郷先生に、勝ち目のない裁判まで付き合ってくださいって、言うわけにはいかないでしょう？」

日高英之は、千春から目を逸らした。

相変わらず無表情で、何を考えているのかわからない。

「訴訟費用なら、ありますよ」

日高英之は、ぽつりと言った。

「潤沢とまでは行かないけど、国家賠償訴訟をやるのには、たぶん、足りると思う」

「どこに、そんなお金があるの？」

千春は、驚いた声を出した。

謙介も狐につままれたような思いだった。今まで懸命に働いて、無駄遣いせず貯金していたとしても、たいした金額になっているとは思えない。

「叔父の遺産を相続できたら、それを全額、充てようと思ってる」

遺産……？

謙介は、文字通り、自分の耳を疑った。

平沼精二郎の遺産は債務超過の状態にあり、日高英之は相続放棄するという話ではなかったのか。あれは、嘘だったのか。

「ちょっと、待って！　それはいったい、どういうことかな？」

本郷弁護士にとっても、寝耳に水の話だったらしい。あきらかに驚愕の表情だった。

「叔父の遺産のうちで、不動産と車は、藤枝さんが説明した通りです。借金を差し引くと、マイナス一千万円弱になります」

日高英之は、淡々と言う。

「でも、叔父のミニカーのコレクションは、希少品が多いから、総額では一千五百万円ほどになるんです。最終的に、五百万円ほどは残る計算なんですよ」

嘘だろう。それでは、話が違う。

謙介は、言葉を失っていた。

「君は、平沼精二郎さんの遺産が五百万円のプラスになると知っていながら、マイナスだと、私に嘘をついたのか？」

本郷弁護士は、厳しい声で言った。

「それは、とうてい許されないことだよ」

「申し訳ありません」

日高英之は、深々と頭を下げる。

「そうなると、藤枝さんは、法廷で宣誓して、事実に反する説明をしたことになる。もしも、藤枝さんがミニカーのことを知っていたら、偽証罪にも問われかねない」

本郷弁護士は、腕組みして苦慮するような表情を見せた。

「社長は、本当に知らなかったんです」

頭を垂れていた日高英之が、顔を上げた。

「車のことは詳しいですけど、ミニカーには興味ありませんでしたから。一千五百万円なんていう値段になるとは、夢にも思ってなかったはずです」

「君は、いつ知ったの？」

本郷弁護士は、眉根を寄せて訊ねる。

「『フリス』で、叔父から、多額の借金があることを聞いて、相続放棄をするようにと言われましたが、その帰り道です」

そのときのことは、藤枝が法廷で証言していたが、まさにその直後ということになる。

「俺はいつも飲まないんで、車を運転して叔父を家に送っていきました。そのとき言われたんです。……実は、隠し財産があるから、相続放棄をする前に少し待てって」

何のための隠し財産なのだろうと思う。意図して超高額のミニカーを買い集めたとしたら、おそらくそれは、相続税を免れるためとしか考えられないが。

「叔父のミニカーのコレクションは、二百台くらいありますが、中に、百万円を超える価格のものが十三台あると言っていました。総額では千五百万円以上だと聞きましたが、今はもっとするかもしれません」

謙介は、平沼邸に潜入したときのことを思い出した。

茶色い板壁には、古いアメ車のものらしいエンブレムが、いくつも釘で打ち付けられていた。また、壁に直付けしてある棚の上に、たくさんの古いミニカーが鎮座している。その一部は、特に愛着があるのか、きれいなガラスケースの中に入れられていた。

あの中にあったのが、超高額のミニカーなのかもしれない。

「平沼さんは、どうして、そんなことをしたのかな？　わざわざ、藤枝さんたちをだますようなことまでして」

「叔父は、自分に万一のことがあった場合は、十三台のミニカーをこっそり持ち出せと言っていました。借金を踏み倒しても、俺には遺産を残したかったんだと思います」

日高英之は、しんみりと言った。

平沼精二郎は、それだけ甥を愛していたのか。それとも、贖罪のためだったのか。

「じゃあ、平沼さんが亡くなった後、君は、ミニカーを持ち出したの？」

本郷弁護士は、厳しい表情で訊ねた。

「いいえ」

日高英之は、きっぱりと首を横に振った。

「全部、叔父の家に置いたままです。確かめていただければ、わかりますけど」

「それは、どうして？」

「うーん。やっぱり、犯罪になるんじゃないかとも思いましたし、叔父にお金を貸してくれた人たちをだますのは良心が咎めたんで」

やはり、この子は悪い人間じゃなかったのかと、謙介は思った。平沼精二郎が死んでから、逮捕されるまでの間に、ミニカーを持ち出すチャンスはいくらでもあったはずだし。

しかし、今になってそんな話を聞かされた本郷弁護士は、胸中複雑な様子だった。

「だとしても、君は、私に嘘をつくべきじゃなかった」

「すみません」

日高英之は、また頭を下げる。

「本当に有罪になるんじゃないかと思って、怖かったんです。遺産について、よけいなことを言ったら、不利になるような気がして」

「その通りだよ」

本郷弁護士は、溜め息をついた。

「検察が、起訴を取り消した理由には、遺産目当てという当初考えられていた動機が消失したことも入っているんだ。私たちは、裁判所と検察をだましたことになる」

「でも、待ってください！」

千春が、叫んだ。

「遺産目当てだったら、ミニカーを持ち出すはずじゃないですか？　英之は、何もかも正直に申告するつもりなんですよ？」

「そういう問題じゃない」

本郷弁護士は、かぶりを振る。

「法廷で、嘘をついたことに変わりはない。……藤枝さんは知らなかったんだから、偽証罪に問われることはないが」

日高英之も、被告人なので偽証罪にはならないが、そもそも法廷で証言はしていない。

弁護人も、まったく知らなかったのなら、責任を問われることはないだろうが……。

「問題ないですよ！　あらためてミニカーを調べたら、高額査定されたってことにすればいいじゃないですか？」

千春が、能天気に言った。

「馬鹿なことを言うのは、止めなさい！」

本郷弁護士は、大声で千春を叱責した。

一瞬、喫茶店の中が静まり返る。

「それは、あきらかな嘘だ。弁護士として、私は、欺罔行為の片棒は担げない！」

千春は、しゅんとした。

「……すみません」

「こいつも、軽い気持ちで言ったんですよ。先生。許してやってください」

日高英之も、頭を下げた。

殊勝な態度に見えるが、そもそもの発端は君なんだけどねと、謙介は思う。

本郷弁護士も、我に返ったのか、喫茶店の中を見回してから、静かなトーンに戻った。

「ミニカーのことは、私から奥野裁判長と石川検事に伝えておきますよ。そのことによって、起訴の取り消しに何か影響があるとは思わないし、誰かが罪に問われることもないだろうけど、日高くん、君は真摯に反省する必要がある。わかっていますか？」

「本当に、申し訳ありませんでした」

日高英之は、また、深々と頭を下げた。

「それで、こんなことを言うのは気が引けますが、国家賠償訴訟はどうでしょうか？」

本郷弁護士は、苦い顔になった。

「とりあえずは、今の話を片付けてから、考えましょうか。その上で、もしやるとなったら、引き続き、私が担当することにはやぶさかではありませんが」

「ありがとうございます！　是非、お願いします！」

日高英之は、にっこりと笑った。

いったい何なんだ、これは。

謙介は、コーヒーを飲みながら、名状しがたい違和感に襲われていた。

さっきから、目の前で台本のある芝居を見せられているような気がするのは、なぜなのか。

そもそも、俺は、ここにいる必要のなかった人間だ。何となく成り行きでついては来たが、これも単なる偶然だったのか。

日高英之を迎えに行くと聞いたとき、自分から行きたいと言ったのは事実である。とはいえ、今までの流れで、そう申し出ることは予測できたはずだ。こちらから言い出さなかった場合は、向こうから誘っていた可能性もある。

だいたい、俺の仕事はとっくに終わっているはずだろう。それなのに、本郷弁護士は、なぜ引き留めようとしたのだろうか。

「どうかしましたか？」

本郷弁護士が、謙介を見た。

「いや、別に何でも。その、国家賠償訴訟で勝てるといいですね」

謙介は、あわてて笑顔を作る。

「まあ、さっきも言ったように、勝てる見込みは、それほどありませんがね」

本郷弁護士は、苦笑いを浮かべる。

……なぜ、こっちを見ていたのか。

謙介は、ますます疑惑が大きく膨らむのを感じていた。

それまでは話に加わっていなかったのに、こちらを気にする理由はないはずだ。

だが、もし、三人の会話を聞かせて記憶に残そうとしていたとすれば、こちらの様子が気になるのはわかる。聞きながら妙な表情をしていれば、ひょっとして気づかれたのではないかと心配にもなるだろう。

「……でも、先生、遺産が五百万円だけ残るからって、それが殺人の動機になると思われるんですか？　だって、相手は実の叔父さんなんですよ？」

千春は、いつのまにか、さっきの話を蒸し返しているようだ。

「通常、五百万円もあれば、充分な動機だと考えられるでしょうね」

本郷弁護士は、千春の勢いに辟易しているようだった。

「でも、もし、お金目当てだったとすれば、殺してすぐに、ミニカーを盗み出すはずじゃないですか？　英之はそのままにしていて、一千万円の借金も、きれいに清算しようとしていたんですよ？」

千春は、なかなか納得しない。

「万が一再起訴された場合には、その点は、たしかに有利に働くでしょう」

本郷弁護士は、首を傾げる。

「ただ、すぐにミニカーを盗み出さなかったのは事実ですが、本当に清算するつもりだったかどうかは、証明が難しいと思いますね。遺産は、あくまでもマイナスだったことにしておいて、ほとぼりが冷めてから売り払うつもりだったんじゃないかと疑われるかもしれません」

「そんな……だって、もしもそうだったら、英之は、今ミニカーのことを話す必要はないじゃないですか？」

それが狙いなのかと、謙介は思った。

ここで、日高英之がたしかにその話をしたという、証人に仕立て上げることが。

## 18

日高英之は、オレンジジュースのグラスを握りしめていた。

掌に感じられる冷たさが、なぜか自由の象徴のような気がする。取調室の不快な熱気とは、正反対の爽やかな感触だ。取り調べが終わって、居室に戻っても、身体の奥に籠もった不快な熱気は去らない。翌日もまた続くであろう罵倒と暴力の予感は、身体をおののかせ、けっしてリラックスさせてくれない。

起訴後は、取り調べを受けることもなく、人格を否定され圧迫される恐怖は遠のき、自由な時間も増えたのだが、それは、刑場に引き出されるのを待つ罪人と同じ状態だった。

拘置所から解放されたときには、絶対オレンジジュースを飲もうと決めていた。もちろん、拘禁されている間もオレンジジュースを自費で購入することはできる。だが、裁判で勝つまで絶対に頼まないと決めていた。晴れて自由の身になってから、すがすがしい気分で飲み干したかったのだ。

第四回の公判で、ようやく見通しが明るくなったと感じた直後に、突然、起訴の取り消しを知らされて、拘置所から解き放たれた。再び自由を得たという感激からはほど遠くて、箱罠に捕らえられていたウサギが、黙って扉を開けられ、おずおずと這い出して、森へと姿を消したような感じだった。

オレンジジュースの氷は、あらかた溶けてしまった。もう水っぽくなってしまったろうし、だんだん生ぬるくなってくるに違いない。

日高英之は、やっとグラスに口を付けようとしたが、途中で動きを止めた。

いや、違う。

これは、俺が求めていた瞬間ではない。

こんなに中途半端に、終わってたまるか。これはまだ、通過点にすぎないのだ。ゴールは、この先にある。どうやってそこにたどり着けばいいのかは、拘置所でずっと考え続けていた。

もちろん、無罪判決を想定していたのだが、起訴の取り消しでも、おそらく同じようなことになるだろう。

テーブル越しにチラチラこちらを見ている中年男に、ふと目をやった。垂水謙介とかいう、リストラされたサラリーマンだが、いろいろ役に立ってくれたようだ。ありがとう。

ここは、もう一働きしてもらおうか。

「あの、垂水さん」

日高英之は、控えめに声をかけた。

垂水は、驚いたように、日高英之を見た。

「もしかして、メディア関係のお知り合いはいませんか？」

垂水は、首を傾げる。

「まあ、いないこともないですけど。大学の同級生で新聞記者になったやつとか、雑誌記者もいたかな。でも、どうして？」

「世間に向けてぜひ訴えたいことがあるんです。そのために、できれば記者会見を開きたいと思っています」

今度は、本郷弁護士に向かって言う。

「先生。お願いできませんか？」

本郷弁護士は、いかにも難題を押しつけられたというように腕組みをした。

「まあ、セッティングすることはできるけど。どのくらいの注目を集められるかは、ちょっとわからないけど」

「お願いします。たとえ、一社か二社でも、来てくれたら、ありがたいです」

「で、私は、なにをすればいいんですか？」

垂水は、依然、ピンときていないようだ。

「記者会見とは別に、どこかの媒体で、記事にしてもらえないかって思ったんです。独占告白みたいな感じで……。そうすれば、たぶん、記者会見の内容を補強できるでしょうから」

「いや、ちょっと待って」

本郷弁護士が、当惑したように口を挟む。

「君は、そこで何を言うつもりなの？」

「冤罪の実態について、広く世間に訴えたいと思っています」

日高英之は、熱意を込めて言った。

「俺の経験を、少しでも多くの人々に知ってもらいたいんです。身に覚えのない罪で捕まってからは、毎日が本当に地獄でした。でも、それだけじゃない。父が逮捕されたときに、うちの家族はめちゃめちゃにされました」

灼熱（しゃくねつ）のマグマのような感情が込み上げて、日高英之は、一瞬、言葉を切った。

「俺は、父は無実だって今でも信じています。でも、再審の壁は厚くて、雪冤の機会は与えてもらえません。だったら、俺自身の公判で父のことを訴えたいと思ったんです。たとえそれで、俺自身が不利な立場に置かれても、かまわないと思いました」

それは、偽らざる思いだった。

「でも、やつらは、勝ち目がないと悟ったとたん、さっさと逃げ出しました。恥も外聞もなく、起訴を取り消したんです。自由の身になった俺が、さぞ喜びの涙にむせぶとでも思っていたんでしょうね」

「君の気持ちは、よくわかるよ」

本郷弁護士が、温かい声で言う。

「だが、我々は、勝ったんだ。そのことは、素直に喜んだ方がいい。その上で、なお訴えたいことがあるなら、記者会見で存分に語ればいいだろう」

垂水も、うなずいた。

「私も、知り合いのメディア関係者に当たってみますよ。記事にしてくれるかどうかはわかりませんが、たぶん、話は聞いてくれると思います」

「ありがとうございます。助かります」

そう答えながら、日高英之は内心で深い満足を感じていた。だいじょうぶ。話を聞いたら、まず間違いなく記事にするよ。

特に、記者会見の後ならば。

喫茶店から出ると、本郷弁護士と垂水は、呼び寄せたタクシーに乗る。

それを見送ってから、日高英之と千春は、ぶらぶらと歩き出した。

日高英之は、拘置所を出たときのように、抜けるような青空を仰いだ。これが、自由というものなのだ。すぐに帰る気にはなれず、荒川の河川敷を散歩することにした。

「本当に、よかった。英之が帰ってきてくれて」

千春が、しみじみと言った。

「そうだな。もし、あのまま有罪になり懲役刑に処せられていたらと思うと、ゾッとするよ。何年くらい、食らってたかな」

「やめて！　そんなこと言うの」

千春は、声音に怒りを滲ませた。

「ゴメン。でも、今はここにいるんだから、いいだろう？」

「そうだけど」

千春は、不安そうな表情になった。

「でも、まだ、終わりにするつもりはないんでしょう？」

「そうだな。まだ、終われないよ」

「わたしは……もう、止めてほしい」

「まあ、記者会見が終わったら、考えるよ。というか、向こうの反応次第だな」

日高英之は、のんびりとした口調で言う。

「いったい、何を言うつもりなの？」

「少々、爆弾を投下してやるかな」

日高英之は、目を細めて荒川を見やる。

「それって、どうしてもやらなきゃいけないことなのかな？」

「ああ、そうだよ」

日高英之は、うなずいた。

「どうしても、やらなきゃいけないんだよ。そのために、俺は取り返しの付かないことをしてしまったんだから」

日高英之の言葉に、千春は、目を伏せた。

彼女の心に一生消えないだろう暗い記憶を残してしまったことに、罪の意識を感じる。

それでも、どうしても、やらなくてはならなかった。

濡れ衣を着せられ、獄死した父のために。

千春の顔を見ていると、あの晩のことが、脳裏によみがえった。

季節外れの激しい嵐のため、傘を差してもすぐにおちょこになってしまうが、そのせいで、人通りは少なかった。

防犯カメラがないと、あらかじめ当たりを付けておいた地点まで歩いてから、日高英之は、軽自動車の後部座席に乗り込んだ。

千春は、運転席から、ちらりと日高英之を見た。

「……どうしても、やるの？」

「ああ」

今さら、何を言ってるんだと思う。ここで中止することなど考えられなかった。

後部座席には、百四十リットルのナイロン製バッグが置いてあった。ファスナーを開けて、中身も揃っていることを確認する。それから、隣にある黒いレインウェアに着替えた。

軽自動車は、坂道を上り、高台に入った。

「そこで止めて」

外に聞こえる恐れなどないが、日高英之は、小声で言った。

窓ガラスの上には雨水が滝のように流れており、まったく視界が利かなかった。日高英之はドアを開け、百メートル先に目を凝らした。外灯に照らされている、平沼精二郎邸が見える。掘り込み車庫のシャッターは下ろされ、その上の窓にも、灯りは見えなかった。

再び、軽自動車を発進させると、ほどなく平沼精二郎邸の前に差し掛かった。

軽自動車は徐行する。日高英之は、そっとドアを開け、掘り込み車庫の前で、バッグを手に素早く降車し、ドアを閉めた。

掘り込み車庫の脇にあるツツジの植栽の奥に隠れる。ちょうど人一人が隠れられるくらいのスペースがあり、そこに腰を下ろした。

腕時計を見ると、午後九時四十分だった。

あとは、ひたすら待つしかない。

日高英之は、レインウェアの上から冷えた両腕をさすり、怒りを燃え立たせ、懸命に自らを鼓舞した。

ツツジの植栽は平沼精二郎邸の陰になっており、すぐ上に小さな庇（ひさし）が張り出していたため、日高英之はまともに風雨にさらされることはなかった。それでも、じっと座っていると、尻から身体が冷えてきたため、時おり立ち上がり、屈伸や足踏みをする。

腕時計を見ると、ちょうど午後十一時になったところだった。ここへ来てから、数え切れないほど何度も時計を見ていたが、まだ一時間二十分しかたっていないのかと思う。

また立ち上がりかけたとき、車のエンジン音が聞こえた。続いてヘッドライトが目に入り、あわててしゃがみ込んだ。

音と光だけで、叔父のポンティアック・ファイアーバード・トランザムだとわかる。

息を殺していると、車はガレージのシャッターの前を通り過ぎ、バックで入る態勢になった。

リモコンでシャッターが上がっていくが、強い風を受けてガタガタと揺れていた。

シャッターが完全に開ききらないうちに、車は中へ入っていった。雨が降り込むから、早くシャッターを閉めたいのだろう。

日高英之は、バッグを手に植栽から出て、ガレージの端ににじり寄った。気づかれないよう中に入るタイミングを計る。

車が完全に中に入ったと思うと、すぐに、シャッターが下り始める。

日高英之は、ガレージの中を覗き込んだ。依然として暗いままだ。叔父は、キーを回して、車のエンジンを切る。音が止むのを確認し、スペアキーを座席の下に隠し、ドアを開ける。

叔父が、運転席のドアを開けて出た瞬間、日高英之は、身を低くしてガレージの中へと飛び込んだ。

人感センサーが、二人のどちらかの体温を検知して、照明を点ける。

見つかったら、万事休すである。四つん這いになって走り、ガレージの左手奥に並んでいる二台の車――アストンマーチン・ラゴンダと、ランボルギーニ・エスパーダの間に隠れる。

叔父は、くしゃみをしてから、ガレージの奥にあるドアに向かった。ドアが開いて閉まり、階段を上る音がかすかに聞こえてくる。

人がいない状態では、ガレージの照明は消える。日高英之は、そっと壁のスイッチを押して、ガレージの照明を消した。いつまでも照明が消えないと、叔父に不審に思われるかもしれないと思ったからだった。

ガレージの真上にある寝室を歩く、叔父の足音がしていた。

日高英之は、なるべく音がしないよう、ポンティアック・ファイアーバード・トランザムのドアを開けて、運転席に座った。

座席の下を探って、マグネットで貼り付けられたスペアキーを取り出すと、タオルで全身を丁寧に拭う。

これからまた、しばらくは待ち時間だ。

とはいえ、嵐の中、ツツジの植栽の陰に座っていたときと比べると、車の座席に座れるのは天国である。

小型の受信機を取り出し、耳にイヤホンをはめて、聞こえてくる音に耳を澄ませた。

寝室のコンセントに挿さっている直付けのトリプルタップには盗聴器を仕込んであるから、叔父の行動を逐一教えてくれる。

どうやら、水割りを作り、小型のラジオでジャズを聴いているようだ。FM放送らしい。

早く寝てくれと思うものの、エンジン音が聞こえても目覚めないくらい熟睡してもらわなくてはならないので、寝酒はたっぷりめの方がいい。

日高英之は、ハンドルを指先で叩きながら、叔父が眠りにつくのを待った。

今ならまだ、止められると思う。

その場合、脱出する方法が難しいが、シャッターを手動に切り替えて開けるしかないだろう。外に出てから、もう一度電動に戻すことはできないので、明日の朝、叔父は不審を抱くかもしれない。それでも、たぶん、自分が疑われることはないだろう。

しかし、もちろん、ここまでこぎ着けて、中止するつもりなど、さらさらなかった。

これまでに、幾晩も眠れぬ夜を過ごして、考えに考えて出した結論である。

叔父は、十五年前の事件の真犯人だ。

一点の疑いもなくそう確信するまでには、地道な調査が必要だった。まず多田佳澄と会って、彼女がアメ車のノベルティを所持していたことから、彼女のアリバイ証言が虚偽で、金銭的な見返りを受けていた可能性が浮上した。

次に、被害者、石田うめさんの孫である沢村美羽に会って、犯人と思われる人物から送金があったことを知った。

疑惑が確信へと変わったのは、叔父の留守中に振り込みの明細書の束を発見したときだった。一回十万円、毎月一回の十数年分で、振込先は、石田陽子、送金主は、ＦＡＢ１となっていた。石田陽子は沢村美羽の母親で、ＦＡＢ１の正体については、見当も付かないと言っていた。薄々、石田うめさんを殺害した犯人からの送金ではないかと疑ったにせよ、下手に追及して、送金が止まるようなことはしたくなかったのだろう。

いずれにせよ、振り込み明細書の束は、叔父が石田うめさんの遺族に送金をしていた事実を示している。それは、なぜだろうか。

考えられる答えは、一つしかなかった。叔父が石田うめさんを殺害し、罪滅ぼしのつもりで、金を送り続けたのだろう。

だとすれば、父母を失った英之に対して、支援を続けたのも、濡れ衣を着せた罪悪感からに違いない。

金銭的な援助だけではなく、就職の口利きまでしてくれた叔父には、ずっと感謝してきた。幼い頃と違って、肉親としての情も湧いていた。

それだけに、叔父が諸悪の根源だったのを確信してからは、心中で怒りが荒れ狂った。

叔父には、したことに対する相応の報いを与えなければならない。

同時に、冤罪により父親を死に追いやった警察、検察にも、鉄槌（てっつい）を下す必要がある。

その両方の目標を実現しようと思ったら、どうしても、これからやることが必須となる。

肉親の情や、恐れや逡巡（しゅんじゅん）は、溶鉱炉のような怒りの炎に触れると、ほんの一瞬で焼き滅ぼされてしまった。

今の俺を止めるには、殺す以外には方法がないだろうと思う。それは、自分自身でも同じで、自殺する以外自分を止められるとは思えない。

おや、そろそろ寝るみたいだ。

イヤホンの音に、日高英之は、耳を澄ます。

やけに速いピッチで水割りを呷(あお)っていたが、ラジオの音楽が止むと、リビングから寝室に、ゆっくりと足音が近づいてきた。

「……許してくれ」

最後に、そんな言葉が聞こえてきたので、日高英之は、ニヤリと笑みを浮かべた。

後悔しているのか。最期の一言としては、殊勝なものだ。

だからといって、許すわけにはいかないが。

それからしばらくの間、さらに待ち続けた。

叔父は、完全に眠りにつくまでに、十分はかかるが、いったん熟睡してしまうと、よほどのことがなければ目を覚まさない。

熟睡のサインは、イビキだ。時計を見て、とりあえず十分待つことにした。

日高英之は、運転席のシートに身を預けて目を閉じながら、いつのまにか、遠い昔のことを思い出していた。

幼い頃は、夕方が好きだった。築五十年を超えるボロ家も、夕映えの中では美しく見えるし、家の傍で父の帰りを待つ時間は、なぜか心がほっこりするのだ。

ゆるやかな丘を登ってくる、父の姿が見える。ポケットには、いつもお土産が入っていた。

父が、節くれ立って大きな手を開く瞬間が、何より楽しみだった。

たいてい、途中で拾ったドングリや綺麗な小石などだったが、同じドングリでも、大きくて丸いクヌギのドングリだと、胸が躍った。

父は、そんな自分を、いつも温かい笑顔で見守ってくれていた。

……イビキだ。

イヤホンからかすかに聞こえてきた音に、日高英之は、はっとした。

叔父は、眠りについた。

さあ、迅速に行動しなくてはならない。

まずは、スペアキーを挿し込んで、そっと車のエンジンをかけ、アイドリングさせる。

広いガレージ内に一酸化炭素を充満させて、上階まで上がるのを待てればいいが、それでは時間がかかりすぎる。ガレージの中にある排気用ホースを車の排気筒につなぎ、一酸化炭素をガレージ天井の隙間へと導いた。石膏ボードの接合部分だが、この上は、スタイロフォームに隙間が空いている。

これで、排気ガスはガレージに充満せず、じかに寝室に送り込まれることになる。

寝室は、かなり排気ガス臭くなるだろう。以前から、寝室にガソリンの臭いが上がってくることがあったが、叔父は、いっさい気にしなかった。このくらいでは、まず目覚めないだろう。とはいえ、自分が先に一酸化炭素中毒で倒れたら洒落にならない。一酸化炭素チェッカーで、絶えずガレージの中の一酸化炭素の濃度をモニターする。

日高英之は、ポンティアック・ファイアーバード・トランザムのフロントグリルを半分だけ濡れタオルで覆い、酸素の供給を減らして不完全燃焼を促した。あまり空気を遮断しすぎるとエンストを起こしてしまうので、加減が難しかった。

日高英之は、時計を見ながら、イヤホンのイビキに耳を澄ましていた。

叔父のイビキは、いくら待ってもなかなか止まらなかった。

寝室内の排気ガスの濃度は、異常なくらい高まっているはずだ。この状態が続いていたら、さすがに、息苦しさで目を覚ましてしまうのではないだろうか。

日高英之は、しだいに危惧を覚えていた。

ここが計画の一番のボトルネックであることは、わかっていた。だが、睡眠薬を服用させる方法を思いつかなかったので、自分の知っている叔父の眠りの深さに賭けることにしたのだ。

エンジンが止まった。さっきから二度目である。やはり、酸素を遮断しすぎたせいだろうか。すばやく運転席に戻って、エンジンをかけ直す。暗闇の中で、大きな音が響いた。

一酸化炭素チェッカーはアラームが切ってあるが、液晶画面には「１２５ｐｐｍ」という数値が示されていた。五十ｐｐｍから人体に影響があり、二百ｐｐｍで頭痛が始まるとされている。すでに危険な領域に入りつつあるのだ。

日高英之は、ナイロン・バッグを開け、中から、ダイビング用のウェットスーツ、ゴーグル、それに空気ボンベを取り出した。

すばやく、ワンピースのウェットスーツに着替えると、ボンベを背負ってゴーグルを着け、いつでもマウスピースをくわえられるようにしておく。

一酸化炭素は、呼吸器からだけではなく、皮膚からもよく吸収されるので、その意味でも、ウェットスーツは必須だった。

ガレージ内の一酸化炭素濃度が上がるのは心配だったが、それ以上に、寝室内では高濃度になっているはずだ。

日高英之は、ジリジリしながら、イヤホンから聞こえる叔父のイビキに集中した。

排気ガスの効果は、少し前から現れていた。叔父のイビキに苦しそうな呻き声が交じって、途切れ途切れになりつつある。

このまま行けば、絶命のときは近い。

日高英之は、ぎゅっと目をつぶった。

今さらながら、恐怖が湧き上がってくる。今、自分は人間の命を奪おうとしている。それも、血のつながった叔父の。そのことが、ひしひしと胸に迫った。

こうして待っているだけでも動悸が止まなかった。かりに、直接手を下して殺害しなければならなかったとしたら、自分には無理だったろうなと思う。

そして、叔父の呼吸は止まった。

とうとう、やった。

殺してしまった。

そこには、後悔は微塵もなかった。これからやらねばならないことが山のようにあり、今は、それらを計画通りこなすことで意識が一杯になっていた。

日高英之は、車の排気筒から天井まで伸ばした排気用ホースを取り外すと、元あった場所に片付けた。キーシリンダーに挿さったままのスペアキーを抜き取って、運転席の下に隠す。

それから、ガレージの自動点灯スイッチをもう一度オンにし、ナイロン・バッグを背負うと、空気ボンベのマウスピースをくわえ、ガレージの奥にある階段から母屋へと上がった。

ドアを開けて、リビングを見渡した。

真っ暗で、しんと静まり返っている。

空気ボンベから空気を吸っているから、一酸化炭素の影響はないはずだが、頭がキリキリと締め付けられるような感じがした。母屋全体が、排気ガスの臭いで充満しているのだろう。

一酸化炭素チェッカーを見ると、千五百ｐｐｍを超えている。ここに長居することはできない。寝室に入ると、一酸化炭素濃度の数値は、二千四百ｐｐｍに達していた。

叔父は、まだ完全に絶命したわけではないだろうが、このまま放置した場合、息を吹き返す可能性は極めて低いだろう。

日高英之は、ナイトテーブルの後ろにあるコンセントから、盗聴器入りのトリプルタップを引き抜いた。

何だか息が苦しい。マウスピースを嚙んでいても、口の端から一酸化炭素が侵入しているのかもしれない。早くここを出よう。

しかし、まだ、やることが残っていた。リビングに行って、木製のキーボックスを開ける。そこには、ポンティアック・ファイアーバード・トランザムのキーが掛かっていた。

日高英之は、ゴム手袋をはめた手でキーを取り、残っていた指紋をすべて拭き取った。それから、つまみの部分に、自分の鮮明な指紋を付けて、キーボックスに戻した。

これが、検察に対する撒き餌だった。

思惑通りに、食いついて、起訴してくれればいいのだが。

何か忘れていることはないだろうか。

後ろを振り返り、自分の行動を反芻する。だいじょうぶだと確信すると、今度はガレージに通じる階段ではなく、母屋の玄関に通じる階段を下りていった。

日高英之は、電灯を点けずに、玄関のドアを開けた。風雨はますます激しさを増している。雨水が侵入しないように、さっと滑り出てドアを閉じ、合い鍵で施錠する。

ガレージのシャッターを開けて逃げた場合は、自動で点いた灯りが外に漏れて、近隣の家の防犯カメラに記録される。だが、自動点灯スイッチを切って出ると、外からスイッチを入れることはできないので、なぜそうなっているのかと不審を抱かれる可能性がある。

正面玄関から出ることにしたのは、それが理由だったが、問題は、これから先で、道を歩くときに、どこかの家の防犯カメラに映ってしまうことだった。

それを回避する方法は、一つしか思いつかなかった。

日高英之は、身を低くして門から出ると、側溝のコンクリート製の蓋を持ち上げた。

溝の中は、激しい勢いで水が流れている。側溝の縁をつかんで流されないようにしながら、一メートルほどの深さのある側溝に入った。流水の力は想像した以上に強くて、ちょっとでも腕の力を弛めると、身体全体が持って行かれそうになる。

日高英之は、胸の上にマジックテープで固定した空気ボンベのマウスピースをくわえると、ゆっくりと側溝の底に腰を下ろした。両脚を側溝の壁に突っ張って、片手で側溝の蓋を閉め、身体を水中に沈める。水は冷たくて、骨まで凍えそうだった。

さあ、これで無事に帰り着けるだろうか。あらかじめ側溝の中に危険な物がないことは確認していたが、途中で何かに衝突したり、溺れたりする可能性は否定できない。

側溝の蓋の穴をつかんでいた手を放すと、豪雨の流れに身を任せる。

それはまるで、まっしぐらに地獄へと向かうウォータースライダーのようだった。

日高英之は、リュージュのような姿勢で、全身の筋肉を緊張させて背中で滑走していった。頭を打たないように、少し浮かす事も忘れない。顔を襲う水流に負けないよう、鼻からは強く息を吐き出し続ける。万が一、マウスピースが口から外れてしまうと、呼吸ができなくなり、最悪の場合、溺れてしまうかもしれない。そのためにマウスピースをがっちりと嚙み続けた。

しばらくすると、流れる速度が遅くなる。高台の側溝を過ぎ、平地に到達したのだ。

目を開けられないために、今自分がどこを流されているのかわからない。

だが、日高英之は、おおよその勘で、あらかじめ決めておいた上陸地点に達したと判断し、両手両脚を突っ張って、できるだけ減速しようとした。

ところが、それが、容易なことではなかった。側溝の傾斜が緩やかになった分、流れも遅くなったとはいえ、水が物を運ぶ力は、とても人間が抗し得るものではなかった。ズルズルと流され続け、焦り始めたとき、身体がふわりと宙に浮き、そして、深い水の中に投げ出された。

必死に水を掻き、顔を水面に出す。

周囲は真っ暗でよく見えないが、そこは、側溝が通じる川だった。

マウスピースを口から離すと、岸まで泳ぎ着こうとしたが、川もまたひどく増水しており、思うに任せなかった。もしかしたら、ここで溺死してしまうのだろうか。

そんな思いがよぎり始めたとき、何とか、護岸のコンクリートブロックに手がかかる。

あれほど注意していたのに水を飲んでしまったので、ひどく咳き込み、身体が落ちつくのを待つ。それから、護岸をよじ登って、道路に出た。

どこにも、迎えの車はいない。

予定していたランデブーの地点からは、大幅にズレてしまったので、それもしかたがない。しかし、通行人はほとんどいないとはいえ、嵐の中でウェットスーツを着た男がうろうろしていたら、誰かに目撃され、不審を抱かれるかもしれない。

日高英之は、空気ボンベを胸から引き剝がしてナイロン製のバッグに入れると、ゆっくりと流された道を元に戻り始めた。

やはり、防水の処置を施して、携帯電話を持ってくるべきだったかもしれない。

少しでも荷物を減らしたかったのに加え、もし落としたら身元が一発でバレてしまうため、携帯電話は置いてきたのだが、それが裏目に出たようだ。

身体は、ひどく冷え切っている。筋肉を酷使したせいか、全身がギシギシと音を立てているようだった。

もう、あまり歩けない。少し休憩したいが、止まったら二度と再び歩き出すことはできないだろう。

道路の角を曲がったときに、前方から車のヘッドライトが近づいてきた。

日高英之は一瞬、その場に立ち竦んだ。知らない車だったら、どうなるだろう。目撃されるのもリスキーだが、最近の車にはほとんどドライブレコーダーが付いていると思った方がいい。致命的な証拠を残してしまうことになるのだ。

だが、周囲には、隠れる場所とて見当たらなかった。

しかたがない。できるだけ路肩に身を寄せて、背中を向けた姿勢で、やり過ごそうとした。ウェットスーツは黒いから、目立たないかもしれない。

だが、車は通り過ぎるどころか減速して、すぐ傍に停車した。

「英之！　早く！」

千春の声が響いた。

助かった。ずっと探してくれていたのか。

千春の愛車は、テラコッタピンクのスズキ・ラパンだったが、街灯の光で後光が差しているように見えた。

そういえば、ラパンってフランス語でウサギのことだったんじゃないかな。

日高英之は、駆けよって後部座席のドアを開ける。ちょうどそのとき、トラックが反対方向からやって来た。ドライブレコーダーに捉えられないよう、素早く乗り込んでドアを閉める。

「心配したんだよ！　いつまでも待っても、待ち合わせの場所に現れないから」

「ごめん。流れが速くて、止まれなかった」

苦労して何とかウェットスーツを脱ぐと、バスタオルで全身を拭ってから、着替える。

「それで……どうだった？」

千春が、遠慮がちに訊く。

「ああ。予定通り」

日高英之も、言葉少なに答えた。

「そう」

千春は、それきり、何も言わなかった。

危うい点はいろいろあったが、叔父に対する復讐は果たすことができた。

だけど、これで終わったわけじゃない。

本番は、これからだ。

## 19

記者会見の会場は、思っていたよりこぢんまりとしていた。会議室の正面に長机が置かれ、日高英之と本郷弁護士が座っている。

記者席の方にはパイプ椅子が三十脚ほど用意されていたが、開始の時刻が近いというのに、まだ半分ほどしか埋まっていない。

謙介は、深呼吸をした。

どういうわけか、司会をやらされることになってしまい、昨晩は、遅くまで準備をしていた。

昔、友人の結婚式の司会をしたことはあるものの、記者会見となると、まったく勝手が違う。

とにかく無事に終わることだけが目標だったが、不安は大きかった。

何より、日高英之がいったい何を言うつもりなのかが、さっぱりわからないのだ。

話の内容を訊ねたのだが、手渡されたのは数行のメモ書きで、内容もごくあたりまえのことばかりだった。

記者会見に続いて、雑誌記者による『独占』インタビューが行われることになっていたが、そちらもお座なりなものになればいいのになと思う。雑誌記者が目の色を変えて取材するのは、記者会見において何らかの爆弾発言があったということだからだ。

謙介は、腕時計を見た。開始時刻までは、あと三十秒ほどだった。もういいだろう。

謙介は、大きく咳払いをすると、手にしたマイクをオンにした。

「ええ……定刻となりました。日高英之さんの記者会見を始めます。私は、本日の司会進行を務めます、垂水謙介と申します」

記者席を見渡す。半分ほどの入りで、みな弛緩(しかん)した様子だった。

「それではまず、日高英之さんの代理人である、本郷誠弁護士より、本事件の概要について、ご説明をお願いします」

謙介が指名すると、本郷弁護士がマイクを手に取る。

「日高英之さんは、昨年十一月三日、叔父である平沼精二郎さんを殺害した容疑により逮捕、起訴されました。しかし、警察による捜査がきわめて杜撰であったことがあきらかとなったため、検察による起訴取り消しという異例の結末を迎えました」

本郷弁護士の声が、大きくなった。

「日高英之さんは、ご自身が冤罪の被害者であるのみならず、冤罪被害者二世でもあります。本日は、その思いを語っていただきます」

日高英之が、マイクを手にした。

ところが、すぐに話し出そうとはしなかった。スイッチが入っているのを確認するように、じっとマイクを見つめている。

不審に思ったらしく、記者席が、少しざわつき始めた。

謙介は、焦りを感じた。司会者として、ここで何か言うべきだろうか。日高英之に対して、発言を促すべきか。あるいは……。

すると、日高英之が、第一声を発した。

「本日は、お忙しい中、私のためにお集まりいただき、ありがとうございました」

何人かの記者が目礼を返したものの、多くは、さっさと本題に入れというのか、鋭い視線を向けている。

「十五年前、私の父は、石田うめさんという女性を殺害した容疑で逮捕されました」

日高英之は、低く落ちついた声で話し出す。

「私たち家族は、さほど時を置かず容疑が晴れて、父が釈放されることを固く信じていました。父は、昔の交通事故の後遺症で、軽い知的障碍がありましたが、温かく真っ当な人間でした。絶対に人を殺すはずがなかったからです。

ところが、現実は違いました。警察は、父を何度も別の容疑で再逮捕し、昼夜を分かたぬ尋問――その実態は執拗な恫喝と拷問で、父を心身ともに疲弊させ、家族にも累が及ぶという脅迫により、とうとう犯行を自白させたのです」

記者席は、寂として声がなかった。冤罪の実態は、記者なら誰でも知っているはずだった。その意味では、さほど耳新しい話ではないのかもしれない。だが、淡々とした話しぶりながら、日高英之の言葉には血を吐くような思いが滲んでいた。

「父は、公判が始まると、自白を撤回し、無実を訴えました。私たちは、負けるはずがないと思いました。自白以外の物証は何一つありません。本当にやっていないのだから、無罪判決が出ることを確信していたのです。本郷先生から、疑わしきは被告人の有利にとの原則があると聞きました。それだったら、なおさら、父は無罪判決を聞くはずでした。……しかし、一審で出たのは有罪判決だったのです」

日高英之は、怒りに声を震わせた。

「私たち家族は、心底打ちのめされましたが、本郷先生に控訴をお願いしようと考えました。ですが、すぐに、それが無理であることがわかりました」

日高英之の声は平静だったものの、まるで慟哭しているように聞こえた。

これが、彼の本当にやりたかったことなのだろうかと、謙介は考えていた。思いのたけを、記者たちを通じて世間に訴えることが。

たしかに、それもあるだろう。だが、その先に、日高英之は何かを見ているような気がしてならなかった。

「父が逮捕されて、私たちの家族は、針のむしろに座らされました。連日、自宅にマスコミが押し寄せて、有罪が前提のような報道ばかりが垂れ流されました。それを鵜呑みにした近所の人たちは、心ない落書きや投石をして、私たちを町にいられないようにしました」

矛先を向けられて、記者たちは、鼻白んでいるようだった。

「何もかもが破壊されたのです。私たち一家の評判も、人間関係も、そして、経済的な基盤も。とても、控訴するどころではありませんでした。面会に行った母に、父は控訴をしないように言ったそうです。刑期さえ終えたら、出られるからと」

日高英之は、うつむいた。目に涙が光っているように見える。

「刑に服して四年後、父は亡くなりました」

日高英之は、しばらく絶句していた。

記者たちも、黙ってその様子を見ている。

「……では、今度は、私自身が巻き込まれた事件について、お話ししましょう」

日高英之は、唐突に話題を変えた。だが、質問もなければ、ブーイングも起こらなかった。話がつながっているであろうことが、何となく察せられたからだろう。

「事件の概要については、すでにご存じのことと思います。父の弟——私には叔父に当たる、平沼精二郎が、ランオンという現象による一酸化炭素中毒で亡くなった事件です」

日高英之は、父親の事件について語っているときより、はるかにリラックスしているように見えた。

「私は、任意の事情聴取ということで警察に呼び出されたのですが、逮捕者に対するような、厳しい長時間の取り調べを受けた後で、本当に逮捕されました」

これもまた、記者たちには、さもありなんという話にすぎないようだった。

「私は、連日長時間の取り調べを受け、心を打ち砕くような恫喝と暴言、暴力を受けました。そのときに、私が感じたことを申し上げます」

日高英之の声が、わずかに震えた。

「大声で怒鳴られ、小突かれて、人格を否定されるような言葉を投げつけられるたびに、私は、こう思いました。ああ、お父さんも、こんな目に遭わされてたんだ……って」

記者席は、相変わらずしんとしていたが、さっきまでよりは少し記者の態度が真剣なものになったようだった。

「でも、そうじゃないって思い直すんです。お父さんが味わった辛さ、残酷さは、こんなものじゃなかったはずだと」

日高英之は、昂然と顔を上げた。

「だから、俺……私は、耐え抜いてみせると心に決めました。こんなやつらから、いいようにされてたまるものかって。嘘の自白などは、何があっても絶対にしないと誓いました。決めたはずだったんです」

日高英之は、瞑目する。

「それからわずか数日後に、私の決意は脆くも崩れました。もうこれ以上は、耐えられないと思ったんです。ここから逃げられるのであれば、何だってすると。そして、とうとう取調官が勝手に作文した自白調書にサインしてしまいました。もっとも、押印は、松根という刑事が、私の手をつかんで親指を朱肉につけて、無理矢理調書に押しつけたものでした。

もうおわかりだと思いますが、警察は何の物的証拠もつかんでおらず、ただ、自白を強要することによって、私を犯人に仕立て上げようとしたのです。

公判に入ってから、そのことは、次第にあきらかになりました。まずは殺人の動機ですが、検察は、私が叔父の遺産を我が物にするためだったというシナリオを出してきました。それが荒唐無稽だったことは、すぐにわかりました。叔父には多額の借金があったため、資産は実質マイナスだったのです。そのために、叔父は、私に、相続放棄をするように言っていました。

検察が切り札だと思い込んでいたのは、ポンティアック・ファイアーバード・トランザムのキーに付いた私の指紋でした。しかし、このキーは、叔父がふだん使っていたものではなく、実際に使われていたキーは、車内を捜索した際に、発見されていました。ところが、警察は、信じがたいことに、この証拠を隠蔽したのです。私を有罪にするのに都合が悪いからでした。検察に対しても秘密にするという悪質さで、起訴取り消しの大きな要因になったと思います」

日高英之の独演会は、異様な静けさの中で続いていた。

「ところで、皆さんは、疑問に思われているのではないでしょうか？　私の事件と、私の父の事件の間には、どんな関係があるのだろうと。親子揃って冤罪の被害者となった運の悪い男の愚痴を聞かされているだけなのかと思っている方もいらっしゃることでしょう。ですが、この二つの事件は、根底において、密接に結びついているのです」

いったい何を言い出すつもりなのかと、謙介は危惧した。この先、何かとんでもないことを言うような予感がしたのだ。本郷弁護士と千春の方を見やったが、二人とも、緊張の面持ちでこそあったが、不安な様子は見られなかった。

……二人は、知っている。それは確信だった。日高英之が、これから言う内容については、二人は承知しているのだろう。知らされていないのは、間抜け面をして司会をしている俺一人だけらしい。

「私は、父が無実であることを信じていました。では、真犯人は誰なのでしょうか？　もし、真相を解き明かすことに成功すれば、父の雪冤を果たせるのです。私は、仕事の合間に当時の関係者に話を聞くなどして推理を組み立てました。そして、とうとう真犯人が誰なのかを確信したのです」

やめろ。謙介は、叫びたくなった。

今さら、そんなことを言って、何になるというのか。

また、本郷弁護士の方を見やる。発言を止めるべきだと目顔で訴えたが、何の反応もない。

いったい、彼らは何を考えているのだろうか。

「ここで、その真犯人の名前を発表します。これは単なる憶測ではなく、きちんとした根拠についてもお話ししますので、お聞きください。

十五年前に、石田うめさんを殺害して、多額の金を奪った真犯人こそは、私の叔父である、平沼精二郎だったのです」

記者席は、しばらくは唖然としていたが、我先にと挙手をして質問を求め始める。

「質問タイムは、話の後でもうけますので、もう少しお聞きください。

私が平沼精二郎が犯人であると確信したのは、アリバイを証言した女性が、平沼精二郎より金品を受領していた形跡をつかんだことと、叔父がひそかに保管していた振込明細書の束を発見したことが決め手でした」

謙介は、仰天していた。

日高英之が、平沼精二郎を犯人だと名指ししたこともさることながら、確信に至ったのが、送金記録を発見したことだったというのは、本郷弁護士にぶつけた自分の推理そのままだったからである。

本郷弁護士は、物証がない以上は、憶測にすぎないという、けんもほろろの態度だったが、あのとき、本当は、推理が的中していたことを知っていたのではないだろうか。

「振り込みは毎月一回で、金額は十万円。それが十四年間続き、総額一千六百八十万円になります。受取人は石田うめさんの遺族で、依頼人は『ＦＡＢ１』となっていました」

日高英之は、ざわつく記者たちに向かって続ける。

「『ＦＡＢ１』というのは、『サンダーバード』という、昔の人形劇に出てくる車の名前です。『国際救助隊』という組織が登場するので、おそらく、石田うめさんの遺族を救うという意味なのでしょう。

平沼精二郎が、多額の送金を続けた理由は、私には、ただ一つしか考えられませんでした。金欲しさから石田うめさんを殺害したことに対する、罪滅ぼしです。父が獄死した後で、私に資金援助をしたのも、たぶん同じ気持ちからでしょう」

記者席では不規則発言こそなかったが、かなり不穏な様子だった。ひそひそと話し合ったり、デスクに指示を仰いでいるのか、スマホで文書を打ち込んだりしている。

「こんな話をすると、私自身の事件にも影響が出るのではと、ご心配の向きもあると思います。実際、その通りで、父が冤罪に陥れられた事件の真犯人が、実は平沼精二郎だったとすると、私には、叔父を殺害するたしかな動機が存在したことになるのです」

いったい、何を言ってるんだ。

謙介は、日高英之の発言を止めたい衝動に駆られていた。ほとんど、自殺行為ではないか。まさか、自ら平沼精二郎殺害の犯人であると自白するつもりなのか。

それは、まずい。まずすぎる。無罪判決が確定したのであれば、一事不再理の原則により、二度と同じ罪で裁かれることはない。

しかし、起訴取り消しの場合は違う。

法的には、不起訴になったのと何ら変わらず、検察は、新たな証拠が発見された場合には、再度日高英之を起訴できるのだから。

「検察が、私を不起訴としたのは、たぶん、二つの理由からだと思います」

日高英之は、謙介の心配をよそに、さらに暴走を続ける。

「一つ目は、たしかな物証だと思われていた車のキーが、警察が隠していたスペアキーの存在により、証拠能力の大半を失ってしまったこと。そして、二つ目が、金銭目的という動機が、平沼精二郎の遺産がマイナスだったという事実により、崩れ去ったことです。

たった今、私には平沼精二郎を殺す動機が存在することをご説明しました。そのついでに、金銭目的という、別の動機についても補足しておきましょう。

平沼精二郎の遺産の主な項目は、不動産と車ですが、借金を差し引いた場合には、マイナス一千万円弱となります。

しかし、実は、計算から外れていたものがありました。それは、平沼精二郎が蒐集していたミニカーです。その中に非常な希少品が含まれており、オークションなどで売った場合には、一千五百万円程度になると見積もられています。したがって、実際には、遺産は五百万円強の黒字になる見通しなんです」

そこまで、ぶちまけるのか。

謙介は、茫然としていた。

いったい何をしたいのかが、さっぱりわからなくなった。これではまるで、検察に対して、再起訴してみろと挑発しているのに等しいではないか。

いや、待てよと思う。

とても信じがたかったが、もしかしたら、本当にそれが狙いなのだろうか。

記者たちは、ますます色めき立っていた。さかんに挙手をするものの、日高英之は、すべて無視して、自分のペースで話を進める。

「五百万円という額が、殺人を犯すに足るかどうかは、議論が分かれるところでしょう。でも、私の月給は税込みで二十五万円でした。五百万円というのは目のくらむような大金なんです。それに、もう一つの可能性がありました。きちんと申告して叔父の遺産を相続するのではなく、こっそりミニカーを持ち出して隠匿すれば、ほとぼりが冷めた後で一千五百万円が手に入ったでしょう。私に殺人の嫌疑がかかったため、残念ながら、そんな余裕はありませんでしたが」

残念ながら……？

謙介は、愕然としていた。

日高英之は、犯行を自白しているのか。

「それでは、これより質疑応答に移ります。質問のある方は、挙手をお願いします」

日高英之からのアイコンタクトを受けて、謙介は、記者たちに呼びかける。

たちまち、大勢が手を挙げた。

「では、こちらの方」

これも日高英之の視線で、謙介が質問者を選び、マイクを渡す。

「毎日新聞の宮田と申します」

眼鏡の男性が立ち上がり、早口に言うと、一転して、慎重な口調で質問に移る。

「本日の会見は、警察の強引な取り調べに対する批判が主かと思っていましたので、たいへん驚きました。検察が、起訴取り消しという異例の措置をとったのは、一つには、動機の証明が難しいという点があったと思います。ですが、日高さんは、実際は動機が存在した——しかも、二つもあったというふうに述べられました。第一の質問は、これは事実上の自白と捉えて良いのでしょうか？　第二は、検察が起訴を取り消したこと自体が誤りだったと、おっしゃりたいわけでしょうか？」

日高英之は、うなずくと、悠揚迫らぬ態度でマイクを取った。

「第一の質問ですが、自白ではありません。その点は、どうかお間違えのないように」

記者席は、ざわめいた。

「ですが、第二の質問については、その通りです。検察は、よく調べさえしていれば、起訴を取り消すという醜態をさらさずにすんだかもしれません」

日高英之は、歯切れ良く切って捨てる。

「もとより、遺産の額をごまかすつもりは、私には毛頭ありませんでした。ミニカーの価格が高騰しているとは聞いていましたが、まさかそのレベルだとは思っていなかったのです。今回、あらためて査定をしてもらって、遺産がプラスになるという事実が判明したので、公判を担当された奥野裁判長と石川検事には伝えました」

日高英之は、平然と嘘をつく。これは、千春が提案したシナリオの通りではないかと謙介は思う。

「それを聞いて、お二方は、どのような反応だったのでしょうか？」

宮田記者が訊ねる。

「直接お伝えしたわけではありませんので、伝聞なんですが、奥野裁判長は、たいへん遺憾とおっしゃっていたそうです。石川検事の方は、激怒されていたということでした」

日高英之は、笑みを浮かべた。

「ですが、私が述べた二つの動機のうちで、より重要であるのは、十五年前の父の冤罪事件の真犯人が、平沼精二郎だということです」

日高英之の舌鋒は、激しさを増す。

「検察は、できれば、そちらを争点にしたくなかったのでしょう。警察、検察が、冤罪を生み出したという事実を、法廷において暴かれるのが嫌だったからだろうと想像します。しかし、私が今日、この場において、叔父の平沼精二郎が真犯人であったことを曝露したのに、なおも無視し続けられるのでしょうか？」

日高英之は、机の上にあった紙束を掲げた。

「これは、先ほど申し上げた一千六百八十万円の送金記録です。石田うめさんの遺族に対し、叔父が『ＦＡＢ１』という変名で送り続けたものです。平沼精二郎が真犯人でなかったなら、いったいなぜ、こんなことをしたというのでしょう？」

日高英之は、立ち上がって身を乗り出す。

「起訴の取り消しは、無罪が確定したのとは違い、いつでも再起訴が可能だと聞いています。もちろん、いつでも好き勝手にできるわけではなく、新しい証拠が必要だということですが、叔父の送金記録と、それを知っていたという私の証言、さらに、遺産がプラスであったという事実は、充分その証拠になるのではないでしょうか？」

「日高さんは、検察に対し、再起訴を促しているのですか？　もしそうだったら、それはなぜですか？」

宮田記者が、流れでそのまま質問を続ける。本来は、別のメディアの番なのだろうが、特に異論は出なかった。

「はい。私は検察に再起訴を促しています。というよりも、元被告人からここまで言われて、手も足も出ないのであれば、検察の威信など地に墜ち泥にまみれますよと、ご忠告申し上げているわけです。もしそうなれば、検察が起訴権限を独占している現状は、是正すべきではないかと……」

日高英之は、ひときわ声を励ました。

「私が、再起訴を促している理由は、真実をあきらかにしたい、ただそれだけです。検察は、私を起訴しておきながら、なりふりかまわず敵前逃亡して、公判は不完全燃焼に終わりました。私には、まだ言いたいことがあります。

それから、先ほどの発言は自白ではないと言いましたが、新たな公判が開かれた場合には、私は、別の証言をする用意があります」

日高英之の笑みには、狂気が仄見(ほのみ)えた。

「別の証言というのは、どういうものなんでしょうか？」

宮田記者が、急き込んだ声で訊ねる。

「検察も、その内容をぜひ知りたいと思っているでしょうね。その場合は、ぜひ再起訴をしてほしいと思います」

日高英之は、ニヤリと笑う。

「ただ、このことだけは、はっきり申し上げられます。私のする新たな証言は、裁判の帰趨を完全に変えるものになるでしょう」

宮田記者は、絶句した。

おそらく、その場にいる誰もが同じことを考えていただろう。

もしかしたら、日高英之は、罪を認める気なのかもしれないと。

それからしばらくは禅問答のような質疑が続いたが、質問を求める挙手が殺到し続ける中、記者会見は定刻に終了した。

「日高くん」

記者会見場から退出し、次の独占インタビューのための小部屋に入ろうとした日高英之に、謙介は後ろから声をかけた。

「君は、嘘をついたね？」

「ええと、どれのことでしょうか？」

日高英之は、いたって爽やかに答える。

反問するにしても、「何のこと」ではなく、「どれのこと」ということは、嘘は複数ついたという認識があるのだろうか。

「さっき、ミニカーの価格のことは、新たに査定したからわかったと言ったよね？　あれは、千春さんが言ったことじゃないか？」

「もちろん、そうですよ」

謙介の背後から、声がする。答えたのは、千春だった。

「だって、そう言わなければ、英之が裁判で嘘の証言をしたことがわかってしまうじゃないですか？」

謙介は、啞然とした。まさかと思ったが、やはり、そうだったのか。

「君たちは、最初からグルだったのか？」

「そんなの、当然じゃないですか？」

千春は笑った。

「英之は、たった一人で、警察、検察に闘いを挑んだんですよ？　わたしは、何があっても、英之を助けます」

「人殺しの片棒を担いでもか？」

「いいえ、人殺しに制裁を加えただけです」

千春は、冷然と答える。

「英之のご家族がどんな目に遭ったのかは、よくご存じでしょう？」

「だからといって、人を殺していいことにはならないだろう？」

謙介は、気色ばんだ。

「日高くんも君も、平沼精二郎が真犯人だと知っていたのなら、告発すべきだった」

「もちろん、建前としてはそうでしょう」

そのとき部屋に入ってきた本郷弁護士が、答える。

「私も、当初はそう説得しました。しかし、二つの点から、断念するしかありませんでした。第一に、平沼精二郎を有罪にできる可能性がほぼないことです。平沼康信さんの有罪はすでに確定しており、検察が再審に同意することは絶対にないでしょう」

　本郷弁護士は、溜め息をついた。

　嘘だろう。あんたは弁護士でありながら、殺人の計画を幇助（ほうじょ）した上、嘘を嘘で塗り固めて、法廷を侮辱したのか。

「それに、たとえ再審にこぎ着けられたとしても、それだけでは目的を達したことにならないからですよ」

　日高英之が、確信犯の落ち着きで言う。

「目的？　君は、お父さんの雪冤だけでは、満足できなかったのか？」

「あたりまえでしょう？」

　日高英之は、吐き捨てるように言う。

「たとえ、無実の罪が晴らされたところで、父はすでに亡くなっているんです。吉報を墓前に報告したら、父はよかったよかったと喜んでくれるんでしょうか？」

「だったら、いったい？」

「復讐ですよ」

　日高英之は、唇をゆがめる。

「金欲しさから殺人を犯し、それを自分の兄になすりつけて頬被りをしてた平沼精二郎には、俺が自ら死刑を宣告し、執行しました」

　謙介は、ただただ戦慄（せんりつ）していた。

「……しかし、たとえ死刑にならなくても、正義がないがしろにされたわけじゃないだろう。平沼精二郎は、生かして生涯後悔させるだけじゃダメだったのか？」

「ダメですよ」

日高英之は、にべもなかった。

「生涯後悔させるっていうのは、何もしないで放免するのと同じです。それに、俺が復讐したかったのは、平沼精二郎だけじゃないんです。父を無理矢理罪人に仕立て上げた警察と検察は、絶対に許すことができませんでした」

それで、ここまで念の入った計画を立てたというのか。自ら有罪になる危険を冒しながら、警察と検察の面子を潰すだけのために。

「だったら、君はもう、目的を達したんじゃないのか？」

謙介は、声を絞り出した。

「公判では、君たちは検察を翻弄し、起訴の取り消しという屈辱まで味わわせた。それなのに、まだ足りないというのか？」

「ええ。全然足りませんね」

日高英之は、即答する。

「何の罪も犯していなかった父が、やつらからどんな目に遭わされたと思ってるんですか？俺たち家族が、どんな辛酸をなめたと？」

日高英之は、表情こそ平静だったものの、抑えようのない怒りに声が震えていた。

「あいつらは、途中で勝ち目がないと悟って、逃げだしました。俺は、あいつらを、もう一度法廷に引き戻します」

「そこで、何を言うつもりなんだ？」

まさか、罪を自白する気なのだろうか。

日高英之は、うっすらと笑った。

「俺は、あいつらに餌を投げてやりました。殺人の動機です」

謙介の脳裏に、血と肉の匂いを嗅がされた猟犬が色めき立つ様子が浮かんだ。

「ミニカーのことは、どうでもいいんです。復讐のための殺人だと、あいつらに宣言したわけですから、必然的に、十五年前の事件が争点になるでしょう」

「そうなれば、かつて平沼康信さんを取り調べた藤林清造元刑事を、証人喚問することになりますね」

本郷弁護士も、どこか狂気じみた笑みを浮かべていた。

「今度こそ、藤林を徹底的に追い詰めてやりますよ。やつらが、どんな手口で冤罪を作り出したのかを、白日の下に暴いてやります。十五年前は、私の力不足のせいでできませんでしたが、今度は絶対に逃しません」

冤罪事件で幾度となく無力感を味わわされ続けたため、本郷弁護士は、自ら闇落ちする道を選んだのだろうか。

謙介は、不敵に微笑んでいる日高英之に、目を転じた。

この若者は、もう一度、我が身を囮(おとり)にして、薄氷の上を走り出そうというのか。

突然氷が割れて、極寒の水に呑み込まれるのは、ウサギなのか。それとも、後を追ってくる猟犬の方だろうか。

いずれにせよ、もう止めることはできない。

いかなる結末を迎えるにしても、最後まで見届けるしかないと、謙介は覚悟した。

## 主要参考文献

『ウォーターシップ・ダウンのウサギたち 上』リチャード・アダムズ 著、神宮輝夫 訳／評論社
『基本刑事訴訟法Ⅰ 手続理解編』吉開多一、緑大輔、設楽あづさ、國井恒志 著／日本評論社
『伊藤真の刑事訴訟法入門』伊藤真 著／日本評論社
『起訴前・公判前整理・裁判員裁判の弁護実務』日本弁護士連合会刑事調査室 編著／日本評論社
『刑事法廷弁護技術』高野隆、河津博史 編著／日本評論社
『刑事弁護』大出良知、川崎英明、岡崎敬、神山啓史 編著／日本評論社
『違法捜査と冤罪 捜査官！その行為は違法です。』木谷明 著／日本評論社
『虚偽自白を読み解く』浜田寿美男 著／岩波新書
『警察捜査の正体』原田宏二 著／講談社現代新書

ほかにも、多くの書籍、サイトを参考にさせていただきました。

また、執筆に当たって、しんゆう法律事務所の水谷恭史弁護士には貴重なご教示をいただき、大江橋法律事務所の佐藤恵二弁護士には、作者の思い違いを正していただきました。深く御礼申し上げます。

初出「毎日新聞」夕刊２０２２年7月9日～２０２３年8月16日
単行本化にあたり、加筆・修正を行いました。
本作品はフィクションであり、
実在の人物、団体等とは一切関係ありません。

# 貴志祐介（きし・ゆうすけ）

1959年大阪府生まれ。京都大学経済学部卒。96年「ISOLA」が日本ホラー小説大賞長編賞佳作となり、『十三番目の人格（ペルソナ）ISOLA』と改題して刊行される。97年『黒い家』で日本ホラー小説大賞を受賞、2005年『硝子（ガラス）のハンマー』で日本推理作家協会賞、08年『新世界より』で日本SF大賞、10年『悪の教典』で山田風太郎賞を受賞。近著に『罪人の選択』『秋雨物語』『梅雨物語』などがある。

# 兎は薄氷に駆ける

第一刷　二〇二四年三月五日
第三刷　二〇二四年六月五日

著者……………………貴志祐介
発行人…………………小島明日奈
発行所…………………毎日新聞出版
〒102-0074
東京都千代田区九段南1-6-17 千代田会館5階
営業本部：03（6265）6941
図書編集部：03（6265）6745
印刷・製本……………光邦

 ISBN978-4-620-10871-1